HEYNE BÜCHER

06/2500

Über 40 Jahre
Heyne Science Fiction
& Fantasy

2500 Bände
Das Gesamt-Programm

W0297208

SCIENCE FICTION

Herausgegeben
von Wolfgang Jeschke

Ein Verzeichnis aller im HEYNE VERLAG erschienenen STAR TREK®-Romane finden Sie am Schluß des Bandes.

PETER DAVID

STAR TREK®
THE NEXT GENERATION

Q^2

Roman

Star Trek®
The Next Generation™
Band 45

WILHELM HEYNE VERLAG
MÜNCHEN

HEYNE SCIENCE FICTION & FANTASY
Band 06/5445

Titel der Originalausgabe
Q SQUARED
Übersetzung aus dem amerikanischen Englisch von
ANDREAS BRANDHORST

Umwelthinweis:
Dieses Buch wurde auf chlor- und
säurefreiem Papier gedruckt

Redaktion: Rainer-Michael Rahn
Copyright © 1992 by Paramount Pictures
All Rights Reserved.
STAR TREK is a Registered Trademark of Paramount Pictures.
Erstausgabe by Pocket Books, a division of Simon & Schuster Inc.,
New York
Copyright © 1999 der deutschen Ausgabe und der Übersetzung
by Wilhelm Heyne Verlag GmbH & Co. KG, München
Vorabdruck unter gleichem Titel als gebundene Ausgabe
bei vgs verlagsgesellschaft, Köln
http://www.heyne.de
Printed in Germany 1999
Umschlagbild: Pocket Books/Simon & Schuster, New York
Umschlaggestaltung: Atelier Ingrid Schütz, München
Technische Betreuung: M. Spinola
Satz: Schaber Satz- und Datentechnik, Wels
Druck und Bindung: Ebner Ulm

ISBN 3-453-14909-2

Für Gunter David

Herzlichen Glückwunsch zum Geburtstag

Der Junge sah mit einem Erstaunen zu dem Erwachsenen auf, das nur Kindern vorbehalten ist. Er schien zu glauben, daß der Mann das ganze Universum umfaßte.

»Was unternehmen wir heute?« fragte er.

Der Erwachsene lächelte. Er kannte den Jungen seit seiner Geburt – sogar noch länger. Und eines wußte er ganz genau: Er war ein Kind des Schicksals, ein ganz besonderer Knabe, dem sich zahlreiche Chancen boten. In einer Galaxis voller Möglichkeiten wählte er sicher die vielversprechendste Alternative. Ja, dieses Kind würde sich die ganze Welt zu eigen machen, sie erforschen und auskosten.

Den Jungen erwartete eine phantastische Zukunft.

»Was wir heute unternehmen?« wiederholte der Erwachsene und erkannte viel von sich selbst in dem schelmischen Lächeln des Kindes. »Nun, es gibt nichts, das wir heute nicht unternehmen könnten.«

Der Knabe runzelte die Stirn. »Das ist eine doppelte Verneinung, oder?«

»Nein, mein Junge«, erwiderte der Erwachsene. »Ich habe nur meinen Worten Nachdruck verliehen.« Er zögerte kurz und fügte dann hinzu: »Weißt du was? Ich überlasse es dir. Was möchtest du heute am liebsten unternehmen? Hast du Lust, eine neue Sonne zu erschaffen? Eine Galaxis zu durcheilen? Dem Universum eine neue Struktur zu geben? Auf welche Weise willst du den heutigen Tag verbringen?«

Der Junge überlegte, während ihn der Erwachsene aufmerksam beobachtete. Schließlich antwortete er:

»Ich möchte verstehen.«

»Was möchtest du verstehen?«

»Alles.«

»Alles?« Einige Sekunden lang war der Mann sprachlos.

Vielleicht begriff das Kind die Bedeutung dieses einen Wortes nicht. »Und mit ›alles‹ meinst du …?«

»Alles«, betonte der Junge. Der Erwachsene hörte nun etwas in der Stimme des Knaben, das er bisher nicht vernommen hatte: Hartnäckigkeit – und einen Hauch von Unnachgiebigkeit.

»Alles«, wiederholte der Mann noch einmal. Er richtete den gleichen analytischen Blick auf das Kind, mit dem er auch eine Mikrobe untersucht hätte. »Na schön. Es soll also alles sein.«

»Und was machen wir, nachdem wir alles verstanden haben?«

Diesmal zögerte der Erwachsene nicht. »Dann sterben wir höchstwahrscheinlich.«

ALLE AN BORD
FADEN A

1

»Jean-Luc, ich möchte dir etwas sagen.« Picard hatte in einem Buch mit Shakespeare-Sonetten gelesen; jetzt ließ er es sinken, lehnte sich im Sessel zurück und hob neugierig die Brauen. Crusher stand in der Tür und verlagerte das Gewicht vom einen Bein aufs andere. Er wirkte verlegen und nervös.

»Gibt es ein Problem?« fragte Picard. Er wies auf den Stuhl auf der anderen Seite des Schreibtischs. »Ich helfe dir gern, wenn ich dazu in der Lage bin.«

»Danke, Jean-Luc. Es ist gut, Freunde zu haben, auf die man zählen kann.« Crusher ging mit langen Schritten durch den Raum, nahm Platz und hielt den Rücken kerzengerade. Nach einigen Sekunden stand er wieder auf und wanderte unruhig umher. Picard blieb sitzen und faßte sich in Geduld.

Endlich blieb Crusher stehen und wandte sich ihm zu. »Bald kommt eine Frau an Bord, deren Gegenwart mich beunruhigt.«

»Eine frühere Geliebte?«

»O ja«, bestätigte Crusher. »Ja, das war sie zweifellos. Und ich gebe es nicht gern zu, aber wenn ich heute an sie denke, so regen sich ...«

»... nostalgische Gefühle in dir?« beendete Picard den Satz, als Crusher einige Sekunden lang schwieg.

»In gewisser Weise. Nach all den Jahren. Klingt albern, nicht wahr?«

»Wer ist sie?« fragte Picard. »Natalie?«

»Nein.«

»Amanda? Lucy? Sag bloß nicht, daß es Lucy ist. Sie hatte es auf mich abgesehen, als die Sache zwischen euch zu Ende ging. Eine ziemlich hartnäckige Dame.«

»Sie genoß einen legendären Ruf«, meinte Crusher.

»Das gilt auch für dich.« Picard lächelte. »Du hast es auf eine erstaunliche Anzahl von Affären und Verhältnissen gebracht, seit ...«

Plötzlich verstand er. Er mußte nicht einmal den Namen nennen. Eine Andeutung genügte, und Crusher verzog schmerzerfüllt das Gesicht.

»Beverly«, sagte Picard.

Crusher nickte.

Picard wählte die nächsten Worte mit großer Sorgfalt, obwohl er ohnehin nicht zu hastigen, unüberlegten Äußerungen neigte. Immerhin wurde man nicht zum Ersten Offizier des Flaggschiffs von Starfleet befördert, wenn es einem an Fingerspitzengefühl mangelte. Er vermied es, die drohenden emotionalen Verwicklungen anzusprechen. Diese Angelegenheit erforderte ganz besonderen Takt. und deshalb stellte er die unwichtigste aller möglichen Fragen zuerst. »Wann?«

»Die offizielle Mitteilung traf gestern abend ein. Ich habe den größten Teil der Nacht damit verbracht, darüber nachzudenken. Ich mache heute morgen sicher eine tolle Figur auf der Brücke.«

Picard lächelte voller Anteilnahme. »Ich habe volles Vertrauen zu dir, Captain.«

Crusher lachte leise. »Ich wünschte, das könnte ich auch von mir selbst behaupten. Aber das bleibt unter uns. Wenn dich jemand fragt, so bin ich der Inbegriff von Gelassenheit.«

»Wie es der allgemeinen Auffassung von dir entspricht.«

Picards Besorgnis wich zumindest zum Teil Erleichterung. Crusher schien der Situation mit Galgenhumor zu begegnen, was zweifellos besser war, als sich Depressionen hinzugeben. Vielleicht war dies der richtige Zeitpunkt, um mehr in Erfahrung zu bringen. »In welcher Funktion kommt Beverly ... Heißt sie noch immer Crusher?«

Der Captain schüttelte den Kopf. »Nein. Nach unserer Trennung nannte sie sich wieder Howard.«

»Na schön. In welcher Funktion kommt Dr. Howard an Bord unseres schönen Schiffes?«

Crusher lächelte dünn. »Als Erster Medo-Offizier. Für meine Ex ist das Beste gerade gut genug.«

Picard schaffte es nicht ganz, seine Betroffenheit zu verbergen. »Jack, ich weiß nicht, ob das eine gute Idee ist. Zwischen Bordarzt und Captain herrscht eine ... spezielle Beziehung. Sie müssen optimal zusammenarbeiten, ein Team bilden. Was dich und Beverly betrifft, ihr habt euch nicht unbedingt in Freundschaft getrennt.«

»Das mußt du *mir* nicht sagen«, entgegnete Crusher bitter. »Ich war dabei, erinnerst du dich?«

»Wir waren *beide* dabei, Jack.«

»Ich weiß, ich weiß.« Crusher näherte sich wieder dem Stuhl, nahm jedoch nicht Platz. Er stützte sich nur auf die Rückenlehne.

»Weiß Beverly, daß du die *Enterprise* befehligst?« fragte Picard. »Immerhin wurde das Schiff gerade erst in Dienst gestellt. Wir sind seit wenigen Wochen im All. Es wäre also möglich ...«

»Nein«, widersprach Crusher und schüttelte den Kopf. »Du glaubst doch nicht im Ernst, daß sich Beverly versetzen läßt, ohne zu wissen, wer ihr vorgesetzter Offizier sein wird, oder?«

»Nicht die Beverly, die ich kenne«, räumte Picard ein. »Aber warum kommt sie hierher, obgleich sie weiß, daß du der Captain bist?«

»Da fragst du noch?« erwiderte Crusher. Sein Gesicht war weicher geworden – die Jahre hatten den zuvor kantigen Zügen einige Pfunde hinzugefügt. Das braune Haar lichtete sich, an den Schläfen zeigten sich graue Strähnen – für Picard kein Anlaß für Mitgefühl. »Dies ist die *Enterprise*. Denk nur an die Geschichte, die mit diesem Namen verknüpft ist, an das Prestige – welcher Offizier würde sich eine solche Gelegenheit entgehen lassen?«

»Ich bestimmt nicht«, sagte Picard. Ein wenig reumütig fügte er hinzu: »Obwohl mir kaum eine Wahl blieb ...«

Crusher holte geräuschvoll Luft – auf diese Weise reagierte er oft, wenn man ihn mit unangenehmen Wahrheiten konfrontierte. »Wollen wir wieder damit anfangen, Nummer Eins?«

»Nein, natürlich nicht. Wir sprechen von deinen Problemen, nicht von meinen.« Er bemühte sich, die Bitterkeit aus seiner Stimme zu verbannen, doch es gelang ihm nicht ganz. In Gedanken gab er sich eine Ohrfeige. Er hatte inzwischen eine Menge Übung darin, Enttäuschung und Frustration in Hinsicht auf seine berufliche Laufbahn zu unterdrücken. Er hätte also kein Problem damit haben dürfen, die eigenen Gefühle unter Kontrolle zu halten.

Wenn Crusher die Veränderung in Picards Tonfall bemerkte, so ging er nicht darauf ein. »Meine Probleme sind auch deine Probleme, Jean-Luc«, sagte er. »Ich bin ein großer Anhänger der Ärger-gibt-man-am-besten-weiter-Theorie.« Er legte eine kurze Pause ein und fuhr dann fort: »Nun, wir haben bereits festgestellt, daß es sehr dumm von Beverly wäre, den Posten des Ersten Medo-Offiziers an Bord der *Enterprise* abzulehnen. Meine entzückende Ex-Frau mag vieles sein, aber dumm ist sie gewiß nicht. Und sie geht keiner Konfrontation aus dem Weg. Für sie kommt es in erster Linie darauf an, ob eine neue Stelle interessant ist. Eventuelle Schwierigkeiten mit dem vorgesetzten Offizier nimmt sie dafür gerne in Kauf.«

Beide schwiegen einen Moment.

»Noch ist sie nicht an Bord«, sagte Picard.

»Ja. das stimmt, Jean-Luc.« Crusher klang erstaunt, so

als hätte er daran noch gar nicht gedacht. Er beugte sich vor und fügte mit einem verschwörerischen Flüstern hinzu: »Wir fordern die Crew auf, sich zu verstecken. Wenn Beverly an Bord kommt und niemanden sieht, geht sie vielleicht wieder.«

Crusher sprach diese Worte mit solchem Ernst aus, daß Picard fast laut aufgelacht hätte. »Du weißt, was ich meine.«

»Ja, das weiß ich«, erwiderte Crusher. »Du meinst, daß ich Beverlys Versetzung als Captain der *Enterprise* verhindern könnte. Indem ich Krach schlage. Du meinst, Starfleet würde mir meine Ex nicht aufzwingen.«

»Nun, leider gibt's da zwei Probleme. Erstens bin ich prinzipiell dagegen, solche Mittel einzusetzen. Und zweitens gibt es niemanden, der für den Job geeigneter wäre als Beverly Howard. Punkt. Sie kann ausgezeichnete Referenzen vorweisen, und die *Enterprise* und ihre Crew verdienen nichts weniger. Der Teufel soll mich holen, wenn ich in diesem Zusammenhang persönlichen Vorbehalten nachgebe.«

»Das ist sehr anständig von dir, Captain.«

»Von wegen. Ich möchte nur vermeiden, daß die *Enterprise* nicht den besten Bordarzt bekommt. Weil ich mich sonst beim Tod des ersten Besatzungsmitglieds fragen würde, ob Beverly in der Lage gewesen wäre, die betreffende Person zu retten. Selbst wenn Gott höchstpersönlich erschiene, um auf den Sterbenden herabzusehen und mir zu versichern, daß selbst er nichts hätte tun können – ich würde Beverlys Abwesenheit trotzdem bedauern.«

»Du setzt ziemlich hohe Erwartungen in sie.«

»Oh, sie hat breite Schultern und kann eine solche Last tragen.«

»Und du? Was ist mit dir?«

»Ich schätze, ich muß irgendwie damit fertig werden.«

Crusher ging zur Tür.

»Wenn ich etwas vorschlagen darf ...«, sagte Picard.

Der Captain drehte sich um. »Ja?«

»Ich wäre gern bereit, als eine Art Puffer zwischen dir und Beverly zu fungieren. Die meisten Kommando-Angelegenheiten zwischen Captain und Erstem Medo-Offizier könnten über mich abgewickelt werden.«

»Willst du damit andeuten, daß ich ihr nicht gewachsen bin?«

»Ganz und gar nicht. Ich möchte allerdings darauf hinweisen, daß ein Captain nicht alles allein regeln kann. Wenn du beschließt, diese spezielle Verantwortung an mich zu delegieren, wäre es mir eine Freude, sie wahrzunehmen.«

Als Crusher nicht sofort antwortete, fügte Picard hinzu. »Ich möchte dir etwas ins Gedächtnis zurückrufen. Du warst rücksichtsvoll genug, um auf meine Bitte hinsichtlich der Kinder an Bord einzugehen. Ich habe dir meine Bedenken anvertraut und dir erklärt, daß ich mit Kindern nur schwer umgehen kann. Du warst bereit, diese besondere Pflicht selbst zu übernehmen. Du hast mir damit einen großen Gefallen getan, für den ich mich jetzt revanchieren möchte.«

Crusher nickte langsam. »Wenn du die Sache so siehst ... In Ordnung, Nummer Eins. Aber es soll auf keinen Fall der Eindruck entstehen, daß ich mich verstecke. Wenn der Erste Medo-Offizier den Captain sprechen möchte, so ist er jederzeit willkommen. Versuch nicht, ihr das auszureden. Was die übrige Routine betrifft, so delegiere ich sie an dich.« Bei den letzten Worten breitete der Captain die Arme aus.

»Wie du meinst.«

Crusher dachte noch einige Sekunden länger darüber nach. »Weißt du, eigentlich sind wir dadurch nicht quitt. Immerhin sind recht viele Kinder an Bord. Und es gibt nur eine Beverly Howard.«

»Ja«, bestätigte Picard sofort. »Das stimmt. Es gibt nur eine Beverly Howard.«

FADEN A

2

Selan sah von den letzten Testergebnissen auf und rieb sich mit dicken Fingern den Nasenrücken. Er blickte aus dem schmalen Fenster, der einzigen Lichtquelle in dem kleinen Büro. Die Sonne neigte sich dem Horizont zu; der Einbruch der Nacht stand bevor. Staub tanzte in den schräg einfallenden Strahlen. Die Wände des Büros zeigten ein ermüdendes Braun, und Selan nahm sich einmal mehr vor, sie neu streichen zu lassen, ehe er in Depressionen versinken würde.

Nach einer Weile stand er auf und streckte sich. Knochen und Muskeln taten ihm weh, und er war darüber verärgert. Er achtete darauf in Form zu bleiben, und als Greis konnte man ihn gewiß nicht bezeichnen – nach romulanischen Maßstäben war er ein Mann in den besten Jahren.

Vielleicht lag es an der Kälte. An diesem Tag gingen die Temperaturen auf Rombus III nicht über sechsundzwanzig Grad Celsius hinaus. Selan rieb sich die Hände, um den Blutkreislauf zu stimulieren. Ja, die Kälte. Er spürte nur ein leichtes Prickeln in den Fingern, mehr nicht.

Wurde es Zeit für eine Untersuchung?

Auf Rombus III gab es die dafür notwendigen Einrichtungen. Nirgends standen modernere medizinische Geräte zur Verfügung. Selan wußte darüber genau Bescheid; schließlich war er selbst maßgeblich an ihrer Installation beteiligt gewesen und arbeitete seit Jahren mit diesen Geräten.

Einer seiner Assistenten kam herein, ein gertenschlanker Cardassianer. Selan sah auf und nickte. »Guten Abend, Turo. Wir bekommen eine kühle Nacht.«

»Gut«, erwiderte Turo. Das Wetter lieferte ihnen immer wieder Gesprächsstoff. Wenn sich der Romulaner wohl fühlte, litt der Cardassianer – und umgekehrt. Der Grund dafür waren die enormen Unterschiede zwischen dem romulanischen und dem cardassianischen Metabolismus.

Das Klima trennte die beiden Männer, aber etwas anderes verband sie.

Das Interesse am Schmerz.

Natürlich nicht an eigenem Schmerz – so etwas wäre abartig gewesen. Nein, ihr Interesse galt ausschließlich dem Schmerz anderer.

Turo führte einen Datenblock bei sich und blickte nun auf das Display. »Soweit ich weiß, haben wir heute Nummer Zweiundzwanzig verloren.«

»Ja«, seufzte Selan. »Das stimmt. Eigentlich schade. Ich bin davon überzeugt, daß sie noch viel mehr ertragen hätte, aber sie gab einfach auf.« Er erhob sich und klopfte Turo auf die Schulter. »Das finde ich so faszinierend an den vielen Spezies, die wir hier untersuchen, mein Freund: die teilweise enormen Differenzen in bezug auf den individuellen Willen.«

Turo lächelte dünn. »Ich muß Sie berichtigen. Sie gehen von falschen Annahmen aus. Bitte verzichten Sie darauf, mich ›Freund‹ zu nennen. Wenn wir nicht von unseren jeweiligen Regierungen zusammengeführt worden wären, sähe ich kaum einen Sinn darin, mit Ihnen zu reden. Beschränken wir uns auf folgende Feststellungen: Wir teilen eine gewisse Vorliebe für Abscheuliches. Aber mehr steckt nicht dahinter.«

»Offen und ehrlich – wie immer. Vielleicht sollten Sie gelegentlich mehr Takt walten lassen.«

Der Cardassianer neigte den Kopf zur Seite. »Warum?«

Selan lachte kurz – es klang fast wie ein Bellen. Dann blickte er auf den Computerschirm und klopfte gegen die Scheibe. »Wir sollten uns wieder mit Nummer Acht befassen.«

»Halten Sie das tatsächlich für angebracht?«

»Ich glaube, er hat sich inzwischen von unserem letzten Experiment erholt«, sagte Selan nachdenklich. »Seine Ausdauer ist erstaunlich, nicht wahr?«

»Für einen Menschen? Allerdings.« Turo musterte den Romulaner neugierig. »Warum üben Menschen solch eine Faszination auf ihn aus?«

»Ich bin an *allen* Spezies interessiert«, betonte Selan würdevoll. Er zögerte kurz und nickte. »Aber ich muß zugeben, daß mich Terraner besonders reizen. Habe ich Ihnen von den ersten Exemplaren erzählt, mit denen ich konfrontiert wurde?«

»Nein«, erwiderte Turo. »Wann geschah das?«

Selan lehnte sich an den Schreibtisch und legte die Füße übereinander. »Ich nehme an, Sie haben von Narendra Drei gehört, oder?«

Turo runzelte die Stirn und versuchte, sich zu erinnern – der Name klang vertraut. Schließlich fiel es ihm ein. »Ein klingonischer Außenposten, nicht wahr?«

»Ja. Das behaupteten jedenfalls die Klingonen, als sie sich dort vor zwanzig Jahren niederließen.« Selan schnitt eine Grimasse, ein deutlicher Hinweis darauf, daß er davon nichts hielt. »Natürlich gab es einen strategischen Anlaß für die Gründung der angeblichen Kolonie: Die Klingonen wollten uns über das Gebiet der Neutralen Zone hinweg ausspionieren. Oh, natürlich wahrten sie die ganze Zeit über den Anschein der Unschuld. Die Klingonen verstehen sich gut auf Ausflüchte und Vorwände. Aber wir kannten ihre wahren Absichten. Narendra Drei war ein Schlag mitten ins Gesicht des romulanischen Reiches. Uns blieb gar nichts anderes übrig, als Vergeltung zu üben.«

»Natürlich«, sagte Turo, als er Selans Schweigen als

Aufforderung zu einem – bestätigenden – Kommentar interpretierte. »Sie wurden ganz offensichtlich auf die Probe gestellt. Tatenlosigkeit wäre Ihnen ohne Zweifel als Schwäche ausgelegt worden.«

»Na bitte!« Selan klopfte sich auf den Oberschenkel. »Sie verstehen! Was seid ihr Cardassianer doch für ein erstaunliches Volk. Nun, wir griffen die Klingonen an, wozu wir fraglos berechtigt waren. Es gelang uns, dem Gegner erhebliche Verluste beizubringen – bis ein Raumschiff der Föderation in den Kampf eingriff. Es handelte sich um eine Einheit der Ambassador-Klasse. Wie war der Name des Schiffes?« Er überlegte. »Ah, ja. Die *Enterprise.* Unsere Streitkräfte ...«

»Sie waren dabei?« fragte Turo.

»Nur als Beobachter«, erklärte Selan. »Ich gehörte zum engsten Mitarbeiterkreis des Imperators, und deshalb nahm ich häufig an wichtigen Einsätzen teil. Nun, unsere Streitkräfte zerstörten das Schiff, nachdem es bemerkenswert lange Widerstand geleistet hatte. Es kämpfte so gut, daß ein Bündnis zwischen den Klingonen und der verdammten Föderation die Folge war. Das war der negative Aspekt jener Ereignisse. Der positive bestand darin, daß wir, wie ich vorhin schon sagte, den Klingonen erhebliche Verluste beibrachten. Außerdem nahmen wir einige Menschen gefangen, Besatzungsmitglieder der *Enterprise.* Eine sehr interessante Gruppe. Ich fand sie außerordentlich faszinierend.«

»Wieso?« fragte Turo.

Selan hob die Hand und fuhr sich nachdenklich mit dem Finger über die Unterlippe. »In Hinblick auf die physiologischen Merkmale sind Terraner fast armselig. Weiche, dünne Haut. Knochen, die unter minimalem Druck brechen. Ein instabiler Blutkreislauf ohne zuverlässige Reservesysteme. Außerdem eine geradezu lächerlich geringe Körperkraft.«

»Ich weiß.« Turo schüttelte den Kopf. »Man fragt

sich, wie die Menschen unter solchen Voraussetzungen so viel erreichen konnten.«

»Ganz meine Meinung. Nun, bei den ersten von mir untersuchten Individuen fand ich einen fast unbezähmbaren Willen. Einen Willen, der über die Fragilität ihrer Natur weit hinausging. Vielleicht wollte die Evolution damit einen Ausgleich für die vielen Schwächen schaffen.«

Selan ging zur Tür, und Turo schloß sich ihm an. Gemeinsam verließen sie das Büro und wanderten über den kleinen Hof. »Der Imperator teilte mein Interesse und gewährte mir Unterstützung, als ich vorschlug, diese Basis einzurichten – um die physischen und ethischen Grenzen verschiedener Spezies im allgemeinen und der Menschen im besonderen zu erforschen. Die damaligen Gefangenen von der *Enterprise* sind natürlich längst tot. Aber der Imperator ist sehr großzügig, er sorgt dafür, daß ich immer neues Material bekomme. Wie dem auch sei, Nummer Acht hat sich als außergewöhnlich und einzigartig erwiesen.«

»Außergewöhnlich und einzigartig?« Turo lachte abfällig. »Er ist phänomenal. Ich habe nicht die geringste Ahnung, was ihn am Leben erhält. Wie lange ist er jetzt schon bei uns? Seit vier Jahren?«

Selan schüttelte den Kopf. »Es sind sechs Jahre, sieben fast.«

Turo pfiff durch die Zähne. »Ist noch etwas von ihm übrig?«

»Das ist ja das Erstaunliche.« Die Stiefel der beiden Männer wirbelten kleine Staubwolken auf. Selan nickte anderen Wissenschaftlern, denen sie begegneten, einen kurzen Gruß zu. »Er verfügt über beispiellose Reserven an innerer Kraft. Vermutlich erinnert er sich nicht mehr daran, wer er ist oder wie er lebte, bevor er hierher kam. Das alles hat er verloren. Seine gesamte geistige Energie ist jetzt auf ein Ziel gerichtet: Er will überleben. Für andere Gedanken ist kein Raum mehr. Vielleicht weiß er nicht einmal mehr, *warum* er am Leben bleiben will. Dennoch klammert er sich daran fest. Wenn ich ihm in die Augen blicke, sehe ich dort die pure Entschlossenheit.«

Plötzlich legte Turo seinem Begleiter die Hand auf die Brust. Der Romulaner blieb stehen und wartete – dem Cardassianer schien gerade etwas eingefallen zu sein.

»Wie weit würde er gehen, um zu überleben?« fragte Turo.

»Könnten Sie sich etwas deutlicher ausdrücken?«

»Traf er mit klar ausgeprägten Moralvorstellungen hier ein?« fragte Turo.

»Und ob.«

»Hat er sie sich bewahrt?«

»Das weiß ich nicht«, erwiderte Selan. »Mein Spezialgebiet ist der Überlebensinstinkt, die Frage, über welche Ausdauer die Angehörigen verschiedener Spezies verfügen, wenn …«

»Ja, ja.« Turo gestikulierte ungeduldig. »Aber was ist mit den subtileren Elementen moralischen Verhaltens?«

»Ich bin Wissenschaftler, kein Philosoph.«

»Nun …« Turo lächelte unheilvoll. »Halten Sie das Bemühen, den eigenen Horizont zu erweitern, nicht für erstrebenswert?«

Selan dachte darüber nach. »Was schlagen Sie vor?«

Nummer Acht lebte in einer Welt der Finsternis. Finsternis herrschte nicht nur in seiner Zelle, sondern auch in seiner Seele.

Irgendwann einmal, vor langer Zeit, hatte es Licht gegeben. Er zweifelte kaum daran. An Einzelheiten erinnerte er sich nicht, nur an die damit einhergehende Empfindung. Sein tiefstes Inneres barg das vage Wissen um eine Zeit, in der er mehr gewesen war als jetzt.

Jetzt gab es kein Licht mehr, nur noch Feuer. Feuer im Bauch, hinter den Augen, in seiner Seele. Feuer, das ihn verbrannte und das ihn antrieb, auch wenn der Instinkt nach einem Ende verlangte.

Er war vollkommen verdreckt, denn die anderen hatten ihm nie eine Möglichkeit gegeben, sich zu waschen oder gar zu baden. Er stank. Das lange Haar und der ungestutzte Bart bildeten ein struppiges, verfilztes Durcheinander. Rissige Fingernägel wiesen darauf hin, daß er sie immer wieder abgebissen hatte. Er trug die zerfetzten Reste einer Uniform die ihm einst viel bedeutet hatte.

Die während der letzten Folterung verursachten Wunden waren inzwischen verheilt, und er spürte auch nicht mehr den Schmerz, den die Elektroden der vergangenen Woche verursacht hatten. Ganz deutlich erinnerte er sich an das Metall überall an seinem Körper, an den Fingern, an der Brust, an den Genitalien. Und dann die Elektrizität. Die eigenen Schreie – so ohrenbetäubend laut, daß er zunächst glaubte, sie stammten von einem anderen Ort, an dem ein armer Teufel schrecklich leiden mußte, ja, und wie bedauerlich, daß er ihm nicht helfen, überhaupt nichts für ihn tun konnte.

Als er schließlich begriff, daß die Schreie aus dem eigenen Mund kamen, waren die anderen bereits mit ihm fertig und warfen ihn wieder in seine Zelle, wie ein Bündel Lumpen. Die ganze Zeit über machte sich ein grauhaariger Mann mit spitzen Ohren Notizen, nickte immer wieder und murmelte Bemerkungen wie »Beeindruckend«, »Gut« und »Ja«. Seltsam. Jemand, der Komplimente machte. Normalerweise stellten Komplimente etwas Positives dar. Etwas, über das man sich freuen konnte. Doch der Grauhaarige in der Dunkelheit vermittelte keine Freude. Nein, ganz und gar nicht.

Der Mann zuckte unwillkürlich zusammen, als ihm ein seltsamer Geruch entgegenwehte. Er schnüffelte und erinnerte sich vage an etwas, das einen großen Reiz ausübte ...

Ja. Er roch es erneut, etwas deutlicher diesmal. Die

Quelle des Aromas näherte sich seiner Zelle und weckte Erinnerungen an eine andere Zeit, ein anderes Leben.

Es handelte sich um den Geruch von gebratenem Fleisch.

Der Mann entsann sich nicht mehr daran, wann er zum letzten Mal ein dickes, saftiges Steak genossen hatte, das einem auf der Zunge zerging. Der Duft berührte nicht den modernen, zivilisierten Menschen in ihm, sondern das Erbe der prähistorischen Ahnen, die am Feuer saßen und Fleisch brieten. (Was für sie ein völlig neues Konzept darstellte. Bisher hatten sie es einfach von den Knochen erlegter Tiere gerissen und roh verschlungen. Der Gefangene hätte nicht gezögert, eine entsprechende Möglichkeit zu nutzen, selbst wenn er imstande gewesen wäre, einen klaren Gedanken zu fassen.)

Gebratenes Fleisch. Seit einer Ewigkeit ernährte er sich nur von fast geschmacklosem Brei.

Die Tür öffnete sich, und der Duft gewann solche Intensität, daß er den Gefangenen beinahe in den Irrsinn trieb.

Und dann wurde etwas in den Raum geschoben.

Eine Frau.

Ihr Erscheinungsbild stieß ihn nicht ab. Solche Dinge spielten für ihn keine Rolle mehr. Sie bestand nur noch aus Haut und Knochen und hatte die Fetzen eines grünen Kleides am Leib.

Der Glanz in den Augen der beiden Gefangenen unterschied sich. Der Blick des Mannes *fraß* die Frau regelrecht, während in ihren Pupillen ein stummes Flehen glomm: *Befreie mich von meiner Qual …*

Auf dem Gang, unmittelbar hinter der Tür, stand der Romulaner, begleitet von einem Cardassianer. In der rechten Hand ruhte ein Schockstab, mit dem Nummer Acht zurückgetrieben werden konnte – wenn er dumm genug war, sich zu einem Angriff hinreißen zu lassen. In der linken Hand hielt der Romulaner einen Teller, von dem der verlockende Geruch ausging. Ein Duft, der den Gefangenen um die letzten Reste seines Verstands zu bringen drohte.

»Ich habe hier etwas für dich«, sagte der Grauhaarige. »Ein Zeichen meines Respekts, Nummer Acht. Weil du erstaunlich lange durchgehalten hast. Fleisch, so zubereitet, wie du es magst.« Er rümpfte die Nase. »Um es zu bekommen, mußt du mir nur einen kleinen Dienst erweisen.«

Der Gefangene kniff die Augen zusammen.

Der Cardassianer holte ein Messer hervor und warf es in die Zelle. Dicht vor dem verdreckten Mann blieb es liegen.

»Töte diese Frau!« befahl der Romulaner.

Nur die Augen des Gefangenen bewegten sich. Sein Blick huschte zu dem Grauhaarigen, dann zu dem Messer und der Frau und kehrte schließlich zu dem Romulaner zurück.

Die Frau reagierte nicht auf die Worte des grauhaarigen Mannes, obwohl sie einem Todesurteil gleichkamen. Sie verharrte in Apathie.

Nummer Acht regte sich noch immer nicht.

»Sie wird keinen Widerstand leisten, das versichere ich dir«, sagte der Romulaner ruhig. »An Kraft fehlt es ihr ebenso wie an Willen und Entschlossenheit. Du erweist euch beiden einen Gefallen.«

Langsam griff der Gefangene nach dem Messer. Er hockte noch immer auf der anderen Seite des Raums, hob die Klinge und betrachtete sie. Das Metall glänzte im Halbdunkel der Zelle.

Draußen wurde es Nacht.

Die Wächter patrouillierten nicht mehr. Sie gingen leise und unauffällig zu Boden. Hände kamen aus der Dunkelheit; Schwerter stießen zu. Nur dumpfes Stöhnen war zu hören – niemand bekam Gelegenheit, zu schreien und Alarm zu schlagen.

Schwarze Gestalten huschten durch die Finsternis und rückten immer weiter vor.

Selan wollte zurückweichen und das Kraftfeld in der Tür reaktivieren, um auf Nummer Sicher zu gehen. Doch Turo versperrte ihm den Weg und beugte sich vor, um das Geschehen in der Zelle besser beobachten zu können. Ein gräßlicher Gestank herrschte in dem Raum, und Selan machte sich im Geiste eine Notiz, daß das Verlies gereinigt werden mußte.

Nummer Acht kauerte in der gegenüberliegenden Ecke. Er hatte das Messer genommen und betrachtete es nachdenklich. Nach einigen Sekunden sah er zu der Frau. Sie bedeutete ihm nichts. Sie stammte nicht einmal von der Erde, sondern von Bajor. Ihr Name lautete Kara oder so ähnlich. Für den Gefangenen gab es nicht den geringsten Grund, sie zu schonen.

Nur moralische Erwägungen konnten ihn daran hindern, sie zu töten. Eine Frau – oder sonst jemanden – umzubringen, nur um Nahrung zu bekommen ... An so etwas hätte Nummer Acht in seinem früheren Leben niemals gedacht.

Doch viele Jahre der Folter bewirkten eine Verschiebung der Maßstäbe.

Die Frau rührte sich nicht von der Stelle.

Ebensowenig der Mann.

Selan mußte sich eingestehen, daß Turo recht hatte. Es war tatsächlich sehr stimulierend zu beobachten, ob Nummer Acht seine ethischen Prinzipien aufgab oder nicht. Der Romulaner hielt unwillkürlich den Atem an, und seine Aufregung wuchs.

Nummer Acht bewegte sich.

Wie ein Panther sprang er der Bajoranerin entgegen und stürzte sich auf sie. Die Frau ging zu Boden, ohne einen einzigen Laut von sich zu geben. Mit einem dumpfen Pochen prallte ihr Kopf auf den Stein, und sie blieb erschlafft liegen.

Der Gefangene beugte sich über sie, das Messer zum Zustoßen bereit.

Er hielt die Klinge an den Hals der Hilflosen, zog sie wie bei einem Schnitt zur Seite.

Turo beugte sich noch etwas mehr vor, vermutlich in der Hoffnung, bajoranisches Blut fließen zu sehen.

Das war ein Fehler – der erste von zwei Fehlern, die innerhalb der nächsten sechzig Sekunden begangen wurden.

Nummer Acht fuhr plötzlich herum, und Turo hatte gerade noch Zeit genug zu bemerken, daß der Gefangene das Messer falsch herum in der Hand hielt, an der Klinge – was ihn kaum in die Lage versetzte, jemandem die Kehle durchzuschneiden. Und warum sah er kein Blut?

Der Arm verwandelte sich in einen Schemen, und Turo spürte einen jähen Druck am Kopf. *Na endlich,* dachte er. *Jetzt sehe ich Blut.* Allerdings stammte es nicht von der Bajoranerin. Die Frau schien wohlauf zu sein; sie drehte den Kopf, um zur Tür zu sehen. Ihr Hals war unverletzt.

Aber woher stammt dann das Blut? fragte sich Turo – und begriff plötzlich, daß es aus seinem Kopf floß. Er sah Selan an, dessen Miene gleichermaßen Entsetzen und Faszination zeigte.

Der Cardassianer hob die Hand zu dem Messer, das aus seiner Stirn ragte und dessen Heft noch immer ein wenig vibrierte.

Er starrte Nummer Acht an, dieses verdreckte, bis auf die Knochen abgemagerte menschliche Wrack, und zu seiner eigenen Verblüffung fiel ihm nur dieser Kommentar ein: »Guter Wurf!«

Er versuchte, die beiden Worte zu formulieren, aber es wurde nur ein undeutliches »Nychhhhohhh« daraus. Dann neigte sich Turo nach vorn und war bereits tot, als er der Länge nach auf den steinernen Boden fiel.

Selans Gesicht zuckte wütend, als er den Schockstab

hob und vortrat. Alles in ihm verlangte danach, Nummer Acht für sein Verbrechen zu bestrafen.

Das war der zweite Fehler.

Der Gefangene knurrte wie ein Tier und setzte zum Sprung an, um die Hände um den Hals des Romulaners zu schließen, ihn zu erwürgen. Nur eins hinderte ihn daran, seine Absicht in die Tat umzusetzen – er stolperte über den ausgestreckten Arm der Bajoranerin. Nummer Acht strauchelte nur kurz, aber Selan fand Zeit genug, ihn mit dem Schockstab zu berühren. Die Intensität der energetischen Entladung hätte genügen sollen, ihm das Bewußtsein zu rauben: bei einer anderen Person wäre vielleicht sogar der Tod die Folge gewesen.

Doch dieser Mann sank nur auf ein Knie.

Das war alles.

Mehr geschah nicht.

Eine Sekunde später heulte Nummer Acht wie ein wildes Tier, und Selan begriff: Nach all den Jahren hatte er eine Grenze entdeckt, vor der man besser kehrtmachen sollte. Denn auf der anderen Seite wartete ein Geschöpf, das nur aus Gespür und Instinkt bestand. Für diese Mischung aus Fühlen und primitiven Trieben gab es jetzt nur noch ein Ziel: Sie wollte den Tod des Romulaners, ganz gleich, auf welche Weise.

Selan wich zurück.

Der Mann sprang an der Bajoranerin vorbei in Richtung Tür.

Selan erreichte den Flur und aktivierte das Kraftfeld. Es entstand genau in dem Augenblick, als Nummer Acht die Schwelle erreichte. Der energetische Vorhang flackerte und schien den Mann aufzuhalten. Doch jahrelange Folter hatte die Schmerztoleranz des Gefangenen auf ein Niveau gehoben, das bisher als unerreichbar galt.

Ungeachtet der Barriere gelang es ihm, einen Fuß vor

den anderen zu setzen, obgleich die knisternden Entladungen einen dunklen Schlund öffneten, der das Bewußtsein des Mannes zu verschlingen drohte. Er widerstand der Versuchung, sich der Schwärze hinzugeben, schaffte noch einen weiteren Schritt nach vorn, dann sogar einen dritten – der ihm besonders schwerfallen mußte, da er seinen Körper aus dem Wirkungsbereich des Kraftfelds zwang.

Nummer Acht stand nun auf dem Gang. Er keuchte und schnappte nach Luft. Sein Puls raste. Es war ihm tatsächlich gelungen, die energetische Barriere zu durchdringen.

Er versuchte, sich dem grauhaarigen Mann zu nähern.

Da versagten seine Beine.

Sein Körper reagierte einfach nicht mehr. Das völlig überlastete Nervensystem nahm keine Anweisungen mehr vom Gehirn entgegen. Der Gefangene bemühte sich, Arme und Beine zu bewegen, aber statt dessen kippte er um wie zuvor der andere Mann. Er fiel, und sein Gesicht prallte auf den Boden. Nummer Acht spürte keinen Schmerz, nur Zorn über die eigene Hilflosigkeit.

Selan lehnte sich an die Wand und rief: »Wachen! *Wachen!* Hierher, schnell!«

Er wartete darauf, das Geräusch eiliger Schritte zu hören, aber es blieb alles still. Wo mochten die Soldaten stecken?

Nun gut, dann mußte er die Sache eben selbst in die Hand nehmen.

»Nummer Acht …«, sagte er kühl und blickte auf den zuckenden Gefangenen hinab. »Dein Verhalten läßt mir leider keine andere Wahl, als dich zu töten.« Er veränderte die Justierung des Schockstabs und wählte die Einstellung für maximale Energie. Das würde genügen, um den Menschen umzubringen – damit konnte man sogar ein Loch in die Wand brennen. »Es ist nichts Persönliches – das will ich betonen. Ob du's glaubst oder nicht: Ich werde dich vermissen. Du warst ein hervorragendes Untersuchungsobjekt.«

Selan streckte den Stab nach dem Terraner aus, der nichts gegen den tödlichen Stoß unternahm.

Trotzdem gelang es Selan nicht, den Mann zu berühren.

Eine lange Klinge zuckte aus dem Dunkel heran und traf den Stab. Es kam zu einer zischenden Entladung, aber der Klingengriff war isoliert und leitete die Energie nicht weiter.

Selan drehte sich um, sah einen neuen Gegner und erbleichte.

Ein Klingone.

Ein junger Mann – das sah der Romulaner auf den ersten Blick. Er trug schwarze Kleidung, und seine Mähne war dicht und lang. Er hielt die schwertartige Waffe mit beiden Händen.

Einige Sekunden lang verharrten Klingone und Romulaner in Reglosigkeit.

»Sie sind Selan«, sagte der Krieger mit tiefer, rauher Stimme.

»Und Sie sind tot«, erwiderte Selan. »Die Wächter …«

»Die romulanischen Soldaten haben keine Möglichkeit mehr, Ihnen zu helfen«, meinte der Klingone. Seine Kampfhaltung war vollkommen. Er stand ein wenig nach vorn geneigt, bereit zum Sprung, wirkte wachsam und gleichzeitig entspannt. »Die anderen Mitglieder meiner Gruppe haben sie erledigt. Sie dürfen im Kampf sterben, wenn Sie es verlangen.«

»Sehr freundlich«, entgegnete Selan. »Woher kennen Sie meinen Namen?«

»Ich habe viele Jahre damit verbracht, mir Ihr Gesicht einzuprägen«, sagte der Klingone. Es klang fast neutral. »Ich bin Worf, Sohn von Mogh. Meine Eltern starben bei dem Angriff der Romulaner auf Narendra Drei, als ich drei Jahre alt war. Soweit ich weiß, haben Sie jene Aktion angeordnet.«

»Sie sind falsch informiert«, stellte der Romulaner fest.

Worf blinzelte überrascht. »Haben Sie den Angriff nicht befohlen?«

»Nein.« Selan schloß die Hand etwas fester um den Schockstab, ohne in seiner Aufmerksamkeit nachzulassen. »Ich bin Beobachter gewesen, im Auftrag des Imperators.«

»Sie waren also dabei.«

»Ja, aber ...«

»Das genügt mir.«

Die Klinge blitzte. Selan hob den Stab, um den Hieb abzuwehren, aber Worf schlug mit solcher Kraft zu, daß die Klinge ihn einfach durchdrang.

Der Energiestab fiel zu Boden.

Eine Sekunde später leistete ihm Selans Kopf Gesellschaft.

Der Rest von Selans Leiche folgte Augenblicke später.

Worf betrachtete sein Werk und genoß die Rache. Von draußen hörte er Schritte. Wenn die Klingonen einen solchen Lärm verursachten, war anzunehmen, daß alle Romulaner und Cardassianer entweder ausgeschaltet oder tot waren. Oder sich nach dem Tod sehnten.

Worf steckte die Waffe an den Gürtel, kniete neben dem zuckenden Gefangenen am Boden, drehte den Unbekannten herum und sah ihm in die Augen.

Der Glanz darin ließ den Klingonen schaudern.

»Armer Kerl«, murmelte er. »Was haben sie nur mit dir angestellt?«

Die Lippen des Fremden bewegten sich, aber er schien sich kaum daran zu erinnern, wie man sprach. Schließlich gelang es ihm, zwei verständliche Worte hervorzubringen: »Nach Hause.«

»Ja.« Worf nickte. »Keine Sorge. Ich bringe Sie nach Hause. Wie heißen Sie?«

Eine Zeitlang starrte der Mann stumm zu ihm empor.

»Deanna.«

Worf runzelte die Stirn. »Das glaube ich nicht. Das klingt wie der Name einer Frau.«

»Deanna«, wiederholte der Fremde. Natürlich handelte es sich nicht um seinen Namen. Aber es war der einzige, der irgendeine Bedeutung für ihn hatte.

Leider erinnerte er sich nicht an den Grund dafür.

3

»Terminus?« fragte Picard überrascht. »Ich dachte, wir fliegen nach Farpoint Station.«

Sie befanden sich im Bereitschaftsraum des Captains. Jack Crusher stand auf und trat hinter dem Schreibtisch hervor. Picard hatte noch nie erlebt, daß er dort länger als höchstens eine Minute saß. Jack liebte es, in Bewegung zu sein – angeblich deshalb, weil er dadurch ein schwerer zu treffendes Ziel bot. Jean-Luc fragte sich, wieviel Ernst sich hinter dieser scherzhaft gemeinten Bemerkung verbarg.

»Starfleet hat uns eine neue Order übermittelt – ist ja nicht zum ersten Mal«, erwiderte Crusher. »Wir sollen einen recht interessanten Passagier an Bord nehmen, einen gewissen Lieutenant Commander William T. Riker.«

Picard runzelte die Stirn. »Riker. Den Namen habe ich schon einmal gehört.« Kurz darauf fiel es ihm ein. »Mein Gott! Er galt als vermißt, nicht wahr?«

»Du hast ein gutes Gedächtnis, Jean-Luc. Es passierte vor sechs Jahren. Während einer Forschungsmission der *Hood* wurde eine Landegruppe auf den Planeten Falcor gebeamt. Unbekannte griffen an und brachten die meisten Angehörigen des Außenteams um. Einige verschwanden, darunter auch Riker.«

»Wenn ich mich recht erinnere, hat diese Sache damals für viel Aufsehen gesorgt, weil man vermutete, daß die Romulaner dahintersteckten. Man befürchtete, der Angriff könnte nur das Vorspiel zu einer neuen Offensive sein.«

»Die damaligen Vermutungen erwiesen sich als richtig.« Crushers Finger trommelten auf den Schreibtisch – diese Angewohnheit hatte er seit seiner Zeit als Schlagzeuger. »Zwar kam es nicht zu einer neuen Offensive, aber die Romulaner steckten tatsächlich dahinter.«

»Riker überlebte sechs Jahre bei ihnen? Das ist erstaunlich.«

»In gewisser Weise hatte er Glück. Sofern man in diesem Zusammenhang überhaupt von ›Glück‹ reden kann. Immerhin war es ausgesprochenes Pech, daß er den Romulanern in die Hände fiel. Die Brüder neigen dazu, ihre Gefangenen zu foltern, bis sie alles Wissenswerte aus ihnen herausgequetscht haben. Nun, in diesem Fall lief die Sache jedoch anders ab. Hier, sieh's dir selbst an.« Crusher drehte den Monitor, so daß Picard die angezeigten Daten sehen konnte. »Eigentlich hätte ich mir die Erklärungen sparen können.«

Picard blickte auf den Bildschirm. »Dieser Selan, der sich mit Riker befaßte bekleidete anscheinend einen ziemlich hohen Posten.«

»Ja, und er war ein Sadist«, fügte Crusher grimmig hinzu. »Im Namen der Wissenschaft führte er die scheußlichsten Experimente durch. Der Kerl wurde am falschen Ort und im falschen Jahrhundert geboren. Er hätte gut ins Nazideutschland des zwanzigsten Jahrhunderts gepaßt.«

»Vielleicht hat er wirklich in dieser Zeit gelebt – vorausgesetzt, man glaubt an Reinkarnation.« Picard sah noch immer auf den Monitor. »Riker hatte tatsächlich Glück. Er wurde von einer klingonischen Einsatzgruppe gerettet, die nichts von seinem Schicksal wußte.«

»Die Klingonen kannten Rombus Drei als romulanischen Außenposten. Und mehr brauchten sie nicht zu wissen. Seit ungefähr einem Jahr gehen sie ziemlich systematisch vor. Es gibt da einen jungen Burschen namens Worf, der offenbar immer mehr an Einfluß gewinnt.«

»Worf?« wiederholte Picard. »Klingt fast wie Wuff.«

Crusher zuckte mit den Schultern. »Eins steht fest, wenn er bellt, geht's rund. Worf hat für ziemlichen Wirbel gesorgt. Brachte den klingonischen Rat auf Vordermann. Er tritt dafür ein, Präventivschläge gegen die Romulaner zu führen und praktisch jede Gelegenheit zu einem Angriff zu nutzen. Inzwischen hat er einige Leute um sich geschart, die seine Auffassung teilen. Auf diese Weise ist eine kleine Streitmacht entstanden. Offiziell mißbilligt der Rat ihre Aktionen.«

»Offiziell«, wiederholte Picard. »Aber inoffiziell ...«

»Ich vermute, inoffiziell ist man darüber erfreut. Immerhin haben wir es hier mit Klingonen zu tun, Jean-Luc. Wenn der Rat diese Attacken nicht insgeheim begrüßen würde, hätte man Worf längst an die Kandare genommen.«

»Ja, das glaube ich auch«, pflichtete Picard dem Captain bei. »Rombus Drei war also nur der nächste Punkt auf Worfs Liste. Zum Glück für Riker.«

»Für Riker und einige andere ›Gäste‹, denen es mehr oder weniger schlecht ging; man bringt sie derzeit nach Hause zurück. Riker gehört zu Starfleet, und Terminus ist die nächste Basis. Nach Auskunft der Klingonen war er in einem ziemlich schlechten Zustand. Er muß also mit großer Vorsicht behandelt werden.«

Picard nickte, sah erneut auf den Bildschirm und studierte die Angaben über Rikers persönlichen Hintergrund. »Sind die Angehörigen benachrichtigt worden? Er ist verheiratet und hat einen Sohn.«

»Man hat ihnen eine Mitteilung geschickt, ja. Nun, ich dachte ...«

Crusher unterbrach sich, als die Sirenen der Alarmstufe Rot heulten. Er sprintete sofort los, verließ den Bereitschaftsraum und kehrte, gefolgt von Picard, auf die Brücke zurück.

Lieutenant Tasha Yar stand an der taktischen Station und wartete nicht darauf, daß der Captain sie um einen

Statusbericht bat. »Die Schilde haben sich automatisch aktiviert, Sir.«

Lieutenant Commander Data saß am Navigationspult und sah auf die Displays. »Die Sensoren erfassen eine unbekannte Energiequelle; Kurs zwei-zwei-drei-Komma-sieben. Das energetische Niveau ist beträchtlich.«

»Ein Raumschiff?« fragte Crusher und nahm im Kommandosessel Platz. »Oder ein natürliches Phänomen?«

»Ich glaube nicht, daß es sich um ein natürliches Phänomen handelt«, erwiderte Data nach einigen Sekunden. »Was auch immer es sein mag, offenbar wird es gesteuert und kommt direkt auf uns zu.«

»Auf den Schirm«, befahl Crusher. »Volle Vergrößerung.«

Das Etwas erschien im großen Projektionsfeld; es raste mit unglaublicher Geschwindigkeit auf die *Enterprise* zu.

Und dann hielt es plötzlich an.

So abrupt, daß die Brückenoffiziere glaubten, ihren Augen nicht trauen zu können.

»Relativgeschwindigkeit null«, brummte Crusher. Das Föderationsschiff wurde langsamer und hing schließlich bewegungslos vor der glühenden Entität im All.

Die Ausmaße des Objekts blieben nicht konstant. Es wurde mal größer und mal kleiner und veränderte dabei ständig die Form. Manchmal war es rund, dann kantig und eckig.

»Mr. Data …« In Crushers Stimme lag ein Hauch von Ungeduld. »Dies wäre ein geeigneter Zeitpunkt für Sie, mir einen Hinweis darauf zu geben, was wir dort sehen.«

»Ich bin mir nicht sicher, Sir.«

»Eine Vermutung würde mir genügen.«

Data drehte den Kopf und zeigte ein sonnengebräuntes Gesicht und blaue Augen, die verwirrt funkelten. »Eine Vermutung, Sir?«

»Ja, Mr. Data. Was halten Sie von der Sache?«

»Nun, ich *vermute,* das Objekt wartet auf eine Reaktion unsererseits.«

»Unsere Kom-Signale werden ignoriert«, sagte Tasha Yar. Sie zögerte kurz und fügte dann hinzu: »Die Phaser haben das Ziel erfaßt. Nur für den Fall ...«

»Ich hoffe, es wird nicht nötig sein, von ihnen Gebrauch zu machen«, erwiderte Captain Crusher. »Mr. Data, Beschleunigung mit Impulskraft. Steuern Sie uns rechts an dem Objekt vorbei, wahren Sie dabei einen Mindestabstand von fünftausend Kilometern. Mal sehen, was passiert, wenn wir den Flug fortsetzen.«

Die *Enterprise* setzte sich wieder in Bewegung. Im Vergleich mit einem Warptransfer wirkte Unterlichtgeschwindigkeit quälend langsam, doch Crusher wollte auf hektische Manöver verzichten.

Das glühende Objekt schwoll jäh an, teilte sich, bildete eine neue Struktur ...

»Eine Barriere, Sir!« rief Yar.

Sie hatte recht. Gleißende Energie versperrte der *Enterprise* den Weg. Die Barriere bestand aus einzelnen Segmenten, die wie bei einem Maschendrahtzaun miteinander verbunden waren.

»Die energetischen Emissionen sind unverändert«, meldete Data.

»Mit anderen Worten, wir haben noch immer keine Ahnung, was es mit dem Ding da draußen auf sich hat.«

»Das stimmt, Sir.«

»Hm.« Crusher überlegte. »Wir könnten versuchen, das Hindernis oben oder unten zu passieren. Immerhin stehen uns hier im Weltraum alle drei Dimensionen offen.«

Picard schüttelte den Kopf. »Wenn uns diese Erscheinung aufhalten will, so wird sie die Barriere unseren Kurswechseln anpassen.«

»Ja, davon müssen wir ausgehen.« Crusher rieb sich die Stirn. »Tasha, bitte deaktivieren Sie den akustischen Alarm. Ich bekomme Kopfschmerzen davon.«

Picard seufzte lautlos. Er verstand nicht, wie jemand bei einem solchen Höllenlärm klar denken konnte. Allerdings stand es ihm nicht zu, darüber zu klagen.

Von einem Augenblick zum anderen verschwand die Barriere. Sie existierte nach wie vor, versperrte der *Enterprise* auch weiterhin den Weg, aber sie war nicht mehr zu sehen. Der große Wandschirm zeigte nur noch monochromes Weiß.

»Eine Fehlfunktion des Bildschirms?« fragte Crusher. Die Vorstellung, daß es ausgerechnet jetzt zu Defekten kam, erregte sein Mißfallen.

An der Funktionsstation runzelte Fähnrich Chafin die Stirn. »Nein, Sir. Alle Systeme funktionieren einwandfrei.«

»Seht nur!« entfuhr es Picard.

In dem großen Projektionsfeld erschienen Worte, eins nach dem anderen, im Abstand von etwa einer Sekunde. Der verdutzte Picard las sie laut vor.

Vier Wörter.

»Simon ... hat ... nicht ... gesprochen.«

Crusher musterte ihn verwundert und sah dann wieder auf den Wandschirm. Dort standen sie: vier schwarze Worte in verschnörkelten Buchstaben auf weißem Grund.

»Simon hat nicht gesprochen?« wiederholte er. »Wer, zum Teufel, ist Simon?«

»Vielleicht gibt es einen Zusammenhang mit dem bei Kindern beliebten Spiel ›Simon spricht‹«, warf Data ein. »Dabei ahmen zwei oder mehr Teilnehmer die Handlungen des Anführers nach. Jeder Aktivität muß dabei ein ›Simon spricht‹ vorausgehen. Wer etwas ohne diesen Hinweis unternimmt, scheidet aus.«

»Danke, Mr. Data«, sagte Crusher. »Das sind mehr Details, als ich brauche.« Er wandte sich seinem Ersten Offizier zu. »Und nun?«

Picard rieb sich das Kinn. »Wir warten, bis Simon spricht.«

Die Worte verschwanden und wichen einem neuen Hinweis. Picard las ihn laut vor: »Da könnt ihr lange warten.«

Er brauchte ein oder zwei Sekunden, um die volle Bedeutung dieses Satzes zu begreifen.

»Wer auch immer da draußen ist, Nummer Eins – er hat Sie gehört.« In Anwesenheit der anderen Brückenoffiziere wählte er Picard gegenüber die formelle Anrede.

Der Captain wandte sich dem Projektionsfeld zu. »Wenn Sie den Ersten Offizier gehört haben, so können Sie auch mich hören. Ich bin Captain Jack Crusher von der *U.S.S. Enterprise.* Bitte identifizieren Sie sich und erklären Sie, warum Sie uns am Weiterflug hindern.«

»Was möchten Sie wissen?«

Die Stimme kam aus dem rückwärtigen Bereich des Kontrollraums.

Am Turbolift stand ein bizarres Geschöpf.

Der Mann war ganz in Schwarz gekleidet, abgesehen von einem weißen Hemd mit großen Rüschen auf der Brust und an den Ärmeln. Hinzu kam ein Halstuch mit einer Krawattennadel, an der ein Diamant glitzerte. Er trug einen schwarzen Cutaway mit bis zum Knie reichenden Schwalbenschwänzen sowie eine über dem flachen Bauch zugeknöpfte cremefarbene Weste. Die schwarze Hose wies makellose Bügelfalten auf, und die schwarzen Schuhe glänzten.

Er hatte ein kantiges, dreieckiges Gesicht und dichtes, dunkles Haar. Wie beiläufig hielt er einen Gehstock, der über der linken Schulter lag. Die Züge des Mannes offenbarten so etwas wie selbstgefällige Erheiterung, und der Grund dafür schien die Crew der *Enterprise* zu sein.

Er sieht wie ein Zauberkünstler aus, dachte Picard. *Oder wie etwas, das von einer Hochzeitstorte heruntergefallen ist.*

Die Brückenoffiziere starrten den Fremden sprachlos

an, der schließlich wiederholte: »Was möchten Sie wissen?« Er sprach mit einer samtigen Stimme, die ein wenig spöttisch und fast geckenhaft klang. Um den Worten Nachdruck zu verleihen, deutete er mit dem Gehstock auf Crusher.

Tasha Yar reagierte unwillkürlich. Als sie sah, wie der Unbekannte einen waffenähnlichen Gegenstand auf den Captain richtete, machte sie einen Satz, um der vermeintlichen Bedrohung zu begegnen. Sie fragte sich nicht, wie wahrscheinlich ein Angriff auf den Kommandanten der *Enterprise* sein mochte, und vergeudete auch keinen Gedanken daran, welchen Gefahren sie sich selbst aussetzte, wenn sie gegen ein Wesen vorging, das die defensiven Systeme des Schiffes so mühelos überwunden hatte. Für Yar kam es nur auf eines an: Sie mußte ihren Captain unter allen Umständen schützen.

Sie bekam jedoch keine Gelegenheit, irgend etwas gegen den Mann zu unternehmen.

Er schnippte mit den Fingern, und Tasha erstarrte.

»Geben Sie Lieutenant Yar frei«, forderte Crusher augenblicklich.

Der Fremde achtete überhaupt nicht auf den Captain, schlenderte um Tasha herum und musterte sie. Er betrachtete die Frau nicht wie ein denkendes Lebewesen, sondern wie ein kurioses Objekt. »Ein interessantes Beispiel für Feindseligkeit, nicht wahr?« bemerkte er.

»Sie sollen sie freigeben.«

Das Gesicht des Mannes verfinsterte sich. »Sie dürften wohl kaum in der Position sein, mir Befehle zu erteilen.«

»Dies ist mein Schiff«, sagte Crusher. »Meine Aufgabe besteht darin, Besucher freundlich zu empfangen, ob sie eingeladen sind oder nicht. Und es ist meine Aufgabe, Anweisungen zu erteilen. Ich bin fest entschlossen, beiden Pflichten zu genügen, und deshalb wiederhole ich noch einmal: Geben Sie Lieutenant Yar frei!«

»Na so was.« Der Fremde sprach im Tonfall eines

Vaters, der sich genötigt sieht, eins seiner Kinder zu tadeln. »Wirklich schade, daß Sie solche Aggressivität für notwendig erachten. Sie ist weder erforderlich noch ...« Die Stimme bekam einen gefährlichen Unterton. »... besonders klug.« Er zögerte einige Sekunden lang, um seinen letzten Worten besondere Bedeutung zu verleihen. »Aber um zu vermeiden, daß Sie einen falschen Eindruck von mir bekommen ...«

Er winkte übertrieben in Tashas Richtung. Yar erwachte aus der Starre; sie schien sich der verstrichenen Zeit nicht bewußt zu sein. Sie sah nur, daß sich das Ziel plötzlich nicht mehr vor ihr befand, und blinzelte verwirrt. Der Fremde stand hinter ihr und klopfte mit dem Gehstock auf Yars Allerwertesten. Tasha wirbelte zu ihm herum und kniff die Augen zusammen. Ihre Augen funkelten zornig.

»Immer mit der Ruhe, Lieutenant«, sagte Crusher.

»Ja, hören Sie auf den Captain«, fügte der Fremde hinzu. »Er hat Ihr Bestes im Sinn, das versichere ich Ihnen. Nun, Sie sind gewarnt worden. Für gewöhnlich sind meine Warnungen ernst gemeint. Und ich wiederhole sie nicht.«

Picard trat einen Schritt vor und schob sich mit Bedacht zwischen den Fremden und Crusher. »Wer sind Sie?« fragte er.

Der Unbekannte drehte den Kopf und erweckte den Anschein, ihn erst jetzt zu bemerken. »Ah, Jean-Luc ...«

»Woher kennen Sie mich?«

»Wer kennt Sie nicht?« entgegnete der Mann lässig. »Der Offizier mit der vielversprechendsten Karriere bei Starfleet – bis er vor ein Kriegsgericht gestellt und wegen Pflichtverletzung während des *Stargazer*-Zwischenfalls verurteilt wurde. Man hat Sie degradiert, soweit ich weiß. Muß ein ziemlich schmerzliches Erlebnis für Sie gewesen sein.«

Picard spürte, daß ihn alle Anwesenden beobachteten, aber er gab durch nichts zu erkennen, was er dachte oder fühlte. »Ich warte noch immer darauf, daß Sie mir Ihren Namen nennen.«

»Namen sind von einiger Bedeutung, nicht wahr? Sehr mächtige Werkzeuge, wenn man richtig mit ihnen umgeht.« Der Fremde legte sich den Gehstock wieder über die Schulter und wanderte langsam durch den Kontrollraum. Er strich mit dem Finger übers Geländer, hielt nach Staub Ausschau und nickte anerkennend, als er keinen fand. »Nun, um Ihre Neugier zu befriedigen. Ich heiße ... Trelane. Und ich gehöre zum Q-Kontinuum.«

»Zum was?« fragte Crusher.

»Zum Q-Kontinuum«, wiederholte Trelane. »Einer Gruppe von Wesen, die mir ähnlich sind.«

»Die unerträglich sind, meinen Sie wohl«, murmelte Tasha.

Trelane lachte laut. Es war das Lachen eines Mannes, der vorgibt, einen Scherz zu würdigen – und der es vorziehen würde, den Verantwortlichen für seine Unverschämtheit zu bestrafen. »Nun, mein lieber Lieutenant, Commander, Captain und alle anderen, für mich ist nichts unmöglich, und das gilt auch für die anderen Angehörigen des Q-Kontinuums. Wir sind unvorstellbar hochentwickelt und beschäftigen uns mit allen Lebensformen im Kosmos. Ich möchte betonen, daß wir diese Aufgabe sehr ernst nehmen. Wir sind allmächtig – im schönsten Sinne dieses Wortes.«

»Davon kann in diesem Zusammenhang wohl kaum die Rede sein«, sagte Picard.

»Dieser Einwurf stammt von jemandem, der nie allmächtig gewesen ist. Ich hingegen weiß aus eigener Erfahrung, wie herrlich es ist, über solche Macht zu gebieten. Wie dem auch sei ... Kommen wir zur Sache.«

Trelane beendete seine Runde durch den Kontrollraum und verharrte dicht vor Crusher. Picard stand in der Nähe, stets bereit, einen Angriff auf den Captain abzuwehren – obwohl er eigentlich nicht damit rechnete, erfolgreicher zu sein als Tasha Yar.

»Die *Enterprise* ist ein schicksalhaftes Raumschiff Captain. Sie war es schon immer, und sie wird es immer bleiben. Das verstehen Sie sicher, oder?« Trelane lächelte breit. »Sie dient den anderen Schiffen der Flotte als Beispiel. Da Sie die weiten Reisen zuerst unternehmen, da Sie als erste in unbekannte Regionen vorstoßen ... Nun, deshalb ist es wichtig.«

»Deshalb ist was wichtig?«

Trelanes Lächeln wurde zu einem Grinsen. »Daß Sie leiden.«

Crusher starrte ihn an.

Picard spürte, wie ein Zorn in ihm aufstieg, den er kaum mehr beherrschen konnte. Er trat einen Schritt vor. »Sie wollen uns leiden lassen?« fragte er. »Welchen Sinn soll das haben?«

Trelane neigte den Kopf nach hinten und lachte schallend.

»Mein lieber Picard, genau darin liegt ja der Sinn. Im Leiden selbst.«

Und dann verschwand er.

FADEN A

4

Dr. Beverly Howard schaltete den Computerschirm aus und sah zu Picard. »Das habe ich also vermißt, wie?«

Picard nickte und stellte fest, daß es ihm schwerfiel, Howard in die Augen zu sehen. *Meine Güte, sie ist nicht einen Tag älter geworden,* dachte er. Das ausgesprochen attraktive Gesicht, die roten Locken ... Und die Art und Weise, wie sie ihn ansah. Sie musterte ihn, verglich ihn mit dem Mann, der er einmal gewesen war. Mit den Menschen, die sie beide einmal gewesen waren.

Er fühlte eine Berührung und senkte den Blick. Beverly hatte ihre Hand so dicht neben seine gelegt, daß sie einander berührten. Sicher steckte nichts weiter dahinter, aber diese banale Begegnung genügte, um Picard innerlich aufzuwühlen.

Eine harmlose Geste. Oder vielleicht nicht? Verbarg sich mehr dahinter?

Picard stand auf, strich seine Uniform glatt und sah sich um. Es herrschte rege Aktivität in der Krankenstation. Howards Erster Assistent beaufsichtigte die verwaltungstechnischen Obliegenheiten und sorgte für die richtige Justierung aller medizinischen Geräte. Natürlich hatte man sich um diese Dinge bereits vor dem Start der *Enterprise* gekümmert, aber es gehörte zur Routine eines jeden Ersten Medo-Offiziers, sich bei Dienstantritt zu vergewissern, daß alles in Ordnung war.

»Ein ziemlich beeindruckender Auftritt«, sagte Picard.

Beverly preßte die Fingerspitzen aneinander. »Haben wir eine Ahnung, was Trelane will?«

»Nein«, erwiderte Picard ernst. »Er stellte kein Ultimatum, nannte keine Bedingungen. Er erschien einfach, ungeachtet unserer Sicherheitssysteme, sprach so etwas wie eine Drohung aus und verschwand wieder – zusammen mit der Barriere, die uns den Weg versperrte. Man hätte meinen können ...« Jean-Luc runzelte die Stirn und suchte nach den richtigen Worten. »Als er uns dort hatte, wo er uns haben wollte, schien er nicht recht zu wissen, was er mit uns anfangen sollte.«

Er sah zu Howard, um festzustellen, wie sie auf diese Bemerkung reagierte. Aber ihr Blick galt nicht mehr ihm, sondern sie sah über seine Schulter hinweg.

Picard drehte sich um und sah Captain Crusher in der Tür von Beverlys Büro stehen. Er hatte – vielleicht aus Verlegenheit – die Hände auf den Rücken gelegt und wippte auf den Zehen. Er wirkte wie jemand, der auf dem schwankenden Deck eines maritimen Schiffes stand.

Einige Sekunden lang herrschte betretenes Schweigen. Dann räusperte sich Crusher: »Haben Sie sich bereits eingerichtet, Doktor?« fragte er seine Ex-Frau förmlich.

»Ja, Captain.«

»Ich hoffe, es hat Ihnen keine Schwierigkeiten bereitet, Farpoint Station mit einem Shuttle zu verlassen und ein Rendezvousmanöver mit uns durchzuführen, während wir nach Terminus fliegen.«

»Nun, für *Sie* dürften dadurch keine Schwierigkeiten entstanden sein.« Beverlys Mund verzog sich zu einem Lächeln, doch der Rest des Gesichts blieb davon unberührt. »Ich selbst hatte dadurch große Unannehmlichkeiten. Spartanisch eingerichtete Hochgeschwindigkeitsshuttles entsprechen nicht meinen Vorstellungen von einer angenehmen Reise. Ich war nicht gerade begeistert, ebensowenig wie meine Begleiter.«

Crusher verlagerte das Gewicht vom einen Bein aufs andere. »Starfleet beordert uns nach Terminus, Doktor. Mir blieb keine Wahl.«

Beverly öffnete den Mund, um ihren Standpunkt mit noch größerem Nachdruck zu vertreten, um darauf hinzuweisen, daß Jack in der Lage gewesen wäre, den Starfleet-Anweisungen zu widersprechen. Er hätte darum bitten können, ein anderes Schiff nach Terminus zu schicken oder der *Enterprise* etwas mehr Zeit zu lassen.

Doch dann sah sie Jean-Luc an und bemerkte die Botschaft in seinen Augen: *Laß es dabei bewenden.* Sie dachte kurz über den unausgesprochenen Rat nach, dann glätteten sich ihre Züge. Der Ärger löste sich auf – ein Ärger, der sich in letzter Zeit allzuoft darin abzeichnete.

»Ich bin sicher, daß du die richtigen Entscheidungen getroffen hast, Jack«, sagte sie und ging nun zum Du über. Nach kurzem Zögern fügte sie hinzu: »Du solltest dir Farpoint Station bei Gelegenheit einmal ansehen. Dort geht irgend etwas Seltsames vor.«

»Etwas Seltsames?«

Beverly hob und senkte die Schultern. »Ich kann leider keine Einzelheiten beschreiben. Es ist nur ein allgemeiner Eindruck. Irgend etwas geht dort nicht mit rechten Dingen zu und sollte untersucht werden.«

»Wenn du meinst ...« erwiderte Crusher. »Wir kümmern uns so bald wie möglich darum.«

»Danke.« Beverly lächelte. »Es freut mich, dich wiederzusehen, Jack. Ich muß zugeben, als ich das Shuttle verließ und nicht von *dir* begrüßt wurde, sondern von Jean-Luc, da habe ich mich gefragt, ob ich dich während meiner Dienstzeit an Bord der *Enterprise* überhaupt einmal zu Gesicht bekommen würde.«

»Bei uns ging es ziemlich turbulent zu. Hat Jean-Luc dich informiert?«

Beverly nickte in Richtung Computerschirm. »Ja. Von dem sogenannten ›Q-Kontinuum‹ habe ich nie zuvor gehört. Wißt ihr, was das ist?«

»Nein«, antwortete Crusher. »Data hat Nachforschungen angestellt und dabei einige frühere Hinweise auf Trelane gefunden.«

»Ausgezeichnet.« Picard lehnte sich an Beverlys Schreibtisch. »Was hat er entdeckt?«

»Eine interessante Geschichte.« Crusher ging im Zimmer umher. »Vor etwa hundert Jahren begegnete die *Enterprise* 1701 unter dem Kommando von James Kirk einem Wesen namens Trelane. Sternzeit zwei-eins-zwei-vier-Komma-fünf. Damals nannte sich Trelane auch ›Squire von Gothos‹.«

»Gothos?« wiederholte Picard.

»Die Welt, auf der er lebte«, erklärte Crusher. »Den von Captain Kirk angefertigten Logbuchaufzeichnungen zufolge kam es zu mehreren Kontakten zwischen Trelane und Besatzungsmitgliedern der *Enterprise* – bis andere Wesen eingriffen und dem Schiff den Weiterflug ermöglichten.«

»Welche anderen Wesen?«

»Offenbar Trelanes Eltern.«

»Seine *Eltern?* Bist du sicher?«

»Ja. Das Logbuch des wissenschaftlichen Offiziers Spock enthält eine Bestätigung. Darin wird Trelane als ›verzogener kleiner Junge‹ bezeichnet.«

Picard schüttelte den Kopf. »Einer der erstaunlichsten Aspekte dieser früheren *Enterprise* war, daß es für Kirks Crew anscheinend keinen einzigen ereignislosen Tag gegeben hat.«

»Für sie war das Ungewöhnliche der Normalfall.« Crusher rieb sich die Hände, als seien sie kalt geworden. »Nun, ich kehre jetzt zur Brücke zurück. Nummer Eins. Ich erwarte dich im Kontrollraum, sobald du hier fertig bist. Doktor, es war mir ein Vergnügen.«

»Jack ...« Beverly zögerte. »Ich bin sicher, daß wir gut zusammenarbeiten können. Ich weiß es, weil ... weil es mich wirklich freut, dich wiederzusehen.«

Darauf hin lächelte Crusher. »Ganz meinerseits.«

Picards Blick glitt zwischen Jack und Beverly hin und her. Er wünschte sich plötzlich fort aus der Krankenstation, vielleicht sogar an Bord eines anderen Raumschiffs. Nach einigen Sekunden räusperte er sich und wollte vorschlagen, Captain und Bordärztin nicht länger durch seine Gegenwart zu belästigen. Doch bevor er dazu kam, trat Howards Assistent ein.

»In fünf Minuten sind wir fertig, Doktor«, sagte er.

»Oh, Geordi, das ist Captain Jack Crusher. Captain, mein Erster Assistent, Geordi LaForge.«

»Freut mich sehr, Sir«, sagte Geordi, ergriff Crushers ausgestreckte Hand und schüttelte sie.

»Geordi arbeitet schon seit einigen Jahren mit mir zusammen«, sagte Beverly. »Ohne ihn wäre ich aufgeschmissen. Es gibt keinen besseren Medo-Assistenten.«

Crusher spürte sofort das gewinnende Wesen des jungen Mannes. Sein Gesicht war offen, und die braunen Augen zeigten einen warmen, freundlichen Glanz. Jack erkannte, daß LaForge genau im richtigen Bereich arbeitete. Irgend etwas an ihm wirkte beruhigend und weckte Zuversicht. Wenn man als Patient den Blick dieses Mannes auf sich spürte und von ihm hörte, alles sei in bester Ordnung, so glaubte man ihm ohne Zögern.

»Danke, Geordi«, sagte Beverly.

Jemand in der Krankenstation schrie.

Howard sprang so plötzlich auf, daß sie mit dem Knie an die Kante des Schreibtischs stieß. Schmerzerfüllt verzog sie das Gesicht, verlor jedoch keine Zeit und verließ das Büro zusammen mit Crusher und Picard.

Der Schrei stammte von einem Medo-Techniker. Und der Grund dafür war nicht zu übersehen. Eine Wand schmolz.

Es gab kein Sirenengeheul, und auch sonst deutete nichts auf einen Alarm hin. Was nur eins bedeuten konnte: Die Ursache des rätselhaften Ereignisses befand sich im Innern des Schiffes; es gab keine externe Einwirkung.

Crusher klopfte auf seinen Insignienkommunikator. »Sicherheitsalarm! Einsatzgruppen A und B zur Krankenstation, und zwar *schnell!*«

Er wollte vortreten – und mußte feststellen, daß Picard sich vor ihm aufgebaut hatte. Wie stets schützte der Erste Offizier den Captain vor einer möglichen Gefahr.

Und die Wand schmolz weiter.

Genau genommen handelte es sich nicht um ein Schmelzen im eigentlichen Sinne. Zumindest gab es keine hohen Temperaturen. Picard sah deutlich, wie ein Teil der Wand sich dehnte und streckte, wie unter einem von innen ausgeübten Druck. Konturen zeichneten sich ab …

»Da steckt jemand in der Wand«, rief Jean-Luc.

Das schien tatsächlich der Fall zu sein. Ganz offensichtlich war ein menschlicher Kopf darum bemüht, sich aus der wachsweichen Wand zu befreien. Augen zeichneten sich ab, ein wie zum Schrei aufgerissener Mund. Weiter unten erkannte Picard Hände, die von innen gegen das Metall preßten. Eine Schulter wurde sichtbar …

Die Sicherheitsleute trafen ein, angeführt von Tasha Yar. Ihr Tempo verblüffte Jean-Luc jedesmal – wenn es in der *Enterprise* Abkürzungen gab, so schien Yar sie genau zu kennen. Sie und ihre Begleiter trafen mit schußbereiten Phasern ein, doch Crusher hob die Hand. »Wir warten zunächst ab, was …«

Die Wand riß auf.

Es donnerte wie bei einem Gewitter, dann hörte man ein Quietschen und ein anderes, sonderbares Geräusch. Es klang nach tausend Köpfen, die in weiter Ferne durch tausend Fensterscheiben stießen.

Jemand fiel aus der Wand und zu Boden.

Die anderen starrten auf die Gestalt hinab. Der Unbekannte trug eine Uniform, die einige Unterschiede in der Ausstattung aufwies, aber eindeutig von Starfleet stammte.

Es handelte sich um einen Mann. Langsam stemmte er sich auf alle viere hoch. Er atmete schwer, keuchte wie jemand, der eine lange Strecke gelaufen war. Picard musterte den Fremden aufmerksam. Sein Körper war schlank, das Haar wellig und dunkel, hier und dort von ein paar grauen Strähnen durchsetzt, das Gesicht schmal. In seinen Augen brannte eine sonderbare Intensität, als er den Blick auf die Offiziere und Besatzungsmitglieder der *Enterprise* heftete.

Er stöhnte leise, wiederholte immer wieder ein Wort, das wie »Wo?« klang.

Crusher schob sich an Picard vorbei. Er hatte beschlossen, die Initiative zu ergreifen. »Ich bin Captain Jack Crusher. Sie befinden sich an Bord der *U.S.S. Enterprise.* Bitte erklären Sie uns, wie Sie ...«

Der Mann starrte sie an. »Captain ... *wer?*« Sein Blick glitt weiter zu Crushers Erstem Offizier. »Picard ...?«

Jean-Luc blinzelte überrascht und sah fragend zu Crusher, der nur mit den Achseln zuckte. »Du scheinst bei ziemlich vielen Leuten bekannt zu sein.«

Ja, ich bin Commander Jean-Luc Picard.« Diese Worte schienen nicht zu genügen, deshalb fügte er hinzu. »Das ist Dr. Beverly Howard. Und ihr Assistent Geordi LaForge.«

»Ich würde jetzt gern wissen, wer Sie sind«, sagte Crusher. »Stehen Sie in irgendeiner Verbindung zu Trelane? Warum tragen Sie eine Starfleet-Uniform?«

Die Antwort schien dem Fremden erhebliche Mühe zu bereiten. »Ich ... bin ... Q«, brachte er hervor. »Und Sie haben keine Ahnung, wie ... wie *verdreht* diese ganze Sache ist.«

Damit hatte der Mann offenbar seine letzte Kraft aufgebraucht; er sank zu Boden und verlor das Bewußtsein.

FADENWECHSEL
FADEN B

1

Hikaru Sulu sprang vor, und die Spitze seines Degens berührte die Brust des Gegners.

Der andere Mann – er trug einen weißen Overall – wich auf dem unebenen, felsigen Boden zurück. Über ihnen rauschte der Wind in den Baumwipfeln, und von tief unten drang das Geräusch der Brandung zu ihnen herauf. Der Kampf fand auf einem kleinen Plateau statt. Sulu rückte vor und führte seinen Degen behende von einer Seite zur anderen.

Hikarus Gegner wich weiter zurück – bis die natürliche Umgebung ihm Einhalt gebot. Sulu nutzte die gute Gelegenheit und begann mit einer weiteren Attacke, seine Hiebe erfolgten so schnell, daß die Klinge nur noch schemenhaft zu erkennen war.

Der Mann in Weiß parierte den Hieb, drehte sich halb zur Seite und ging zum Gegenangriff über, indem er einen Stoß unter seinem anderen Arm hindurch ausführte – eine neue und tollkühne Angriffsvariante.

Es fiel Sulu nicht weiter schwer, den Streich seines Kontrahenten abzublocken. Anschließend winkelte er den Arm ein wenig an und der Degen des anderen Mannes fiel zu Boden. Hikarus Gegner wollte ihn aufheben, konnte ihn aber nicht erreichen – Sulus Waffe hinderte ihn daran; ihre Spitze berührte den Mann in Weiß am Schlüsselbein. »Sie sind tot«, sagte Hikaru.

»So scheint es, ja«, erwiderte der Gegner. Er richtete sich auf und nahm die Maske ab. Darunter kam ein fast kahler Kopf mit einem weißen Haarkranz zum Vorschein. »Sie haben gewonnen.«

»Wie es sich gehört«, sagte Sulu. »Immerhin sollten Sie Respekt vor dem Alter haben, Picard.«

Jean-Luc nickte und lächelte schief. »Vielen Dank für den Rat.«

Sulu musterte ihn nachdenklich. »Irgend etwas beunruhigt Sie, nicht wahr, Captain?«

»Sehr aufmerksam, Commander«, erwiderte Picard. »Ja, mich beunruhigt tatsächlich etwas. Aber ich weiß nicht, was es ist.«

»Wenn es dabei ums Fechten geht, würde ich mir an Ihrer Stelle wirklich Sorgen machen. Sie sind ziemlich eingerostet.«

»Ich hatte viel zu tun«, verteidigte sich Picard.

»Keine Ausflüchte, Captain.«

»Ich werde mehr trainieren.«

»Schon besser.«

Picard ging langsam zum Rand der Klippe, blickte auf das Meer hinab und beobachtete die hohen Wellen, die sich an der Felsenküste brachen. »Mein Vater war der Meinung, er könnte einen Wetterwechsel aufgrund der Schmerzen in seinen Knien und Ellenbogen voraussagen.«

»Das ist eine einfache physiologische Reaktion auf die Veränderung von Luftdruck und Luftfeuchtigkeit«, meinte Sulu. Er stieß seinen Degen abermals nach vorne, als wolle er einen unsichtbaren Gegner attackieren. »Mit Vorahnungen hat das nichts zu tun.«

»Vielleicht basieren ›Vorahnungen‹ auf der Fähigkeit, Dutzende von Wahrnehmungen gleichzeitig zu erkennen und zu spüren, daß ein Element aus der Reihe tanzt. Aber weil wir so viel auf einmal wahrnehmen, läßt sich nie genau feststellen, wo der ›Fehler‹ liegt.«

»Bis sich schließlich das Problem in seiner ganzen Tragweite offenbart.« Sulu stieß den Degen in die blaue Luft. »Woraufhin Sie sagen …«

»›Wieso habe ich das nicht kommen sehen?‹« Picard nickte. »Ja, richtig.« Er wandte sich vom Klippenrand ab und sah Sulu an. »Ich bitte um Entschuldigung. Normalerweise verliere ich mich nicht in Geplauder.«

»Schon gut«, entgegnete Sulu. »Ich bin immer zur Stelle, wenn Sie jemanden benötigen, der Ihnen zuhört. Wir Raumschiff-Kommandanten sind wie Brüder. Niemand sonst trägt soviel Verantwortung. Niemand sonst muß mit einer derartigen Bürde fertig werden. Und mit jedem verstreichenden Jahrzehnt scheint es noch schwerer für uns zu werden. Die Besatzung Ihres Schiffes besteht aus wie vielen Personen? Tausend? Das Maximum sind siebentausend Leute. Kinder und ganze Familien.« Sulu schüttelte den Kopf. »Nein, Ihre Probleme möchte ich nicht haben.«

Picard führte seinen Degen rasch hin und her und lauschte auf das leise Zischen, mit dem die Klinge durch die Luft sauste. »Was ist mit Ihnen? Alte Warpkonfigurationen, die keine hohen Geschwindigkeiten zuließen. Dilithiumkristalle, die immer wieder ausgetauscht werden mußten, da man sie nicht energetisch restabilisieren konnte. Keine Holodecks, um ein wenig Abwechslung zu haben und auszuspannen. Keine Familien, bei denen man Halt finden konnte. Im Weltraum gibt es kein ›oben‹ oder ›unten‹. Wir haben zwar künstliche Schwerkraft, an die wir uns in gewisser Weise klammern können, aber nur die eigenen Angehörigen bieten emotionalen Halt.«

»Da haben Sie vollkommen recht, Picard.« Sulu lächelte sardonisch. »Wie viele Ihrer Offiziere sind nach sieben Jahren an Bord dieses Schiffes verheiratet?«

Picard verzog das Gesicht. »Eins zu null für Sie.«

»Zwar gibt es bei Ihnen die Möglichkeit, ganze Familien an Bord unterzubringen, aber interessanterweise verzichten Ihre Führungsoffiziere – Sie selbst nicht ausgenommen – auf feste Partnerschaften.«

»Es geht dabei nicht nur um die eigenen Bedürfnisse.

Das Leben an Bord eines Raumschiffs ist nicht einfach, trotz aller modernen Einrichtungen. Und wenn man dann auch noch an die Gefahren im Weltraum denkt ... Mit dem festen Boden eines Planeten unter den Füßen sieht die Sache anders aus.«

»Ein Planet kann von Sonden angegriffen oder von den Borg überfallen werden.« Sulu zählte die Risiken an den Fingern ab. »Vielleicht erhält man unliebsamen Besuch von den Romulanern. Man könnte Naturkatastrophen, zum Beispiel einem Erdbeben, zum Opfer fallen. Denkbar wäre auch, daß die Sonne zur Nova wird.«

»Schon gut, schon gut!« Picard lachte, hob die Hände und gab sich geschlagen. »Auch diese Runde geht an Sie. Ich gebe zu, es gibt keine absolute Sicherheit.«

»Nein«, sagte Sulu ernst. »Die gibt es tatsächlich nicht.«

Picard seufzte. »Und ich gestehe, daß es auf meinem Lebensweg Abzweigungen gab, die ich nicht erforscht habe, Möglichkeiten, denen ich nicht auf den Grund gegangen bin. Glauben Sie nicht, ich hätte nie darüber nachgedacht. Andererseits weiß ich aus eigener Erfahrung, was geschehen kann, wenn man sein eigenes Handeln zu sehr in Frage stellt.«

Sulu neigte den Kopf ein wenig zur Seite und musterte Picard neugierig. »Aus eigener Erfahrung? Was wollen Sie damit sagen?«

»Ich meine ein Erlebnis, das mich in unmittelbare Nähe des Todes geführt hat. Eigentlich möchte ich nicht darüber reden. Nur soviel, es befreite mich von der Reue, davon, ständig darüber nachzudenken, wie sich die Dinge hätten entwickeln können. Das ist nichts als Zeitverschwendung, oder?«

»Ansichtssache, Captain. Den größten Errungenschaften der Menschheit ging häufig die folgende Überlegung voraus: Was wäre, wenn ... Es kann sehr sinnvoll sein, über Alternativen nachzudenken.«

»Ich werde versuchen, Ihren Rat zu beherzigen.«

Picard straffte sich und nahm unwillkürlich die Haltung an, die er gewöhnlich an den Tag legte, wenn er seine Uniform trug. Er schien sich physisch darauf vorzubereiten, wieder die Verantwortung des Kommandanten zu übernehmen. »Programm Ende«, befahl er.

Die Felsen und Bäume, Commander Hikaru Sulu und das Donnern der Brandung – alles verschwand. Es blieb nur das Holodeck, ein Raum mit gelben Linien an der Decke, den Wänden und am Boden.

Picard verließ die Projektionskammer. Er war im Korridor erst zwei Schritte weit gekommen, als er hörte, wie Dr. Crusher seinen Namen rief. Er blieb stehen und drehte sich um. »Ja?«

»Ich habe Professor Martinez geholfen, sich bei uns einzurichten«, berichtete die Bordärztin. »Sie hat mich gebeten, dir ihren Dank anzusprechen. Sie ist sehr zufrieden mit dem Gästequartier.«

»Freut mich«, sagte Picard.

»Sie hat sehr lobende Worte gefunden«, betonte Beverly, lächelte schalkhaft und senkte die Stimme. »Um ganz ehrlich zu sein, Jean-Luc, ich glaube, sie findet dich recht attraktiv.«

Captain Picard wölbte eine Braue. »Ach, tatsächlich?« erwiderte er in einem neutralen Tonfall. »Danke für den Tip. Ich nehme ihn hiermit zur Kenntnis.«

»Es geht mir wie immer um dein Wohlergehen, Jean-Luc«, sagte Beverly. »Ich dachte, du wärst vielleicht interessiert.« Sie trat einen Schritt näher und fügte in verschwörerischem Tonfall hinzu: »Ich bin sicher, sie würde eine Einladung zum Abendessen annehmen.«

Picard musterte die Ärztin neugierig. »Warum zeigst du plötzlich so großes Interesse an meinem Privatleben?«

Crusher gab sich verblüfft. »Jean-Luc, ich bin schokkiert. Wie kannst du so etwas nur behaupten?«

»Irre ich mich etwa?«

»Nein, natürlich nicht. Ich habe keineswegs *plötzlich*

großes Interesse an deinem Privatleben. Das hatte ich schon *immer.*« Sie lächelte wieder und schritt durch den Korridor davon.

Picard schüttelte den Kopf. Vielleicht bildete er es sich nur ein, aber seit sie Einblick in ihre Gedanken gehabt hatten, gab sich Beverly Crusher auf schier unerträgliche Weise selbstzufrieden.

FADEN B

2

Professor Andrea Martinez saß an der wissenschaftlichen Station im Kontrollraum, und Riker hatte direkt hinter ihr Platz genommen. »Wie Sie dem Logbuch des Schiffes entnehmen können, war die *Enterprise* bereits einige Male mit temporalen Anomalien konfrontiert«, sagte er.

»Ja, richtig«, erwiderte die Wissenschaftlerin. Martinez hatte ein rundes, nachdenklich wirkendes Gesicht und tief in den Höhlen liegende graue Augen. Das blonde Haar, in dem sich nur hier und dort etwas Grau zeigte, fiel locker über ihre Schulter. Gedankenverloren rieb sie sich das Kinn. »Aber es gibt nur eine, für die wir eine konkrete Erklärung haben. Ich meine die von Paul geschaffene, auf Vandor Vier.«

»Paul? Sprechen Sie von Dr. Manheim? Kennen Sie ihn?«

Martinez nickte. »Vor fünfzehn Jahren war ich seine wissenschaftliche Assistentin. Ein brillanter Mann. Er gehörte zu den Menschen, die dafür verantwortlich waren, daß sich mein Interesse vom Ereignishorizont schwarzer Löcher auf temporale Phänomene verlagerte. Wirklich schade, daß es für ihn nicht so lief, wie er es sich erhoffte.« Sie runzelte die Stirn. »Nun, es gibt noch andere, und deshalb …« Martinez zögerte, wandte sich um und sah zu Riker auf. »Entschuldigen Sie bitte, aber ich spüre Ihren Atem am Hals.«

»Bitte um Verzeihung.« Riker wich zurück. Er fühlte sich beobachtet. Er drehte den Kopf und sah, wie Deanna den Blick senkte und versuchte, einen unbeteiligten

Eindruck zu machen. Doch ihre Mundwinkel zuckten verräterisch.

Picard betrat die Brücke. »Mr. Data, wann erreichen wir den Ompet-Sektor?« fragte er.

»In zweiundzwanzig Stunden und elf Minuten«, erwiderte der Androide, ohne auf die Instrumente zu sehen.

Picard nickte und näherte sich der wissenschaftlichen Station. »Wie kommen Ihre Forschungsarbeiten voran, Professor?«

Martinez hob den Kopf, und Riker bemerkte einen subtilen Wandel in ihrer Miene. Ein Teil der Strenge verschwand aus ihren Zügen, und in den Augenwinkeln bildeten sich winzige Fältchen. *Der alte Knabe hat noch immer einen Schlag bei Frauen,* dachte er amüsiert.

Picard schien nicht einmal zu bemerken, was sich in Martinez' Gesicht tat. Vielleicht war es gerade seine – vorgebliche – Gleichgültigkeit, die Frauen so anziehend fanden.

»Oh, ich kann nicht klagen.« Sie drehte sich halb um. »Gibt es einen Ort, wo wir ungestört miteinander plaudern können?«

»Natürlich«, erwiderte der Captain freundlich.

Kurze Zeit später saßen Picard, Riker, Troi, Data, Worf und Martinez im Konferenzraum.

»Ich muß gestehen«, begann die Wissenschaftlerin, »ich habe ausdrücklich darum gebeten, daß mich die *Enterprise* zur Ompet-Anomalie bringt. Ich bin sogar so weit gegangen, meine Beziehungen bei Starfleet spielen zu lassen.«

»Das erklärt, warum wir so unerwartet neue Einsatzorder erhielten«, sagte Picard. Er gab sich keine Mühe, seine Neugier zu verbergen. »Warum ausgerechnet wir, Professor?«

»Weil dieses Schiff auf temporale Anomalien genauso wirkt wie ein Magnet auf Eisen«, erläuterte Martinez. »Gewöhnliche Raumschiffe treffen im Durchschnitt nur einmal während ihrer Reisen auf ein derartiges Phänomen. Aber bei Ihnen gehören solche Begegnungen fast schon zur täglichen Routine.«

»Das ist ein wenig übertrieben.«

»Kaum.« Martinez holte einen elektronischen Datenblock hervor und sah auf das Display. »Bei Sternzeit 42679.2 gerieten Sie während des Fluges nach Endicor in eine Zeitschleife. Bei Sternzeit 43625.2 bekamen Sie es mit einer weiteren temporalen Anomalie zu tun. Dabei handelte es sich möglicherweise um eine Kerr-Schleife aus Superstring-Material – das ließ sich nie genau klären. Und bei Sternzeit 45020.4 ...«

»Dieses Datum steht in keinem Zusammenhang mit einer Anomalie«, warf Data ein.

»Mag sein. Aber Sie begegneten einer Romulanerin namens Sela.«

»Ach, *dieser* Nonsens«, sagte Picard scharf. »Zugegeben, sie sah der verstorbenen Tasha Yar überaus ähnlich, aber die Behauptung, ihre Tochter zu sein, daß Tasha zwei Dutzend Jahre in der Zeit zurückversetzt wurde, damals, als wir sie sterben sahen ...«

»Können Sie mit Sicherheit sagen, daß bei Ihren Kontakten mit temporalen Phänomenen ein solches Paradoxon *nicht* geschehen konnte?« fragte Martinez.

»Sie sprechen von Eventualitäten, Professor, in einer Galaxis unbegrenzter Möglichkeiten«, bemerkte Riker. »Wer von uns kann mit Sicherheit sagen, ob wir nicht im Schlaf getötet und durch perfekte Duplikate ersetzt wurden, die über die Erinnerungen der Originale verfügen? Wir müssen uns bloß fragen, wie *wahrscheinlich* so etwas ist.«

»Nun, angesichts der besonderen Geschichte Ihres Schiffes halte ich es für möglich, daß auch die Sache mit Sela der Kategorie temporaler Anomalien zuzuordnen ist«, sagte Martinez. »Damit noch nicht genug. Bei Sternzeit 45652.1 wurde Ihre Existenz für siebzehn Komma vier Tage unterbrochen, weil Sie in einer rekursiven Kausalitätsschleife gefangen waren.« Die Wissenschaftlerin sah Picard an. »Zum Teufel, Captain, was *ist* überhaupt eine rekursive Kausalitätsschleife?«

»Ein temporales Phänomen, das uns zwang, eine bestimmte Ereigniskette immer wieder zu erleben«, antwortete Picard.

»Ich weiß.« Martinez klopfte auf ihren Datenblock. »Ich weiß es, weil eine entsprechende Erklärung den Aufzeichnungen beigefügt ist. Sie begegnen derart bizarren Erscheinungen, daß Sie vollkommen neue Begriffe prägen müssen, um sie zu beschreiben. Gar nicht zu reden davon, daß es überhaupt keinen Hinweis darauf gibt, wie Explosionen irgendeiner Art – in diesem Fall ausgelöst durch die Kollision mit der *Bozeman* – ein solches Phänomen bewirken können.« Sie sah die Offiziere der Reihe nach an und hob eine Braue. »Nun?«

»Es handelte sich um außergewöhnliche Umstände«, spekulierte Data.

»Das glaube ich Ihnen gern«, erwiderte Martinez trocken. »Eines steht jedenfalls fest: Sie setzen eine alte Tradition fort. Schon die erste *Enterprise* reiste durch die Zeit – die Besatzung entdeckte und nutzte den sogenannten Katapulteffekt. Dieses Schiff unternahm zwei dokumentierte Zeitreisen.« Sie blickte erneut auf das Display des Datenblocks. »Die erste fand statt bei Sternzeit 3113.2; die *Enterprise* geriet dabei in die sechziger Jahre des zwanzigsten Jahrhunderts, angeblich nach einer Beinahekollision mit einem schwarzen Loch.« Martinez hob den Blick. »Spätere Versuche, den Vorgang unter wissenschaftlichen Bedingungen zu wiederholen, blieben ohne Erfolg. Temporale Verzerrungen in der Nähe eines schwarzen Lochs sind nichts Besonderes, aber Jahrhunderte in die Vergangenheit katapultiert zu werden, scheint mir ziemlich weit hergeholt zu sein.«

»Unbegrenzte Möglichkeiten, Professor«, wiederholte Picard. »Sie haben eben selbst darauf hingewiesen. Wie läßt sich mit Bestimmtheit sagen, daß etwas *nicht* möglich ist?«

»Na schön. Zu einem weiteren Zwischenfall kam es bei Sternzeit 3823.7. Ein Ionensturm sowie Fehlfunktionen des Transporters sorgten dafür, daß mehrere Besatzungsmitglieder der alten *Enterprise* NCC-1701 gegen ihre Ebenbilder aus einem Paralleluniversum ausgetauscht wurden.«

»Dabei kam es zu keiner Zeitreise«, gab Troi zu bedenken. »Wo liegt hier ein ›ungeklärtes temporales Phänomen‹ vor?«

Martinez lehnte sich in ihrem Sessel zurück. »Es mag zwar nicht völlig ausgeschlossen sein, daß ein Ionensturm einen solchen ›Austausch‹ hervorruft, aber ein derartiger Effekt dürfte extrem unwahrscheinlich sein. Ebenso unwahrscheinlich wie eine rekursive Kausalitätsschleife, hervorgerufen von einer Explosion. Außerdem geht die aktuelle wissenschaftliche Theorie davon aus, daß Paralleluniversen auf alternativen Zeitlinien basieren. Getrennt von uns sind sie durch die Entscheidungen, die dafür sorgen, daß sich die Geschichte unterschiedlich entwickelt. Doch solche Trennungen sind nicht immer hundertprozentig unüberwindlich, wie Captain Kirk bestätigen könnte, wenn er jetzt hier wäre. Oder auch Sela, wenn Sie sich dazu durchringen würden, ihr zu glauben. Nun, einer Ihrer Offiziere hat unmittelbare einschlägige Erfahrungen, die Sie zur Kenntnis nehmen müssen, Captain. Ich meine Lieutenant Worf.«

Etwas in Worfs Miene deutete auf Unbehagen hin. Bisher hatte er geschwiegen, jetzt nickte er zustimmend. »Man könnte Paralleluniversen tatsächlich als ›alternative Zeitlinien‹ definieren«, sagte er. »Sie haben meinen vollständigen Bericht über die Schwierigkeiten gelesen, mit denen ich es nach meiner Rückkehr aus dem klingonischen Imperium zu tun bekam. Ja, ich bin sicher, daß man von ›alternativen Zeitlinien‹ sprechen kann.

Die einzelnen Universen, in die ich geriet, unterschieden sich dadurch voneinander, daß die Ereignisse an bestimmten Stellen in der Geschichte einen anderen Verlauf nahmen. Das gilt auch für den drastischsten Fall.«

»Welcher war das?« fragte Riker.

Worf musterte den Ersten Offizier. Aus irgendeinem Grund hatte er sich außerstande gesehen, in seinem Bericht auch die kurze Begegnung mit einer *Enterprise* zu erwähnen, die aus einem von den Borg dominierten Universum gekommen war. Vor dem inneren Auge des Klingonen erschien ein Riker mit wucherndem Bart und zerzaustem Haar, ein Riker, in dessen Augen Entsetzen flackerte und der darum flehte, nicht in seinen alptraumhaften Heimatkosmos zurückkehren zu müssen. Während der ersten Konfrontation mit den Borg hatte die *Enterprise* nur während weniger Augenblicke die Möglichkeit gehabt, das destruktive Potential des Feindes gegen diesen selbst zu wenden. Das geringste Zögern hätte dazu führen können, daß die Borg auch dieses Universum überschwemmt hätten.

Jene Erkenntnis hatte Worf einige schlaflose Nächte gekostet. Immer wieder blickte er auf seinen schlummernden Sohn hinab und stellte ihn sich in einer solchen Welt vor. Vielleicht war das der Grund für seinen lückenhaften Bericht. Warum sollte er die anderen mit seinem Wissen belasten?

»Ich meine das Universum in dem ich mit Counselor Troi verheiratet war«, erwiderte Worf, ohne zu zögern.

Deanna lächelte unwillkürlich. »Das muß ja schrecklich für Sie gewesen sein«, sagte sie voller gespielter Anteilnahme.

»Mr. Worfs Probleme waren auf eine Anomalie zurückzuführen, deren Hintergründe ebenfalls rätselhaft blieben«, warf Picard ein. »Ja, Professor, Sie haben Ihren

Standpunkt deutlich genug dargelegt. Nehmen wir an, daß Sie recht haben und die *Enterprise* tatsächlich temporale Anomalien ›anzieht‹. Welche Ursache könnte es dafür geben?«

Martinez breitete die Arme aus. »Ich habe keine Ahnung. Aber wenn sich im Bereich der Ompet-Anomalie etwas ereignet, so dürfte dies vor allem Ihr Schiff betreffen.«

»Eine verlockende Vorstellung«, kommentierte Deanna.

Picard wandte sich an den Androiden. »Mr. Data, haben wir irgendwelche zusätzlichen Informationen über die Ompet-Anomalie? Können wir Professor Martinez weitere Daten zur Verfügung stellen?«

»Nein, Sir. Sie selbst hat die wichtigsten Extrapolationen darüber verfaßt.«

»Die ›wichtigsten‹?« Die Professorin klang amüsiert. »Sie schmeicheln mir. Ohne direkte Beobachtungen mußte ich mich auf Spekulationen beschränken. Bei meinen Ausführungen handelt es sich größtenteils um Schlußfolgerungen auf der Grundlage mathematischer Daten, die von verschiedenen Sonden gesammelt wurden. Es ist ein Glück für mich, daß der wissenschaftliche Rat ausgerechnet mir den Auftrag erteilte, die Ompet-Anomalie zu untersuchen – und daß ich die Möglichkeit bekam, mich von der *Enterprise* an mein Ziel bringen zu lassen.«

»Es ist vor allem ein Glück, daß die Anomalie noch immer existiert«, sagte Data. »Normalerweise hat solch ein Phänomen nur für kurze Zeit Bestand.«

»Vielleicht ist es schlicht und einfach Schicksal«, entgegnete die Wissenschaftlerin und lächelte.

Die anderen verließen den Konferenzraum, Martinez jedoch blieb neben Picard stehen. »Captain, hätten Sie heute abend Zeit für ein gemeinsames Essen?«

»Tut mir leid, Professor«, entgegnete Picard. »Ich habe bereits etwas vor.«

Martinez seufzte und verbarg ihre Enttäuschung nicht. »Sind Sie bereits mit jemand anders verabredet?«

»Die betreffende Person weiß noch nichts davon.«

»Oh, eine Überraschung. Wundervoll. Ich liebe Überraschungen.«

»Auch ich habe einmal großen Gefallen daran gefunden«, sagte Picard. »Bis die unangenehmen Überraschungen häufiger wurden als die angenehmen.«

»Jean-Luc! Was für eine schöne Überraschung.«

Picard stand vor Crushers Quartier, in der einen Hand eine Flasche Wein, in der anderen zwei Gläser. »Darf ich hereinkommen?« fragte er.

Beverly trat beiseite und vollführte eine einladende Geste, woraufhin der Captain das Zimmer betrat.

»Wem oder was verdanke ich diese Ehre?« erkundigte sich die Ärztin.

Picard wandte sich ihr zu. »Wir wissen beide genau, wem die ›Ehre‹ gebührt«, erwiderte er, und dabei klang seine Stimme ein wenig traurig.

»Ja.« Ein Schatten fiel auf Beverlys Gesicht, und ihre Heiterkeit – die seit einigen Tagen allerdings etwas übertrieben wirkte – verflüchtigte sich. Die Hände tasteten hilflos hin und her. »Ich habe mit Wes gesprochen. Er war in letzter Zeit sehr beschäftigt.«

»Er hat es doch nicht vergessen, oder?«

»Nein.« Beverly schüttelte den Kopf. »Nein, er hat daran gedacht. Und ich danke dir dafür, daß du mich daran erinnert hast, Jean-Luc.«

»Als wenn *ich* es vergessen könnte.«

Stumm schenkte er Wein für Beverly und sich selbst ein. Sie hoben die Gläser – und zögerten, während ihre Gedanken die Vergangenheit aufsuchten.

»Auf Jack Crusher«, sagte Picard. »Ehemann, Vater und Freund – und von allen vermißt. Indem wir seines Todestages gedenken, würdigen wir die Tage seines Lebens.«

Beverly nickte, und sie stießen an. Wenige Sekunden später senkte die Ärztin den Kopf – aus irgendeinem Grund war sie nicht imstande, Picards Blick standzuhalten.

Sie verbrachten den Rest des Abends zusammen und sprachen miteinander, doch in ihren Worten gab es mehr Schweigen, als sie beide zugegeben hätten.

FADEN B

3

Das Etwas leuchtete in der Schwärze des Alls. Die *Enterprise* verharrte in sicherer Distanz zur Ompet-Anomalie, die wie ein blauer und roter Vorhang in der ewigen Nacht schimmerte. Tief im Innern der Erscheinung – wenn es in diesem Fall überhaupt so etwas wie ›Tiefe‹ gab – war gelegentlich ein Flackern auszumachen.

Martinez saß an der wissenschaftlichen Station, beobachtete das Phänomen und stellte plötzlich fest, daß sie den Atem anhielt. Sie streifte die Starre der Faszination ab und füllte ihre Lungen mit Sauerstoff – es hatte bestimmt wenig Sinn, hier auf der Brücke in Ohnmacht zu fallen.

»Die Sensoren stellen intensive Gravitonemissionen fest«, meldete Data. »Darüber hinaus eine ausgeprägte Neutronenaktivität. Die energetische Struktur ähnelt der von anderen temporalen Anomalien, denen wir begegnet sind.«

»Und die Ursache dieses Phänomens?«

»Unbekannt, Sir.«

Picard dachte einige Sekunden lang über die sonderbare Natur des Universums nach. In diesem Zusammenhang erinnerte er sich an ein ganz bestimmtes Erlebnis in seiner Jugend. Er befand sich erst seit drei Tagen in San Francisco, um an der Starfleet-Akademie zu studieren, als es zu einem Erdbeben kam. Eine Katastrophe blieb aus, denn das Frühwarnsystem hatte einige Stunden vor Beginn der seismischen Aktivität Alarm geschlagen. Picard entsann sich ganz deutlich daran, welche Empfindungen das Beben in ihm bewirkt hatte. *Wenn man sich nicht einmal darauf verlassen kann, daß der Boden unter den Füßen stabil bleibt – wie kann es dann überhaupt so was wie Stabilität geben?*

Damals hatte ihm noch eine wichtige Erkenntnis gefehlt. Sie lautete: Manchmal wurde das Gefüge des Universums nur noch mit Spucke zusammengehalten.

»Ist die Sonde vorbereitet?« fragte Picard.

»Ja, Sir.« Data nahm eine letzte Überprüfung vor. »Alle Telemetriedaten bestätigen volle Einsatzbereitschaft.«

»Sonde starten.«

Das Fernerkundungsmodul sauste aus einem Hangar der *Enterprise* und hielt geradewegs auf die Ompet-Anomalie zu.

»Was mag die Sonde herausfinden, Captain?« wandte sich Riker leise an Picard.

»Wenn ich das wüßte, wäre ihr Einsatz überflüssig«, erwiderte Picard.

Riker lächelte, wurde jedoch sofort wieder ernst. »Ich empfehle Alarmstufe Gelb, Captain.« Als Picard einen fragenden Blick auf ihn richtete, fügte er hinzu: »An den bisherigen Anomalien ist mir zumindest eines aufgefallen – sie mögen es nicht, gestört zu werden. Sie neigen dazu, uns zu verschlingen, Explosionen zu bescheren, alternative Versionen von uns zu schaffen und dergleichen mehr.«

»Sie befürchten, daß die Sonde als eine Art Störung aufgefaßt werden könnte?«

»Ja, genau das befürchte ich.«

Picard nickte langsam. »Na schön. Alarmstufe Gelb.«

Während sich die *Enterprise* auf einen möglichen Notfall vorbereitete, zählte Data ruhig die Sekunden, die noch bis zum Kontakt der Sonde mit der Anomalie blieben. »Zehn neun … acht … sieben …«

Im Gesellschaftsraum im zehnten Vorderdeck servierte Guinan gerade einen Drink, als ihre Hände plötzlich so sehr zitterten, daß ihr das Glas aus den Fingern glitt. Der Inhalt ergoß sich auf Mr. Barclay und hinterließ große feuchte Flecken auf seiner Uniform.

Doch Barclays Sorge galt nicht etwa dem eigenen Zustand sondern dem Guinans. Die stets ruhige und ausgeglichene Wirtin hatte sich noch nie zuvor so ungeschickt angestellt.

»Ist alles in Ordnung mit Ihnen?« fragte er besorgt.

Guinan starrte auf ihre Hände hinab, die sich plötzlich in eigenständige Wesen zu verwandeln schienen. Sie bewegten sich, als ginge es darum, etwas von ihr fernzuhalten oder abzuwehren.

Dann verarbeitete das Bewußtsein die Meldungen des Unbewußten.

»O nein«, ächzte sie. »Nicht schon wieder.« Zum ersten Mal seit langer Zeit war sie wirklich erschrocken. Denn sie spürte nicht nur *ihn*, sondern auch noch etwas anderes. Etwas, das sich ihrer Kenntnis entzog. Und die Grenzen ihrer Kenntnis waren sehr weit gesteckt.

»Drei zwei ...«

Data unterbrach den Countdown.

Picard runzelte die Stirn. »Stimmt was nicht?«

»Wir haben den Kontakt zu der Sonde verloren, Sir«, sagte der Androide.

Picard stand auf – obwohl das eigentlich gar keinen Sinn hatte. Im Stehen konnte er die Sonde nicht besser sehen als zurückgelehnt im Kommandosessel. Trotzdem erhob er sich, als sei er imstande, auf diese Weise Einfluß auf das Geschehen zu nehmen.

»Hat sie die Anomalie erreicht?« fragte er.

»Nein, Sir«, erwiderte Data. »Sie verschwand vorher.«

»Sind Sie sicher?« brachte Professor Martinez verblüfft hervor.

Data wandte sich ihr zu, und in seinem normalerweise ausdruckslosen Gesicht zeigte sich ein Hauch Überraschung. »Natürlich bin ich sicher.«

»Eine Fehlfunktion?«

»Höchstwahrscheinlich nicht.« Data blickte auf die Anzeigen. Als Mensch wäre er jetzt vollkommen verblüfft gewesen. »Captain, die Sonde wird wieder von den Sensoren erfaßt. Ihre Position hat sich verändert. Die Koordinaten lauten jetzt zwei-eins-acht-Komma-vier. Relativ stationär.«

»Relativ?« wiederholte Riker verwirrt. »Relativ in bezug auf was?«

»Es kommt zu geringfügigen Abweichungen in der Flugbahn. Alles deutet daraufhin, daß die Sonde in fast gleichen Abständen hin und her springt und dabei eine Distanz von jeweils einigen Metern zurücklegt.«

»Auf den Schirm«, sagte Picard.

Die Ompet-Anomalie verschwand aus dem zentralen Projektionsfeld und wich einem Abbild des Ortes, an dem sich die Sonde befand.

Der Wandschirm zeigte einen Asteroiden. Der obere Teil durchmaß etwa anderthalb Kilometer und war flach, während sich der Himmelskörper nach unten hin verjüngte.

Etwas bewegte sich auf dem großen Felsbrocken im All.

»Volle Vergrößerung«, befahl Picard.

Der Asteroid schien dem Schiff entgegenzustürzen.

Martinez' Kinnlade klappte nach unten. »Was ist *das* denn?« entfuhr es ihr.

Der Bildschirm präsentierte nun etwas, neben dem Erscheinungen wie die Ompet-Anomalie geradezu alltäglich anmuteten.

Ein Mann stand auf dem Asteroiden, der aussah wie ein völlig normaler Mensch. Der Umstand, daß es an seinem Aufenthaltsort weder eine Atmosphäre noch Gravitation gab, schien ihn nicht zu betrüben. Er trug eine schwarze Hose, bis zu den Oberschenkeln reichende Stiefel nach Piratenart und ein weißes Hemd mit ausgestellten Ärmeln.

Vor ihm war eine Barriere zu erkennen – ein Netz, offenbar geknüpft aus Seilen oder Stricken.

Picard bemerkte auch die Sonde. Das runde Objekt glänzte und sauste immer wieder über das Netz hinweg. Der sonderbare Mann erschien erst auf der einen und dann auf der anderen Seite und schlug die Sonde zurück, bevor sie zu Boden fallen konnte.

»Was hat das zu bedeuten?« fragte Martinez.

»Ich glaube, es handelt sich um Volleyball«, erwiderte Data. »Dabei wird ein Ball ...«

»Professor Martinez weiß sicher, was es mit Volleyball auf sich hat, Mr. Data«, unterbrach Picard den Androiden. »Was zeigen die Scanner an?«

»Nichts, Sir«, antwortete Worf.

»Eine Fehlfunktion?«

»Ich bestätige Lieutenant Worfs Angaben«, sagte Martinez. »Auch meine Instrumente zeigen nichts an. Für die Scanner gibt es dort draußen nichts.«

»Ein Trugbild?« vermutete Picard.

Die wunderliche Gestalt auf dem Asteroiden drehte sich um, als hätte er den Captain gehört. Eine Sekunde später stand er im Kontrollraum der *Enterprise.*

»Halten Sie mich auch jetzt noch für ein Trugbild?« fragte er.

Bevor Picard eine Antwort geben konnte, drang Guinans Stimme aus den Lautsprechern der internen Kommunikation. »Guinan an Picard«, sagte sie und fügte hinzu: »Ist *er* bei Ihnen?«

Ihr Tonfall wies deutlich darauf hin, wen sie meinte. Doch es handelte sich bei dem Eindringling nicht um Q, sondern um jemand anders. »Derzeit nicht«, erwiderte der Captain. »Aber bleiben Sie bitte wachsam.«

Er näherte sich dem Fremden. »Ich bin Captain Jean-Luc Picard«, sagte er vorsichtig. »Bitte identifizieren Sie sich.«

Der Mann deutete eine Verbeugung an. »General Trelane. Im Ruhestand. Einst der bescheidene Squire von Gothos. Ich grüße Sie alle recht herzlich.«

Trelane wanderte langsam durch den Kontrollraum und nickte anerkennend. »Nun, ich muß sagen, gewisse Verbesserungen lassen sich nicht leugnen.« Er sprach laut, wie jemand auf der Bühne eines Theaters. »Alles wirkt beruhigend. Keine grellen Farben mehr, sondern gedämpfte Töne. Sehr eindrucksvoll. Sehr entspannend.« Er drehte sich ruckartig um und verkündete. »Ja, ausgezeichnete Arbeit! Sie werden kein Wort der Klage von mir hören. Nein, kein einziges.«

Er blieb stehen und starrte Worf an.

Worf starrte zurück.

»Meine Güte«, sagte Trelane. »Sie scheinen kein Mensch zu sein. Oder sind Sie vielleicht eine besondere Art von Nubier?«

Worf wurde zornig, und der Klingone wunderte sich über seine eigene Reaktion. Trelanes Frage hatte überhaupt keine Bedeutung für ihn. Er reagierte nicht etwa auf ihren Inhalt, sondern auf den Tonfall.

Der Fremde winkte ab. »Nun, spielt keine Rolle. Captain, ich beglückwünsche Sie! Ein ausgezeichnetes Schiff. Mit einer *interessanten* Crew.«

»Es freut mich, daß Ihnen die *Enterprise* gefällt«, erwiderte Picard behutsam. »Wenn Sie nun so freundlich wären ...«

»Was kann dieses Schiff?« fragte Trelane.

Der Captain runzelte die Stirn. »Wie bitte?«

»Das alte Schiff war langsam«, sagte der Mann abfällig. »Ist dieses schneller als das erste?«

»Wenn Sie die erste *Enterprise* meinen ... ja, dieses Schiff ist schneller. Sind Sie mit der ursprünglichen *Enterprise* vertraut?« Trelane mochte bizarr sein, außerdem wiesen seine Verhaltensweisen unangenehme Ähnlichkeit mit dem Gebaren von Q auf. Und er war ein Eindringling und stellte vielleicht eine Gefahr dar.

Doch seine letzten Worte weckten das Interesse des Historikers in Picard.

»O ja«, erwiderte Trelane. Mit einem Mal riß er den Degen aus der Scheide und schwang ihn mit solchem Elan, daß sich Picard duckte, um nicht enthauptet zu werden. Worf spannte die Muskeln zum Sprung, aber der Captain bedeutete ihm, an Ort und Stelle zu bleiben. Trelane griff nicht an, er gestikulierte nur mit seiner Waffe. »Es war eine große und ruhmreiche Schlacht!« rief er. »Eine grandiose Geschichte über Einfallsreichtum und Verrat, wobei ersteres mich betrifft und letzteres die anderen. Vielleicht erzähle ich sie Ihnen bei Gelegenheit, irgendwann in einer stürmischen Nacht. Zuerst aber ...« Er streckte den Degen wie einen Wegweiser. »Mal sehen, wozu dieses Schiff fähig ist.«

Die *Enterprise* raste so jäh los, als sei sie von einem Katapult abgeschossen worden.

Die im Gesellschaftsraum sitzenden Männer und Frauen wurden von ihren Plätzen geworfen. Guinan hielt sich am Rand der Theke fest und beobachtete, wie Flaschen aus den Regalen kippten.

Im Maschinenraum sah der entsetzte Geordi LaForge, wie die grafischen Balken der Geschwindigkeitsanzeigen weit über den üblichen Meßbereich hinauswuchsen. Am Summen des Warptriebwerks änderte sich nichts – es blieb ruhig und gleichmäßig.

Nur einmal hatte sich Picard auf der Brücke seines eigenen Schiffes ebenso hilflos gefühlt: als Q die *Enterprise* in das Territorium der Borg geschleudert hatte.

Er wurde in seinen Sessel gepreßt, ebenso wie die anderen Offiziere. Worfs Hände lösten sich vom Geländer, und er prallte mit dem Rücken an die Wand.

Picard fragte sich, ob er reale Andruckkräfte spürte oder ob Trelane dahintersteckte. Letztendlich spielte es keine Rolle, denn am Ergebnis änderte sich nichts.

Der Fremde schien von dem allgemeinen Geschehen überhaupt nicht betroffen zu sein. Er hielt den Degen noch immer in der Pose des stolzen Kämpfers ausgestreckt und rief: »*Hurra!*«

Sterne jagten an der *Enterprise* vorbei und bildeten seltsame spiralförmige Muster, als das Schiff auf das Zentrum der Galaxis zuraste. Picard glaubte zu hören, wie es in der Außenhülle knirschte und knackte. Es konnte nicht mehr lange dauern, bis es zu ersten Rissen kam.

»Schluß damit!« stieß er hervor.

»Macht es Ihnen etwa keinen Spaß?« spottete Trelane.

Picard riß die Augen auf, als er einen gewaltigen Feuerball sah, der ihnen auf Kollisionskurs entgegenkam. Ein Ausweichmanöver schien unmöglich: Wenn man bei dieser Geschwindigkeit ein Hindernis kommen sah, war man praktisch bereits damit zusammengestoßen.

Selbst Trelane wirkte erschrocken. Er zog den Degen zurück, und es blieb ihm gerade noch Zeit genug, »*Nimm das!*« zu rufen.

Der Fremde neigte die Klinge, und einen Sekundenbruchteil später explodierte auf dem Schirm lautlos eine riesige Sonne.

Als das Gleißen und Glitzern nachließ, schien alles wieder so zu sein wie zuvor. Die *Enterprise* schwebte erneut vor der Ompet-Anomalie im All, und nichts deutete darauf hin, daß sie mit irrwitziger Geschwindigkeit durch die Galaxis gesaust war.

Allerdings befand sich jetzt nicht mehr nur ein Fremder an Bord, sondern deren zwei.

Q stand direkt vor Trelane und hielt dessen Degen an der Klinge umfaßt. Er schüttelte den Kopf und seufzte.

»Hast du wieder geprotzt?« fragte er.

Trelane zuckte mit den Achseln. »Wenn du meinst ...« Offenbar war er wenig erzürnt über Qs Eingreifen. Ohne ein weiteres Wort griff er nach dem Heft des Degens und schob ihn in die Scheide zurück.

Professor Martinez musterte den Neuankömmling neugierig. Er war schlank und dunkelhaarig und trug eine Starfleet-Uniform.

Die Brückenoffiziere erhoben sich von ihren Plätzen. Worf stand zuerst auf und knurrte unwillkürlich, als er den zweiten Fremden erkannte. Die Reaktion des Klingonen erstaunte Trelane, doch Q blieb völlig gelassen.

»Mach dir wegen ihm keine Sorgen, mein Junge«, sagte er und deutete auf Worf. »Er ist eine fast ebenso bemerkenswerte Anomalie wie das Phänomen dort draußen.« Er gestikulierte. »Gefällt es Ihnen, Picard? Das neueste Werk meines Protegés.«

»Das hätten wir uns denken können«, stöhnte Riker. »Ihr ›Protegé‹ hätte uns um ein Haar umgebracht!«

»Unsinn. Er hatte die Situation völlig unter Kontrolle. Ich habe die Ereignisse aus der Ferne beobachtet und hätte schon früher eingegriffen, wenn es zu einer echten Gefahr gekommen wäre.«

»Das beruhigt mich keineswegs«, erwiderte Picard.

Martinez' Verwirrung nahm immer mehr zu. »Ist er wie Sie?« wandte sie sich an Trelane. »Sind Sie wie ...« Sie sah Picard an, und ihr Gesicht war ein einziges Fragezeichen.

»Professor ...« Zorn vibrierte in der Stimme des Captains. »Q ist ein sehr mächtiges ...«

Q hob einen mahnenden Zeigefinger. »Ich bin nicht mächtig, Jean-Luc, sondern *allmächtig*.«

»... Geschöpf«, beendete Picard den angefangenen Satz. »Er gehört zum Q-Kontinuum und sieht seinen Lebenszweck offenbar darin, uns Probleme zu bescheren.«

»Es ist nicht mein einziger Lebenszweck«, warf Q ein. »Ich befasse mich auch noch mit anderen Dingen.«

»Ja«, brummte Worf. »Vorzugsweise mit ...«

»Nicht jetzt, Lieutenant«, sagte Picard rasch, um einem verbalen Schlagabtausch zwischen dem Klingonen und Q vorzubeugen. Zu solchen Auseinandersetzungen kam es häufig, wenn sich die beiden so unterschiedlichen Männer begegneten.

Picards Interesse galt einer Information, die Q ganz beiläufig ausgesprochen hatte. »*Er* hat die Anomalie dort draußen geschaffen?«

»Das ist eine Art Hobby von mir«, sagte Trelane. Er legte die Hände auf den Rücken und wanderte wieder durch den Kontrollraum. »Ich erschaffe immer wieder welche.«

Er blieb stehen und richtete den Blick auf Picard. Für einen Sekundenbruchteil veränderte sich etwas in seinen Zügen, etwas Dunkles, Unheilvolles erschien hinter der Maske aus Freundlichkeit. »Für mich steht fest, daß Sie solche Anomalien lieben.« Er sprach nun mit leiser, samtweicher und nicht besonders einladender Stimme.

Riker trat vor, bis auch er neben Trelane stand, Picard auf der einen Seite, er auf der anderen. »Wieso steht das für Sie fest?« fragte er.

»Weil Sie immer wieder den Kontakt mit ihnen suchen«, erwiderte Trelane. »Wenn ich an diesem Ort eine Anomalie erschaffe, dauert es nicht lange, bis Sie auftauchen; erschaffe ich dort eine, sind Sie wieder sogleich zur Stelle. Wo auch immer ich mit temporalen Rätseln und dergleichen experimentiere – Sie lassen sich unweigerlich davon anlocken. Inzwischen bin ich fast enttäuscht, wenn Sie einmal *nicht* auf den Plan treten.« Er seufzte wie ein gelangweilter Geck und winkte mit einem Taschentuch. »Vermutlich ist das Schicksal oder so etwas.«

»Ja, man weiß immer genau, wie Jean-Luc reagiert«, seufzte Q. »Zum Beispiel sagt er jetzt ...«

»Ich möchte allein mit Ihnen reden, Q«, zischte der Captain. Sein Groll wuchs, als er bemerkte, wie einige Brückenoffiziere ein Lächeln zu unterdrücken versuchten. Er drehte sich um und sah den Grund dafür. Hinter ihm schwebten einige silberne Ballons mit der Aufschrift: ICH MÖCHTE ALLEIN MIT IHNEN REDEN, Q. Die Reaktion der übrigen Anwesenden deutete darauf hin, daß die Ballons aufgetaucht waren, bevor Picard die Worte ausgesprochen hatte.

Die Brückenoffiziere wurden sofort wieder ernst, denn niemand von ihnen wollte sich den Zorn des Captains zuziehen. Q deutete großzügig in Richtung Bereitschaftsraum, und Picard marschierte mit langen Schritten los, dichtauf gefolgt von dem Repräsentanten des Q-Kontinuums.

Hinter ihnen schloß sich die Tür.

Picard drehte sich um – und stellte fest, daß Q unmittelbar vor ihm stand. Er packte den Captain am Uniformkragen, und für einen Moment befürchtete Jean-Luc einen physischen Angriff.

Doch dieser Eindruck verflog sofort, als er Qs Gesicht sah. Verzweiflung zeichnete sich darin ab. Zwar versuchte Q, auch weiterhin kühl und selbstgefällig zu wirken, aber diesmal war er dabei nicht sonderlich erfolgreich.

»Picard«, sagte er leise und mit großem Nachdruck, »Sie müssen mir helfen.«

»Wie bitte?« erwiderte der Captain verdutzt.

»Der Kerl treibt mich noch in den Wahnsinn«, sagte Q. »Ich *ertrage* es einfach nicht länger.«

Picards Reaktion auf diese Eröffnung war eine Premiere: Er lachte über Q.

Q seufzte, ließ den Captain los und gab deutlich zu erkennen daß er Picards Reaktion mit Abscheu begegnete. »Ich hätte wissen sollen, daß Sie das für amüsant halten.« Er schlenderte durch den Raum, fand zu seiner alten Überheblichkeit zurück und ließ sich auf die Couch sinken. Dort rieb er sich die Schläfen, um den Eindruck zu erwecken, tatsächlich unter Druck zu stehen. »Einer so primitiven Spezies wie der Ihren *muß* das komisch vorkommen. Als die Angehörigen Ihres Volkes noch am Feuer saßen und von den Tieren im Wald beobachtet wurden, galt es als sehr witzig, wenn sich das

Stammesoberhaupt an einer bestimmten Körperstelle kratzte. Unglücklicherweise haben Sie sich seitdem kaum weiterentwickelt.«

»In diesem Fall müssen Sie zugeben, daß die Situation nicht einer gewissen Ironie entbehrt.«

»Ich muß überhaupt nichts zugeben. Im Gegensatz zu Ihnen.«

Picard wölbte eine Braue. »Ach?«

»Sie müssen zugeben, daß Sie in meiner Schuld stehen.«

»Ich soll in Ihrer Schuld stehen?« wiederholte der Captain verwirrt. »Meine Güte, wie kommen Sie denn darauf?«

»Erinnern Sie sich nicht mehr?« Q hielt die eine Hand aufs Herz und klopfte mit dem Zeigefinger. »Bumm, bumm, bumm.«

Picard verstand jetzt, worauf Q hinauswollte. Er erbleichte und stützte sich an der Wand ab. Von einem Augenblick zum anderen fühlte er sich in einer Situation gefangen, die er bisher für einen Traum gehalten hatte und die sich nun als Realität erwies.

»Das ist tatsächlich geschehen?« fragte er.

»Was meinen Sie mit ›das‹?« entgegnete Q.

Diesmal konnte sich Picard nicht mehr beherrschen – der in ihm brodelnde Zorn verlangte nach einem Ventil. Er schlug mit der flachen Hand auf die Schreibtischplatte, so heftig, daß die darauf abgestellten Gegenstände erzitterten. »Keine Spielchen!« sagte er scharf. »Nicht, wenn es darum geht!«

Ein Teil der Kühle wich aus Qs Zügen. »Na schön, Picard. Zwei Gegner. Zwei ...« Er hob die Fäuste, schlug nach einem imaginären Kontrahenten. »... Sparringspartner, die gegenseitig auspacken. Sie meinen natürlich den Ausfall Ihres künstlichen Herzens.«

Picard nickte und wartete darauf, daß Q fortfuhr.

»Während Sie im Koma lagen, hatten Sie eine Vision. Sie fanden sich in einem weißen Dunst wieder.«

Q lächelte auf eine Weise, die jedes vernünftige Wesen schaudern lassen mußte. »Sie hörten eine Stimme, die Ihnen mitteilte, Sie seien tot und im Paradies.«

»Und die behauptete, Sie seien Gott«, ergänzte Picard. »Natürlich habe ich das nicht geglaubt.«

»Was mich kaum überrascht. Die Vorstellung, Sie kämen in den Himmel ...« Q zuckte mit den Schultern. »Nun, offenbar ist man im Paradies nicht besonders wählerisch.«

Picard kniff die Augen zusammen. »Für jemanden, der eben noch um Hilfe gebeten hat, klingen Sie ziemlich anmaßend.«

»Was soll ich sagen, Jean-Luc? Bei Ihnen ist das eben so einfach.« Übergangslos wurde er wieder ernst. »Ich gab Ihnen die Möglichkeit, ein Ereignis noch einmal zu erleben, das Sie bedauerten. Sie bekamen von mir die Chance, sich anders zu verhalten, was bei Ihnen schließlich zu *noch mehr* Reue führte. Woraufhin Sie die Dinge wieder so gestaltet haben wollten, wie sie vorher waren. Ja, und dann glaubten Sie, die Welt sei wieder in Ordnung. Und *jetzt* wollen Sie wissen, ob das alles wirklich passiert ist. Die Antwort wird Ihnen nicht gefallen.«

»Ich möchte Sie trotzdem hören«, sagte Picard.

»Sie lautet: ja und nein.«

»Das ist keine Antwort.«

Q hob und senkte die Schultern. »Für Sie mag es keine Antwort sein, aber eine bessere kann ich Ihnen nicht anbieten. Andere Antworten wären völlig unverständlich für Sie.«

»Da ist sie wieder, Ihre Herablassung.«

Jedes einzelne Wort Qs fuhr wie ein Messer in Picards Seele. »Die Menschheit mag eine noch so hohe Meinung von sich haben, aber ich versichere Ihnen, es gibt Konzepte in Raum und Zeit, die weit über Ihr Begriffsvermögen hinausgehen.« Angewidert schüttelte er den Kopf. »Und Sie werfen *mir* Arroganz vor? Ich könnte die Existenz dieses Schiffes beenden, Picard. Ich könnte Haare auf Ihrem Kopf wachsen lassen. Ich könnte Ihre Besatzungsmitglieder in Embryonen verwandeln und Worf Knittelverse aufsagen lassen. Ich wäre imstande, das Innere dieses Schiffes nach außen zu kehren und Ihre Wirklichkeit mit auf den Kopf zu stellen. Ich bin nicht herablassend, Picard – obwohl ich dazu fähig bin. Aber in diesem Moment ist das schlicht und einfach nicht der Fall. Was die Arroganz betrifft, ja, Picard, ich *bin* arrogant. Warum? Weil ich einen Grund dafür habe. Weil ich dazu *berechtigt* bin. Nun, *Sterblicher,* wie lautet *Ihre* Rechtfertigung?«

Eine Zeitlang herrschte Stille. Picard stand mit verschränkten Armen da und fragte schließlich: »Sind Sie jetzt fertig?«

Q rollte mit den Augen. »Ich wußte, daß ich mit einer überaus intelligenten Antwort von Ihnen rechnen durfte.«

»Nun, einigen Ihrer Ausführungen kann ich nicht widersprechen. Ob sich die Zeitlinie geändert hat oder nicht, ob *ich* mich verändert habe oder nicht, Sie haben mir einen sehr großen Gefallen erwiesen, indem ...« Sie Picard seufzte betrübt. »... die schwere Last des Zweifels von mir nahmen. Daher glaube ich, daß ich tatsächlich in Ihrer Schuld stehe.«

»Gut.« Q klopfte auf seine Knie und erhob sich. »Ich bin froh, daß wir diesen Punkt geklärt haben.«

»Aber um ganz ehrlich zu sein, Q, ich habe keine Ahnung, was Sie von mir erwarten.« Picard legte die Hände auf den Rücken. »Ob ich in Ihrer Schuld stehe oder nicht, ich lehne es strikt ab, meine Crew anzuweisen, sich für Trelanes Amüsement zur Verfügung zu stellen.« Er runzelte die Stirn und gab zu erkennen, daß er die Situation noch immer als sehr verwirrend empfand. »Hätten Sie etwas dagegen, mir die Hintergründe Ihrer Beziehung zu ihm zu erläutern?«

Q seufzte. »Ja, ich habe etwas dagegen, aber leider

handelt es sich um eine faire Frage. Es ist nur so, um Ihnen einen Eindruck zu vermitteln, müßte ich viele Einzelheiten des Q-Kontinuums erklären. Das hat übrigens nichts mit Herablassung zu tun.« Er verlieh dem Wort eine besondere Betonung, als rolle er es im Mund hin und her. »Wie dem auch sei, ich möchte Ihnen die peinlichen Einzelheiten ersparen.«

»Na schön«, brummte Picard. »Also in Begriffen, denen ich zu folgen vermag.«

»Wie Sie meinen. Trelane ist ein Kind. Er begegnete der ersten *Enterprise* unter dem Kommando von Kirk. Bestimmt liegen Ihnen Berichte vor, und deshalb verzichte ich auf Details. Inzwischen sind hundert Jahre vergangen. Zwar ist Trelane ein wenig reifer geworden, aber noch immer liegt ein langer Weg vor ihm.«

»Sie meinen, es dauert noch eine Weile, bis er die Regeln des guten Benehmens ebenso perfekt beherrscht wie Sie«, warf Picard ein.

»So ist es«, bestätigte Q, ohne auf den Sarkasmus in der Stimme des Captains einzugehen. »Ich bin gewissermaßen Trelanes ›Pate‹, um einen Ihnen vertrauten Begriff zu verwenden. Alle Angehörigen des Q-Kontinuums müssen irgendwann einen jungen Q unter ihre Fittiche nehmen und ihn zu dem herrlichen, beneidenswerten Schicksal geleiten, das ihn schließlich erwartet. Ich stehe schon seit langer Zeit mit Trelanes Eltern in Verbindung, und deshalb ...« Q versuchte, ein Stöhnen zu unterdrücken, doch es gelang ihm nicht ganz. »Deshalb fiel mir die Aufgabe zu, mich um Trelane zu kümmern.«

»Für wie lange?« fragte Picard.

»Solange es notwendig ist. Nach menschlichen Maßstäben ist damit eine Zeitspanne gemeint, die Sie sich nicht einmal vorstellen können.«

»Haben auch Sie diese Phase durchlaufen während Ihrer Entwicklungsjahre?«

»Ja, natürlich«, erwiderte Q. Sein Blick glitt in die

Ferne. »Ich habe schon seit einer ganzen Weile nicht mehr an den guten alten Q gedacht. Nachdem er als mein Mentor fungierte, verließ er das Kontinuum, um eine Art Urlaub anzutreten.« Er runzelte die Stirn. »Er ist noch nicht wieder zurückgekehrt.«

»Welch eine Überraschung«, kommentierte Picard sarkastisch. »Ich schlage vor, Sie behandeln Trelane so, wie Ihr ›Pate‹ Sie behandelt hat.« Er konnte der Versuchung nicht widerstehen und fügte hinzu: »Versuchen Sie bloß, bessere Arbeit zu leisten.«

»Ha. Ha. Ha.« Q stand auf und trat Picard gegenüber. »Hören Sie, Jean-Luc, ich hätte einfach so erscheinen können. So etwas lieben Sie doch, nicht wahr? Dann stellen Sie sich sofort auf die Hinterbeine, weil Sie glauben, Ihrer Crew beweisen zu müssen, daß Sie niemals die Kontrolle über die Situation verlieren. Statt dessen habe ich Trelane eine Zeitlang beschäftigt und die allgemeine Entwicklung so beeinflußt, daß wir uns ›durch Zufall‹ begegnen konnten. Und warum diese Mühe? Um Ihnen nicht die gute Laune zu verderben. Falls Sie überhaupt wissen, was es mit einer solchen Stimmung wirklich auf sich hat.«

Der Captain neigte den Kopf ein wenig zur Seite und musterte Q argwöhnisch. »Soll das heißen, daß Sie Professor Martinez irgendwie gezwungen haben, die *Enterprise* für diese Mission anzufordern?«

»Picard, gerade Sie sollten wissen, wenn ich etwas *erzwinge*, so mache ich daraus kein Hehl. Ihre Frage wäre in dem Fall vollkommen überflüssig, da sie längst Bescheid wüßten. Begnügen wir uns mit folgender Feststellung: Ich habe mit großer Zuversicht in Hinsicht auf die Konsequenzen gewisse Dinge in Bewegung gesetzt. Wenn Sie in diesem Zusammenhang weitere Auskünfte wünschen, so muß ich Sie leider enttäuschen.«

»Na schön«, brummte Picard. »Kommen wir zur Sache. Was haben Sie vor? Wollen Sie mit Trelane für eine Weile hierbleiben, um uns zu beobachten?«

»Um mit Ihnen zu interagieren. Um mit Ihnen zu reden. Um Sie zu verstehen. Trelane hat bei seiner letzten Begegnung mit Ihrer Spezies ein ziemliches Durcheinander angerichtet. Er glaubte, die Menschheit zu untersuchen, aber dabei verhielt er sich wie ein Kind, das einer Fliege die Flügel ausreißt und sich für einen Entomologen hält.«

»Ich verstehe.« Picard richtete den Zeigefinger auf Q. »Sie bleiben die ganze Zeit über bei ihm. Ich will nicht, daß er hier einfach so herumläuft und meine Crew belästigt.«

Q salutierte spöttisch. »Zu Befehl, *mon capitaine.*«

»Um jeden Zweifel auszuräumen, Q, diese Sache gefällt mir nicht.«

Die Entität richtete einen verblüfften Blick auf Picard. »Ein bemerkenswerter Zufall. Die gleichen Worte sprach Gott, als er die Menschheit schuf.«

Picard verzog das Gesicht. »Ha. Ha. Ha.«

»Das war mein Ernst«, sagte Q.

»Sie behaupten also nicht mehr, Gott zu sein. Sie wollen mir nur noch weismachen, daß Sie ihn kennen.«

»Nun, es ist nicht leicht, ihn zu *kennen*«, meinte Q. Seine Miene blieb völlig unbewegt dabei, und Picard spürte, wie es ihm kalt über den Rücken lief. »Er redet nicht viel. Läßt seine Taten für sich sprechen. Oh, ich habe ihm natürlich davon abgeraten.« Er schloß die Augen und schüttelte betrübt den Kopf »Ich sagte, G … Er mag es nicht, mit seinem Namen angesprochen zu werden. Exzentrischer Bursche. Nun, ich sagte zu ihm, du wirst es bereuen. Das mit der Menschheit, meine ich. Früher oder später wird sie dir Kopfschmerzen bereiten, warnte ich ihn. Bleib bei Tieren. Die geben keine Widerworte, beginnen keine Kriege und glauben auch nicht, daß aufrechtes Gehen sowie die gelegentliche Komposition einer denkwürdigen Sinfonie ihnen das Recht geben, einen ganzen Planeten zugrunde zu richten. Nun, er setzte die Schöpfung trotzdem fort. Allerdings habe ich, als es um das Leben auf der Erde ging, hier und dort einen Beitrag geleistet.«

»Oh, natürlich«, entgegnete Picard, der kein Wort glaubte. »Und bei welchem Geschöpf läßt sich Ihre Mitwirkung erkennen?«

Q lächelte strahlend. »Nun, Picard, wer hat sich wohl das Schnabeltier einfallen lassen?«

FADEN B

4

Trelanes erste Stunden an Bord der *Enterprise* verliefen relativ ruhig. Picard sah darin ein gutes Zeichen. Vielleicht ermöglichte Trelanes Präsenz sogar ein paar phänomenale wissenschaftliche Durchbrüche.

Professor Martinez und Commander Data führten ein langes Gespräch mit Trelane und erörterten dabei die Besonderheiten temporaler Anomalien. Dabei stellte sich heraus, daß der frühere ›Squire von Gothos‹ Zeitphänomene als überaus faszinierend erachtete.

»Sein Interesse geht auf die Begegnung mit der ersten *Enterprise* zurück«, erklärte Data dem Captain im Bereitschaftsraum. Auch Riker und Professor Martinez waren zugegen. »Er glaubte damals, die Erde zu beobachten, aber wie sich herausstellte, ›sah‹ er jahrhundertealte Ereignisse – er hatte vergessen, die Zeit zu berücksichtigen, die das Licht braucht, um eine bestimmte Strecke zurückzulegen.«

»Er war so fasziniert von diesem Phänomen, daß er anfing, temporale Anomalien zu erschaffen«, fügte Martinez hinzu. Sie schien es kaum fassen zu können, und Ehrfurcht sprach aus ihren Worten. »Für ein Wesen wie Trelane ist das ganze Universum eine Petrischale.«

»Und *wir* stoßen immer wieder auf die von ihm geschaffenen Anomalien?« fragte Picard ungläubig. Er schien nicht annähernd so begeistert zu sein wie die Wissenschaftlerin. »Wie wahrscheinlich ist so etwas? Nein, Sie brauchen nicht zu antworten«, sagte er, als er sah, wie sich der Glanz in Datas Augen ein wenig trübte – normalerweise ein untrüglicher Vorbote einer ausführlichen Erklärung. »Das war nur eine rhetorische Frage.«

Data nickte ungerührt.

»Trelane schwört, das war Zufall«, sagte Martinez. »Und Q bestätigt das.«

»Großartig«, kommentierte Riker. »Ein Wesen, dem geradezu unglaubliche Macht zur Verfügung steht und das sich ziemlich fragwürdig aufführt, schwört, und sein Artgenosse verbürgt sich dafür. Genausogut könnte Kodos behaupten, keine Hinrichtungen befohlen zu haben und als Alibi eine Zechtour mit Adolf Hitler durch britische Pubs anführen.«

»Es gibt keinen Grund, so sarkastisch zu sein, Commander«, erwiderte Martinez.

»Vielleicht stellt die *Enterprise* für Trelane noch immer eine Quelle der Faszination dar«, sagte Data. »Doch in dieser Hinsicht könnte nur er selbst uns Gewißheit verschaffen. Möglicherweise übt die *Enterprise* eine so große Faszination auf ihn aus, daß er und das Schiff deshalb immer wieder aufeinandergetroffen sind.«

»Wie bei einem Kind, das immer wieder an einer verschorften Wunde kratzt«, warf Riker ein.

Picard sah seinen Ersten Offizier an und ließ ein knappes Lächeln sehen. »Ihr Beispiel behagt mir nicht besonders, aber es hat etwas für sich. Ich bin sehr erfreut, daß bisher alles gutgegangen ist. Ich hatte erhebliche Bedenken, Q und Trelane den Aufenthalt an Bord zu erlauben.«

»Ich bezweifle, ob es Ihnen gelungen wäre, sie gegen ihren Willen loszuwerden«, sagte Martinez.

Picard überhörte diese Bemerkung. »Ich schlage vor, wir behalten die beiden im Auge. Sobald es Schwierigkeiten gibt, sollten wir unverzüglich reagieren – bevor sie uns über den Kopf wachsen.«

Im Gesellschaftsraum saß Geordi an einem Tisch und unterhielt sich mit Beverly Crusher. Die Ärztin schien nicht ganz auf der Höhe zu sein, und LaForge erkundigte sich nach dem Grund dafür.

Beverly lächelte. »Für einen angeblich Blinden sehen Sie eine ganze Menge.«

»Ich passe nur genau auf, Doktor.«

»Es ist alles in Ordnung mit mir«, log Crusher und glaubte, den Blick ihres seit vielen Jahren toten Ehemannes im Nacken zu spüren. »Ich bin heute nur ein wenig schlechter Stimmung, das ist alles.«

Geordi wollte es nicht dabei bewenden lassen und eine weitere Frage stellen, als Crusher überrascht über seine Schulter hinwegsah. Er drehte sich um.

Trelane kam herein. Es war nahezu unmöglich, ihn nicht zu bemerken, denn eine Fanfare kündigte ihn an – Musik, die von überall zu kommen schien.

Alle Anwesenden wandten sich dem Besucher zu.

Er blieb eine Weile im Eingang stehen, die Hände an den Hüften, wie ein selbstherrlicher Pirat auf dem Deck seiner Galeone.

»Wie überaus eindrucksvoll!« verkündete er.

Guinan stand hinter der Theke und kniff die Augen zu schmalen Schlitzen zusammen. Zum ersten Mal bemerkte Beverly Crusher so etwas wie Unsicherheit an ihr. Der Umstand, daß es eine Verbindung zwischen Trelane und Q gab, genügte der Wirtin, um besonders wachsam zu sein. Und die Verwandtschaft zwischen den beiden Geschöpfen war nicht zu übersehen: Trelane wirkte mindestens ebenso arrogant wie Q.

Er drehte sich um und sah Guinan. Sofort fiel ein Schatten auf seine Züge.

»Sie sind *sie,* nicht wahr?« fragte er mit einem auffallenden Mangel an Enthusiasmus.

Guinan nickte.

Trelane musterte sie. Sein Blick schien die dunkelhäutige Frau Molekül für Molekül auseinanderzunehmen.

»Q meinte, ich soll mich vor Ihnen hüten«, sagte er schließlich. »Aber um ganz ehrlich zu sein, der Grund dafür ist mir ein Rätsel.«

Guinans Lächeln täuschte über ihre Besorgnis hinweg. »Sie möchten ihn sicher nicht erfahren.«

Trelane lachte. Es klang irgendwie unheilverkündend.

»Guinan, ich gebe mir alle Mühe, mich von meiner – wie nennt es Q? – guten Seite zu zeigen. Was jedoch keineswegs bedeutet, daß ich Unhöflichkeiten toleriere. Ich verabscheue Unhöflichkeit.« Er neigte den Kopf nach vorn, und seine Züge verhärteten sich. »Ich glaube, ich habe gerade einen unhöflichen Tonfall gehört.«

»Nein«, erwiderte Guinan. »Wenn ich unhöflich gewesen wäre hätten Sie es sofort gemerkt.«

»Ich glaube trotzdem, daß Sie unhöflich waren. Und ich glaube, daß Sie sich dafür entschuldigen sollten.«

»Ach?« entgegnete Guinan spöttisch. »Glauben Sie auch an den Osterhasen?«

»Äh ...« Geordi befürchtete eine Eskalation der Ereignisse. »Vielleicht wäre es besser, wenn ...«

Trelane würdigte ihn nicht einmal eines Blickes. »Mischen Sie sich nicht ein. Diese Angelegenheit geht Sie nichts an.«

»Hören Sie, Trelane ...« Geordi holte tief Luft. »Sie haben nicht darüber zu entscheiden, in welche Angelegenheiten ich mich einmischen darf.«

Guinans Besorgnis wuchs. Verbale Duelle waren eine Sache, aber Trelane hatte bereits mehrmals bewiesen, wie empfindlich er in dieser Hinsicht war. So etwas konnte sehr gefährlich werden.

»Geordi ...« begann Guinan.

Trelane sah den Chefingenieur mit einem Funkeln in den Augen an. »Fort mit Ihnen«, zischte er und winkte.

Geordi verschwand.

Beverly schnappte entsetzt nach Luft. Unwillkürlich klopfte sie auf ihren Insignienkommunikator. »Crusher an LaForge.« Sie wußte nicht, ob sie mit einer Antwort rechnen durfte. Vielleicht hatte Trelane Geordi im Zentrum einer Sonne rematerialisieren lassen.

Doch sie erhielt tatsächlich eine Antwort. Der erschrockene Schrei einer Frau drang aus dem Kom-Lautsprecher. Anschließend herrschte Stille.

Guinan entschloß sich zu einer spektakulären Aktion. Mit wehendem roten Mantel setzte sie über die Theke hinweg, so mühelos, als hätte die Gravitation überhaupt keine Bedeutung für sie. Dicht vor Trelane blieb sie stehen.

Beverly stand auf und trat einen Schritt näher. Guinan sah nicht in ihre Richtung, aber sie hob die Hand, und Crusher blieb stehen. In einem entfernten Winkel ihres Selbst fragte sich die Ärztin, ob sie aus eigenem Antrieb stehengeblieben war oder ob sie sich nicht mehr bewegen *konnte*.

»Holen Sie ihn zurück«, sagte Guinan mit fester Stimme.

»Und wenn nicht?« erwiderte Trelane herausfordernd.

»Holen Sie ihn zurück, und zwar sofort!« beharrte Guinan.

Trelane wölbte eine Braue und musterte sie einige Sekunden lang. »Na schön«, sagte er gelangweilt und winkte erneut.

Ein Blitz, und Geordi LaForge befand sich wieder im Gesellschaftsraum im zehnten Vorderdeck.

Er war von Kopf bis Fuß durchnäßt. Die Uniform klebte an seinem Leib. Seltsamerweise wirkte er amüsiert.

»Geordi!« entfuhr es Crusher. »Was ist passiert? Ich habe eine Frau schreien gehört.«

»Nun, jetzt scheint wieder alles in Ordnung zu sein«, erwiderte der Chefingenieur.

»Wohin hat er Sie geschickt?«

»Äh …« LaForge hüstelte verlegen. »Unter Counselor Trois Dusche.«

Beverly spürte, wie ihr das Blut ins Gesicht stieg. »Oh«, antwortete sie schlicht.

»Keine Sorge.« Geordi tippte an seinen VISOR. »Ich habe nichts gesehen.«

Trelanes Stimmung schlug abrupt um. Er lachte so schallend, als wähne er sich im Kreise seiner besten Freunde. »Hier ist jemand mit einem Sinn für Humor!« rief er und klopfte Geordi auf den Rücken. »Sie könnten viel von ihm lernen! Guinan! Getränke! Alles geht auf mich!«

Guinan sah den triefenden Geordi an, der tapfer versuchte, gute Miene zum bösen Spiel zu machen. Doch sie fühlte deutlich, wie peinlich ihm der Zwischenfall war. Und vermutlich ging es Troi nicht anders. Ganz im Gegensatz zu Trelane, der selbstgefällig lächelte und die personifizierte Boshaftigkeit zu sein schien.

Er hatte ihr gerade das Stichwort geliefert.

Für Guinan bot sich dadurch die Gelegenheit, dem Fremden eine Lektion zu erteilen. Als sie nach einem Krug mit Wasser griff, wußte sie, daß sie ihr Leben aufs Spiel setzte.

»Wie Sie meinen«, sagte Guinan laut. »Getränke auf Sie.« Und damit ergoß sich der Inhalt des Krugs über Trelanes Kopf.

Beverly und Geordi sprangen zurück, um nicht naß zu werden – eine instinktive Reaktion, die bei LaForge wenig Sinn machte. Die Ärztin erinnerte sich später daran, daß Guinan vollkommen trocken blieb. Trelane hingegen ...

Das Haar klebte ihm am Schädel, und seine Rüschen boten einen traurigen Anblick.

In Trelanes Augen glänzte Wut.

»Sie!« Er näherte sich Guinan, die ein wenig zurückwich und die Hände hob, als wolle sie ein lästiges Insekt abwehren.

In diesem Augenblick erschien Q.

Wie üblich traf er von einer Explosion aus Licht begleitet ein. Alle erstarrten, und Geordi fuhr der Schrekken durch alle Glieder.

Q sah von Guinan zu Trelane, von Trelane zu La-Forge ... Zu Füßen beider Männer hatten sich große Pfützen gebildet.

Er klatschte in die Hände.

»Na, kommen hier alle gut miteinander aus?«

Trelanes Hand zitterte, als er auf Guinan deutete. »Sieh nur, was sie getan hat!«

Die Wirtin nahm noch immer eine verteidigungsbereite Haltung ein. Wenn sie sich von der gewaltigen Macht zweier Q-Wesen eingeschüchtert fühlte, so ließ sie es sich nicht anmerken.

»Guinan ist dafür verantwortlich?« fragte Q erstaunt, wobei er den Namen übertrieben dehnte.

»Ja!«

»Nun ...« Q zuckte mit den Achseln. »Dann hast du es wahrscheinlich verdient.«

Geordis Versuch, ein Lachen zu unterdrücken, war nur teilweise erfolgreich. Ein sonderbares Geräusch entrang sich seiner Kehle – wie ein verzerrter Schluckauf.

»Q!« entfuhr es Trelane. »Wie kannst du gegen mich Partei ergreifen?«

»Ich ergreife für niemanden Partei«, erwiderte Q. »Ich stelle nur eine Tatsache fest. Ach, hört endlich auf zu tropfen.« Er schnippte mit den Fingern, und Trelane und Geordi waren auf der Stelle ebenso trocken wie der Boden zu ihren Füßen. »Wir müssen uns unterhalten«, fuhr Q fort. Eine weitere kurze Geste – und beide Entitäten verschwanden.

Das Timing war perfekt, denn im nächsten Augenblick stürmte eine aufgebrachte Deanna Troi in den Gesellschaftsraum. Ihr Haar war naß, und ihre Uniform wies große feuchte Flecken auf.

Sie hatte die Fäuste geballt, und ihre sonst so sanfte Counselor-Miene zeigte unmißverständlich große Verärgerung.

»Na schön!« fauchte sie. »Wo ist der Kerl?«
»Welchen meinen Sie?« fragte Beverly Crusher.
»Beide!«

Trelane saß auf der Untertassensektion der *Enterprise*, verschränkte die Arme und schob trotzig das Kinn vor.

Q sprach mit ihm. Er redete auf ihn ein. Trelane hörte nur mit halbem Ohr zu und nickte immer dann, wenn Q eine kurze Pause einlegte, da er vermutete, daß eine Reaktion von ihm erwartet wurde.

Es kam zu einer längeren Pause. Trelane sah auf, und für einen Moment – nur für einen Moment – spürte er echte Furcht. Q hatte ein finsteres Gesicht aufgesetzt und wirkte zorniger als jemals zuvor.

»Du hast überhaupt nicht zugehört«, sagte Q vorwurfsvoll.

»Da irrst du dich!« erwiderte Trelane rasch.

»Ich irre mich nicht! Ich habe gerade gesagt, daß dir ein Bein aus dem Bauch wächst, und du hast nur genickt!«

»Weil ich dachte, daß es sich um eine Metapher handelt«, behauptete Trelane. Es klang nicht sonderlich überzeugend.

Q trat zu ihm. »Steh auf.«

Trelane schlang die Arme um seinen Körper. »Ich will nicht«, erwiderte er aufsässig.

»Ich habe gesagt, du sollst aufstehen!« Q packte Trelane am Kragen und zerrte ihn auf die Beine. Der jüngere Angehörige des Q-Kontinuums zitterte und hielt zum ersten Mal ein baldiges Ende seiner Existenz für möglich. »Gegen Überheblichkeit habe ich nichts einzuwenden. So etwas fordern Picard und seine Leute mit ihrer Aufgeblasenheit geradezu heraus. Aber *mich* wirst du gefälligst stets wie einen Vorgesetzten behandeln! Man hat mich zu deinem Mentor ernannt! Das ist eine heilige Pflicht für mich, die ich sehr ernst nehme! Ich lasse mich von dir weder herausfordern noch ignorieren! Ist das klar?«

Trelane versuchte, sich aus dem Griff zu befreien.

Q schüttelte ihn.

Die beste Methode, jemanden aus der Fassung zu bringen und einzuschüchtern, besteht darin, ihn ordentlich durchzuschütteln. Dieses Prinzip galt auch für Trelane. Er verlor den Boden unter den Füßen und war Q völlig ausgeliefert.

»*Ist das klar?*« wiederholte Q.

Trelane nickte, und sein Mentor ließ ihn los. Er fiel auf die Untertassensektion der *Enterprise* zurück.

Eine Zeitlang blieb es still. Schließlich hob Trelane den Kopf, und eine ganze Welt des Schmerzes zeichnete sich in seiner Miene ab. Seine Stimme war kaum mehr als ein Flüstern, als er sagte: »Ich dachte ... Ich dachte, du wärst gern bei mir.«

Q seufzte tief. »Das bin ich auch. Es ist nur ...« Er zögerte. »Wir sprechen später darüber, in Ordnung?«

Trelane nickte wortlos. Er wagte es nicht zu antworten, weil er fürchtete, seine Stimme könnte versagen. In Qs Gesellschaft sollte so etwas nicht passieren. Nein, nicht solange Q bei ihm war.

Kurze Zeit später verschwand sein Mentor, und ein Geräusch wurde laut, das im Vakuum des Alls eigentlich unhörbar sein sollte. Trelane schluchzte.

Wenn man die Umstände berücksichtigte, beruhigte sich Deanna erstaunlich schnell.

Sie kehrte in ihr Quartier zurück, brachte ihr Haar in Ordnung und trocknete die Uniform. Sie wollte sich auf den Weg zur Brücke machen – und zuckte zusammen, als sie Q sah, der ihr den Weg versperrte.

Sein Gebaren wirkte jedoch alles andere als bedrohlich.

»Counselor Troi«, sagte er höflich, »ich weiß, daß Sie nicht viel Erfahrung darin haben, mir Glauben zu schenken. Dennoch bitte ich Sie, mir zu glauben, wenn ich sage, daß ich den jüngsten Zwischenfall bedaure.«

Natürlich nahm Deanna keine emotionalen Emanationen von Q wahr. Er schien es ehrlich zu meinen, und deshalb beschloß sie, auf ihn einzugehen. »Na schön, einverstanden«, sagte sie und beobachtete, wie Q das Gewicht vom einen Bein auf das andere verlagerte. War er unsicher, welche Worte er wählen sollte? »Möchten Sie sich setzen und mit mir darüber reden?« fragte die Counselor.

»Nein. Nein, ganz und gar nicht.« Doch er nahm Platz.

Deanna wartete.

»Ich habe meine Geduld mit ihm verloren«, sagte Q. »Und ich weiß nicht warum. Es gefällt mir nicht, daß ich nicht weiß, warum ich mich auf eine bestimmte Weise verhalten habe. Eine solche Wissenslücke gebührt sich nicht für jemanden, der allmächtig ist.«

»Zwischen ähnlichen Persönlichkeiten kommt es leicht zu Konflikten«, sagte Troi. »Sie werden ungeduldig und zornig, weil sie unbewußt ihre eigenen Mängel in der anderen Person erkennen.«

»Hm.« Q überlegte und rieb sich das Kinn. »Wirklich schade, daß diese Theorie in meinem Fall nicht stimmen kann.«

»Und warum nicht?«

»Ich habe keine Mängel.«

Deanna ging nicht darauf ein. Sie drückte die Fingerspitzen gegeneinander und sagte nachdenklich: »Trelane versucht, Reaktionen zu provozieren. Er stellt Ihre Autorität auf die Probe. Er wollte feststellen, ob Guinan – die Sie respektieren ...«

»Das ist übertrieben«, warf Q ein.

Deanna achtete nicht darauf. »Er wollte herausfinden, wie Guinan reagiert. Wie sich die anderen verhalten – mich eingeschlossen. Er ist neugierig, forscht, experimentiert ...«

»Er ist sozusagen ein Jugendlicher, der jedem auf die Nerven geht.«

»Ein Jugendlicher.« Deanna nickte langsam. »Angesichts der Lebensspanne Ihrer Spezies ist das ein sehr dehnbarer Begriff. Nun, ich vermute, Trelane leidet gewissermaßen an Pubertätsproblemen.«

Q straffte die Schultern und wirkte beeindruckt. »Eine ausgezeichnete Schlußfolgerung, Counselor. Sie haben vollkommen recht.«

»Die Adoleszenz ist etwas, das selbst Unsterbliche verwirren kann. Bei menschlichen Jugendlichen kann es in diesem Lebensabschnitt zu einer Regression kommen. Manchmal fürchten sich Mädchen oder Jungen davor, erwachsen zu werden und Verantwortung tragen zu müssen. Oft ist unangemessenes Verhalten die Folge.«

»Sie meinen, je mehr sich Trelane dem Erwachsenenalter nähert, desto mehr klammert er sich an seine Kindheit?«

Deanna nickte.

Q schien aufrichtig interessiert zu sein. »Welche Maßnahmen würden Sie in einer solchen Situation ergreifen?«

»Da gibt es mehrere Methoden«, erwiderte die Counselor. »Eine davon halte ich für besonders geeignet.«

»Ausgeschlossen«, sagte Picard.

Q hatte die Couch im Bereitschaftsraum in einer geradezu abstoßenden Manier in Beschlag genommen. Er lag lang ausgestreckt und ließ die Beine über die Armlehne baumeln. Deanna saß ihm gegenüber, während der Captain auf und ab ging.

»Um ganz ehrlich zu sein«, sagte Picard, »wenn's nach mir gegangen wäre, hätte ich ihn einfach von Bord geworfen. Daß er noch immer bei uns ist, verdankt er in erster Linie Professor Martinez und ihrer Behauptung, daß die Forschungsarbeiten auf dem Gebiet der Temporalphysik dank der Gespräche mit Trelane um Quantensprünge vorankommen. Was Sie jetzt vorschlagen, Counselor …«

»Trelane sieht sich mit einer Situation konfrontiert, in der ihn alle als Kind sehen, selbst Wesen, die viele Jahrhunderte jünger sind als er«, erklärte Troi. »Er braucht Personen, die zu ihm aufsehen, die bereit sind, ihn als Autorität zu akzeptieren.«

»Ja, aber ihn den Kindern der *Enterprise* vorstellen?« Picard schüttelte den Kopf. »Das ist viel zu gefährlich.«

»Ich bin die ganze Zeit über bei ihm, Jean-Luc«, sagte Q zuversichtlich. »Ich kann ihn unter Kontrolle halten.«

»Da bin ich mir nicht so sicher«, erwiderte Picard skeptisch.

»Picard«, sagte Q, »wenn ich Trelane nicht im Zaum halten könnte, so wäre von Guinan jetzt nicht mehr viel übrig. Er war außer sich vor Wut über die Art und Weise, wie sie ihn behandelt hat. Ich fand es ziemlich ärgerlich, mich auf Guinans Seite schlagen zu müssen, aber dieser Unruhestifter hat es nicht anders verdient. Und daß ausgerechnet Guinan ihm eine Lektion erteilte, war um so besser. Ich bin sehr wohl imstande, dafür zu sorgen, daß Trelane in dem eher armseligen Quartier bleibt, das Sie ihm zur Verfügung gestellt haben. Und ich habe ihn daran gehindert, Guinans Atome mehr oder weniger gleichmäßig im ganzen Sektor zu verteilen, nachdem sie beschlossen hatte, ihm im wahrsten Sinne des Wortes den Kopf zu waschen. Dadurch stehen Sie erneut in meiner Schuld, Picard.«

»Unsinn. Wir würden dieses Problem gar nicht diskutieren, wenn Sie Trelane nicht an Bord gebracht hätten.«

Q hob und senkte die Schultern. »Unsinn meinerseits. Ich habe keine Lust, unwichtige Details mit Ihnen zu erörtern.«

»Captain«, sagte Deanna, »die Sache könnte ihm sehr nützen, vorausgesetzt, daß man ihn ständig überwacht. Trelane möchte kontrollieren und fühlt sich immer dann bedroht, wenn er feststellt, daß er keine Kontrolle hat.«

»Ich dachte, Sie könnten bei ihm keine empathischen Sondierungen vornehmen«, entgegnete Picard.

Die Counselor klang fast beleidigt, als sie erwiderte: »Captain, in meinem Beruf kommt es nicht allein auf Empathie an. Ich bin auch imstande, ohne die Auswertung von empathischen Emanationen Diagnosen zu erstellen. Bei Trelane konnte ich auf die Logbuch-Aufzeichnungen der ersten *Enterprise* zurückgreifen und eigene Beobachtungen auswerten. Meiner Ansicht nach wäre es Trelanes persönlicher Entwicklung sehr förderlich, wenn er mit Geschöpfen interagieren könnte, die nicht allmächtig sind und die er kaum als Bedrohung empfinden dürfte. Eine Beschreibung, die auf Kinder zutrifft. Und für die Jungen und Mädchen an Bord wäre dieses Experiment eine einzigartige Gelegenheit.«

»Da hat sie zweifellos recht«, sagte Q. »Wo sonst haben die Kinder von Sterblichen eine Chance, der Allwissenheit zu begegnen?«

Picard runzelte die Stirn und trommelte mit den Fingern auf den Oberschenkel. »Ich bin noch immer nicht sicher, ob mir Ihre Idee gefällt.«

»Es braucht Ihnen nicht zu gefallen, Picard«, sagte Q. »Es genügt, wenn Sie es erlauben. Bei der Ehre des Q-Kontinuums schwöre ich, daß ich alles tun werde, um die Sicherheit Ihrer ach so kostbaren Sprößlinge zu gewährleisten.« Er lächelte einschmeichelnd. »Vertrauen Sie mir, Picard. Habe ich Sie jemals enttäuscht?«

Es begann ganz harmlos.

Die Lehrerin – ihre Schüler nannten sie Mrs. Claire – befand sich im Klassenzimmer, als Q und Trelane eintrafen. Die beiden Repräsentanten des Q-Kontinuums kamen nicht allein. Picard hatte darauf bestanden, sie von einer Gruppe Sicherheitsleute begleiten zu lassen. Der Captain wußte, daß die Bewaffneten machtlos wären, wenn Trelane Amok lief – dann würde Q eingreifen müssen. Ihre Gegenwart kam vielmehr einer Botschaft gleich, die da lautete: *Wir beobachten Sie. Wir nehmen diese Sache sehr ernst. Keine Mätzchen.*

Mrs. Claire war natürlich informiert, und sie wußte auch, mit wem sie es zu tun bekam. Sie gab sich gelassen und meinte: »Ein Kind mehr oder weniger – das ist sicher kein Problem.« Doch tief in ihrem Innern spürte sie ein ängstliches Beben. Es war nie leicht, mit Jugendlichen in den sogenannten Flegeljahren umzugehen. In diesem Fall aber war das betreffende Individuum imstande, aus einer Laune heraus alle Besatzungsmitglieder und Passagiere der *Enterprise* auf einen Streich zu töten. Q wollte angeblich dafür sorgen, daß so etwas nicht geschah, aber trotzdem fühlte sich die Lehrerin einer beträchtlichen Belastung ausgesetzt.

Die Schüler kicherten, als Trelane hereinkam. Er war noch förmlicher gekleidet als zuvor; er trug einen langen, roten Mantel mit schwarzer Schärpe, und an einem breiten Gürtel baumelte ein Zeremonienschwert.

Als er das verhaltene Lachen der Kinder hörte, verfinsterte sich Trelanes Miene, und Mrs. Claires Angst wuchs.

Doch dann betastete ein fünfjähriges Mädchen den Stoff von Trelanes Mantel, und als er auf das Kind hinabblickte, sagte die Kleine: »Das ist soooo schön.« Sie sprach mit vollkommener Offenheit und aufrichtiger Bewunderung, und Trelane spürte zu seiner großen Überraschung, wie etwas in ihm schmolz.

Einer der Jungen strich mit den Fingerkuppen über das Schwert und pfiff bewundernd. »Wo hast du das denn her?« fragte er neidisch.

»Das habe ich selbst erschaffen«, erwiderte Trelane nicht ohne Stolz.

»Meine Güte!« entfuhr es einem anderen Jungen.

Die Kinder drängten sich um den Neuankömmling und erkundigten sich, woher er komme, wie er das

Schwert geschaffen habe, woher der prächtige Mantel und die wundervollen Stiefel stammten, was es mit den Rüschen an den Ärmeln auf sich habe, was ›Squire‹ bedeute und ob sie ebenfalls Squire werden konnten. Sie wollten wissen, wo sich Gothos befand und ob sie diese Welt einmal besuchen durften, ob es ein schöner Ort sei, mit Bäumen, einem blauen Himmel, Seen und Tieren, und ob er tatsächlich den ganzen Planeten erschaffen habe? Als die Kinder davon hörten, wurde ihre Bewunderung immer größer. Sie hatten noch nie jemanden kennengelernt, der einfach so einen Planeten entstehen lassen konnte.

»Du bist der tollste Bursche im ganzen Universum!« entfuhr es einem besonders begeisterten Jungen.

»Wenn ihr brav seid, könnt ihr Gothos vielleicht alle mal besuchen«, sagte Trelane. »Möchtet ihr das?«

Die Antwort bestand aus einem vielstimmigen »Jaah!«. Ein Junge ließ sich sogar zu der Bemerkung hinreißen: »Ich wünschte, mein Vater wäre so lustig wie du.« Q lächelte, als er diese Worte hörte, denn der Junge war Worfs Sohn Alexander. Er stellte sich vor, wie Alexander seinem ernsten, finster blickenden Vater gegenübertrat und sagte: »Warum kannst du nicht mehr wie Trelane sein?« Worf würde seinen Sprößling vermutlich am liebsten aus der nächsten Luftschleuse werfen.

Die erste Begegnung erwies sich als voller Erfolg. Die Kinder erzählten ihren Eltern voller Begeisterung davon, und Trelane berichtete von seinen Erlebnissen an diesem Tag in einem ähnlichen Tonfall.

»Was sind das doch für faszinierende Geschöpfe!« sagte er. »Es ist eine wahre Tragödie, daß sie sich schließlich zu verdrießlichen, humorlosen Erwachsenen entwickeln.«

»Eine Tragödie, ja«, pflichtete ihm Q bei.

Trelane dachte darüber nach. »Und wenn ich dafür sorge, daß sie für immer klein bleiben?«

»Ich glaube, das wäre nicht besonders klug«, erwiderte Q rasch. »Ich glaube es nicht nur, ich weiß es.«
»Oh«, sagte Trelane enttäuscht.

Geordi war zum Maschinenraum unterwegs, als der Turbolift anhielt und einen weiteren Passagier aufnahm – Deanna Troi.
»Oh, hallo, Counselor«, sagte er und erlebte einen akuten Anfall von Verlegenheit.
Sie nickte und lächelte, als sich die Transportkapsel wieder in Bewegung setzte. »Hallo, Geordi.« Sie musterte ihn neugierig. »Stimmt was nicht?«
»Nein, alles in Ordnung.« Er zögerte kurz, dann berührte er ein Sensorfeld, das den Lift auf manuelle Kontrolle umschaltete. Die Kapsel hielt an. »Ich, äh, möchte diese Gelegenheit nutzen, um Ihnen zu sagen, wie leid es mir tut.«
Deanna lachte. »Es war nicht Ihre Schuld, Geordi. Sie haben sicher nicht damit gerechnet, unter meiner Dusche zu landen. Es war Trelanes kindliche Vorstellung von einem Scherz. Sie konnten nichts dafür, daß es ausgerechnet Sie traf.«
»Ich wollte Sie nur darauf hinweisen, daß ich ziemlich verwirrt und desorientiert war«, erwiderte LaForge. »Der Transfer störte die Signalübertragung des VISORs, und da war das Wasser, ich bin ausgerutscht …«
»Und natürlich haben Sie versucht, sich irgendwo festzuhalten, wodurch Ihre Hände mich am …«
»Es ging alles so schnell«, sagte der Chefingenieur schnell.
Deanna seufzte. »Geordi, ich habe nur geschrien, weil plötzlich etwas Unerwartetes geschah. Was den Rest betrifft, nun, in Hinsicht auf unseren Körper sind wir Betazoiden nicht mit übermäßiger Scham belastet. Ich fühle mich mit meiner physischen Existenz und meiner Sexualität durchaus wohl. Was Sie gesehen und berührt haben, spielt keine Rolle für mich. Ich weiß, daß keine

Lüsternheit dahintersteckte und daß Sie nicht beabsichtigt haben, meine Gefühle zu verletzen. Wichtig ist jetzt vor allem eines, es gibt nicht den geringsten Grund für Sie, mir gegenüber Unbehagen zu empfinden oder sich in irgendeiner Art und Weise schuldig zu fühlen. In Ordnung?«

LaForge lächelte. »Ja, Counselor.«

Er berührte das Schaltelement erneut, und die Transportkapsel setzte ihre unterbrochene Reise fort. Kurze Zeit später hielt der Lift auf Deannas Deck an, und Troi trat auf den Gang hinaus.

»Äh, Counselor ...«

Sie drehte sich um. »Ja, Geordi?«

Haben Sie am Freitag schon etwas vor? wollte er fragen. Statt dessen sagte er: »Äh, nichts. Schon gut.«

Deanna musterte ihn nachdenklich, lächelte und wich von der Tür zurück, die sich daraufhin schloß.

Am nächsten Tag begannen die Interaktionen zwischen Trelane und den Kindern so vielversprechend wie am ersten. Die Sicherheitsleute waren auch diesmal zugegen, um die Ereignisse aufmerksam zu beobachten. Aber sie wirkten jetzt nicht mehr so angespannt, da bisher keine gefährlichen Situationen entstanden waren.

Mrs. Claire las den Kindern ›Pu der Bär‹ vor, und Trelane hörte mit großem Interesse zu. Q hingegen empfand fast so etwas wie Übelkeit. Alan Alexander Milne entsprach nicht gerade seinem Geschmack.

»Entschuldigt bitte«, sagte er, als er dringend eine Erholung von der viel zu putzigen Prosa benötigte. »Ich bin gleich wieder da.« Und er verschwand mit einem kurzen Blitz.

Bei den Sicherheitswächtern wuchs schlagartig die Besorgnis. Zum erstenmal seit Beginn dieses besonderen Einsatzes befand sich Trelane nicht mehr in der Gesellschaft von Q, und daraus mochten sich Probleme ergeben. Doch der Mann mit dem Rüschenhemd schien gar nicht daran zu denken, irgendwelche Schwierigkeiten zu verursachen. Er lauschte der Geschichte, obwohl seine Miene eine ganz andere Art von Interesse zeigte als die Gesichter der Kinder.

»Wir sollten unsere eigene Expodition veranstalten«, sagte er plötzlich.

Mrs. Claire hob den Kopf und verzichtete darauf, das falsch ausgesprochene Wort zu korrigieren – immerhin verwendete Trelane den gleichen Ausdruck, den auch Milne benutzte. Sie beschloß, auf ihn einzugehen. »Das ist keine schlechte Idee. Wenn Sie eine ›Expodition‹ veranstalten könnten – wohin sollte sie führen?«

»Wohin auch immer es mir gefällt.« Trelane stand ruckartig auf und verkündete in seiner großspurigen Art: »Dorthin gehen wir nun alle – an einen Ort, der mir gefällt.«

»Ich glaube, das ist nicht möglich«, sagte Mrs. Claire ruhig.

Die Kinder schenkten ihr keine Beachtung. »Können Pu und die anderen mitkommen?« fragte ein Mädchen.

»Natürlich«, jauchzte Trelane.

»Moment mal«, warf die Lehrerin ein.

»Warten sollen wir?« Trelane schnaubte verächtlich. »Warum warten, wenn man sofort haben kann, was man will? Diese entzückenden kleinen Individuen sind eine sehr angenehme Gesellschaft. Wenn ich auf meine demütige Art ...« Bei diesen Worten verneigte er sich tief. »... für Unterhaltung sorgen kann, über die sie sich freuen, so soll es geschehen.«

Ein Wink genügte. Nur eine kurze Geste – und vielleicht war nicht einmal sie notwendig. Möglicherweise wurde Trelane damit nur seinem übermäßig entwickelten Sinn fürs Dramatische gerecht.

Begleitet von einem sonderbaren Geräusch, erschien ein kleiner gelber Bär. Von einem Augenblick zum anderen existierte er einfach, kratzte sich am Kopf und sagte: »Na so was.«

Das seltsame Geräusch wiederholte sich mehrmals, und nach wenigen Sekunden wimmelte es im Klassenzimmer von höchst lebendigen Plüschtieren.

Der Leiter des Sicherheitsteams klopfte auf seinen Insignienkommunikator, doch Trelane sah die Bewegung. »Das habe ich Ihnen nicht erlaubt!« stellte er streng fest.

Ein Känguruh sauste heran, und seine Füße trafen den Kopf des Sicherheitswächters.

Die anderen Uniformierten griffen nach ihren Phasern. Mrs. Claire kreischte. Die Kinder sprangen auf und umarmten ihre wundervollen Freunde aus den wundervollen Geschichten.

Die Sicherheitswächter zögerten; sie wußten nicht recht, wie sie sich verhalten sollten. Es erschien ihnen falsch, das Feuer zu eröffnen und möglicherweise eines der Kinder zu treffen.

»Euer streitsüchtiges Verhalten ist abscheulich!« teilte Trelane den Wächtern mit. »Ihr müßt ordentliche Manieren lernen.« Er schnippte mit den Fingern.

Die Plüschtiere gingen zum Angriff über.

Worf sah von seiner Station auf. »Captain, die Sicherheit meldet einen Zwischenfall. Einen Angriff von ...« Der Klingone zögerte verwirrt. »... einem gelben Teddybär.«

Picard stöhnte leise und eilte mit langen Schritten zum Turbolift.

»Und von anderen Plüschtieren«, fügte Worf hinzu.

Deanna Troi versuchte, nicht zu lachen.

Auch Riker bemühte sich, dem Ernst der Situation gerecht zu werden. »Sie kommen mit mir, Mr. Worf«, sagte er und folgte dem Captain zum Turbolift.

Der Klingone schloß sich ihm an. »Ein gelber Teddybär, Sir?«

»Damit sollten wir fertig werden, Worf«, erwiderte Riker. Die Tür der Transportkapsel schloß sich hinter ihnen. »Offenbar hat Trelane nicht viel Phantasie.«

Q traf zur gleichen Zeit ein wie Worf und Riker. Verblüfft stellten sie fest, daß ein kleiner Plüschtiger die Sicherheitsleute ansprang und dabei temperamentvoll knurrte und fauchte. Eine Eule flatterte umher und attackierte ihre Gesichter. Auf dem Kopf eines Uniformierten hüpfte ein Kaninchen auf und ab. Der gelbe Teddybär befaßte sich aus irgendeinem Grund mit gymnastischen Übungen und murmelte dabei vor sich hin.

Die Geschöpfe verschwanden, ehe noch jemand den Mund auftat, was die Kinderschar nur zu einem kollektiven enttäuschten Stöhnen veranlaßte. Trelane drehte sich verärgert um und sah Q. »Das hätte ich mir denken können.«

»Nein, *ich* hätte es mir denken können!« erwiderte Q aufgebracht. »Was hat dies alles zu bedeuten? Meine Güte, Trelane, wann lernst du endlich ein wenig Selbstbeherrschung und Disziplin? Wann lernst du endlich nachzudenken, bevor du irgend etwas unternimmst? Kein Wort von Ihnen, Picard«, fügte er rasch hinzu. »Ich weiß genau, was Ihnen durch den Kopf geht. Sparen Sie sich Ihre klugen ironischen Bemerkungen – daran bin ich derzeit nicht interessiert.«

»Aber vielleicht interessiert Sie dies«, entgegnete der Captain. »Mir reicht's jetzt. Sie haben unsere Gastfreundschaft mißbraucht und meine Toleranz über Gebühr strapaziert.« Picard wußte, daß er in einem Klassenzimmer an Bord der *Enterprise* stand und Worte formulierte, die nur unter vier Augen ausgesprochen werden sollten. Aber das spielte irgendwie keine Rolle. Der Zorn in ihm brannte jetzt so heiß, daß er sich nicht mehr um Zeugen scherte. »Es interessiert mich nicht, ob Trelane mit Professor Martinez zusammenarbeitet. Es interessiert mich nicht, ob er ihr die Geheimnisse des Universums offenbart. Dieses Raumschiff und seine Besatzung existieren nicht zu Ihrem Zeitvertreib und Ihrer Erbauung. Ich will, daß Trelane verschwindet. Ich will, daß Sie beide verschwinden, und zwar sofort.« Picard senkte die Stimme, ein deutliches Zeichen seines Ärgers. Wenn er wütend wurde, sprach er nicht etwa lauter, sondern leiser, wodurch jedes Wort zusätzliche Bedeutung bekam. »Sofort!«

Trelane trat einen Schritt vor und musterte Picard mit unverhohlener Verachtung. »So etwas müssen wir uns ganz bestimmt nicht gefallen lassen, Q.«

»Nein«, erwiderte Q, und seine Stimme klang unheilvoll. »Nein, das müssen wir nicht.« Einige Sekunden lang herrschte Stille, und dann seufzte er laut. »Andererseits ...«

Trelane wandte sich ihm erstaunt zu. »Andererseits?«

»Trelane«, sagte Q langsam, »es gibt eine elementare Wahrheit, die du noch immer nicht begriffen hast. Wenn du einfach alles zerstörst, was dich ärgert, so ist bald nichts mehr übrig. Du mußt Zurückhaltung lernen. Toleranz. Ich räume ein, das ist ein kontinuierlicher Lernprozeß.« Er warf Picard einen kurzen Blick zu. »Genau darum geht es im Leben. Du hast bisher für dich allein existiert. Nach einigen unerquicklichen Zwischenfällen hielten es deine Eltern für erforderlich, besondere Maßnahmen zu ergreifen. Sie beschlossen, dich von anderen, weniger hoch entwickelten Völkern fernzuhalten. Was dich in die Lage versetzte, Verhaltensstrukturen zu bewahren, die du besser überwunden hättest. Aus diesem Grund halte ich es für angebracht, daß du gelegentlich eine Standpauke von Leuten hinnimmst, die dir unterlegen sind – auf diese Weise lernst du Demut. Im übrigen kenne ich in diesem großen Raum-Zeit-Kontinuum niemanden, der besser schimpfen kann als Jean-Luc Picard. Herzlichen Glückwunsch, *mon capitaine.*«

Trelane richtete einen bestürzten Blick auf Q. Er fühlte sich offensichtlich von seinem Mentor verraten. »Du ... du magst ihn mehr als mich«, brachte er schmerzerfüllt hervor.

In jähem Zorn drehte er sich zu Picard um und holte zu einem Schlag aus.

Der Captain hob den Arm, um sich zu schützen, und parierte so Trelanes Attacke. Er versetzte dem Angreifer einen Stoß, dieser taumelte zurück und prallte gegen einen völlig unbeeindruckten Q.

»Wie können Sie es *wagen?*«

»Schaffen Sie ihn von hier fort, Q«, sagte Picard. Um seine Verachtung zu zeigen, kehrte er Trelane den Rücken zu. »Wir haben bereits genug Zeit vergeudet.«

»Captain ...«

Trelane hatte gesprochen, und in seiner Stimme lag nun keine Arroganz mehr. Picard drehte sich um und sah, daß Qs Mündel jetzt verlegen und betroffen wirkte. Er befeuchtete sich die Lippen und schien etwas sagen zu wollen, überlegte es sich dann aber anders. Ganz offensichtlich suchte er nach geeigneten Worten. Schließlich breitete er hilflos die Arme aus.

»Eigentlich bin ich gar nicht so übel«, sagte er. »Wenn man mich besser kennt. Bitte, die Menschen sind eine sehr interessante Spezies. Ich möchte mehr über sie erfahren.«

Picard dachte einige Sekunden lang darüber nach und spürte dabei die Blicke aller Anwesenden auf sich ruhen.

»Meine Antwort lautet nein, tut mir leid«, erwiderte er schließlich.

Trelane reagierte sofort. »Na schön! Dann zum Teufel mit Ihnen!«

Diesmal verschwand er auf eine recht explosive Weise. Blendendes Licht gleißte, und es gab ein ohrenbetäubendes Krachen – zum Glück unbegleitet von Hitze und einer verheerenden Druckwelle.

In einer ganz anderen Sektion der *Enterprise* schwankten Geordi LaForge und seine Techniker, weil das Deck unter ihren Füßen zitterte.

In *Zehn Vorne* preßte Guinan die Hände an die Ohren.

Einige Gäste musterten sie überrascht und fragten sich nach der Ursache.

Für Picard gab es einen ziemlich abrupten Szenenwechsel. In der einen Sekunde sah er Trelane an, und in der nächsten lag er flach auf dem Rücken. Seine Verwirrung war so groß, daß er zunächst dachte, die künstliche Schwerkraft der *Enterprise* hätte versagt.

Dann verflüchtigte sich der Nebel vor seinen Augen, und er sah Q, der amüsiert auf ihn herabblickte. »Eins muß man Ihnen lassen, Picard, in schwierigen Situationen haben Sie genau das richtige Taktgefühl.«

»Was ist passiert?«

»Er bekam einen Wutanfall und hielt es für besser, diesen Ort zu verlassen. Schade. Ich hatte mir mehr erhofft.« Er reichte Picard die Hand, um ihm aufzuhelfen.

»Ach, tatsächlich?« Jean-Luc schenkte der Hand keine Beachtung und stützte sich an der nahen Wand ab. Aus den Augenwinkeln sah er, daß auch die Sicherheitsleute aufstanden. Einige Kinder weinten und fragten nach Trelane. Die Plüschtiere waren ebenfalls verschwunden.

»Wissen Sie, was ich glaube, Q?« fragte der Captain langsam.

»Natürlich«, erwiderte die Entität. »Das ist schließlich das Wesen der Allwissenheit, nicht wahr?«

»Ich glaube ...«

Q rollte mit den Augen. »Er sagt es mir trotzdem.«

»... daß Sie einfach nur Schwierigkeiten verursachen wollten. Weil Sie großen Gefallen daran finden, anderen Leuten Probleme zu bescheren. Und weil Sie feststellen möchten, wie sie reagieren.«

»Und *Sie* haben immer irgendwelche schlauen Sprüche auf Lager«, erwiderte Q. »Nun, ich habe gelernt, Ihre Schwächen zu akzeptieren. Früher oder später ringen Sie sich vielleicht dazu durch, auch mir gegenüber Großzügigkeit walten zu lassen.«

Unmittelbar im Anschluß an diese Worte verschwand er.

»Endlich ist er weg«, grollte Worf.

»Ja«, murmelte Picard.

Trelane befand sich wieder in dem Quartier, das man ihm zugewiesen hatte – und das er nun räumen sollte. Er ging auf und ab und gestikulierte unablässig.

Auf wen sollte er seinen Zorn konzentrieren? Auf Q, weil er es an Unterstützung mangeln ließ?

Auf Picard, der sich ihm gegenüber als so unverschämt erwies?

Oder vielleicht auf ...

... sich selbst?

Er senkte den Blick und sträubte sich dagegen, sich so etwas wie Schuld einzugestehen. Doch irgendwo tief in seinem Innern ...

Tief in seinem Innern gab es keinen Zweifel.

Fast verzweifelt hämmerte er die Fäuste gegen die Schläfen. »Was ist nur mit mir los?« fragte er sich selbst. »Warum passiert mir so etwas? Warum bringe ich mich immer wieder in solche Situationen? Ich will doch gar keine Probleme verursachen. Ich will niemand Schwierigkeiten machen. Es beginnt immer damit, daß ich eine gute Idee verwirklichen will.« Er rieb sich die Stirn, als ein schmerzhaftes Pochen dahinter einsetzte. Nach einigen weiteren Schritten unterbrach er seine Wanderung vor einem großen Spiegel. Trelane richtete einen traurigen Blick darauf. »Ich möchte, daß sich die Dinge genau so entwickeln, wie ich sie mir vorstelle. Vor dem inneren Auge ist alles ganz klar. Doch niemand sonst sieht die Dinge so wie ich. Deshalb versuche ich, die Leute zu überzeugen, und dann wächst mein Ärger, weil sie einfach nicht verstehen. Früher oder später verliere ich die Beherrschung, schreie und unternehme alles, damit sie endlich verstehen. Aber sie begreifen es nicht, nein, *sie begreifen es einfach nicht!*«

Eine leise Stimme ließ sich vernehmen, die Trelane so sehr verblüffte, daß er unwillkürlich zusammenzuckte. Er blinzelte und starrte in den Spiegel.

Er sah sich selbst, doch es gab gewisse Unterschiede. Zum Beispiel war das Spiegelbild ganz anders gekleidet. Es trug Schwarz, und das Gesicht brachte einen Hochmut zum Ausdruck, der all das übertraf, wozu sich Trelane fähig geglaubt hätte.

Instinktiv wich Trelane zurück, obwohl die sanfte, leise Stimme voller Zuversicht sagte: »Du irrst dich. *Ich verstehe.*«

Vage Furcht regte sich in Trelane, und gleichzeitig faszinierte ihn die Gestalt im Spiegel. »Was hat das zu bedeuten?« fragte er und versuchte, mit einem scharfen Tonfall über seine Verblüffung hinwegzutäuschen.

»Ist dir das noch nicht klar, mein Junge?« erwiderte das Spiegelbild.

»Nein«, sagte Trelane. »Nein, das ist es nicht.«

»Nun, dann will ich es dir erklären.«

Zwei schimmernde Hände kamen aus dem Spiegel und packten ihn am Rüschenhemd. Trelane gab einen erschrockenen Schrei von sich, als er in Richtung Spiegel gezogen wurde.

»Aufhören!« rief er. »Laß mich los! *Laß mich los!*«

Das Spiegelbild lächelte, und in seinen Augen irrlichterte es.

Trelane hielt sich an den Seiten des Spiegels fest, um nicht hineingezogen zu werden, doch schon nach wenigen Sekunden rutschten seine Hände ab.

»Q!« heulte er – und dann tauchte Trelane völlig geräuschlos in den Spiegel ein. Die silberne Oberfläche kräuselte sich wie Wasser, in das jemand einen Stein geworfen hatte, und glättete sich wieder.

Die Tür des Quartiers öffnete sich, und Worf trat über die Schwelle. Er sah sich in dem Raum um und runzelte die Stirn. Der Klingone war sicher, etwas gehört zu haben – einen gedämpften Schrei, vielleicht sogar die

Geräusche eines Kampfes. Doch in der Kabine gab es nicht die geringsten Anzeichen für eine Auseinandersetzung. Worf zuckte mit den Schultern und kehrte in den Korridor zurück.

Wenn er an der Spiegelfläche gelauscht hätte, so hätte er vielleicht aus weiter Ferne einen Hilferuf vernommen. Aber so etwas kam ihm natürlich nicht in den Sinn. Warum an einem Spiegel lauschen? Das war doch absurd.

Und mit absurden Dingen hielt sich ein Klingone nicht auf.

Später, als er sich in seinem Quartier befand, spürte Picard, wie ihn Reue überkam.

Der Umgang mit fremden Spezies gehörte zu seinen Pflichten. Warum mußte die faszinierendste und eindrucksvollste Lebensform gleichzeitig auch diejenige sein, die ihm am meisten auf die Nerven ging? Und warum brachte er es einfach nicht fertig, ihr mit Geduld zu begegnen?

Nach all den Begegnungen mit Q hätte man annehmen können, daß ihm in dieser Hinsicht ein dickes Fell gewachsen war. Das Gegenteil schien der Fall zu sein – Trelane brachte ihn noch schneller zur Weißglut als Q.

Was war der Grund dafür?

Lag es an Trelanes relativer Jugend? Zwar präsentierte er sich mit den äußeren Merkmalen eines Erwachsenen, aber Picard hatte seine kindliche Launenhaftigkeit sofort erkannt. Und mit Kindern war er noch nie besonders gut ausgekommen.

Also hätte er sich um Geduld mit Trelane bemühen sollen. Statt dessen hatte er seinem Zorn nachgegeben.

Es war typisch für Picard, daß er sein Verhalten in Frage stellte, ganz gleich, worum es ging. Er hielt immer wieder Rückschau, betrachtete seine Entscheidungen von allen Seiten und fragte sich, ob es möglich gewesen wäre, irgend etwas besser zu machen. Sein

Schicksal schien darin zu bestehen, das eigene Gebaren immer wieder mit dem Maßstab des Zweifels zu messen. Wenn eine Krise überstanden war, wenn er sich wieder in seinem Quartier befand, allein, machte er sich jedesmal daran, sein Handeln zu analysieren. Dabei ging es nicht in erster Linie um Schuld. Er wollte vielmehr sicher sein, Fehler rechtzeitig zu erkennen – um sie in der Zukunft zu vermeiden. Zweifel und Reue stellten für Picard keine Instrumente der Selbstgeißelung dar, sondern dienten dem Bestreben, sich zu verbessern.

Doch die Vergangenheit war abgeschlossen. Sie ließ sich nicht ändern.

Oder doch?

FADENWECHSEL

»Ich ... bin ... Q. Und Sie haben keine Ahnung, wie ... wie verdreht diese ganze Sache ist.«

FADEN A

5

Tommy Riker wußte, daß sich Schwierigkeiten anbahnten, noch bevor er das Haus betrat. Er verfügte über keine empathischen Fähigkeiten, obwohl seine Mutter Betazoidin war. Aber man brauchte auch gar keine mentalen Talente irgendeiner Art, um zu wissen, daß Ärger bevorstand.

Zum Beispiel stand Tommys Großmutter vor der Tür, mit verschränkten Armen und finsterem Gesicht. Der Junge fragte sich, wie lange sie schon auf ihn wartete.

»Ich habe gespürt, daß du kommst«, sagte Lwaxana Troi und beantwortete damit Tommys unausgesprochene Frage. »Ich hielt es für besser, dich in Empfang zu nehmen, weil deine Mutter alles andere als zufrieden mit dir ist.«

Für Tommy ergab das irgendwie keinen Sinn. Von Lwaxana Troi auf den Zorn seiner Mutter vorbereitet zu werden, war so, als würde man sich für ein sommerliches Gewitter wappnen, indem man zuerst einen taktischen Atomschlag über sich ergehen ließ.

Der Junge schnitt eine Grimasse – und erinnerte Lwaxana damit an seinen verstorbenen Vater. Er war noch nicht ganz acht Jahre alt, doch an seiner Herkunft konnte kein Zweifel bestehen. Er hatte kaum Ähnlichkeit mit seiner Mutter. Zugegeben, wenn Tommy nachdenklich war, erinnerte etwas in seinen Augen an Deanna, ansonsten *war* er William Riker in Miniatur. Einige

Strähnen des braunen Haars entwickelten ein seltsames Eigenleben und fielen ihm immer wieder in die Stirn. Die dunklen Augen besaßen eine sonderbare Intensität, ein Leuchten, das heller zu werden schien, wenn der Junge in schwierige Situationen geriet. Unterkiefer und Kinn wirkten rund, nicht kantig, brachten aber trotzdem Entschlossenheit und Willenskraft zum Ausdruck. Hinzu kam ein sehr muskulöser Oberkörper. Bei keinem anderen Kind hatte Lwaxana jemals eine so gut ausgeprägte Muskulatur gesehen.

Wenn er sprach, klang seine Stimme fest; sie hörte sich ganz und gar nicht wie die eines Kindes an. Lwaxana fragte sich manchmal, ob die Eltern – der ernsthafte und angriffslustige Vater sowie die gelehrte, zur Kontemplation neigende und inzwischen seit Jahren trauernde Mutter – ihrem Sohn eine wirkliche Kindheit vorenthalten hatten.

»Warum ist Mama nicht zufrieden mit mir?« fragte Tommy im Haus, streifte die leichte Jacke ab und warf sie achtlos in Richtung des nächsten Stuhls. Wie aus dem Nichts erschien der große, hohlwangige Mr. Homn. Er fing die Jacke auf, bevor sie auf dem Stuhl landete und brachte sie fort.

»Ich glaube, das weißt du genau, junger Mann.« Lwaxanas Gesicht blieb finster. »Wir haben eine Mitteilung von der Schule bekommen. Die Lehrer halten nicht viel von deinen Darbietungen.«

»Das sollten sie aber.«

»Das *sollten* sie?« Lwaxana starrte ihn so verblüfft an, als sei ihm gerade ein zweiter Kopf gewachsen. »Warum sollten deine Lehrer etwas von einer Prügelei halten?«

»Sie könnten sich zum Beispiel darüber freuen, daß sie nicht lange gedauert hat.« Tommy lächelte schief und schlug mit der rechten Faust nach einem unsichtbaren Gegner. »Du hättest es sehen sollen, Lwaxana. Er ging sofort zu Boden.«

»Natürlich ging er sofort zu Boden! Betazoidische Jungen lernen, Konflikte durch Meditation zu überwinden. Sie denken mit dem Kopf, nicht mit ihren Fäusten!«

»Er hat in meinem Bewußtsein herumgeschnüffelt«, sagte Tommy mit deutlichem Abscheu.

»Er ist Betazoide. Und Betazoiden lesen Gedanken.«

»Dann hätte er eigentlich wissen müssen, daß ich zuschlagen würde. Wie dumm von ihm, sein Kinn hinzuhalten und nicht auszuweichen.« Tommy ließ zischend Luft aus seinen Lungen entweichen. »Er hat sich über meine Gedanken lustiggemacht. Er meinte, sie seien nicht ›tiefensinnig‹ oder so.«

»Tiefsinnig«, korrigierte Lwaxana. »Nun, wahrscheinlich hatte er recht, denn auch deinem Vater mangelte es an Tiefsinnigkeit.«

Sie bereute die Worte, kaum daß sie heraus waren. Lwaxana hätte ihren rechten Arm dafür hergegeben, sie rückgängig zu machen. Sie waren wie Ohrfeigen für Tommy, der seinen Vater sehr verehrte. Lwaxana mochte wegen der Prügelei ungehalten sein, aber sie liebte Tommy Riker, den Sohn von William und Deanna Riker, mit einer Hingabe, die sie manchmal selbst erstaunte. Wie war es möglich, daß sie trotz ihres enormen mentalen Potentials so gedankenlos daherreden konnte?

Sie bekam gar keine Gelegenheit, sich zu entschuldigen. Tommys Gesicht wurde zu einer wütenden Fratze. »Sag nichts Schlechtes über ihn!« zischte er. »Wag das bloß nicht!« Er lief an ihr vorbei, stieß dabei gegen Lwaxanas rechtes Bein, gerade hart genug, um darauf hinzuweisen, daß Absicht dahintersteckte.

Lwaxana seufzte. »Warum hängt er so sehr an seinem Vater, obwohl er ihn nie kennengelernt hat?« Doch sie kannte die Antwort. Deanna liebte William T. Riker noch immer so hingebungsvoll wie damals, und ihre emotionale Intensität übertrug sich auf den Sohn.

Diese Überlegungen lockten ein Lächeln auf Lwaxanas Lippen. Vielleicht steckten doch rudimentäre psychische Begabungen in dem Jungen. Bei den bisherigen Untersuchungen hatte sich nichts ergeben, aber was bedeutete das schon? Vielleicht mußten die Tests modifiziert werden.

»Darum kümmere ich mich sofort«, sagte Lwaxana zu sich selbst und begab sich in ihr Arbeitszimmer.

Tommy sah in das Zimmer seiner Mutter. Sie schrieb und schien ganz auf ihre Arbeit konzentriert zu sein. Der Junge kannte niemanden außer ihr, der auf Papier schrieb. Außerdem war Papier so selten, daß Tommy sich manchmal fragte, wo seine Mutter es auftrieb. Andererseits gehörte es zum Alten, Traditionellen, und Lwaxana verstand sich gut auf die Erhaltung von Traditionen und verstaubten Ritualen. Die Vorliebe für das Alte und Überholte hatte sie an ihre Tochter weitergegeben.

Der Junge beschloß, seine Mutter nicht ausgerechnet jetzt zu stören, doch sie drehte den Kopf und sah ihn an, als er gerade gehen wollte. Deanna Riker war schlank und hatte große, strahlende Augen, die jedoch tief in den Höhlen lagen. Sie trug kein Make-up, das Haar war kurz und zeigte an den Schläfen graue Strähnen.

Ihre Blicke trafen sich. Deanna deutete zuerst auf ihren Sohn, dann auf den Stuhl neben dem Schreibtisch. Tommy sagte kein Wort, seufzte jedoch, ehe er den Raum durchquerte und Platz nahm. Er saß mit gefalteten Händen da und wartete darauf, daß seine Mutter ihre Tätigkeit beendete.

Minuten verstrichen, schienen sich zu dehnen. Tommy sah sich in Deannas unantastbarem Arbeitszimmer um. Seine Großmutter fand Gefallen daran, ständig umzuräumen. Es verging kein Monat, ohne daß im Heim von Lwaxana Troi neue Möbelstücke oder irgendwelche bizarren Ziergegenstände erschienen – die nach einigen weiteren Monaten wieder verschwanden. Lwaxanas Geschmack verdiente es, als überaus wechselhaft bezeichnet zu werden.

Deanna hingegen war sehr nachdenklich und methodisch. Vor einigen Jahren, als Tommy klein gewesen war – als er erst noch zu dem reifen Kind von heute heranwachsen mußte –, hatte ihm seine Mutter eine Geschichte von dem Heimatplaneten seines Vaters vorgelesen. Es ging darin um zwei Geschöpfe, die auf Betazed nicht existierten, um eine Heuschrecke und eine Ameise. Die Heuschrecke sang und tanzte gern und erwies sich als recht leichtfertig. Die Ameise hingegen arbeitete hart, war ernst und humorlos. Als Tommy darauf hingewiesen hatte, daß ein ähnlicher Gegensatz auch zwischen seiner Großmutter und seiner Mutter existierte, widersprach ihm Deanna. Doch er wußte die subtilen Anzeichen in ihrem Gesicht zu deuten – aufgrund jahrelanger genauer Beobachtung – und ahnte, daß auch sie gewisse Parallelen erkannte.

Schließlich legte Deanna Papier und Stift beiseite.

Sie richtete den Zeigefinger auf ihren Sohn. »Nun, was hat es damit auf sich?«

Tommy hoffte, seiner Mutter ein Lächeln zu entlocken, als er erwiderte: »Mit deinem Finger, meinst du?«

Die Taktik funktionierte nicht. Deanna blieb ernst. In ihren Mundwinkeln zuckte es nicht einmal.

»Du hattest Probleme in der Schule«, sagte sie vorwurfsvoll.

»Nein.«

»Du hast Reg Lartin geschlagen.«

»Ja, aber dabei ergaben sich keine Probleme. Er ging sofort zu Boden.«

Deanna stöhnte leise und schüttelte den Kopf. »Was soll ich nur mit dir machen?«

»Willst du mich verhauen?«

»Nein, natürlich nicht.«

»Du könntest mir verbieten, zur Schule zu gehen.« Der Junge nickte. »Ja, das erscheint mir angemessen. Damit solltest du mich bestrafen.«

»Du verabscheust die Schule«, sagte Deanna. »Du würdest liebend gern zu Hause zu bleiben.«

»Das ist nicht wahr«, behauptete Tommy, doch es klang nicht sehr überzeugend. »Ich gehe gern zur Schule.« Aber auch damit kam er nicht weiter, und zwar aus zwei Gründen. Erstens: Seine Mutter war Empathin. Und zweitens: Er beherrschte die Kunst des Lügens nicht sonderlich gut. Tommy Riker mochte vieles sein, aber ein Lügner – ein guter Lügner – war er gewiß nicht.

»Wie kam es zu der Prügelei?« fragte Deanna.

»Ich habe es Lwaxana erzählt.«

Deanna seufzte. »Wenn du sie doch nur ›Großmutter‹ nennen würdest.«

»Sie hat mich gebeten, darauf zu verzichten. Angeblich fühlt sie sich dadurch alt.«

»Gehst du immer auf ihre Wünsche ein?«

»Wenn ich es will.«

Deanna begriff daß es keinen Sinn hatte, diesen rhetorischen Weg weiter zu beschreiten. »Was hast du Lwaxana erzählt?«

»Daß Reg in meinen Gedanken herumgeschnüffelt hat. Er sagte, ich hätte keine Tiefe.«

»Weißt du, was er damit meinte?«

»Sein Tonfall gefiel mir nicht. Und außerdem verzog er das Gesicht. Er schnitt eine spöttische Grimasse. Und deshalb schlug ich zu.«

Deanna ergriff ihren Sohn sanft an den Schultern. »Das betazoidische Bewußtsein entfaltet sich auf ganz besonderen Ebenen. Bei vielen anderen Völkern ist das Selbst nach außen gerichtet, doch bei uns wendet es sich der inneren Welt zu. Reg meinte nur, daß du nicht genau weißt, was hier drin vor sich geht.« Bei diesen Worten tippte sie gegen Tommys Stirn.

»Nun ...« Der Junge ballte die Faust und hob sie stolz. Deanna sah die Hautabschürfungen an den Knöcheln, deutliche Spuren des Kampfes. »Ich habe ihm gezeigt, was im Innern seiner Nase los ist. Sie hat geblutet.«

»Ein solches Verhalten gehört sich nicht, Tommy«, sagte Deanna, und ihre Stimme klang nun ein wenig schärfer. »Ganz offensichtlich bedauerst du es nicht, Reg geschlagen zu haben. Du ergötzt dich auch noch daran.«

Der Junge runzelte die Stirn. »Ich ›ergötze‹ mich daran? Was bedeutet das?«

»Du bist stolz darauf.«

»Oh. Ja.«

»Es stimmt also?«

»Das mit dem Stolz? Ich denke schon.« Um weiteren Ermahnungen vorzubeugen, fügte Tommy hinzu: »Lwaxana hat was Gemeines über Dad gesagt.«

Ein Schatten fiel auf Deannas Züge. »Etwas Gemeines? Was hat sie denn gesagt?«

»Sie meinte, er sei nicht tiefsinnig gewesen.«

Deanna blinzelte und wußte nicht genau, was sie davon halten sollte. Nach einigen Sekunden lächelte sie. »Nun, ich glaube, sie hat recht. Dein Vater hatte viele Eigenschaften, aber Tiefsinnigkeit gehörte nicht dazu. Weißt du, Tommy, wenn man jemanden liebt, so wie ich deinen Vater, so liebt man die betreffende Person gerade wegen jener Dinge, die andere Leute für Schwächen oder Fehler halten.«

Der Junge neigte den Kopf zur Seite und richtete einen seltsamen Blick auf seine Mutter. »Sprich nicht so über ihn.«

»Wie denn?« erwiderte Deanna verwirrt. »Was meinst du, Schatz?«

»Du hast ›hatte‹ gesagt. Auf diese Weise hast du nie zuvor von ihm gesprochen. Als gäbe es ihn nicht mehr. Als sei er tot oder so.«

Deanna spürte, wie es in ihren Augen zu brennen begann. Sie besann sich auf ihre Willenskraft und hielt die Tränen zurück. Eigentlich erstaunlich, daß sie nach all den Jahren noch immer so schnell fließen wollten.

»Es tut mir leid, Schatz.« Sie versuchte, ihren Sohn an sich zu drücken, aber er wich zurück. Er stand auf und kniff argwöhnisch die Augen zusammen. »Es tut mir sehr leid. Es wird nicht noch einmal passieren.«

»Du glaubst, daß er tot ist.«

»Nein«, sagte Deanna.

»Warum hast du dann ›hatte‹ gesagt?«

»Ich habe nicht darüber nachgedacht, Tommy. Ich war in Gedanken ganz woanders.«

Tommys Gesicht verfärbte sich, und Deanna kannte seine nächsten Worte, noch bevor er sie aussprach. »Es ist wegen Wyatt. Er treibt sich noch immer hier herum, stimmt's?«

Trotz der ernsten Situation mußte sich Deanna beherrschen um nicht zu lachen. »Er ›treibt sich herum‹? Wo hast du das denn gehört?«

»Lwaxana hat's gesagt.«

»Oh.« Deanna war nicht sonderlich überrascht. »Na schön. Ja, Wyatt hat mich des öfteren angerufen. Er würde gern mit mir zusammen sein. Weißt du, Wyatt war schon vor deiner Geburt ein guter Freund. Ich kannte ihn, ehe dein Vater und ich heirateten. Nach betazoidischem Recht hätte Wyatt die Heirat verbieten können. Aber mein Glück war ihm wichtiger als seins, und deshalb entließ er mich aus den Verpflichtungen ihm gegenüber. Das war sehr großzügig von ihm. In gewisser Weise verdankst du ihm dein Leben«, betonte Deanna, während ihr Sohn noch immer eine finstere Miene aufsetzte. »An deiner Stelle würde ich in Hinsicht auf Wyatt Miller etwas freundlicher sein. Es ...« Sie suchte nach den richtigen Worten. »Es ist viel Zeit vergangen, seit dein Vater ...«

»Er ist nicht tot«, sagte Tommy mit einer Bestimmtheit, die Deanna verblüffte. »Er lebt.«

»Tommy!« Deanna griff nach seinen Händen. »Ich möchte ebensosehr wie du annehmen, daß er noch lebt. Glaub mir.«

»Er kommt zu uns zurück. Ich fühle es ganz deutlich.«

»Seit wann hast du dieses Gefühl, Schatz?«

»Ich habe es einfach. Ich würde es gern verstehen, aber das gelingt mir nicht. Ebensowenig kann ich behaupten, daß es einen Sinn ergibt. Nichts ergibt einen Sinn. Ich weiß nur eines, als ich eines Morgens erwachte, hatte ich plötzlich das Gefühl, Dad zu sehen.«

»Du bist aufgewacht ...« Deanna lächelte traurig. »Das klingt ganz nach einem Traum.«

»Nein«, erwiderte Tommy bestimmt und stampfte mit dem Fuß auf. »Es war kein Traum. Ich wußte, daß du so etwas sagen würdest, und deshalb habe ich dir nichts davon erzählt.«

»Tommy ...«

Deanna hob den Kopf und spürte die Präsenz ihrer Mutter, noch bevor Lwaxana die Tür erreichte. Diesmal brauchte sie dazu nicht einmal empathische Fähigkeiten. Lwaxana lief durch den Flur, und das Geräusch ihrer Schritte verriet ihr, daß ihre Mutter im Laufschritt herbeieilte. Was in aller Welt mochte Lwaxana Troi, Tochter des Fünften Hauses, dazu veranlaßt haben, auf so eklatante Weise ihre Würde über Bord zu werfen?

Etwas zerbrach mit lautem Klirren, und die Richtung, aus der das Geräusch kam, vermittelte Deanna eine unmißverständliche Botschaft: Es handelte sich um die aus dem zweiten Jahrhundert stammende Bel-t'zor-Vase – ein kostbares und unersetzliches Stück. Sie hörte, wie Lwaxana einen Fluch murmelte, jedoch nicht stehenblieb, um die Scherben aufzuheben.

Was war geschehen?

Lwaxana lief so schnell, daß sie fast am Arbeitszimmer ihrer Tochter vorbeigesaust wäre. Mit perfekt manikürten Fingern hielt sie sich am Türrahmen fest.

»Deanna!« Sie keuchte, wollte nicht warten, bis sie wieder zu Atem kam, und fügte telepathisch hinzu: *Komm schnell.*

Wohin? fragte Deanna.

Nach unten. Ein Anruf für dich. Du … du wirst es nicht glauben. Es ist kaum zu fassen …

Was ist kaum zu fassen, Mutter? Deanna ahnte etwas, doch aus irgendeinem Grund wagte sie nicht zu hoffen.

Ein Klingone möchte dich sprechen.

»Hört auf!« rief Tommy verärgert. »Ihr verständigt euch schon wieder mit Gedanken! Ich hasse das!«

»Ein Klingone möchte dich sprechen«, wiederholte Lwaxana laut. Sie schnaufte noch immer. »Er hat Neuigkeiten für dich.«

Deannas Hände schlossen sich so fest um die Kante ihres Schreibtisches, daß die Knöchel weiß hervortraten. »Ist er …« Ihre Stimme versagte kurz. »… am Leben?«

Lwaxana musterte ihre Tochter verwirrt. »Natürlich ist er das.«

Deannas Lippen bewegten sich lautlos.

Ihre Mutter fuhr fort: »Ich meine, ein toter Klingone könnte uns wohl kaum anrufen, oder? Das ergibt doch keinen Sinn. Ist alles in Ordnung mit dir?«

»Ich meine nicht den Klingonen, Mutter!« entfuhr es Deanna. »Ich weiß, daß der Klingone lebt! Ruft er wegen Will an? Ist Will am Leben?«

»Ich weiß es nicht«, erwiderte Lwaxana. »Mir gibt er keine Auskunft. Er weigert sich strikt, mir den Grund seines Anrufs zu nennen. Das finde ich ziemlich unhöflich, um ganz ehrlich zu sein. Er heißt Wuff, glaube ich.«

Deanna erhob sich und eilte zur Tür, gefolgt von Lwaxana und Tommy. Auf dem Weg durch den Flur warf sie einen kummervollen Blick auf die zerbrochene Vase. Mr. Homn war bereits damit beschäftigt, die Scherben zusammenzufegen.

»Warum hast du mir nicht telepathisch Bescheid gegeben, Mutter? Warum bist du zu mir gelaufen?«

»Ach, der unfreundliche Klingone brachte mich völlig durcheinander«, erwiderte Lwaxana und gestikulierte vage. »Er fuhr mich an! Erdreistete sich, mir Befehle zu erteilen. ›Holen Sie Ihre Tochter!‹ So sprach er mit *mir,* der Hüterin des Sakralen Kelchs von Riix!«

Deanna hörte gar nicht mehr zu. Sie lief jetzt ebenfalls, wurde immer schneller und ruderte mit den Armen. Sie erreichte die Treppe, nahm erst zwei und dann drei Stufen auf einmal, was dazu führte, daß sie stolperte, nur ein rascher Griff nach dem Geländer bewahrte sie vor einem Sturz. Sie durchquerte das Foyer, gelangte in den Westflügel des Gebäudes und stürmte ins Arbeitszimmer ihrer Mutter.

Auf dem Bildschirm war die finstere Miene eines Klingonen zu sehen. Als Deanna in das Sichtfeld trat, fragte er schroff: »Sind Sie Deanna Troi Riker?«

»Ja. das bin ich.«

Der Klingone musterte sie kurz, und Deanna preßte unwillkürlich einen Arm vor die Brust. Der durchdringende Blick, der auf ihr ruhte, verunsicherte sie.

»Ich bin Worf«, sagte der Klingone schließlich. »Wir möchten in einer besonderen Situation Klarheit schaffen. Bitte sprechen Sie mit diesem Individuum.«

Er trat beiseite, und Deanna hatte das Gefühl, eine Ewigkeit lang auf einen leeren Schirm zu starren.

Dann geriet ein anderer Mann in den Erfassungsbereich der Übertragungskamera. Sein Haar war lang und zerzaust, obwohl man ganz offensichtlich versucht hatte, ihn in einen präsentablen Zustand zu versetzen. Er trug klingonische Kleidung, an der jedoch die Rangabzeichen fehlten. Die Augen …

Es waren die Augen, die sie einst liebevoll angesehen, bei vielen Gelegenheiten ihren nackten Leib betrachtet hatten. Augen, die bis in ihre Seele blicken konnten.

»O mein Gott …«, hauchte Deanna. Sie fühlte, wie ihre Knie zitterten, und langsam sank sie auf den Stuhl vor dem Videofon. »Imzadi.«

Der Mann starrte sie an und wiederholte das Wort. Für einen Sekundenbruchteil, eine Ewigkeit vor dem Blick der Liebe, glaubte Deanna, daß der Mann flüsterte, weil er die Bedeutung dieses Wortes erkannte.

Doch dann wurde ihr die Wahrheit klar. Der Mann sagte abermals »Imzadi«, lauter diesmal, und es konnte kein Zweifel mehr daran bestehen, daß er das Wort nur wiederholte. Er schien überhaupt nicht zu wissen, was es bedeutete.

»Im … zah … die?« fragte er und zog die einzelnen Silben so sehr in die Länge, daß sie fast wie drei Wörter klangen.

Erneut spürte Deanna, wie ihr Tränen in die Augen schossen, und diesmal hielt sie sie nicht zurück. Lwaxana und Tommy kamen herbei, und sie hörte, wie ihre Mutter erschrocken nach Luft schnappte, als sie den Mann auf dem Bildschirm sah. Die Tränen brannten heiß auf Deannas Wangen, und sie hob die Hände zum Mund, um nicht laut zu schluchzen.

»Was hat man dir angetan, Will?« brachte sie schließlich hervor. »O Gott!«

Worf erschien wieder. »Er befand sich in romulanischer Gefangenschaft und wurde gefoltert.«

Lwaxana gab einen erstickten Laut von sich. »Diese Tiere!« zischte sie voller Zorn. »Wer so etwas getan hat …«

»Die Verantwortlichen sind tot«, sagte Worf ruhig. »Ich habe den Peiniger dieses Mannes selbst umgebracht.«

»Gut«, erwiderte Lwaxana mit einer Genugtuung, die Deanna unter anderen Umständen erstaunt hätte.

Aber sie hörte gar nicht zu. Ihre ganze Aufmerksamkeit galt dem Schatten des Mannes, den sie liebte, den sie verloren geglaubt hatte und der ihr nun vom Schicksal zurückgegeben wurde. Er lebte. Was auch immer mit ihm geschehen sein mochte, der Schaden ließ sich bestimmt beheben. Ganz gleich, welche Wunden Wills

Seele geschlagen worden waren, ganz gleich, in welche finstere Höhle man ihn geworfen hatte ... Deanna war absolut und felsenfest davon überzeugt, daß er geheilt werden konnte. Irgendwie ließen sich die Fragmente des zerrissenen, gesplitterten Bewußtseins wieder zu einem einheitlichen Ganzen zusammenfügen. Von den Toten hingegen hätte ihn niemand zurückzuholen vermocht. Doch welche Götter auch existieren mochten – sie hatten beschlossen, ihn vor dem Schlimmsten zu bewahren. Deannas geliebter Mann, der Vater ihres Sohnes, war zurückgekehrt. Und bestimmt wurde er wieder gesund, ungeachtet aller Qualen, die er während der vergangenen Jahre erlitten hatte.

Bald würden sie wieder zusammensein – nur darauf kam es an.

»Ist das Dad ?« fragte Tommy.

Deanna konnte nur nicken. »Will ...« Sie vernahm das Zittern in der eigenen Stimme und bemühte sich, ruhig zu sprechen. »Will, ich bin's, Deanna. Will, wir werden damit fertig. Du und ich, und unser Sohn.« Sie zog Tommy näher, so daß er auf dem Bildschirm erschien. »Dies ist Tommy. Du kennst ihn nicht, denn er wurde geboren, nachdem du fort warst. Ich habe ihm von dir erzählt. Er möchte dich gern kennenlernen.«

»Die *Enterprise* fliegt nach Terminus, wo wir den Geretteten Starfleet übergeben«, sagte Worf. »Ich habe mir die Transferpläne angesehen und festgestellt, daß sich ein klingonischer Frachter in der Nähe von Betazed befindet. Er könnte Sie aufnehmen und zur *Enterprise* bringen. Allerdings müßten Sie sofort aufbrechen.«

»Ja«, erwiderte Deanna. »Ja, natürlich. In einer Stunde. Ich kann in einer Stunde fertig sein. Will ... O Gott, Imzadi, ich ...«

»In Ordnung«, brummte Worf. »Treffen Sie alle notwendigen Reisevorbereitungen.« Der Bildschirm wurde dunkel.

»Was habe ich gesagt?« ließ sich Lwaxana vernehmen. »Dieser Wuff ist ein unhöflicher Bursche.« Sie wandte sich an ihre Tochter. »Normalerweise würde ich dich begleiten, Deanna, aber leider warten hier einige Pflichten auf mich.«

»Schon gut, Mutter«, entgegnete Deanna. »Ich ...« Sie unterbrach sich. »Meine Güte, ich möchte mindestens ein Dutzend Dinge sagen und tun. Und zwar gleichzeitig. Ich ...«

Lwaxana trat näher und umarmte sie. Deanna klammerte sich geradezu an ihrer Mutter fest und weinte, sie versuchte jetzt nicht mehr, die Tränen zurückzuhalten. Sie schlang den anderen Arm um ihren Sohn. Tommys Augen blieben trocken, und er sagte etwas, das sie nicht gleich verstand. Deanna gewann ihre Selbstkontrolle zurück und fragte: »Was hast du gesagt, Schatz?«

»Ich komme mit«, antwortete Tommy.

»Oh, Schatz, nein, nein, ich glaube nicht, daß du ...«

»Ich komme mit«, wiederholte der Junge.

»Junger Mann«, sagte Lwaxana streng, »deine Mutter reist allein. Sie ist ziemlich durcheinander, und du wärst nur eine Belastung für sie. Du bleibst hier bei mir, und das ist mein letztes Wort.«

Tommy schob trotzig das Kinn vor.

Der klingonische Frachter steuerte in den Orbit um Betazed, und genau siebzig Minuten später verließ er ihn wieder. An Bord befanden sich zwei Passagiere: eine Betazoidin namens Deanna Troi Riker ...

... und ihr Sohn Tommy.

FADEN A

6

Langsam und sehr mißtrauisch öffnete Q die Augen und sah sich wortlos um.

Als Dr. Beverly Howard merkte, daß er wach war, verständigte sie Crusher und Picard. Geordi LaForge stand neben ihr, während sie auf die Ankunft des Captains und seines Ersten Offiziers wartete. Vorsichtig traten sie zu dem Wesen, das sich »Q« nannte.

»Können Sie mich hören?« fragte Beverly.

Q musterte sie neugierig. »Wenn ich Sie nicht hören könnte, wie wäre ich dann imstande, Ihnen zu antworten? Meine Güte, was haben Sie nur mit Ihrem Haar angestellt?«

»Wie bitte?« Beverly berührte die orangefarbenen Locken. Und schnappte verblüfft nach Luft, als sie plötzlich glattes, schulterlanges Haar ertastete.

»So ist es schon besser«, sagte Q ungeduldig. Er wollte aufstehen und merkte erst jetzt, daß man ihn am Bett festgebunden hatte. Verächtlich sah er zu der Ärztin auf. »Das kann doch wohl nicht Ihr Ernst sein.« Er stemmte sich ganz hoch, und die Riemen verschwanden einfach.

In diesem Augenblick trafen Crusher und Picard ein. Der Captain kam näher und verschränkte die Arme. »Was hat dies alles zu bedeuten?« fragte er.

Q antwortete zunächst nicht. Amüsiert beobachtete er die Szene. »Mal sehen, ob ich alles richtig verstehe«, sagte er so, als hätte Crusher keinen Ton von sich gegeben. »Sie sind der Captain der *Enterprise*. Und Sie, Picard, fungieren als Erster Offizier ...« Sein Blick wanderte zu Beverly. »Und Sie sind noch immer die Bordärztin?«

»Ja.«

»Dr. Beverly Cru … nein.« Q schnippte mit den Fingern, als er sich erinnerte. »Dr. Beverly Howard. Ja, natürlich.« Er sah den medizinischen Assistenten an. »Und Geordi LaForge, mit braunen Augen anstatt der Spange aus Metall. Wirklich schade. Der VISOR war eine Verbesserung.« LaForge bekam gar keine Gelegenheit zu fragen, was Q meinte – die Veränderung im Gesichtsausdruck des Fremden wies deutlich darauf hin, daß er das Interesse an Geordi verloren hatte.

»Nun, wir sollten keine Zeit verlieren«, sagte Q.

»Was wird hier eigentlich gespielt?« fragte Captain Crusher.

»Um ganz ehrlich zu sein, vielleicht würde es Ihnen nicht gefallen, eine Antwort auf diese Frage zu bekommen. Sind Sie Trelane begegnet?«

»Ja«, sagte Crusher reumütig.

»Na schön. Hören Sie mir gut zu. Ich erkläre Ihnen, worum es geht, obwohl es Ihnen wahrscheinlich überhaupt nichts bringt, darüber Bescheid zu wissen. Wie dem auch sei, wenn Ihre ganze Existenz kollabiert, so haben Sie ein Recht darauf, den Grund dafür zu erfahren.«

»Unsere Existenz ›kollabiert‹?« wiederholte Crusher ungläubig. »Wegen Trelane? Er ist doch nur eine einzelne Person. Wie kann er …?«

»Nein.« Q nahm auf der Medo-Liege Platz – er hatte gerade festgestellt, daß er ein wenig hinkte. »Das Wörtchen ›nur‹ ist gewiß nicht geeignet, um ihn zu beschreiben.«

»Ich weiß nicht, was Sie …«

»Nein, *Captain*«, sagte Q mit offener Geringschätzung. »Sie wissen nichts, und deshalb wären wir alle besser dran, wenn Sie jetzt den Mund hielten und zuhörten.«

»Wie können Sie es wagen?«

»Mit Ihrem autoritären Gehabe verschwenden Sie nur Zeit; das beeindruckt mich nicht im geringsten«, sagte Q brüsk. »Hören Sie mir jetzt gut zu. Sind Sie mit dem Konzept paralleler Zeitlinien vertraut?«

»In diesem Zusammenhang gibt es die eine oder andere Theorie«, sagte Picard. »Aber es wurde noch kein bedeutender Durchbruch erzielt.«

»Hm«, brummte Q. »Eines steht jedenfalls fest, derzeit bahnt sich etwas sehr Bedeutendes an. Nun, Sie sind Trelane begegnet. Sie haben mit ihm gesprochen. So wie ich jetzt mit Ihnen spreche.« Er nahm eine unruhige Wanderung auf. »Sie beziehen sich auf das Universum. Aber dieser Begriff ist unangemessen. Es handelt sich um ein *Multiversum,* angefüllt mit Geschöpfen, die Ihnen ähneln. Aber gewisse Dinge sind anders.«

»Und welches Multiversum ist das richtige?« fragte LaForge.

Q blieb stehen und starrte ihn an. »Manche Dinge ändern sich allerdings nicht. Zum Beispiel die Neigung bestimmter Menschen, dumme Fragen zu stellen.« Q wandte sich von Geordi ab, bevor er eine Antwort geben konnte. »Ereignisse variieren, und dadurch variiert auch der Fluß der Zeit. Die wichtigste Konsistenz besteht in der allgemeinen Inkonsistenz. Allerdings gibt es im Multiversum auch mehrere Konstanten.«

Er verharrte erneut und sagte beiläufig: »Vielleicht sollte ich darauf hinweisen, daß ich Ihnen die Geheimnisse des Universums offenbare. Verstauen Sie diese Informationen nicht in der kleinen Kammer Ihres winzigen Gehirns, die für Banalitäten wie Kochrezepte oder Erinnerungen an den ersten Geschlechtsverkehr bestimmt ist. Wir reden hier von *wichtigen* Dingen. Verstehen Sie das? Gut. Nun, eine der Konstanten heißt Chaos. Für Sie ist Chaos eine Theorie, ein geistiges Konzept. Aber wenn Sie es mit Entitäten des Q-Kontinuums zu tun bekommen, gleicht die Grenze zwischen Theorie und Realität der zwischen Ufer und Meer. Ganz gleich, wie Sie die Linie ziehen, die Wellen des Meeres spülen über den Strand und nehmen einen Teil davon mit ins Meer. Können Sie mir folgen?«

Die Offiziere nickten wortlos, beeindruckt und fasziniert von der Intensität des Vortrags.

»Das Chaos ist real«, fuhr Q fort. »So real wie dieses Schiff. Vorausgesetzt, man weiß wo es danach Ausschau zu halten gilt. Chaos gehört zum Fundament der Wirklichkeit. Es lauert im Zentrum der realen Irrealität, die wir vom Q-Kontinuum das ›Herz des Sturms‹ nennen. Wenn man in der Lage ist, die dort wohnende unglaubliche Macht anzuzapfen, so kann einen nichts mehr aufhalten. Doch der Preis dafür ist ... immens.«

»Was ist der Preis?« fragte Crusher.

»Man verliert den Verstand«, erwiderte Q. »Und das ist erst der Anfang.«

»Soll das etwa heißen, daß es Trelane gelungen ist, das Chaos anzuzapfen?«

»Das hätte auf keinen Fall passieren dürfen«, sagte Q. »Wissen Sie, Jean-Luc, genau das haben Sie nie am Q-Kontinuum verstanden.«

»Wovon reden Sie? Ich habe nie ...!«

»Oh, ja, natürlich.« Q winkte ab. »Sie haben nie von uns gehört. Einer der Hauptgründe für die Existenz des Q-Kontinuums ist unsere Aufgabe, so etwas zu verhindern. Wir existieren seit Anbeginn der Zeit, Picard. Alle Dinge in diesem großen Multiversum dienen einem Zweck, haben eine Aufgabe. Der Zweck des Q-Kontinuums besteht darin, Ihnen allen die Möglichkeit zu geben ...«

Er unterbrach sich und wirkte plötzlich sehr wachsam. Langsam trat er zur Mitte der Krankenstation und blickte sich dabei immer wieder um. Er schien einen Angriff zu erwarten von wo auch immer. Vielleicht aus allen Richtungen gleichzeitig.

»... zu existieren«, beendete er den Satz. »Aber jetzt, jetzt könnte tatsächlich das Ende nah sein.«

»Wie meinen Sie das?« fragte Crusher.

Q bedachte ihn mit einem spöttischen Blick. »Sie stecken heute voller nutzloser Fragen, wie? Ich *meine*, Jackie, das Q-Kontinuum ist in Schwierigkeiten. Wie weitaus primitivere Lebensformen sieht es sich plötzlich bedroht, unter Druck gesetzt, in die Enge getrieben. Es sitzt in der Tinte, um eine terranische Metapher zu verwenden. Und einer von *uns* hat das metaphorische Tintenfaß umgekippt.«

»Trelane«, sagte Picard.

»Ich wußte, daß Sie dazu imstande sind, nicht nur dumme Fragen zu stellen, sondern auch Antworten vorwegzunehmen. Ja, Trelane. Aber nicht der Trelane aus Ihrem oder meinem Universum. Ich meine einen Trelane, der im Herzen des Sturms gereift ist. Einen Trelane, dem es gelungen ist, das Q-Kontinuum zu isolieren und vom Rest des Multiversums zu trennen, es zum ersten Mal seit der Schöpfung an der Wahrnehmung seiner Aufgabe zu hindern. Dies ist ...«

»Das Ende.«

Q drehte sich um und sah ... Trelane. Er stand einige Meter entfernt, wirkte so lässig und nonchalant wie stets. Allerdings trug er diesmal andere Kleidung, eine schwarze Kombination, die einer militärischen Uniform glich. An den Manschetten der Ärmel zeigte sich ein roter, ausgestellter Saum, und über einer Schulter lag ein blutrotes Cape.

»Trelane!« entfuhr es Picard. Er wollte die Sicherheitsabteilung alarmieren, doch die schwarze Gestalt winkte und verurteilte ihn und die anderen Anwesenden zu völliger Bewegungslosigkeit. Nur Trelane selbst und Q waren nicht von der Starre betroffen.

»Warum hast du ihnen die Hintergründe erläutert?« fragte Trelane. »Was wolltest du damit erreichen?«

Q wich langsam zurück und hob abwehrend die Hände. »Es ging mir darum, ihnen Wissen zu vermitteln. Denn Wissen ist Macht.«

»Oh, ich weiß nicht«, erwiderte Trelane. Qs Verhalten schien ihn zu amüsieren. »Ich würde sagen: Macht ist Macht. Man kann zum Beispiel wissen, daß eine Kugel auf dem Weg zum Gehirn ist. Man kann auch wissen, wann sie den Kopf trifft und sich hineinbohrt. Aber dieses Wissen verleiht niemandem die Macht, das Geschoß aufzuhalten.«

»Und dich kann auch nichts aufhalten – willst du darauf hinaus?« fragte Q.

»Nun, das habe ich nicht gesagt, oder?« Trelane lächelte. »Aber da wir schon mal dabei sind – es liegt mir fern, meinem geschätzten Mentor zu widersprechen.«

»Du solltest das Wissen nicht außer acht lassen«, entgegnete Q. »Wenn du wirklich verstehen würdest, worauf du dich eingelassen hast, wärst du sicher nicht bereit, den eingeschlagenen Weg fortzusetzen.«

»Unsinn!« entfuhr es Trelane. »Dummes Geschwätz! Ich weiß genau, was ich tue.«

»Ach, tatsächlich?«

»Ja.« Trelane hob die Hände. »Ich töte dich.«

Blitze lösten sich von seinen Fingern und zuckten Q entgegen.

Q wich aus, riß das Gewebe der Realität auf und verschwand durch die Öffnung. Die Blitze knisterten und flackerten um ihn, konnten ihm jedoch nichts anhaben.

»Ha!« rief Trelane entzückt. »Ausgezeichnet! Du siehst die Hoffnungslosigkeit deiner Situation nicht ein und lehnst es ab, dich geschlagen zu geben! Hervorragend!«

Er jauchzte vor Vergnügen, schuf ebenfalls einen Riß im Gefüge der Realität und folgte Q.

In der Schwärze des Weltraums, weit entfernt von der *Enterprise,* sammelte Q einige Staubpartikel unter den Füßen – um etwas zu haben, auf dem er stehen konnte. Seine Gedanken rasten.

Aber sie rasten nicht schnell genug. Trelane erschien in der Leere, sah ihn an und lachte schrill. Es klang nicht nach jemandem, der viel von Vernunft und Rationalität hielt.

»Hast du wirklich geglaubt, so leicht entkommen zu können?« fragte Trelane. »Hast du wirklich geglaubt, dich mit einem Sprung durch die Dimensionsbarriere vor mir in Sicherheit zu bringen?«

»Ich wollte mich nicht vor dir verstecken«, erwiderte Q. »Ich brauchte nur ein wenig Zeit, um über eine Frage nachzudenken. Wie soll ich dich aufhalten, ohne eine Auslöschung deiner Existenz zu bewirken? Deine Eltern waren immer sehr anständig zu mir, und deshalb fühle ich mich ihnen verpflichtet, ein wenig Rücksicht zu nehmen. Leider bist du von ihrem fundamentalen Anstand unberührt geblieben. Sie haben etwas Besseres verdient.«

»Sie haben genau das verdient, was sie bekamen!« erwiderte Trelane scharf. »Das gilt für euch alle! Es ist deine eigene Schuld, Q. Wenn du vernünftig genug gewesen wärst, beim Rest des Kontinuums zu sein, als ich es isolierte, so käme es jetzt nicht zu dieser Konfrontation. Aber nein, du mußtest dich ja unbedingt irgendwo herumtreiben.«

»Ich habe mich ›herumgetrieben‹, weil ich es für meine Pflicht hielt, auf dich achtzugeben. Hast du das vergessen?«

Einige Sekunden lang erweckte Trelane einen solchen Eindruck. Verwirrung huschte über seine Züge, dann zuckte er mit den Achseln. »Und wenn schon. Wie heißt es bei den Menschen? Gute Taten bleiben nicht ungestraft. Und deine Strafe, Q, wird … sehr … hart sein.«

Er winkte, und um Q herum explodierte die Welt.

Captain Crusher und Commander Picard wußten nicht genau, was geschehen war. Q und Trelane hatten in unmittelbarer Nähe gestanden, und dann waren sie einfach verschwunden. Nachdem sie sich davon überzeugt hatten, daß in der Krankenstation niemand zu Schaden gekommen war, kehrten die beiden Offiziere zur Brücke zurück. Auf halbem Wege dorthin meldete sich eine hörbar besorgte Tasha Yar. Sie bat den Captain und seinen Stellvertreter so schnell wie möglich den Kontrollraum aufzusuchen. Unter anderen Umständen hätten Crusher und Picard vielleicht über diesen Zufall gelächelt, doch etwas in Tasha Yars Stimme kündigte Unheil an.

Ihre Befürchtungen bestätigten sich, als sie die Brücke erreichten. Data hatte während der Abwesenheit des Captains und des Ersten Offiziers den Befehl übernommen, gab den Kommandosessel nun frei und nahm wieder an seiner Station Platz.

»Als die Anomalie entstand, habe ich Anweisung erteilt, die *Enterprise* auf eine sichere Distanz zu bringen«, sagte Data. Er sprach ruhig und gelassen.

»Gute Arbeit, Mr. Data«, sagte Crusher und setzte sich. Er sah zu Picard und stellte fest, daß Jean-Luc fasziniert auf den großen Wandschirm starrte.

Das Phänomen war im wahrsten Sinne des Wortes aus dem Nichts entstanden, so als hätte jemand das Gewebe der Realität mit einem Messer aufgeschnitten. Die Brückencrew blickte auf das Herz des Universums, ein gewaltiges, pulsierendes Etwas, das sich zum ersten Mal den Blicken von Sterblichen darbot.

»Die Sensoren registrieren starke Quantenverzerrungen, Captain«, berichtete Data. »Die Quantenbarrieren um uns herum fluktuieren. Die Intensität der Emissionen geht über das meßbare Spektrum hinaus.«

»Bringen Sie uns noch weiter davon weg«, sagte Crusher.

»Unmöglich«, entgegnete Data. »Die Navigationskontrollen reagieren nicht mehr. Captain, wir sind nicht imstande, unsere gegenwärtige Position zu halten.«

»Wir werden in die Anomalie gezogen«, stellte Picard fest, und Entsetzen lag in seiner Stimme.

Q wand sich und schrie sogar. Er hörte, wie Trelane irgendwo in der Ferne lachte.

Die Art des Angriffs blieb ihm rätselhaft. Zuvor war einfach nur Macht gegen Macht geprallt, doch diesmal sah die Sache ganz anders aus. Jetzt bekam Q eine ganz neue Kraft zu spüren, und er wußte nicht, wie er sich vor ihr schützen sollte.

Sie erfaßte nicht nur den Körper, sondern auch den Geist. Q versuchte sich von dem Zerren zu befreien, doch er schaffte es nicht. Zuvor war es ihm gelungen, Trelanes Angriffen zumindest für kurze Zeit standzuhalten, aber in diesem Fall gab es keinen Schutz. Zum ersten Mal spürte er Hilflosigkeit. Irgendwo in seinem Innern regte sich Verzweiflung.

»Erinnerst du dich, Q?« spottete Trelane. »Erinnerst du dich an eine Zeit, die noch gar nicht lange zurückliegt? Als ich Hilfe brauchte, um mit meiner Macht fertig zu werden? Um meine Fähigkeiten zu fokussieren? Auf die gleiche Weise brauchen terranische Kinder Stützräder für ihre Fahrräder. Hast du es nicht für komisch gehalten, als ich hilflos war und ungestraft gedemütigt werden konnte, als du mich verachten durftest? Erinnerst du dich an General Trelane – im Ruhestand? Nun, ich habe gute Neuigkeiten für dich Q, alter Knabe!« Das Weltall um ihn herum wütete. »Der General ist in den aktiven Dienst zurückgekehrt!«

Q sammelte seine Kraft. »Nein!« rief er. »Ich lasse mich nicht auf diese Weise behandeln! Ich erlaube es nicht!«

»Pech für dich, daß ich gar nicht um deine Erlaubnis bitte«, erwiderte Trelane.

Q versuchte sich abzuschirmen, zum Gegenangriff überzugehen, einen schwachen Punkt zu finden und dort zuzuschlagen. Q wußte, daß Trelane nicht unbesiegbar war, daß man ihn aufhalten konnte. Aber er wußte nicht, *wie* sich das bewerkstelligen ließ.

»Voller Umkehrschub!« befahl Crusher.

Die Triebwerke der *Enterprise* heulten auf, ohne jedoch etwas gegen den fatalen Sog auszurichten.

Vor ihnen, in dem breiten Riß, der wie eine Wunde in der Raumzeit klaffte, waberte es. Ein gewaltiger temporaler Strudel drohte das Raumschiff zu verschlingen.

Innerhalb weniger Sekunden schwoll das Wogen der Temporalenergie so sehr an, daß es den ganzen Wandschirm füllte. Die *Enterprise* war dem Sog ebenso hilflos ausgeliefert wie eine Fliege dem Wüten eines Orkans.

Dies kann doch nicht wirklich geschehen! dachte Q. Er hatte den einen oder anderen Kampf verloren. Er war auch schon mal gedemütigt worden. Aber selbst wenn er die Bitternis der Niederlage geschmeckt hatte, fand er Trost in dem Gedanken: *Irgendwann revanchiere ich mich.* Er schöpfte neuen Mut, indem er unmittelbar nach dem erlittenen Fiasko damit begann, seine Vergeltung zu planen.

Diesmal war das nicht möglich.

Trelane griff ihn mit einer Kraft an, die ihren Ursprung jenseits von Realität und Kohärenz hatte. Q wurde im wahrsten Sinne des Wortes von Inkohärenz zerrissen.

Nur ein leichter Stoß – und plötzlich fühlte sich Q von der temporalen Energie verzehrt, die Trelane mühelos geschaffen hatte. Er trachtete danach, sich an seine bewußte Existenz zu klammern und kam sich dabei wie ein Ertrinkender vor, der die letzten Sonnenstrahlen schwinden sieht, während er in der dunklen Tiefe des Ozeans versinkt.

Eine Stimme kam aus allen Richtungen, sie erklang nicht nur in der externen Welt, sondern auch in seinem Innern, vibrierte in jedem einzelnen Molekül seiner Selbstsphäre – die ungleich größer war, als er den Sterblichen an Bord der *Enterprise* offenbart hatte. Die Gestalt, in der er sich ihnen präsentierte, war frei gewählt, unterlag keinen Zwängen irgendeiner Art und stand in der gleichen Beziehung zur Realität wie die Spitze eines Eisbergs zur restlichen Eismasse, die sich unter der Wasseroberfläche erstreckt.

»Es ist wirklich bedauerlich, Q«, ertönte die selbstsichere, höhnische Stimme Trelanes. »Weißt du, in einer anderen Realität hätten wir beide Freunde sein können. Du warst immer ein Teil der Welt, so weit meine Erinnerung reicht. Als Freund meiner Eltern warst du stets in meiner Nähe. Schade, daß du geopfert werden mußt, damit ich die neue Macht besser und endgültig in den Griff bekomme. Nun, darin besteht eine der unangenehmen Wahrheiten des Kosmos, Q. Darum geht es jetzt, nicht wahr? Wir müssen eine Wahl treffen – entweder du oder ich. Und wenn ich genauer darüber nachdenke … Tut mir leid, Q, aber ich glaube, ich muß für mich stimmen. Und da dies keine demokratische Abstimmung ist, sondern eine Exekution, kommt es allein auf meine Stimme an.

Leb wohl, Q. Leb wohl, für immer.«

Es blieb Q gerade noch Zeit genug, ein weiteres Mal zu schreien, bevor ihn der temporale Strudel auseinanderriß. Er verlor seine Kohärenz, in jeder Hinsicht, und fiel in einer weiten Spirale zurück.

Trelanes spöttische Stimme folgte ihm. »Leb wohl, letzter freier Angehöriger des Kontinuums. Leb wohl, letzter Verteidiger der Ordnung – was eigentlich paradox ist, wenn man bedenkt, wie sehr du das Chaos geliebt hast. Vielleicht bestand darin deine Schwäche, der du jetzt erliegst. Du hast dich für einen Rebellen gehalten, für einen Unruhestifter. Man sollte meinen, jemand wie du wäre bereit, die Reinheit des Chaos zu begrüßen, aber dazu brachtest du nicht genug Mut auf. Vermutlich befinden sich dort die Wurzeln deines Verderbens. Du hast es nicht gewagt, dich deiner Sache ganz zu widmen. Mir hingegen sind solche Bedenken fremd. Wenn es dir gelingt, im Zeitstrom auch nur einen vagen Rest von Bewußtheit zu bewahren, so sollte st du immer daran denken: Wenn du die Chance erhältst, dich ganz dem Ideal der Zerstörung zu widmen, so nutze sie ohne Zögern. Denn wenn du zögerst, sind die Konsequenzen fatal.«

Und dann hörte Q nichts mehr.

Der Raum um die *Enterprise* faltete sich, als das Schiff in den temporalen Riß glitt. Einen Augenblick später kollabierte die Anomalie, stürzte in sich zusammen und nahm das gräßliche Tosen mit, das man sogar im Vakuum des Alls hören konnte.

Dann war nur noch das leise, verächtliche und gleichzeitig triumphierende Lachen Trelanes, vormals Squire von Gothos, zu vernehmen.

FADEN A

7

Oh, Geordi, das ist Captain Jack Crusher. Captain, mein Erster Assistent, Geordi LaForge.«

»Es ist mir eine Ehre, Sir«, sagte Geordi, ergriff Crushers ausgestreckte Hand und schüttelte sie.

»Geordi arbeitet schon seit einigen Jahren mit mir zusammen« sagte Beverly. »Ohne ihn wäre ich aufgeschmissen. Es gibt keinen besseren Medo-Assistenten.«

Crusher spürte sofort das gewinnende Wesen des jungen Mannes. Sein Gesicht war offen, und die braunen Augen zeigten einen warmen, freundlichen Glanz. Jack erkannte, daß LaForge genau im richtigen Bereich arbeitete. Irgend etwas an ihm wirkte beruhigend und weckte Zuversicht. Wenn man als Patient den Blick dieses Mannes auf sich spürte und von ihm hörte, alles sei in bester Ordnung, so glaubte man ihm ohne Zögern.

»Es freut mich, Sie an Bord zu haben, LaForge«, sagte Crusher. »In gewisser Weise beneide ich Sie.«

»Sie beneiden mich, Sir?« erwiderte Geordi höflich.

»Ja.« Er warf Beverly einen kurzen, traurigen Blick zu. »Dr. Howard ist eine bemerkenswerte Frau. Sie hat eine ganze Reihe von hervorragenden Eigenschaften, und jeder Mann, der viel Zeit mit ihr verbringen kann, darf sich glücklich schätzen.«

Zum ersten Mal seit ihrer Ankunft an Bord der *Enterprise* schenkte Beverly Howard ihrem früheren Ehemann ein strahlendes Lächeln. »Danke, Captain. Das ist sehr liebenswürdig. Darf jeder neue Erste Medo-Offizier mit so viel Charme rechnen?«

»Ja«, erwiderte Crusher ernst. »Einige Männer haben sich darüber beklagt. Ein oder zwei fühlten sich allerdings sehr geschmeichelt.«

Die Anwesenden belohnten den Scherz mit verhaltenem Lachen.

»Nun ...« Der Captain rieb sich die Hände, als wolle er sie wärmen. »Bestimmt haben wir alle viel zu erledigen. Machen wir uns an die Arbeit.«

Sie gingen zur Tür, und dort blieb Crusher noch einmal stehen. »Übrigens, Doktor ...«

»Ja, Captain?«

»Vielleicht ist die Sache nicht besonders wichtig, aber ich möchte trotzdem darauf hinweisen, daß ich froh bin, daß Sie Ihr Haar wieder so tragen.«

»Danke«, sagte Howard, hob die Hände und berührte bis auf die Schultern herabreichende Locken. Der Captain nickte noch einmal anerkennend und trat dann zusammen mit Picard in den Korridor.

Beverly runzelte die Stirn und betastete noch immer ihr Haar. »Äh, seit wann habe ich diese Frisur?«

Geordi musterte sie verwirrt. »Ich ich weiß nicht, Doktor.« Er lachte. »Schon seit einer ganzen Weile, denke ich. Wenn ich gewußt hätte, daß Sie eine Quizfrage daraus machen, hätte ich besser aufgepaßt. Oh ...« Er sah den Wink eines Medo-Technikers. »Es ist alles vorbereitet.«

Beverly zuckte mit den Schultern. Seltsam, bislang hatte sie ihr Haar doch erheblich kürzer getragen.

»Vielleicht werde ich langsam alt«, murmelte sie.

Q schwebte am äußersten Rand der Galaxis.

Er hatte keine menschliche Gestalt mehr. Die Crew der Enterprise *wäre vermutlich gar nicht imstande gewesen, seine Struktur zu erkennen.*

Nicht einmal die Mitglieder des Q-Kontinuums hätten ihn als einen der ihren identifizieren können, denn er war nur eine vage Dunstwolke aus frei schwebender Energie ohne irgendein Muster.

Er wußte nicht, wann und wo er war.

Er wußte nicht, was und warum er war.

Er verfügte nicht über ein echtes Eigenbewußtsein.

Irgendwo in ihm regte sich ein vages Gefühl (wenn er doch nur fähig gewesen wäre, etwas zu fühlen) und teilte ihm mit, daß er (wenn er doch nur fähig gewesen wäre, sich an das eigene Selbst zu entsinnen) etwas verloren hatte (wenn er doch nur fähig gewesen wäre zu verstehen, was ›besitzen‹ bedeutete, um den Sinn von ›verlieren‹ zu erfassen), das sehr wichtig gewesen war (wenn er doch nur fähig gewesen wäre. Dinge zu bewerten, um ihre relative Wichtigkeit zu erkennen).

Doch auf jene Eigenschaften und Fähigkeiten mußte er verzichten.

Er konnte nur in der Leere schweben und warten, bis er wieder in der Lage war zu verstehen – wie lange das auch dauern mochte.

FADEN A

8

Als Picard an diesem Abend den Gesellschaftsraum betrat, entdeckte er dort Captain Crusher. Überrascht hob er die Brauen, denn Jack ›verirrte‹ sich nur selten hierher. Crusher war ein ausgezeichneter Kommandant, der das uneingeschränkte Vertrauen der Besatzung genoß. Aber sich unter die Leute zu mischen, an Parties teilzunehmen, gesellig zu plaudern – dergleichen gehörte nicht zu seinen starken Seiten.

Doch an diesem Abend befand er sich im Gesellschaftsraum.

Picard blieb an der Theke stehen, hinter der Unteroffizier Johnson Dienst tat. »Das Übliche, Commander?« fragte sie.

»Ja, Caryn, danke«, erwiderte Picard.

Kurz darauf ging er zu Crusher, der allein an einem Tisch saß und aus dem Fenster blickte. »Was dagegen, wenn ich mich zu dir setze?« fragte er.

Jack zuckte nur mit den Schultern und sah nicht einmal auf.

Picard nahm auf der anderen Seite Platz, trank einen Schluck Synthehol und stellte das Glas wieder ab. »Was ist los mit dir, Jack?« fragte er.

Crusher starrte ihn aus trüben Augen an. »Weißt du das wirklich nicht?«

»Es geht um *sie*«, vermutete Picard.

»Es ist alles viel schwieriger, als ich dachte, Jean-Luc«, sagte Crusher. »Das Wiedersehen mit ihr hat Erinnerungen geweckt, die ich nicht für möglich gehalten hätte. Man sollte eigentlich meinen, daß die Wunden längst verheilt sind, nicht wahr? Daß sie nicht mehr schmerzen. Doch dann wird man mit ihrer Ursache konfrontiert, und sie brechen wieder auf.«

Picard seufzte. »Es tut mir leid, Jack.«

Crusher beugte sich vor und sprach so leise, daß Picard genau hinhören mußte, um ihn zu verstehen. »Weißt du, was ich glaube? Ich glaube, sie macht mir noch immer Vorwürfe wegen Wesleys Tod.«

»Ach, Jack, da irrst du dich bestimmt.«

»Nein«, entgegnete Crusher mit etwas mehr Nachdruck. »Sie gibt mir die Schuld, und das weißt du auch. Außerdem hat sie recht.«

»Jack! Sein Sturz war ein Unfall. Beverly ...«

»Aber es war nicht irgendein Unfall, oder?«

Picard musterte seinen alten Freund verdutzt. »Wie meinst du das?«

Crusher starrte in sein Glas, als könne sein Inhalt alle Fragen beantworten. »Er war erst vier Jahre alt, Jean-Luc.«

»Es gibt kein ›geeignetes‹ Alter für den Tod eines Kinds, Jack.«

»Vier.« Crusher schien Picards Einwand überhaupt nicht gehört zu haben. »Trotzdem kletterte er den Baum hinterm Haus hoch, als sei er dazu bestimmt. Bis zu den höchsten Zweigen kletterte er, die sein Gewicht nicht tragen konnten ...«

»Du solltest dich nicht so quälen, Jack.«

»Er schrie nicht einmal, als er fiel, er blieb ganz still. Ein anderes Kind hätte vielleicht um Hilfe gerufen oder so, aber Wesley schwieg. Beverly hielt sich im Haus auf, und sie hörte nur einen dumpfen Schlag. Wie hat es wohl geklungen, Jean-Luc? Wie hört es sich an, wenn ein kleiner Junge auf den Boden prallt?«

Picard stand auf und griff nach Jacks Arm. »Komm, wir sollten jetzt besser gehen.«

Crusher rührte sich nicht von der Stelle und brachte

Picard dadurch in eine schwierige Situation. Einerseits war es nicht gerade wünschenswert, wenn die anwesenden Besatzungsmitglieder beobachteten, wie der Captain die Nerven verlor – so etwas sprach sich schnell herum. Andererseits konnte er Crusher auch nicht einfach am Kragen packen und ihn gegen seinen Willen rausschaffen.

Langsam sank Picard in den Sessel zurück und hoffte, daß die Szene halbwegs ›normal‹ wirkte. »Captain …« Er flüsterte jetzt, in der Hoffnung, daß Crusher ebenfalls die Stimme senkte. »Wir sollten an einem anderen Ort darüber reden.«

Jack sprach tatsächlich leiser, doch Picards anfängliche Erleichterung verwandelte sich schon nach wenigen Sekunden in neue Anspannung. Die Stimme des Captains klang nun so, als käme sie aus einem Grab. »Ich frage mich, was schlimmer ist, Jean-Luc«, sagte er. »Jenes Geräusch, das Beverly hörte, als Wesley stürzte, oder das Geräusch, das nur in meiner Phantasie existiert.«

Picard wußte darauf keine Antwort.

»Er überlebte lange genug, um Beverly den Grund zu nennen.« Crusher lächelte schief. »Er sah zu ihr auf, als er bereits im Sterben lag und sagte noch …« Der Captain unterbrach sich, und es zuckte in seinen Wangen.

»Jack, bitte …«

»Er sagte: ›Wollte ganz nach oben klettern, um Daddy zu sehen.‹«

Einige Besatzungsmitglieder blickten nun in ihre Richtung und schienen zu merken, daß der Captain von Kummer geplagt wurde. Inzwischen hatte Picard einen Punkt erreicht, an dem er sich keine Sorgen mehr über mögliche Wirkungen auf die Crew machte. Es ging ihm jetzt nur darum, einem guten Freund zu helfen.

»Es war nicht deine Schuld.«

»Ich hätte zu Hause sein sollen.«

»Du konntest nicht wissen, was geschehen würde.«

Crusher sah ihn an, und der Synthehol-Nebel verschwand aus seinen Augen. »Wenn ich zu Hause gewesen wäre, hätte es kein Unglück gegeben.«

»Um Himmels willen, Jack, du kannst nicht jeden Augenblick deines Lebens in Frage stellen. Es hat keinen Sinn, im nachhinein zu sagen: ›Ich hätte jene Abzweigung des Lebensweges nehmen sollen, dann wäre alles besser geworden.‹ Wir beide sind ein gutes Beispiel. Wenn du beschlossen hättest, die berufliche Laufbahn bei Starfleet zu beenden und auf der Erde zu bleiben – was wäre dann geschehen, als die *Stargazer* bei Maxia Zeta in einen Hinterhalt geriet? Es war schon schlimm genug, daß das Schiff verlorenging. Zum Glück ist dir gerade noch rechtzeitig das sogenannte Crusher-Manöver gelungen – andernfalls hätte niemand überlebt.«

»Wenn ich nicht zur Stelle gewesen wäre, hättest *du* einen Ausweg gefunden.«

»Unsinn«, erwiderte Picard. »Das Kriegsgericht sah die Dinge anders.« Zwar empfand er das Thema als sehr unangenehm, aber er sprach trotzdem weiter. »Du bist für mich eingetreten. Um ganz offen zu sein, du warst der Held, der seinen Captain rettete. Eines steht fest, mir hätte weitaus Schlimmeres passieren können als nur eine Degradierung. Ich verdanke es dir, daß ich überhaupt noch eine Starfleet-Uniform trage. Wer hätte wohl Interesse daran gehabt, mich als Nummer Eins an Bord zu holen? Wer würde sich mit einem Ersten Offizier belasten, der den Makel eines Kriegsgerichtsverfahrens – und einer Niederlage – trägt?«

»Man hat dich in der Hoffnung gehetzt, daß etwas passiert, Jean-Luc«, sagte Crusher. »Politik. So heißt der wahre Grund. *Politik.* Und vielleicht auch Neid. Es gab Leute bei Starfleet, die den Standpunkt vertraten, daß man dir mit achtundzwanzig Jahren noch nicht den Rang eines Captains hätte geben dürfen. Das ist natürlich alles Unfug.«

»Mag sein«, entgegnete Picard. »Es ändert jedoch nichts an meiner Verurteilung. Anschließend hätte ich ohne deine Hilfe höchstens hoffen können, das Kommando über einen Frachter oder Mülltransporter zu bekommen. Und als man dir das Flaggschiff der Flotte gab, hast du mich als deinen Stellvertreter angefordert.«

»Ein Klacks. Nicht weiter der Rede wert.«

»Von wegen. Ich weiß Bescheid, Jack. Ich weiß, daß du Starfleet Command unter Druck gesetzt hast. ›Wenn ich nicht das Recht habe, mir meine Führungsoffiziere selbst auszusuchen, lege ich keinen Wert auf das Kommando.‹ Das waren deine Worte an die Admiralität gerichtet. Meine Güte, Jack, das war unglaublich. Ja, das war wirklich unglaublich. Kein anderer Mann hätte unter solchen Umständen der Freundschaft den Vorrang gegeben.«

»Hast du etwas anderes von mir erwartet? Du kannst so oft über Maxia Zeta und das sogenannte Crusher-Manöver …« Bei diesen Worten verzog der Captain das Gesicht; offenbar mochte er den Begriff nicht. »… reden, wie du willst. Tatsache bleibt, daß du mir im Jahr zuvor das Leben gerettet hast. Bei dem Einsatz der Landegruppe. Wenn du nicht gewesen wärst, wäre ich jetzt irgendwo begraben und könnte mich nicht über den Kommandosessel der *Enterprise* freuen. Nun, zu Hause hätte es ohnehin niemanden gegeben, der bereit gewesen wäre, Tränen für mich zu vergießen.«

»Ach, Jack.« Picard seufzte. Er hatte bereits gehofft, Crusher von seiner Schwermütigkeit befreien zu können. »Ich bitte dich. Deine Ehe mit Beverly ging erst einige Jahre *nach* Wesleys Tod in die Brüche.«

»Ja, aber der Sturz stellte gewissermaßen den Wendepunkt dar. Von jenem Tag an änderte sich alles. Weißt du was? Ich glaube, später konnte sie mich nicht ansehen, ohne mich für schuldig zu halten. Sie sprach nie darüber, aber das brauchte sie auch gar nicht. Ich *wußte* ja von meiner Schuld. In gewisser Weise beneide ich dich sehr. Als du nach dem Kriegsgerichtsverfahren auf der Erde geblieben bist, konntest du mehr Zeit mit Beverly verbringen, als es mir jemals möglich gewesen ist.« Crusher beugte sich neugierig vor. »Hat sie dir davon erzählt, daß sie sich von mir trennen wollte?«

»Warum tust du dir so etwas an, Jack?«

»Hat sie dir davon erzählt?« wiederholte Crusher mit etwas mehr Nachdruck und sprach nun lauter.

Picard fragte sich, wie er den Captain beruhigen sollte.

»Nein, das hat sie nicht«, antwortete er. »Eigentlich haben wir gar nicht so viel Zeit miteinander verbracht, Jack. Beverly und ich, meine ich. Und *wenn* wir zusammen waren, war ich oft nur eine Schulter, an der sie sich ausweinen konnte.«

»Dann bist du mehr gewesen als ich«, stellte der Captain fest. »Jean-Luc, wenn ich einen bestimmten Abschnitt meines Lebens wiederholen könnte, um Fehler zu vermeiden und es besser zu machen, ich würde mich sofort für jene Zeit entscheiden. Beverly brauchte mich. Sie verhielt sich so, als könnte sie allein damit fertig werden, als hätte sie ihre Gefühle unter Kontrolle. Sie war so überzeugt davon, daß es ihr gelang, auch mich zu überzeugen. Was bin ich damals doch für ein egoistischer Mistkerl gewesen. Egoistisch und feige. Denn ich konnte ihren Blick nicht ertragen.«

»Das reicht jetzt, Jack.« Diesmal klang Picards Stimme fest genug, um Crushers Verzweiflung zu durchdringen. »Genug ist genug.«

Der Captain nickte. »Ja«, sagte er und betrachtete sein Spiegelbild im Fenster. »Ja, ich schätze, es reicht wirklich.« Er stand auf. »Ich glaube, ich krieche jetzt unter die Bettdecke.«

»Eine gute Idee.«

Crusher lächelte schief. »Heh, du gibst wirklich eine gute Schulter zum Ausweinen ab. Beverly kann von Glück sagen, daß sie dich damals hatte.«

»Wir alle können von Glück sagen, daß wir das eine oder andere hatten, Jack. Die Dinge, die wir *nicht* haben, sind zu beklagen. Wir können entweder bei ihnen verweilen und sie endlos bedauern – oder von ihnen lernen und unser Leben weiterführen.«

»Ja, und ich glaube, genau das werde ich tun«, sagte Crusher. Er klopfte Jean-Luc auf die Schulter und verließ den Gesellschaftsraum. Die Blicke mehrerer Besatzungsmitglieder folgten ihm, aber seine Schritte demonstrierten eine wiedergewonnene, beruhigende Zuversicht.

Jean-Luc Picard sah ihm nicht nach. Statt dessen leerte er sein Glas in einem Zug, starrte hinein und fragte sich, wohin *er* jetzt gehen sollte.

Es war eine rhetorische Frage, denn er kannte sein Ziel.

Beverly Howard war noch wach und las in ihrem Quartier, als der Türmelder summte. Sie vermutete zunächst einen medizinischen Notfall, der ihre Gegenwart erforderte, doch das konnte eigentlich nicht sein. Unter solchen Umständen hätte man sie sicher per Interkom verständigt.

Von einem Augenblick zum anderen wußte sie, wer auf dem Gang stand.

Sie hatte keine Ahnung, woher ihr Wissen rührte, aber ihr Herz klopfte plötzlich schneller. Unwillkürlich tastete sie nach ihrem eigenen Puls und stand auf, um dem Mann auf Augenhöhe begegnen zu können, wenn er hereinkam. Doch dann fiel ihr ein, daß sie so zu förmlich und steif wirkte. Deshalb nahm sie wieder Platz und stellte fest, daß übertriebene Nonchalance einen erzwungenen Eindruck erwecken würde. Sie ging in die Hocke, stützte sich dabei auf ein Knie. Nein, das war ja noch schlimmer – nicht steif, aber dumm.

Der Türmelder summte erneut.

Beverly richtete sich wieder auf und trat hinter den Sessel. Sie war sich durchaus bewußt, daß sie damit eine unterschwellige Botschaft vermittelte – sie schützte sich mit einer Art Barriere. Nun, wenn sie jetzt noch länger wartete, so ergab sich eine unerfreuliche Situation, wenn sie den Besucher schließlich hereinließ. Dann fragte er bestimmt: »Warum hat es so lange gedauert?« Und wenn sie behauptete, unter der Dusche gewesen zu sein? Tolle Idee. Sie brauchte nur die Uniform auszuziehen, in die Hygienezelle zu springen, naß zu werden, sie wieder zu verlassen, einen Bademantel überzustreifen und die Tür zu öffnen … Bis dahin war der Mann im Korridor vermutlich in seine Unterkunft zurückgekehrt und dort eingeschlafen.

Sie gab sich einen Ruck.

»Herein«, sagte sie.

Die Tür glitt beiseite, und Beverly sah, daß sie sich nicht geirrt hatte: Commander Jean-Luc Picard stand auf der anderen Seite. Er hatte sich bereits halb umgedreht und wollte offenbar gerade gehen.

»Oh«, sagte er. »Hallo. Ich dachte, du schläfst schon.«

»Ich habe geschlafen«, log Beverly mühelos. »Bin beim Lesen eingenickt. Bitte komm herein.«

Picard nickte und trat über die Schwelle. Hinter ihm schloß sich die Tür wieder.

Er legte die Hände auf den Rücken und sah sich um. »Hast du dich gut eingerichtet?«

»Ja.«

»Nun, das …« Er räusperte sich. »Das freut mich. Ja, das freut mich sehr.«

»Ich bin froh, daß du es so siehst.« Beverly nahm ihre ganze emotionale Kraft zusammen und kam so beiläufig wie möglich hinter dem Stuhl hervor. »Ich meine, ich hätte während der nächsten Jahre aus dem Koffer leben können, doch dann wäre nicht besonders viel Zuversicht zum Ausdruck gekommen, oder?«

»Nein, sicher nicht.«

Sie standen sich gegenüber, und das Schweigen wurde unangenehm.

»Äh ...«, sagte Picard schließlich.

»Ja ...«, erwiderte Beverly.

Abermals Schweigen. Bis Jean-Luc es nicht mehr ertrug. »Beverly ...« Die Veränderung seines Tonfalls teilte ihr mir, daß er jetzt zur Sache kam. Sie hatte eine ziemlich klare Vorstellung davon, was das bedeutete, aber sie beschränkte sich auch weiterhin darauf, einfach abzuwarten. Was konnte sie auch sagen?

Picard befeuchtete seine trockenen Lippen. »Beverly ...«

»Ja. Jean-Luc?«

»Ich weiß nicht, ob es sehr klug von dir war, dich auf die *Enterprise* versetzen zu lassen.«

»Ach?« erwiderte sie und es gelang, einen ganzen Satz in diese eine Silbe zu legen: *Was gibt es denn dagegen einzuwenden?*

Die leise Warnung entging Picards Aufmerksamkeit nicht, aber er beschloß, seine Bedenken trotzdem in Worte zu fassen. »Vielleicht weißt du nicht, wie schwierig dies alles für Jack ist. Er hat nicht versucht, dir irgendwelche Hindernisse in den Weg zu legen, obwohl er dazu imstande gewesen wäre. Aber so etwas paßt nicht zu ihm.«

»Paßt es zu dir, Jean-Luc?«

»Wie meinst du das?«

»Das weißt du ganz genau.« Die Frage schien ihn zumindest ein wenig zu beunruhigen, und dadurch wuchs Beverlys Selbstsicherheit. Sie kam etwas näher. »Wenn du der Kommandant wärst und darüber entscheiden müßtest, hättest du dann versucht, meine Versetzung zu verhindern? Um nicht von dem belastet zu werden, was einst zwischen uns war?«

Picard dachte so lange über die Frage nach, daß sich neues Unbehagen in Beverly regte. »Nein«, sagte er. »Nein, ich glaube nicht. Wie dem auch sei, du weißt, welche Gefühle dir Jack entgegenbringt.«

»Es ist vorbei zwischen uns, Jean-Luc. Und zwar schon seit einer ganzen Weile.«

»Ich weiß, daß du das glaubst, und ich weiß auch, daß er es glauben möchte. Aber der Mann, den ich heute abend gesehen habe, Beverly, liebt dich noch immer. Tief in seinem Innern. Meine Güte, die Liebe ist gar nicht so tief in ihm verborgen. Man kann sie ganz deutlich sehen, wenn man weiß, wonach man Ausschau halten muß. *Jeder* kann das sehen.«

Beverly trat noch näher, und Picard nahm den Duft ihres Parfüms wahr. Ihre Augen glänzten auf eine Weise, an die er sich nach all den Jahren noch immer so gut erinnerte, daß ihn nachts, in der Dunkelheit seiner Kabine, die Erinnerungen daran heimsuchten. Es erstaunte ihn, wie nahe seine Erinnerungen der Wirklichkeit kamen. Die Lippen, voll und fest, ihr süßes Aroma, der erste Schock des Erkennens, als damals seine Lippen die ihren berührt hatten. Bei jener Gelegenheit hatte er bemerkt, daß etwas zwischen ihnen geschah, das niemand vorhergesehen und das eigentlich auch niemand gewollt hatte, weil es einem ohnehin schon viel zu komplizierten Leben weitere Probleme hinzufügte.

Doch sie konnten sich nicht dagegen wehren.

Es begann ganz unerwartet. Sie begegneten sich bei einem langweiligen Starfleet-Empfang. Er wußte nicht recht, wie er sich ihr gegenüber verhalten sollte, denn noch immer trug sie die Trauer um den toten Sohn wie einen Schleier. Außerdem wußte Picard, daß ihre Ehe in einer Krise steckte. Was Beverlys Verhältnis zu Jean-Luc betraf, so war sie verunsichert, denn die Medien hatten ausführlich über das Kriegsgerichtsverfahren berichtet. Verlegenheit prägte ihre Empfindungen.

Während des Empfangs achteten sie bei ihrer Konversation darauf, vermeintlich ›heikle‹ Themen zu vermeiden und nichts Falsches zu sagen. Später bot sich Picard an, Beverly nach Hause zu begleiten – sie waren beide allein gekommen.

Schweigend schritten sie durch eine kühle, angenehme Nacht, und schließlich erreichten sie Beverlys Wohnung. »Nun ...«, sagte Picard. Er fühlte sich so hilflos wie ein Teenager bei der ersten Verabredung, ohne den Grund dafür zu kennen. »Das war sehr schön.«

»Ja.«

Einige Sekunden lang standen sie stumm an der Tür. Dann beugte sich Picard impulsiv vor und küßte Beverly auf den rechten Mundwinkel. Es war eine seltsame Stelle für einen Kuß, und er fragte sich, warum er sie gewählt hatte, als er plötzlich merkte, daß er nach dem freundlichen, harmlosen Kuß nicht zurückwich. Seine Lippen lösten sich nicht von Beverlys Haut, und er schmiegte sich an sie. Um Himmels willen, sie war Jacks Frau! Verlor er den Verstand?

Sie schnappte leise nach Luft, und er rechnete damit, daß sie sich von ihm löste, daß sie protestierte und ihn ohrfeigte. Doch nichts dergleichen geschah. Statt dessen blieb sie stehen und ließ sich umarmen.

Nach einer Weile lösten sie sich weit genug voneinander, um die Lippen aufeinanderzupressen und sich wirklich zu küssen. Picard fragte sich, was da so laut pochte – sein eigenes Herz oder das von Beverly. Nun, es spielte keine Rolle. Es war eine andere, gemeinsame Erkenntnis, die weit bedeutsamer war: Sie hatten die Konversation deshalb als so mühsam empfunden, weil ihr Interesse ganz anderen Dingen galt. Der Körper war dem Verstand um Quantensprünge voraus gewesen.

Anschließend ging alles ganz schnell.

Wenigstens gelang es ihnen, diskret zu sein. Picard dankte dem Himmel dafür. Obgleich die Ehe der Crushers bereits in einer schweren Krise steckte, auch wenn Jack praktisch nicht mehr darauf hoffte, die Beziehung noch retten zu können. Er konzentrierte sich ganz auf seine berufliche Laufbahn, die durch den *Stargazer*-Zwischenfall neuen Schwung bekam.

Und trotzdem ...

Das alles spielte keine Rolle. Es war nicht zu leugnen, daß Jean-Luc Picard, einst der Star der Starfleet-Akademie, in eine Sackgasse geraten war. Er schien ein Mann des Schicksals gewesen zu sein, doch nun bestand sein Schicksal offenbar darin, eine Affäre mit der zukünftigen Ex-Frau eines zukünftigen Ex-Freundes zu beginnen.

In diesem Abschnitt seines Lebens hätte Picard sein Glück finden können. Seine Empfindungen für Beverly Crusher – kurz darauf Beverly Howard – wurden intensiver und brachten ihm Erfüllung. Jean-Luc hätte entscheiden können, die Starfleet-Uniform an den Nagel zu hängen und auf der Erde zu bleiben. Zwar hatte Beverly eine Ausbildung in der medizinischen Abteilung von Starfleet absolviert, aber sie schien durchaus damit zufrieden zu sein, einen Job auf der Erde oder vielleicht auf einer der nahen Kolonialwelten anzunehmen. Ein gemeinsames Leben stand ihnen offen.

Doch es gab ein schier unüberwindliches Hindernis namens Schuld.

Picard glaubte, sein Glück nicht zu verdienen und für die gescheiterte Ehe seines Freundes verantwortlich zu sein.

Schließlich konnte er es nicht mehr ertragen. Er wandte sich an Starfleet Command, gab die letzten Reste seiner Würde auf und flehte praktisch um eine Versetzung in den extraterrestrischen Dienst an Bord eines beliebigen Schiffes. Selbst nach seiner Degradierung bekleidete er noch immer den Rang eines Commanders, aber er war bereit, *irgendeinen* Posten zu übernehmen, nur um den Planeten verlassen zu können.

Er sprach mit Vorgesetzten, ließ Beziehungen spielen, erinnerte einflußreiche Leute daran, daß sie ihm noch einen Gefallen schuldeten. Er rief sogar jenen Mann an, den alle Starfleet-Angehörigen respektierten: Boothby, den Hausmeister der Akademie. Und Boothby arrangierte alles für ihn. Vierundzwanzig Stunden nach seiner Entscheidung, ins All zurückzukehren, brach Picard auf.

Der Abschied von Beverly war eine ziemlich eilige Angelegenheit und machte Jean-Luc zum Lügner. Er behauptete, keine Wahl zu haben, da Starfleet ihm eine neue Einsatzorder übermittelt hatte. Beverly nickte verständnisvoll, und Picard fragte sich später oft, ob sie die Wahrheit kannte. Er brachte nie den Mut – oder genug Selbstachtung – auf, um sie danach zu fragen.

Bis jetzt.

»Wußtest du Bescheid?« erkundigte er sich.

Dr. Beverly Howard musterte ihn neugierig. »Worüber? Daß du weggelaufen bist? Daß du Starfleet Command um eine Versetzung gebeten hast? Natürlich wußte ich das, Jean-Luc.«

»Aber du hast nichts gesagt.«

Sie zuckte mit den Schultern. »Was hätte ich sagen sollen?«

»Du hast mich gehen lassen.«

»Ich wäre wohl kaum imstande gewesen, dich zurückzuhalten, selbst wenn ich es gewollt hätte.«

»Wolltest du es denn?«

Beverly zögerte. »Eigentlich hast du mir geholfen.«

»Tatsächlich?«

»Ja. Weil ich mich nach Wesleys Tod versteckt habe. Vor dem Rest der Welt. Ich hatte das Gefühl ... Was ich jetzt sage, hältst du sicher für absurd.«

»Nein, bestimmt nicht.«

»Ich hatte das Gefühl, Wesley aufzugeben, wenn ich die Erde verlassen würde. Meinen kleinen Jungen ... Ich brachte es einfach nicht fertig, ihn wirklich für tot zu halten. Ich dachte noch immer, er braucht mich.« Beverly spürte ein Brennen in den Augen und kämpfte gegen die Tränen an. »Das ist doch absurd, oder?«

Picard sah den Glanz in ihren Augen. Mit einer Zärtlichkeit, die ihn selbst erstaunte, hob er die Hand und wischte die Tränen fort. »Nein. Nein, ganz und gar nicht.«

»Oh ...«, stöhnte Beverly leise. »Du verdammter Mistkerl. Ich habe geschworen, daß du mich nicht weinen siehst. Und dabei soll es auch bleiben.«

»Du willst nicht weinen?«

»Doch, aber du sollst es nicht sehen. Computer, Licht aus.«

Es wurde dunkel im Quartier. »Beverly ...«, sagte Picard langsam und ein wenig vorwurfsvoll. »Jetzt finde ich nicht den Weg zur Tür.«

Er fühlte ihre Hände an der Brust, und eine heisere Stimme erklang aus der Finsternis. »Ich möchte gar nicht, daß du gehst.«

Es gab mindestens hundert gute Gründe für Picard, Dr. Beverly Howards Quartier so schnell wie möglich zu verlassen. Und es gab nur einen einzigen – und ziemlich lausigen – Grund für ihn, bei ihr zu bleiben.

Unglücklicherweise setzte sich dieser eine Grund durch.

FADEN A

9

Als sich Jack Crusher seinem Quartier näherte, ging er langsamer und spitzte die Ohren. Er glaubte, etwas Seltsames zu hören.

Musik.

Er beobachtete ein paar Besatzungsmitglieder in der Nähe, um festzustellen, ob sie ebenfalls etwas hörten, doch das schien nicht der Fall zu sein. Nach kurzem Nachdenken entschied er sich dagegen, jemanden zu fragen: »Hören Sie das? Klingt es nicht nach Musik?« Er wollte sich nicht dem Verdacht aussetzen, den Verstand zu verlieren.

Als Crusher sein Quartier betrat, war er auf alles gefaßt.

Trelane saß in einer Ecke und spielte auf einer großen, verzierten Harfe.

Der erste Impuls des Captains bestand darin, das bizarre Geschöpf aufzufordern, seine Kabine – und das Schiff – zu verlassen. Doch irgend etwas hinderte ihn daran. Vielleicht die Musik. Sie klang wundervoll. Trelanes Finger glitten über die Saiten und schufen Töne, die fast so etwas wie Substanz zu haben schienen. Sie umhüllten Crusher, vertrieben die Unruhe und schenkten ihm endlich herrlichen Frieden.

»Vielleicht fällt es Ihnen schwer, das zu glauben, Captain«, sagte Trelane blasiert. »Aber wir beide werden die besten Freunde.«

»Sie haben recht«, erwiderte Crusher. »Es fällt mir tatsächlich schwer, das zu glauben.«

»Oh, aber es stimmt.« Trelane schwieg einige Sekunden lang, schloß die Augen und lauschte der herrlichen, von ihm selbst geschaffenen Musik. »Ich gebe gern zu, daß man auf den ersten Blick nicht immer den besten Eindruck von mir gewinnt, Captain.«

»Den besten Eindruck?« wiederholte Crusher verblüfft. »Sie haben mein Schiff angehalten und uns bedroht. Sie …«

»Ich weiß sehr wohl, was ich getan habe, Captain. Sie können sich Ihre Vorwurfslitanei sparen.« Trelanes Finger zupften auch weiterhin an den Saiten. »Nun, ich war verärgert, und zwar über Dinge, die sich Ihrer Kenntnis entziehen. Was halten Sie davon, wenn wir noch einmal von vorn anfangen?« fragte er in einem übertrieben melodramatischen Tonfall. »Wäre das möglich?«

»Ich weiß es nicht«, erwiderte Crusher vorsichtig.

»Sie räumen dem Zweifel Platz ein!« entfuhr es Trelane fröhlich. »Hervorragend! Sagen Sie, Captain, was halten Sie von meinen musikalischen Talenten?«

»Sie spielen sehr gut«, gestand Crusher.

»Es fällt mir ganz leicht. Doch ich hatte nie Unterricht. Kaum zu glauben, was?« Er blickte zu Crusher auf. »Möchten Sie es mal versuchen?«

»Ich kann nicht spielen.«

»Oh, ich bestehe darauf.«

Crusher wußte nicht genau, wie es geschah, aber kurz darauf nahm er Trelanes Platz ein, und die Harfe ruhte zwischen seinen Beinen. »Das ist doch verrückt!« platzte er heraus.

»Das Universum ist verrückt, Captain!« verkündete Trelane. »Und wir haben nur zwei Möglichkeiten, dieser Tatsache zu begegnen. Entweder unterwerfen wir uns dem Wahnsinn der Schöpfung und lassen unseren Weg von ihm bestimmen, oder wir versuchen, das Verrückte mit seinen eigenen Waffen zu schlagen. Ich ziehe die Demut vor und wähle die zweite Möglichkeit. Und nun, Captain, spielen Sie etwas für uns. Spielen Sie etwas, das aus Ihrem Herzen kommt.«

Crusher hob und senkte kurz die Schultern, dann streckte er die Hände nach den Harfensaiten aus. Er hatte keine Ahnung, wie er sich nun verhalten sollte. Um so überraschter war er, als sich seine Finger von ganz allein zu bewegen schienen. Er brauchte überhaupt nicht darüber nachzudenken, die Intuition übernahm die Steuerung. Seine Hände strichen über die Saiten und erzeugten genau die richtigen Töne.

Er spielte keine besondere Melodie, kein Lied, das er bereits kannte. Trotzdem reihten sich die Klänge zu einem Band, das Bedeutung für ihn zu haben schien. Bilder entstanden vor seinem inneren Auge, begleitet von Empfindungen, die fremdartig waren und doch zu ihm gehörten, die aus seinem tiefsten Inneren kamen. Deshalb haftete ihnen etwas Vertrautes an.

Trelane saß ihm gegenüber, und seine Augen trübten sich. Nach einer Weile zog er ein Taschentuch aus der Brusttasche und tupfte sich die Tränen aus dem Gesicht. »Spielen Sie weiter«, sagte er, und Crusher kam der Aufforderung mit wachsender Zuversicht nach. Er verlor das Gefühl für die Zeit, und er wäre nicht imstande gewesen, die Melodie zu wiederholen. Er wußte auch nicht, was ihn in die Lage versetzte, ihr Ende zu erkennen. Irgendwann lösten sich seine Hände von der Harfe, und Trelane applaudierte voller Begeisterung.

»Was haben Sie mich spielen lassen?« fragte Crusher neugierig.

»Wie bitte?« Trelane gab sich empört. »Mein lieber Captain, ich habe Sie nichts spielen *lassen*. Mein Ehrenwort. Ich gab Ihnen nur die *Fähigkeit*. Das Wissen und das Geschick. Um mich dadurch für mein rüpelhaftes Benehmen zu entschuldigen. Aber die von Ihnen geschaffene Musik kam aus Ihrem Innern, Captain. Bitte sagen Sie mir, waren Ihnen die Klänge vertraut?«

»Ein wenig, ja«, antwortete Crusher. »Aber ich habe keine Ahnung, woher ...?«

»Ich kann Ihnen sagen, woher die Musik kam. Sie

war ein Ausdruck Ihrer Seele, Captain Crusher. Sie klang vertraut, weil Sie damit einen Aspekt Ihres eigenen Wesens zum Ausdruck brachten. Damit meine ich jenen Teil Ihres Selbst, den Sie verbergen wollen.«

Crusher saß noch immer an der Harfe, und Trelane zog seinen Stuhl näher heran. »Wie einsam Sie sind«, sagte er. »Sie haben das Herz eines Kriegers, und das respektiere ich. Wenn Sie in einer anderen Epoche geboren wären, hätten Sie vielleicht große Heere über weite Ebenen geführt. Und Sie hätten Ihr Schwert tief in den Leib des Gegners gestoßen, ungeachtet der Schreie und des Flehens um Gnade. Es ist eine ungeheure menschliche Tragödie, daß Sie Ihre Chance versäumt haben, Jack Crusher.«

Der Captain sah Trelane an und schüttelte langsam den Kopf. »Es ist wieder alles Theater, nicht wahr, Trelane? Ihre angebliche Reue, Ihr hochtrabendes Geschwafel ... All das dient nur dem Zweck, uns zu demütigen, stimmt's?«

Trelane beugte sich vor. »Möchten Sie wissen, worin Ihre größte Tragödie besteht, Jack?«

»Nein, nicht unbedingt.«

»Ihre größte Tragödie besteht darin, daß Sie sehr einsam sind – ohne den Grund dafür zu kennen.«

»Ihnen ist der Grund natürlich bekannt, wie?«

»Ja«, bestätigte Trelane.

»Nun, haben Sie die Absicht, Ihr großartiges Wissen mit mir zu teilen?«

Trelane schüttelte nachdenklich den Kopf. »Nein. Nein, ich glaube, das sollte ich besser nicht. Zumindest jetzt noch nicht. Für ein derartiges Wissen sind Sie noch nicht bereit. Aber bleiben Sie unverzagt, Captain. Ich werde Ihnen alles erklären, früher oder später. Doch ich möchte Sie warnen, vielleicht gefällt Ihnen nicht, was Sie dann von mir hören.«

Diese Worte waren noch nicht ganz verhallt, als Trelane verschwand.

Einen Sekundenbruchteil später erschien er wieder, an der Kante der Untertassensektion der *Enterprise.* Er lächelte breit.

»Ach, Q«, sagte er. »Du wärst stolz auf mich gewesen. Ich habe so viel von dir gelernt. Dafür bin ich dir sehr dankbar, Q. Ruhe in Frieden und in dem Wissen, daß du gute Arbeit geleistet hast. Ja, Q, ruhe in Frieden – wo auch immer du verstreut bist.«

Trelane lachte, und sein Gelächter hallte durch den leeren Weltraum.

FADEN A

10

Picard öffnete langsam die Augen und spürte die Art von Verwirrung, die einen heimsucht, wenn man an einem fremden Ort erwacht. Er hörte leises Schnarchen in unmittelbarer Nähe, und plötzlich fiel ihm wieder alles ein.

»Ach du meine Güte«, murmelte er.

Er krümmte die Finger und stellte fest, daß die rechte Hand gefühllos war. Behutsam zog er den Arm unter Beverlys Kopf hervor. Sie zuckte im Schlaf kurz zusammen, als er unabsichtlich an einer Haarsträhne zog, doch ihre Augen blieben geschlossen. Er streckte den Arm aus, schüttelte ihn und ballte die Faust.

»Vielleicht wird's besser, wenn du mir einen Kuß gibst«, ließ sich eine sanfte Stimme vernehmen.

Picard sah zu Beverly. Ihre Augen waren auch jetzt noch geschlossen, doch die Lippen formten ein Lächeln.

»Schlaf weiter«, sagte er.

»Von wegen. In fünfzehn Minuten beginnt mein Dienst.«

Er runzelte die Stirn, sah zum Chronometer und stellte fest, daß Beverly recht hatte.

»Meine innere Uhr geht sehr genau«, teilte sie ihm stolz mit. »Ich wache nach ihr auf, und ich gehe nach ihr zu Bett.«

»Zeigt sie dir auch die Zeit für die Liebe an?« fragte Picard.

Daraufhin öffnete Beverly die Augen. Ein heiteres Licht leuchtete in ihnen. »In gewisser Weise. Es wurde höchste Zeit. Immerhin liegt eine lange Durststrecke hinter mir.«

»Soll das heißen, seit damals hast du nicht mehr ...?«

Beverly schüttelte den Kopf. »Nein, Jean-Luc. Seit dir bin ich mit keinem anderen Mann zusammengewesen.«

»Hm.« Er stützte sich auf einen Ellenbogen, als ein Verdacht in ihm entstand. »Beverly, bist du auf die *Enterprise* gekommen, weil ...?«

»Wegen dir, meinst du? Nun, das ist eine ziemlich egoistische Perspektive, nicht wahr?«

»Du hast die Frage nicht beantwortet«, erwiderte Picard.

»Willst du die Wahrheit hören?«

»Die Wahrheit ist immer am besten.«

»Die *Enterprise* stellte eine einzigartige Gelegenheit für mich dar. Meine berufliche Laufbahn hat lange genug auf Eis gelegen. Ich werde immer um meinen verlorenen Sohn trauern, aber ich darf mich davon nicht lähmen lassen. Als ich beschloß, mich wieder meiner Karriere zu widmen, konzentrierte ich mich ganz darauf. Meine Güte, seit meiner Assistenzzeit habe ich nicht mehr so geschuftet. ›Schlaf‹ wurde praktisch zu einem Fremdwort. Und als ich dann von dem freien Posten an Bord der *Enterprise* erfuhr, beschloß ich, den großen Sprung zu wagen.« Beverly zögerte kurz und dachte nach. »Jack sprach in solchen Zusammenhängen von der Notwendigkeit, sich möglichst gut zu verkaufen. Nun, ich reichte eine offizielle Bewerbung ein, mit Lebenslauf und allem Drum und Dran. Meine beruflichen Leistungen konnten sich sehen lassen, und meine Personalakte enthält nicht einen einzigen negativen Eintrag. Niemand zweifelte daran, daß ich die Pflichten des Ersten Medo-Offiziers an Bord eines Raumschiffs wie der Enterprise übernehmen kann, aber ich wußte nicht, ob ich schon genügend Dienstjahre beisammen hatte. Und da war noch Jack.«

»Der entscheidende Punkt. Hast du darin einen Vorteil oder einen Nachteil für dich gesehen?«

»Eines von beiden jedenfalls«, erwiderte Beverly

trocken. Als Picard durch eine Grimasse andeutete, daß er eine genauere Auskunft erwartete, fügte sie hinzu: »Ich habe erwartet, in erster Linie aufgrund meiner Kompetenz beurteilt zu werden.«

»Ich hatte also gar nichts mit deinem Wunsch zu tun, zur Bordärztin auf der *Enterprise* zu werden?«

»Kennt dein Ego keine Grenzen, Jean-Luc?« Sie seufzte schwer, so als sei sie betroffen, diese Schwäche in ihm zu entdecken.

»Das ist noch immer keine Antwort.«

»Wenn ich ›nein‹ sage, bist du enttäuscht. Und wenn ich ›ja‹ sage, erlebst du einen egoistischen Höhenflug.«

»Du verstehst es ausgezeichnet, Dingen auszuweichen, nicht wahr?«

»Na schön, na schön.« Beverly seufzte erneut. »Vielleicht stellt es dich zufrieden, wenn ich auf folgendes hinweise: Der Umstand, daß du Erster Offizier an Bord der *Enterprise* bist, war ein zusätzlicher Anreiz für mich.«

Picard überlegte. »Ja, ich schätze, das genügt mir.« Er seufzte ebenfalls. »Weißt du, dies kann nicht zur Regel werden.«

»Was meinst du damit?«

»Stell dich nicht dumm, Doktor. Das kauft dir niemand ab. Ich meine *uns*.« Picard deutete auf Beverly und sich selbst. »Wie würde Jack wohl darüber denken?«

»Ich weiß es nicht.«

»Doch, das weißt du.«

»Nun, vielleicht hast du recht«, gestand Beverly. »Aber spielt es denn keine Rolle, was ich fühle? Was *wir* fühlen? Müssen wir von jetzt an immer vor allem an meinen Ex-Mann denken?«

»Das meine ich nicht«, entgegnete Picard. »Vielleicht sollten wir vor allem daran denken, die ohnehin kritische Situation zwischen dir und dem Captain nicht noch zu verschlimmern.«

Beverly ließ den Kopf aufs Kissen sinken und starrte an die Decke. »Wenn du es so ausdrückst, scheint uns kaum eine Wahl zu bleiben, oder?«

»Da hast du leider recht.«

»Nun, dann ist ja alles klar.« Sie drehte sich auf die Seite. »Ich bin froh, daß wir darüber gesprochen haben, Jean-Luc. Ich meine, ich bin froh über alles. Meiner Ansicht nach ist es sehr wichtig, daß wir diese Dinge zwischen uns geklärt haben. Wenn wir an Bord der Enterprise zusammenarbeiten sollen, müssen wir wissen, wo wir in bezug auf diese Beziehung stehen.« Beverly atmete tief durch, als fühle sie sich von einer schweren Last befreit. »Na schön. Möchtest du duschen?«

»Ich überlasse dir den Vortritt.«

Sie lächelte. »Wer sagt denn, daß wir *nacheinander* duschen müssen?«

Als Geordi LaForge an Dr. Howards Quartier vorbeiging, öffnete sie die Tür. Das bot ihm eine gute Gelegenheit, einige verwaltungstechnische Angelegenheiten mit der Ärztin zu erörtern, bevor die Hektik in der Krankenstation begann. Er näherte sich dem Eingang und fragte. »Doktor?«

Zu seiner großen Überraschung stieß er fast gegen Commander Picard, der die Unterkunft gerade verlassen wollte. Geordis Erstaunen wuchs, als er durch die offene Tür Dr. Howard sah, die offenbar gerade erst ihre Uniform angelegt hatte.

Er brauchte etwa zwei Sekunden, um zu verstehen.

»Oh«, machte er.

Picard warf ihm einen Blick zu, der sagte: *Ich wußte es.* Beverlys Stimme klang völlig gleichmütig. »Kommen Sie herein, Geordi. Was kann ich für Sie tun?«

LaForge betrat das Quartier im gleichen Moment, als Picard es verließ. Hinter ihm schloß sich die Tür.

Geordi blieb stehen und starrte Beverly Howard stumm an.

Sie wandte sich ihm mit ausdrucksloser Miene zu. »Nun, was haben Sie auf dem Herzen?«

»Äh, ich hab's vergessen«, sagte er verlegen.

Die Ärztin seufzte. »Na schön. Hören Sie, Commander Picard und ich sind alte Freunde.«

»Doktor ...« Voller Unbehagen verlagerte Geordi das Gewicht von einem Bein aufs andere. »Es geht mich nichts an.«

»Es ging Sie bis *eben* nichts an. Aber ich vermute, das hat sich geändert.«

»Ich möchte auf keinen Fall über Sie urteilen. Ich meine, wer bin ich, daß mir ein Urteil zusteht?«

»Zunächst einmal sind Sie ein Arbeitskollege und Freund«, erwiderte Beverly. »Ihre Meinung spielt eine große Rolle für mich. Sie sollen nicht glauben, daß ich Commander Picard gerade erst kennengelernt habe und schon ...«

»Das glaube ich auch nicht. Und selbst wenn es der Fall wäre ... Meine Güte, Sie sind beide erwachsen.«

»Ja, das sind wir.« Crusher lächelte. »Trotzdem könnte uns der ein oder andere für vulgär halten. Die *Enterprise* mag uns ziemlich groß erscheinen, Geordi, aber auch eine tausendköpfige Mannschaft ist eine überschaubare Gruppe. Wir sollten vermeiden, daß gewisse Gerüchte entstehen.«

»Mit anderen Worten, Sie möchten nicht, daß jemand etwas von mir erfährt.«

Beverly nickte. »So ist es.«

LaForge zwinkerte ihr zu. »Seien Sie unbesorgt. Ich habe überhaupt nichts gesehen, soweit es Sie betrifft.«

»Danke, Geordi. Und was wollten Sie mit mir besprechen?«

»Nichts von Bedeutung – das hat Zeit.«

»Gut. Wenn das so ist ... In einigen Minuten bin ich in der Krankenstation. Da fällt mir ein, bei der neuen Chefingenieurin Argyle ist eine Routineuntersuchung fällig, die sie immer wieder ›vergißt‹. Bitte statten Sie ihr einen Besuch ab, um sie zu ›erinnern‹. Setzen Sie den berühmten LaForge-Charme ein.«

»In Ordnung, Doktor.«

Er verließ das Quartier, und Beverly Howard atmete erleichtert auf.

»Haben Sie eine Ahnung, wie beschäftigt ich hier bin?« fragte Chefingenieur Argyle. »Entschuldigung.« Sie drängte sich an Geordi vorbei und wandte sich einem Computerterminal zu.

LaForge folgte ihr. »Ja, ich weiß, daß Sie viel zu tun haben. Das wissen alle Leute an Bord.«

»Hah, von wegen«, erwiderte Argyle. Der starke schottische Akzent sorgte dafür, daß jedes Wort wie gesungen klang.

»Doch, das stimmt«, beharrte LaForge. »Ich gehöre noch nicht lange zur Crew, aber wenn ich jemanden frage, wer dafür sorgt, daß mit der *Enterprise* alles in Ordnung ist, heißt es immer: ›Argyle kümmert sich darum. Sie sorgt dafür, daß alles läuft wie geschmiert.‹«

Die Chefingenieurin wandte den Blick vom Computerschirm ab und musterte Geordi, als sähe sie ihn zum ersten Mal. »Wollen Sie mich auf den Arm nehmen?« fragte sie skeptisch.

»Sehe ich wie ein Lügner aus?«

Sie sah ihm tief in die Augen, hielt nach versteckten Anzeichen von Spott und Unehrlichkeit Ausschau. »Entweder sind Sie bemerkenswert aufrichtig, oder Sie lügen besonders geschickt.«

»Viele Leute verlassen sich auf Sie. Fällt es Ihnen so schwer, das zu glauben?«

»Nun ...« Argyle strich ihre Uniform glatt. »Techniker und Ingenieure werden nicht gerade mit Anerkennung überhäuft. Was keineswegs bedeuten soll, daß es mir darum geht. Das verstehen Sie doch, oder?«

»Natürlich.«

»Ich erledige meine Arbeit, weil ich Freude daran

finde. Das ist ein wichtiger Punkt. Ich liebe meinen Job, und jemand muß sich um dies alles hier kümmern. Sie haben sicher recht, wenn Sie sagen, daß viele Leute von mir abhängen.«

»Ja. Und deshalb ist es wirklich schade …«

Die Frau richtete einen verdutzten Blick auf LaForge. »Was ist schade?«

»Wie bitte?« Geordi wirkte überrascht, daß Argyle eine solche Frage stellte. Für ihn schien die Antwort selbstverständlich zu sein. »Nun, es ist schade, daß Sie nicht auf sich achtgeben. Sie arbeiten so hart hier unten, daß Sie krank werden könnten. Und *wenn* Sie krank werden – was würde dann aus den Leuten, die von Ihnen abhängen und die sich auf Sie verlassen?«

Argyle kniff die Augen zusammen. »Na, das wäre eine echte Tragödie, nicht wahr?«

»Ich glaube schon. Sie haben natürlich das Recht, die Dinge anders zu sehen. Nun, ich möchte nicht noch mehr von Ihrer kostbaren Zeit beanspruchen.«

Geordi wandte sich zum Gehen.

»Medo-Assistent LaForge?«

»Ja, Chefingenieur?«

»Sie verstehen Ihr Handwerk. Bitte teilen Sie der geschätzten Bordärztin mit, daß ich in einer Stunde die Krankenstation aufsuche.« Sie hob einen warnenden Zeigefinger. »Vorausgesetzt, die Untersuchung dauert nicht lange.«

»Ich richte es ihr aus«, erwiderte Geordi und schenkte Argyle sein strahlendstes Lächeln. Sie war nicht immun dagegen und errötete, als LaForge so deutlich zeigte, daß sie ihm gefiel.

Als er sich anschickte, den Maschinenraum zu verlassen, bemerkte er einen seltsam aussehenden Offizier, der ebenfalls auf den Ausgang zuhielt. Geordi blieb stehen, um dem anderen Mann den Vortritt zu lassen.

»Danke, Mr. LaForge«, sagte der Offizier.

Geordi folgte ihm in den Korridor. »Sie kennen meinen Namen?«

»Selbstverständlich. Ich bin über alle neuen Crew-Mitglieder informiert.«

»Dazu brauchen Sie ein gutes Gedächtnis.«

»Ich habe ein positronisches Gehirn.«

LaForge erinnerte sich plötzlich und schnippte mit den Fingern. »Jetzt fällt's mir ein! Ich habe in einigen medizinischen Fachzeitschriften über Sie gelesen. Sie sind Lieutenant Data!«

»Lieutenant Commander«, berichtigte Data. »Sie können mich gern Data nennen. Das ist mir sogar lieber, da darin eine Vertrautheit zum Ausdruck kommt, die ich für wünschenswert halte.«

»Wie Sie meinen.« Geordi pfiff leise durch die Zähne. »Lieutenant Commander Data, der erste und einzige Humanoide. Ein positronisches Gehirn in einem menschlichen Körper. Unglaublich.«

»Das habe ich schon oft gehört. Nun, ich muß zugeben, daß ich die Aufregung in intellektueller Hinsicht verstehe, sie emotional jedoch nicht nachvollziehen kann. Aus meiner eigenen Perspektive betrachtet, bin ich immer gewesen, was ich bin. Deshalb vermag ich nichts Außergewöhnliches an mir zu finden.«

»Das überrascht mich kaum, soweit es Sie betrifft. Aber für die medizinische Welt sind Sie ein erstaunliches Phänomen. Dr. Soong, der mit dem Daystrom-Institut zusammenarbeitete und Sie schuf ... Das ist unglaublich.«

»Darauf haben Sie bereits hingewiesen«, stellte Data fest.

»Entschuldigung.«

»Sie brauchen sich nicht zu entschuldigen. Für mich ist es unmöglich, beleidigt zu sein.« Data ging weiter – und drosselte sein Tempo sofort, damit Geordi nicht den Anschluß verlor. Er mußte sich immer wieder ins Gedächtnis rufen, daß ›normale‹ Geschöpfe nicht so schnell gingen wie er. »Allerdings bin ich fähig, Beobachtungen in Hinsicht auf die Launen und Wechselfälle der menschlichen Existenz anzustellen. Zum Beispiel macht die Wissenschaft bemerkenswerte Fortschritte. Was gestern noch als unmöglich galt, ist heute Realität.«

»Heh, dafür bin ich der lebende Beweis.«

»Tatsächlich?« Data musterte LaForge neugierig.

»Ja. Wissen Sie, ich bin viele Jahre lang blind gewesen.«

Data musterte Geordis Augen. »Jetzt scheint mit Ihrem Sehvermögen alles in Ordnung zu sein.«

»Das stimmt. Eine Zeitlang benutzte ich verschiedene Prothesen, unter anderen ein Sensornetz und einen sogenannten VISOR, eine Metallspange vor den Augen. Sie würden nicht glauben, welche Kopfschmerzen mir dieses Ding beschert hat.«

»Warum würde ich das nicht glauben?«

»Ich meine, die Kopfschmerzen waren wirklich sehr schlimm«, erwiderte Geordi. »Schließlich entschied ich, den VISOR nicht länger zu benutzen, und ich lebte in Dunkelheit. Sie hätten mich überhaupt nicht wiedererkannt, denn während dieser Phase meines Lebens war ich sehr verbittert. Doch dann entwickelte man ein neues Klon-Verfahren, mit dem es gelang, neue Augen für mich herzustellen. Richtige Augen, für eine Implantation. Sie konnten keinen Unterschied erkennen, oder?«

»Nein«, bestätigte Data.

»Wissen Sie, ich verbrachte einen so großen Teil meines Lebens unter Medizinern, daß ich mich immer mehr für ihren Beruf interessierte. Ich begegnete vielen Ärzten und Krankenpflegern und erkannte, daß ich ihren Beruf ergreifen wollte. Eins führte zum anderen, und jetzt bin ich hier.«

»Vermutlich sind Sie sehr zufrieden.«

»O ja, Sir, das bin ich tatsächlich«, entgegnete Geordi, während er mit Data durch den Korridor ging. »Ich kann mir nicht vorstellen, einen anderen Beruf als den des medizinischen Assistenten auszuüben.«

Wieviel Zeit?

Wieviel Zeit war vergangen?

Jahrhunderte? Jahrtausende? Äonen?

Q schwebte im Nichts, und das erste, matte Glänzen eines keimenden Bewußtseins dehnte sich in ihm aus. Er war wie ein Fötus, der zum ersten Mal die Stimme der Mutter hört.

Er vernahm Geschrei in der Ferne.

Er wußte nicht, was es damit auf sich hatte, doch er ahnte die Bedeutung. Aber um eine Bedeutung zu ahnen, mußte er sich der eigenen Existenz bewußt sein ...

Eigentlich war alles sehr verwirrend.

Q wußte oder verstand nicht – in seinem derzeitigen Zustand konnte er es auch gar nicht wissen oder verstehen –, daß die Schreie in der Ferne auf die beginnende Evolution des Menschen hinwiesen. Es ließ sich kaum feststellen, was genau Qs vage Aufmerksamkeit geweckt hatte.

Vielleicht der Schmerz einer menschlichen Lebensform, die von den Klauen und Zähnen eines Raubtiers zerrissen wurde.

Oder vielleicht das laute Weinen eines neugeborenen Kinds.

Oder vielleicht die erste vergewaltigte Frau – der erste ermordete Mann.

Es kamen mehrere Faktoren in Frage, und es ließ sich unmöglich bestimmen, welcher die entscheidende Rolle spielte. Doch etwas weckte Qs Aufmerksamkeit.

Für etwa eine Millisekunde.

Dann zerfaserten die Gedanken wieder, die noch keine richtigen Gedanken waren.

FADENWECHSEL
FADEN B

5

Chafin lachte leise, als Lieutenant Commander Geordi LaForge versuchte, sich auf die Anzeigen der technischen Station zu konzentrieren. »Sie sind also einfach so bei Troi erschienen? Aus dem Nichts? Und die Counselor war ...«

»Darüber möchte ich lieber nicht reden, Tom, in Ordnung?« erwiderte Geordi. »Es war nicht gerade einer der größten Momente meines Lebens, und das gilt bestimmt auch für Troi.«

»Bei mir sähe die Sache ein wenig anders aus.«

Geordi drehte sich um und musterte Chafin mit Hilfe seines VISORS. »Sagen Sie mal, Tom, wann hatten Sie Ihr letztes Rendezvous?«

»Rendezvous?« Chafin runzelte die Stirn. »Meinen Sie eine Verabredung mit einer Frau? Unter, äh, romantischen Umständen?«

»Es ist zu lange her«, meinte Geordi. »Viel zu lange.«

»Dazu hatten Sie kein Recht.«

Martinez sah Picard an, und Ärger blitzte in ihren Augen. Der Captain hatte auf der anderen Seite des Konferenztisches Platz genommen und die Hände gefaltet. Riker saß in der Nähe. Martinez' vorwurfsvoller Ton gefiel ihm nicht sonderlich, was sich deutlich in seinem Gesicht abzeichnete. Picard wirkte wesentlich ruhiger und entspannter.

»Ich habe in erster Linie an das Wohl der Crew und des Schiffes gedacht, Professor«, sagte der Captain fest.

»Darauf kommt es mir vor allem an. Ich konnte Trelanes Verhaltensweisen nicht länger hinnehmen. Das Risiko war einfach zu groß.«

»O ja.« Martinez machte keinen Hehl aus ihrem Sarkasmus. »Ist das nicht das Motto der *Enterprise*: ›Um neue Lebensformen zu entdecken – solange keine Risiken damit verbunden sind.‹«

»Ihr Ton ist unangemessen, Professor«, warf Riker ein. »Der Captain hat eine notwendige Entscheidung getroffen, um die Sicherheit der Besatzung – und auch Ihre – zu gewährleisten. Über temporale Anomalien und dergleichen wissen Sie zweifellos mehr als wir, aber wenn es darum geht, Wesen wie Trelane zu begegnen, sollten Sie in Erwägung ziehen, daß wir *möglicherweise* mehr Erfahrung haben als Sie.«

Martinez runzelte die Stirn. »Es liegt mir fern, Ihre Autorität anzuzweifeln. Wenn das meine Absicht gewesen wäre, hätte ich auf der Brücke oder im Gesellschaftsraum im zehnten Vorderdeck Kritik geübt. Statt dessen habe ich um diese private Unterredung gebeten. Ich bedauere, daß sich das Problem nicht auf eine bessere Weise lösen ließ.«

»Das bedauere ich ebenfalls, Professor«, entgegnete Picard. »Leider gab es keine andere Lösung.«

Martinez seufzte. »Na schön. Ich habe meinem Ärger Luft gemacht, und Sie ließen das alles ruhig über sich ergehen. Ob Sie's glauben oder nicht, ich bin Ihnen dafür sehr dankbar. Zivile Wissenschaftler, die gegen Entscheidungen des Kommandanten protestieren … Meine Güte, ein anderer Captain hätte mich vielleicht mit einem Photonentorpedo ins All befördert.«

»Der Tag ist noch nicht zu Ende«, sagte Picard.

Diese Bemerkung veranlaßte Martinez zu einem Lächeln.

»Da wir schon einmal hier sind, Professor …«, fuhr der Captain fort. »Wie lange wollen Sie die Ompet-Anomalie noch beobachten? Wir versuchen natürlich, flexibel zu sein, aber ich möchte diese Sache nicht zu meiner Lebensaufgabe machen.«

»Wenn es zu keinen unvorhergesehenen Komplikationen kommt, müßten noch einmal acht bis zehn Stunden genügen, um alle Gravitationsfluktuationen kartographisch zu erfassen.« Martinez schüttelte den Kopf. »Ich möchte nicht den Eindruck erwecken, darauf herumzureiten, aber genau solche Informationen erwartete ich mir von Trelane. Immerhin behauptete er, für viele – wenn nicht gar alle – temporalen Phänomene verantwortlich zu sein, auf die Sie getroffen sind. Er dürfte also gut darüber Bescheid wissen. Allerdings erhielt ich nur bruchstückhafte Informationen von ihm. Um ganz ehrlich zu sein, ich weiß nicht, ob er nur zurückhaltend war – oder ob er die Funktionsstrukturen der von ihm selbst geschaffenen Anomalien gar nicht richtig begreift.«

»Ich tippe auf letzteres«, sagte Picard. »Bei unseren Kontakten mit Trelane zeigte sich eins ganz deutlich: Er ist ein ungeschliffenes Talent.«

»Darauf deuten bereits die Logbuch-Aufzeichnungen der ersten *Enterprise* hin«, bestätigte Riker. »Er war zum Beispiel imstande, Lebensmittel zu erschaffen. Allerdings hatten sie überhaupt keinen Geschmack.«

»Wenn das zu den Merkmalen allmächtiger Geschöpfe gehört, so ist auch meine Mutter Teil des Q-Kontinuums«, sagte Martinez.

»Ich schätze, in dem Fall würde ein großer Teil des Q-Kontinuums aus Müttern bestehen«, fügte Picard hinzu.

Martinez lachte, und der Captain mußte sich eingestehen, daß sie tatsächlich eine sehr attraktive und sympathische Frau war. Wenn die Sache mit Q und Trelane nicht zu einem Streit zwischen Picard und Martinez geführt hätte, vielleicht wäre es dann zu einer engeren Beziehung zwischen ihnen gekommen. Typisch für Q; er erschien stets im unpassendsten Augenblick. Aber gab es überhaupt einen *passenden* Augenblick für sein Erscheinen?

Riker lächelte ebenfalls, doch nach einigen Sekunden wurde er wieder ernst. »Er schuf auch Feuer ohne Hitze, in einem Kamin.«

»Er versteht also genug, um die äußere Struktur von Dingen nachzubilden, doch in Hinsicht auf die innere Dynamik bleibt sein Wissen lückenhaft.« Martinez nickte nachdenklich. »Daraus könnte man schließen, daß er gar keine Ahnung hatte, was er anrichtete.«

»Er handelt einfach, mehr nicht«, sagte Picard. »Das erklärt auch, warum Trelane einen Mentor braucht. Ein Wesen, das über so enorme Macht verfügt und nicht weiß, wie man damit umgeht ...«

»Eine entsetzliche Vorstellung«, kommentierte Riker.

»Ich hätte nicht gedacht, daß mir Q einmal leid tun könnte, aber in diesem Zusammenhang ist das tatsächlich der Fall.« Picard sah von Riker zu Martinez. »Nun, ich schätze, wir sind hier fertig, oder?«

Die Wissenschaftlerin und der Erste Offizier nickten. Riker stand auf und verließ den Konferenzraum, gefolgt von Martinez.

»Mr. Worf ...«, sagte Riker, als er die Brücke betrat.

»Ja, Sir?«

»Bitte teilen Sie Starfleet Command mit, daß Professor Martinez ihre Untersuchungen in Hinsicht auf die Ompet-Anomalie in zehn Stunden beendet.« Riker warf ihr einen fragenden Blick zu, und sie nickte. »Wenn sich keine neuen Entwicklungen ergeben, setzen wir anschließend den Flug nach Terminus fort, um Professor Martinez dort abzusetzen und ihr Gelegenheit zu geben, einigen bereits wartenden Kollegen Bericht zu erstatten.«

»Aye, Sir.«

»Danke für Ihre Hilfe, Commander«, sagte Martinez.

»Gern geschehen.«

Martinez ging zum Turbolift, und Riker stellte fest,

daß der Captain noch nicht auf die Brücke zurückgekehrt war. Er ging in Richtung Besprechungsraum, dessen Tür sich wenige Sekunden später hinter ihm schloß. Deshalb konnte er nicht beobachten, was mit Martinez geschah, als sie den Turbolift betrat.

Ihr Schrei drang nicht bis zu ihm, alarmierte jedoch die Brückenoffiziere. Ihnen blieben genau zwei Sekunden, um zu reagieren – dann verschwand der Kontrollraum.

»Captain?«

Picards Blick war nach innen gerichtet gewesen und wandte sich jetzt Riker zu. »Ja, Nummer Eins?«

»Ist alles in Ordnung?«

Picard dachte kurz über die Frage nach und seufzte dann. »Professor Martinez hatte recht.«

»Womit?«

»Es hätte tatsächlich möglich sein sollen, eine bessere Lösung für das Problem namens Trelane zu finden.«

»Ich kenne keine.«

»Ich auch nicht – und das ist der frustrierendste Aspekt an der ganzen Sache. Wir erhielten Besuch von zwei Wesen mit phantastischen Fähigkeiten. Und ich schickte sie fort, weil ich nicht imstande war, ihren unbequemen Einfluß unter Kontrolle zu bringen. Ging es mir dabei wirklich nur um die Sicherheit des Schiffes? Oder konnte ich es nicht ertragen, daß meine Vorstellungen von Disziplin mißachtet wurden?«

»Ihnen blieb keine Wahl, Captain«, erwiderte Riker. »Trelane hat sich von Anfang an über alle Verhaltensregeln und jede Autorität hinweggesetzt ... Wer weiß, wohin sich die Dinge entwickelt hätten. Mit Verbesserungen durften wir wohl kaum rechnen. Ganz im Gegenteil. Bestimmt wäre alles noch viel schlimmer gekommen.«

Picard nickte. »Ja, ich weiß. Aber deshalb braucht es mir nicht zu gefallen. Und es ist mir unmöglich, das Gefühl der Reue loszuwerden. ›Von allen traurigen Worten der Zunge und der Feder sind dies die traurigsten …‹«

»›Es hätte anders sein können‹«, beendete Riker den Satz. »Shakespeares Weisheit ist grenzenlos, nicht wahr?«

»Fast«, sagte Picard. »Das Zitat stammt von John Greenleaf Whittier.«

»Ich weiß«, erwiderte Riker, ohne zu zögern. Er blieb ganz ernst. »Ich wollte nur feststellen, ob Sie es auch wissen.«

»Oh, natürlich«, entgegnete Picard mit gespielter Empörung.

Einen Sekundenbruchteil später blitzte es auf eine bereits vertraute Weise.

Q stand im Konferenzraum und wirkte aufrichtig besorgt.

»Haben Sie *ihn* gesehen?« fragte er.

Picard vergeudete keine Zeit mit dem Hinweis, daß Q seine Anweisung mißachtete, sich von der *Enterprise* fernzuhalten. Solchen Dingen kam nur geringe oder gar keine Bedeutung zu, wenn es um Q ging. Außerdem schien er aufrichtig besorgt, und gewann damit sofort Picards volle Aufmerksamkeit. Es erübrigte sich, danach zu fragen, wen Q meinte. »Seit dem letzten Mal nicht mehr, nein.«

»Hm.« Q marschierte auf und ab. »Wir haben ein Problem.«

»Wir?« fragten Picard und Riker wie aus einem Munde.

»Ja, Jean-Luc. Trelane ist nach ihrer dummen Standpauke verschwunden.«

»Wenn ich mich recht entsinne, haben Sie keine Einwände gegen meine ›dumme Standpauke‹ erhoben.«

»Was sich durchaus als Fehler erweisen könnte«, räumte Q ein. »Vermutlich wären überhaupt keine Schwierigkeiten entstanden, wenn ich Sie in einen Dackel, ein Bidet oder etwas ähnlich Nützliches verwandelt hätte. Aber da ich mich darauf beschränkte, einfach nur zu beobachten und zuzuhören ...«

»Wie bitte? Sie haben mir *zugestimmt!*«

»Wie viele Ihrer Abschweifungen muß ich noch erdulden, Jean-Luc? Für jemanden mit einer begrenzten Lebensspanne finden Sie erstaunlich großen Gefallen daran, Zeit zu verschwenden.«

»Na schön.« Picard spürte jene besondere Art von Verzweiflung, die ihn in Qs Nähe immer wieder erfaßte. »Trelane ist also verschwunden, und Sie können ihn nicht finden.«

»Richtig. Unglücklicherweise birgt dieser Umstand ein erhebliches Gefahrenpotential. Ein Geschöpf mit solcher Macht, sich selbst überlassen, verletzt, verwirrt, zornig ... Die Konsequenzen könnten katastrophal sein.«

»Was schlagen Sie vor?« fragte Picard ein wenig ungeduldig. »Sollen wir die ganze Galaxis nach ihm absuchen?«

»Ich vermute, ich muß mich allein darum kümmern. Nun seien Sie unbesorgt, Jean-Luc. Wie üblich räume ich das von Ihnen angerichtete Durcheinander auf.«

Picard öffnete den Mund zu einer scharfen Entgegnung, überlegte es sich dann aber anders. *Es hat doch keinen Sinn,* dachte er.

Er drehte sich um und betrat die Brücke, Riker folgte ihm auf dem Fuße.

Eine Sekunde später prallte der Erste Offizier gegen den Captain und stieß ihn fast zu Boden. Einen Augenblick lang fragte sich Riker verwirrt, warum Picard so plötzlich stehengeblieben war.

Dann sah er es.

Die Brücke existierte nicht mehr.

Besser gesagt, sie existierte zwar noch, hatte sich jedoch vollkommen verändert. Der Kontrollraum sah aus wie eine mittelalterliche Folterkammer. Die Wände bestanden aus Ziegelsteinen, der Boden aus festgetretener

Erde. Ein unangenehmer Geruch hing in der Luft, und Fackeln auf beiden Seiten des Raums spendeten flackerndes Licht.

Alle Brückenoffiziere waren an die Wände gekettet und geknebelt. Worf versuchte wütend, sich zu befreien. Er zerrte an den Ketten und gab unartikulierte Laute von sich. Data überprüfte methodisch Festigkeit und Stabilität der einzelnen Kettenglieder, doch er blieb ebenso gefesselt wie alle anderen.

Die Offiziere sahen Picard schweigend und erwartungsvoll an.

»Halten Sie mich meinetwegen für verrückt«, sagte Q hinter dem Captain, »aber ich glaube, wir müssen nicht lange suchen, um Trelane zu finden.«

FADEN B

6

Professor Martinez achtete kaum auf ihre Umgebung, als sie den Turbolift betrat. Deshalb konnte sie nicht rechtzeitig reagieren, als sich herausstellte, daß hinter der Tür gar keine Transportkapsel auf sie wartete.

Als sie es bemerkte, war es bereits zu spät. Die künstliche Gravitation der *Enterprise* packte Martinez und zerrte sie in den Schacht. Sie stürzte und schrie, versuchte verzweifelt, sich irgendwo festzuhalten. Doch um sie herum gab es keinen Halt. Einmal berührten ihre Fingerkuppen eine Wand des Schachtes, aber sie spürten nur ölige Glätte.

Sie glaubte, eine Ewigkeit lang zu fallen und zu schreien, obwohl in Wirklichkeit nur wenige Sekunden vergingen.

Plötzlich endete der freie Fall.

Die Wissenschaftlerin empfand nichts als Panik, und deshalb dauerte es eine Weile, bis ihr aufging, daß sie nicht mehr fiel. Sie schwebte in dem Schacht, gehalten von *irgend etwas.*

Ihr erster Gedanke war: *Ich bin tot und schwebe ins Paradies.*

Der zweite Gedanke war schon weitaus realistischer. Vielleicht gab es auf der *Enterprise* ein Sicherheitssystem, das abstürzende Besatzungsmitglieder und Passagiere vor tödlichen Konsequenzen bewahrte. Ein solches Sicherheitssystem existierte nicht, seine Einführung aber wäre eine bemerkenswerte Idee.

Der dritte Gedanke schließlich traf des Pudels Kern.

»Trelane«, stöhnte Martinez.

»Zu Ihren Diensten«, antwortete eine freundliche Stimme.

Es wurde hell um Martinez. Trelane stand in der Leere, obwohl es nichts gab, worauf er stehen konnte. Die Schwerelosigkeit schien ihm überhaupt nichts auszumachen. Ganz im Gegensatz zu Martinez, die nur mit Mühe der Versuchung widerstand, sich an dem Mann – dem Wesen – festzuklammern. Das Licht kam von einem üppig verzierten Kandelaber, den Trelane in der rechten Hand hielt.

Sie versuchte, gelassen zu klingen, konnte das Zittern jedoch nicht ganz aus ihrer Stimme verbannen. »Was was haben Sie vor?«

»Was ich vorhabe?« Trelane schien die Frage für völlig sinnlos zu halten. »Was soll ich schon vorhaben?«

»Warum haben Sie die Transportkapsel des Lifts verschwinden lassen? Und warum bin ich hier? Warum schwebe ich in diesem Schacht?«

Trelane ›trat‹ einen ›Schritt‹ auf sie zu. Das flackernde Kerzenlicht ließ seltsame, dämonische Schatten über Trelanes Gesicht huschen. »Haben Sie Angst?«

»Nun … ja.«

»Ausgezeichnet!« freute sich der Mann. Fast im Plauderton fuhr er fort: »Das Spektrum der menschlichen Gefühle ist überaus interessant. Ich möchte alle Emotionen erfahren. Furcht habe ich natürlich nie kennengelernt. Triumph, Ärger, Frustration – ja, aus diesem bitteren Kelch habe ich getrunken«, erklärte Trelane theatralisch und klopfte sich mit der Faust an die Brust. Unmittelbar darauf kam es zu einem neuerlichen Stimmungswechsel. »Aber Furcht, nein. Sie ist sehr beeindruckend. Was passiert, wenn man sich fürchtet? Rast dann der Puls? Klopft das Herz schneller? Atmet man rascher? Beginnt man zu schwitzen?«

Martinez nickte und bemühte sich, das Entsetzen zu überwinden. Sie sagte sich, daß sie ruhig und beherrscht bleiben mußte, wenn sie nicht als blutige Masse ganz unten im Schacht enden wollte. Leider führte diese Vorstellung dazu, daß die Angst in ihr nicht etwa schrumpfte, sondern weiter wuchs.

»Wissen Sie, was mich so sehr fasziniert?« fragte Trelane.

Sie hielt dies für eine rhetorische Frage, bis der Ärger in seiner Miene darauf hindeutete, daß er eine Antwort erwartete. »Was fasziniert Sie?«

»Nun, nach meinen bisherigen Erfahrungen mit menschlichen Gefühlen deuten die gleichen Symptome auf Leidenschaft hin«, erläuterte er. »Was ist Ihrer Meinung nach der Grund dafür?«

»Nun …« Martinez befeuchtete sich die trockenen Lippen. Sie glaubte zu spüren, wie ihr etwas den Hals zuschnürte. »Das ist ein Teil der menschlichen Physiologie. So was passiert einfach.«

»Oh, das genügt mir nicht, Professor«, erwiderte Trelane mit offensichtlicher Enttäuschung.

Martinez stürzte.

Sie schrie, doch der Schrei hatte gerade erst ihre Kehle verlassen, als die Abwärtsbewegung ein abruptes Ende nahm. Nach einem Fall von kaum mehr als einem Meter fing Trelane sie wieder auf.

Er glitt zu ihr, bis sich ihre Augen auf einer Höhe befanden. Und dann sah Martinez etwas, das sie mit Grauen erfüllte.

Trelanes Pupillen waren fast tot. Das einzige Zeichen von Leben bestand aus dem kalten Flackern einer absurden Belustigung.

»Sie sollten sich mehr Mühe geben, Professor. Viel mehr Mühe.«

Martinez' Nerven versagten.

»Ich weiß gar nicht, welche Auskunft Sie von mir erwarten!« heulte sie. »Erklären Sie mir, was ich Ihnen sagen soll. Ich kann keine Gedanken lesen! Und ich bin auch keine Psychologin!«

Daraufhin erhellte sich Trelanes Miene.

»Meine Güte, Sie haben recht! Sie sind eine faszinierende, gutmütige Frau – aber Sie sind weder Telepathin noch Psychologin.«

Er schnippte mit den Fingern.

Deanna Troi saß in ihrem Quartier, beugte sich vor und griff nach Fähnrich Cavalieris Hand. »Bitte sagen Sie mir, was Sie bedrückt, Joseph.«

Er musterte sie nachdenklich. »Das wissen Sie bereits, nicht wahr?«

»Ich habe da so eine Ahnung«, erwiderte Deanna, womit sie stark untertrieb. »Bitte erzählen Sie mir alles. Es hilft Ihnen bestimmt, darüber zu sprechen.«

»Na schön.« Er seufzte. »Vielleicht habe ich deshalb Schwierigkeiten mit längeren Beziehungen, weil ich dauernd einen Verlust befürchte. Es spielt keine Rolle, wie sehr mir meine Partnerin versichert, daß sie mich mag. Ich habe immer das Gefühl, daß sie mich jederzeit verlassen könnte.«

Deanna Troi verschwand.

Cavalieri starrte stumm auf den Platz, an dem die Beraterin eben noch gesessen hatte. Nach einer Weile streckte er die Hände aus und stellte fest, daß Deanna nicht etwa nur unsichtbar geworden, sondern wirklich verschwunden war. Er drehte den Kopf von einer Seite zur anderen und fragte versuchsweise: »Ist das, äh, eine Art praktische Vorführung?«

Deanna rematerialisierte im Schacht des Turbolifts, dicht neben Andrea Martinez. Sie brauchte zwei oder drei Sekunden, um zu begreifen, was geschehen war. Als sie sich ihrer Lage bewußt wurde, überfiel sie Panik und sie suchte unwillkürlich nach einem Halt.

»Ach, strampeln Sie nicht so«, sagte Trelane verärgert.

»Helfen Sie mir«, flüsterte Martinez. »*Madre de Dios,* Counselor, bitte helfen Sie mir ...«

»Es geht hier nicht darum, Ihnen zu helfen«, teilte ihr Trelane mir. »Es geht vielmehr um Hilfe für *mich.* Damit ich verstehe. Damit neue Erkenntnisse in mir reifen. Damit ich wachse. Damit ich Aufschluß erhalte über die verblüffende Vielfalt der Emotionen und Leiden der menschlichen Natur. Ich habe mir Auskunft von Professor Martinez erhofft, teuerste Deanna, aber leider sah sie sich außerstande, meine Fragen zu beantworten. Oh, sie war ein reizender, aufmerksamer Gesprächspartner, als sie glaubte, ich könnte ihr von Nutzen sein. Sie stellte eine Frage nach der anderen, und immer ging es um irgendwelche langweiligen Dinge. Aber als sie *mir* helfen sollte, gab es nur ein großes Wehgeschrei.« Er senkte die Stimme und fügte in einem vertraulichen Ton hinzu: »Es war recht peinlich, um ganz ehrlich zu sein. Sie können von Glück sagen, daß Sie das nicht miterleben mußten. Aber vielleicht bleibt Ihnen so etwas in Zukunft nicht erspart. Nun, machen Sie sich deshalb keine Gedanken, verehrte Counselor. Ich sorge dafür, daß Sie nie ein so entwürdigendes Schauspiel beobachten müssen.«

Er vollführte eine beiläufige Geste in Martinez' Richtung.

Sie fiel.

Ihr Schrei begleitete sie in die dunkle Tiefe des Schachtes, vermischte sich mit dem Trois. Ein dumpfer Aufschlag setzte dem Schrei ein Ende.

»Ich schlage vor, Sie reißen sich zusammen, Deanna«, sagte Trelane streng. »Sonst muß ich mir jemand anders suchen, der mit der Funktionsweise des menschlichen Bewußtseins vertraut ist. Was für Sie bedeuten würde, daß Sie Professor Martinez Gesellschaft leisten. Und das entspricht sicher nicht Ihrem Wunsch.«

Es kostete Deanna große Mühe, sich zu beruhigen, dann richtete sie einen fragenden Blick auf Trelane.

»Schon besser«, lobte er. »Wir können fortfahren, sobald Sie sich ganz gefaßt haben.«

Er schwebte näher, musterte sie erwartungsvoll und fuhr mit der Fingerspitze über ihre Kehle. »Ich bin sicher, unser Gespräch wird für uns beide sehr lehrreich werden.«

FADEN B

7

Picard starrte auf den Alptraum, in den die Brücke der *Enterprise* verwandelt worden war. Die Brücke, das Nervenzentrum des Raumschiffs, gewissermaßen sein Gehirn – jetzt kam es einem Zerrbild gleich. Es war, als hätte man Picard selbst Gewalt angetan.

Die Heiserkeit seiner Stimme überraschte ihn, als er sich zu Q umdrehte und hervorstieß: »Verwandeln Sie den Raum zurück!«

Ein seltsamer Ausdruck zeigte sich in Qs Gesicht. »Ich versuche es«, sagte er. »Ich versuche es, aber es scheint nicht zu klappen.«

»Verwandeln Sie den Raum zurück! *Sofort.*«

»Seien Sie still, Picard!« rief Q mit einer Schärfe, die der Captain noch nie zuvor von ihm gehört hatte.

Plötzlich bemerkte Picard echte Furcht in Qs Augen. *Dies übersteigt alles, was er jemals erlebt hat,* dachte er, und diesem Gedanken folgte eine von Entsetzen geprägte Frage: *Was könnte jenseits seiner Erfahrungswelt liegen?*

Q faßte sich sofort wieder. Er schloß die Augen und konzentrierte sich, besann sich vielleicht auf das Zentrum der Ruhe in ihm, auf eine innere Kraftquelle. Er atmete langsamer (wenn ein Wesen wie Q überhaupt atmete und nicht nur den entsprechenden Anschein erweckte), und seine Lider flatterten.

Als er die Augen öffnete, bot die Brücke wieder einen normalen Anblick.

Die Offiziere nahmen noch immer die gleiche Haltung ein wie zuvor, aber ihre Ketten existierten nicht mehr. Worf hielt die Hände über dem Kopf ausgestreckt. Bis zum Verschwinden der Fesseln hatte er sich zu befreien versucht, mit dem Ergebnis, daß er jetzt das Gleichgewicht verlor. Doch er tarierte sein Gewicht sofort aus und straffte sich.

Er wandte sich Q zu und tat einen zornigen Schritt auf ihn zu. Diesmal schien das Wesen geschwächt und verwundbar zu sein – die Rückverwandlung der Brücke hatte ihm offenbar eine Menge abverlangt.

»Bleiben Sie stehen, Mr. Worf!« sagte Picard streng.

Pfichtbewußtsein und Loyalität sorgten dafür, daß der Klingone förmlich erstarrte.

Aber er kochte innerlich noch immer. »Was hat er angestellt, Sir?«

»Nichts, Sie Primitivling«, erwiderte Q und lehnte sich ans Brückengeländer. »Ich habe Sie nur von Ihren Ketten befreit. Aber ich gebe sie Ihnen gern zurück, wenn Sie Wert darauf legen.«

Worf knurrte.

»Bericht, Mr. Data«, befahl Picard.

»Die Veränderung erfolgte ganz plötzlich, Sir«, ließ sich der Androide vernehmen. »Das allgemeine energetische Niveau blieb konstant, und es wurde auch kein automatischer Alarm ausgelöst. Es war alles normal, und im nächsten Augenblick hatte sich die Brücke verwandelt.«

»Trelane«, sagte Q. »Das ist die einzige Erklärung.«

»Oder Trelane und ein Komplize«, grollte Worf. Sein Blick wies deutlich darauf hin, wer seiner Meinung nach für die Rolle des Helfers in Frage kam.

»Eine so überaus intelligente Bemerkung kann natürlich nur von Ihnen stammen«, spottete Q. »Ich helfe niemandem.«

»Interessanter Hinweis«, murmelte Riker.

Q drehte sich zu ihm um. »Hören Sie, diese Sache gefällt mir ebensowenig wie Ihnen! Sie können mir nicht die Schuld geben!«

»Sie haben Trelane zu uns gebracht!« entgegnete Riker scharf.

»Wenn Sie dauernd herumnörgeln wollen ...«

»Q!« stieß Picard hervor. »Wo ist er?«

»Ich weiß es nicht!« zischte Q. »Haben Sie eine Ahnung, wie schwer es mir fällt, diese vier Worte zu formulieren? Ich ... weiß ... es ... nicht.«

»Ihre Probleme interessieren uns herzlich wenig«, brummte Worf.

»Alarmstufe Rot«, rief Picard, als er begriff, daß sie auf diese Weise nicht weiterkamen. »Einsatz von Suchtrupps auf allen Decks. Wir müssen Trelane finden. Derzeit kommt es nur *darauf* an, Mr. Worf. Greifen Sie ihn nicht an. Fordern Sie ihn nicht heraus. Finden Sie ihn bloß. Außerdem möchte ich, daß sich alle Besatzungsmitglieder und Passagiere melden. Jeder Mann, jede Frau, jedes Kind.«

»Troi an Brücke«, sagte Deanna im Schacht des Turbolifts. Keine Antwort.

»Na bitte.« Trelane musterte sie ruhig. »Ich wußte, daß alles in Ihnen danach drängte, um Hilfe zu rufen. Fühlen Sie sich jetzt besser? Ich habe Ihnen erlaubt, die Kavallerie zu verständigen. Tja, aber es kommt niemand. Den kleinen Trick, Kom-Signale zu blockieren, habe ich schon vor einem Jahrhundert gelernt, Verehrteste. Sie glauben doch nicht etwa, so etwas fiele mir schwer, oder? Tja, nun wissen Sie Bescheid. Ich bin ganz offen zu Ihnen gewesen, und nicht weniger erwarte ich von Ihnen.«

Deanna brachte ihr Denken und Empfinden unter Kontrolle. Als ihr Blick kurz darauf zu Trelane zurückkehrte, wirkte sie so gelassen, als säße sie in ihrem Quartier.

»Ich verspreche Ihnen, alle Ihre Fragen offen und ehrlich zu beantworten«, sagte die Counselor, ihre Stimme schien aus weiter Ferne zu kommen.

»Ausgezeichnet! Nun, mit Professor Martinez – kürzlich verstorben und unbeweint – habe ich über die sonderbaren Parallelen zwischen Begehren und Furcht gesprochen. Der Grund dafür interessiert mich. Martinez wollte mir irgendeinen langweiligen Unsinn über die menschliche Physiologie auftischen. Aber der menschliche Körper interessiert mich nicht. Er ist lächerlich schwach und viel zu zerbrechlich. Nein, es geht mir um den *Geist,* teuerste Deanna. Ihm gilt mein Interesse. Ja, von ihm bin ich geradezu besessen. Von dem Bewußtsein, auf das all die faszinierenden Aspekte der Menschheit zurückzuführen sind. Bitte erklären Sie mir, welche Verbindung existiert zwischen Verlangen und Angst? Überlegen Sie sich Ihre Antwort gut.« Trelane deutete nach unten.

Deanna Troi blieb ruhig. Sie hatte die Furcht in einen entlegenen Winkel ihrer Seele verbannt, wo sie keine Belastung darstellen konnte. Ihr größtes Problem bestand darin, nicht an die Leiche der Frau am Boden des Schachts zu denken.

»Das ist wirklich eine interessante Frage«, sagte sie. »Es überrascht mich nicht, daß Angst und Begehren Gemeinsamkeiten besitzen. Die eine Empfindung enthält viel von der anderen.«

Deannas sachlicher Tonfall erstaunte Trelane. Nachdenklich rieb er sich das Kinn. »Bitte fahren Sie fort.«

»Nun, bei romantischen Beziehungen läßt es sich nicht vermeiden, persönliche Risiken einzugehen.«

»So wie bei einem Duell auf Leben und Tod!« entfuhr es Trelane.

»Nein, nicht unbedingt. Dabei geht es in erster Linie um den Überlebensinstinkt. Die ganze Aufmerksamkeit gilt dem Bestreben, am Leben zu bleiben.«

»Was bei Ihnen derzeit der Fall ist.«

»In gewisser Weise«, räumte Deanna ein. »Aber eine Liebesbeziehung zwischen zwei – oder mehr – Personen ist viel komplizierter. Dabei gibt es wesentlich mehr Bedeutungsnuancen. Hinzu kommt die Blöße.«

Trelanes dunkle Augen schlugen Funken, wie ein Stein an einem Feuerstein. »Sie meinen Nacktheit, Sex.«

»Nein, eigentlich nicht. Obwohl das dazugehört. Ich meine vor allem emotionale Blöße. Man geht das Risiko ein, zurückgewiesen zu werden. In einem solchen Zustand ist man sehr verwundbar. Wenn wir für die Liebe bereit sind, kann man uns in emotionaler Hinsicht mehr Schmerzen zufügen als sonst. Ein Blick, eine einzelne Geste – darin kommt manchmal ein ganzes Bedeutungsuniversum zum Ausdruck. Beim Geschlechtsakt ist es möglich, mit einem unüberlegten Gähnen alles zu ruinieren. Ein Lachen an der falschen Stelle kann eine Beziehung zerstören. Ich kenne Beispiele dafür.«

»Aufgrund dieser Elemente gibt es also die Furcht vor Fehlern«, sagte Trelane. »Vor einem Fauxpas. Vor verletzten Gefühlen.«

»Ja.«

»Es klingt schrecklich!«

»In gewisser Weise ist es das auch. Aber es kann auch sehr lohnend sein. Wer etwas Erstrebenswertes erreichen will, muß bereit sein, Risiken einzugehen. Das gilt auch für Liebe und Glück.«

»Ihre Ausführungen sind äußerst interessant, hochgeschätzte Deanna. Sie wissen so viel. Und Sie haben mich in die Lage versetzt, mein Wissen ebenfalls zu mehren.« Trelane senkte die Stimme; er flüsterte jetzt nur noch. »Bezaubernde Deanna, Sie gewähren mir Einblick in die Geheimnisse des menschlichen Wesens, und dafür möchte ich mich mit einem Geschenk bedanken. Lassen Sie mich Ihnen zeigen, wie man als Gott empfindet.«

»Oh, ich weiß, was Sie meinen.« Die Counselor versuchte, ihre Nervosität zu verbergen. »Commander Riker geriet in eine ähnliche Situation, und bei ihm funktionierte es nicht besonders gut. Wenn Sie mir also Macht oder etwas in der Art anbieten ...«

»O nein! Nein, natürlich nicht. Es liegt mir fern, Sie

mit etwas so Überwältigendem zu belasten, das nur Katastrophen heraufbeschwören würde.«

»Wenn Sie sich bedanken wollen ... Ich hätte nichts dagegen, wenn Sie mich in meine Unterkunft zurückbringen würden.«

»Bald, bald.« Trelane lächelte wie ein überglückliches Kind. »Ich habe folgendes für Sie geplant, liebste Deanna: Sie sollen ... Na, sind Sie soweit?« fragte er und unterbrach sich damit selbst.

»Ich denke schon.«

»Gut! Denn jetzt wird etwas geschehen, das Sie bestimmt als sehr stimulierend empfinden.«

Er kam näher, schob sich ihr immer weiter entgegen. *Besinn dich auf dein Zentrum der Ruhe!* flüsterte eine mahnende Stimme in Deanna. Trotzdem zitterte sie, als sich das allmächtige Wesen vorbeugte, als seine Lippen ihr Ohr berührten. Trelane knabberte zärtlich an ihrem Ohrläppchen und flüsterte dabei.

Viele Männer hatten ihr zärtliche Worte ins Ohr geflüstert, doch dabei hatte sie immer ihren Atem gespürt. Nicht so bei Trelane. Zwar hörte die Counselor das Raunen, aber es strich keine warme Atemluft über ihre Haut.

Eine noch viel größere Überraschung erwartete sie. Trelane eröffnete ihr, was es mit seinem ›Geschenk‹ auf sich hatte.

»*Sie* werden bestimmen, wer leben darf und wer sterben muß«, verkündete er entzückt.

Ein Viertel aller Besatzungsmitglieder und Passagiere hatten sich gemeldet, als Data von den Displays der Funktionsstation aufsah. »Captain, ich glaube, Sie sollten sich das hier anhören.«

Picard beugte sich vor. »Ich bin ganz Ohr.«

»Ah, Captain? Hier spricht Fähnrich Cavalieri. Es ist eben gerade geschehen, und zuerst dachte ich, daß sie mir nur zeigen möchte, worum es geht. Ich meine, ich weiß nicht, wozu sie fähig ist, und vielleicht ...«

»Bericht, Fähnrich«, sagte Picard mit fester Stimme.

»Counselor Troi ist verschwunden, Sir.«

Unter anderen Umständen hätte sich Picard darüber geärgert, daß Q neben dem Kommandosessel stand, als gehöre er zur Brückencrew. Doch diesmal empfand er angesichts von Qs Präsenz fast so etwas wie Erleichterung.

»Verschwunden?« wiederholte er.

»Ja, Sir. Einfach so.«

»Ausgezeichnet. Danke für den Bericht, Fähnrich. Brücke an Counselor Troi«, sagte Picard, ohne zwischendurch Luft zu holen.

Stille. Sie dauerte nicht lange, denn der Captain hatte mit keiner Antwort gerechnet. »Computer, Counselor Troi lokalisieren.«

»Counselor Troi befindet sich im Schacht des Turbolifts A«, erklang die Sprachprozessorstimme des Computers.

Seit Picard Captain der *Enterprise* war, hatte er noch nie eine solche Antwort erhalten. Einige Sekunden lang stellte er sich Trelane vor, wie er in die Realität eingriff und den Computer manipulierte. »Sie ist im Turbolift?« fragte er.

»Negativ«, ertönte es. »Counselor Troi befindet sich im Schacht, zwischen den Decks fünfzehn und sechzehn.«

»O mein Gott«, brachte Riker leise hervor.

Sofort eilten sie zum Turbolift, doch die Tür öffnete sich nicht. »Manuelle Priorität!« befahl Picard.

Riker zog die Wartungsklappe auf und betätigte den Sicherheitsschalter. Noch immer geschah nichts.

»Soll ich das übernehmen?« fragte Q.

Worf kam ihm zuvor. Er bohrte die Finger in den Spalt zwischen den beiden Türhälften, biß die Zähne zusammen und knurrte. Mit einem leisen Zischen gab das Schott der klingonischen Kraft nach.

Worf taumelte und wäre fast in den Schacht gefallen.

Vor ihm gab es nur leere Dunkelheit. Von der Transportkapsel fehlte jede Spur.

Bevor er in ernsthafte Gefahr geraten konnte, packten Riker und Picard die Arme des Klingonen und zogen ihn zurück.

Q stand in der Nähe und murmelte: »Sie hätten sich die Mühe sparen können. Vermutlich wäre er auf den Kopf gefallen, ohne ernsthafte Verletzungen zu erleiden.«

Riker beugte sich vor und stützte sich an beiden Seiten des Schachtes ab. Für einen Sekundenbruchteil kam er sich wie Orpheus vor, als er in den finsteren Schlund blickte, der zum Hades führte, und den Namen der Geliebten rief, die er für immer verloren glaubte.

»Deanna!« rief Riker.

Deanna blickte auf, als Rikers Stimme durch den Schacht hallte. Sie wollte antworten, dem Himmel dafür danken, daß Will und die anderen wußten, wo sie sich befand.

Doch dazu war sie nicht in der Lage. Irgend etwas lähmte die Counselor und nahm ihr die Möglichkeit, sich zu bewegen und zu sprechen.

Trelane schwebte noch immer in ihrer Nähe. Er wirkte verärgert. »Wie lästig die Leute werden können«, sagte er und machte keinen Hehl aus seinem Groll. »Kommen Sie, Teuerste. Ziehen wir uns an einen Ort zurück, wo wir uns entspannen und Ihre neue Herrschaft über Leben und Tod erkunden können.«

Sie verschwanden.

Guinan wußte eine halbe Sekunde vor dem Transfer Bescheid.

Den ganzen Morgen über war die Anspannung in ihr gewachsen, da sie jeden Augenblick mit Problemen rechnete. Seit einigen Minuten spielten ihre Sinne verrückt, und sie wußte einfach nicht mehr, wohin sie zuerst sehen sollte. Die Gäste im Gesellschaftsraum warfen ihr immer wieder besorgte Blicke zu – die Wirtin schien sich heute nicht besonders wohl zu fühlen.

Doch als Guinan die Nähe eines unwillkommenen Gastes spürte, wurde sie sich der großen Gefahr bewußt. Dieser Umstand erlaubte es ihr, sich von Desorientierung und Verwirrung zu befreien und ihre geistige Kraft zu bündeln.

»Alle nach draußen!« rief sie im letzten Augenblick, ehe Trelane mit Deanna Troi an seiner Seite erschien.

Die Starre fiel von der Counselor ab, und sie stellte fest, daß sie auch wieder sprechen konnte.

»Guinan an Brücke. Trelane ist hier!« Sie kam hinter der Theke hervor und näherte sich der Entität. »Bleiben Sie da stehen und machen Sie keine Schwierigkeiten.«

»Die gleiche Aufforderung könnte ich an Sie richten.« Trelane schnippte mit den Fingern.

Guinan erstarrte und rührte sich nicht mehr von der Stelle. Ihr Gesicht zeigte Überraschung.

»Geben Sie Guinan frei!« stieß Deanna hervor.

»Warum sollte ich?« erwiderte Trelane und gab sich verdutzt. »Ich mag sie nicht. Sie ist mir nicht sympathisch, und ich gefalle ihr ebenfalls nicht; warum also sollte ich sie freigeben? Daraus würde uns beiden nichts als Ärger erwachsen. Und wenn jemand Unannehmlichkeiten hinnehmen muß, so sollte sie es sein, nicht ich. Es sei denn ...« Er bedachte Deanna mit einem durchdringenden Blick, und in seiner Stimme lag unheilvoller Spott, als er fortfuhr: »Es sei denn, Sie entscheiden, daß Guinan stirbt. Ich kann alles für Sie arrangieren, wenn Sie möchten.«

Trelane winkte, und Guinan fand sich jenseits der Fenster des Gesellschaftsraums wieder.

Er hatte sie von ihrer Lähmung befreit und nach draußen transferiert, in das kalte Vakuum des Alls.

FADEN B

8

Einige Besatzungsmitglieder schrien auf, als sie Guinan draußen im Weltraum sahen. Die dunkelhäutige Frau hämmerte verzweifelt gegen das Fenster, obwohl nicht die geringste Chance für sie bestand, auf diese Weise ins Innere des Raumschiffs zurückzukehren. Das Glas war so dick, daß man nicht das leiseste Pochen hörte. »Troi an Transporterraum!« rief Deanna.

»Oh, ich bitte Sie«, sagte Trelane mahnend. »Haben Sie das schon vergessen? Niemand unterhält sich, wenn ich es nicht möchte. Auch Guinan hat völlig umsonst um Hilfe gerufen. Dies ist mein Spiel, Counselor, und ich bestimme die Spielregeln. Nun, jemand muß sterben, und die Wahl liegt bei Ihnen – damit Sie einen Eindruck von göttlicher Macht bekommen. Wenn Guinan sterben soll, in Ordnung. Wir lassen sie einfach noch zwanzig Sekunden dort draußen – dann dürfte es um sie geschehen sein. Entscheiden Sie sich schnell. Meine Geduld geht allmählich zur Neige, und es gibt noch *viele* andere Dinge, um die ich mich kümmern muß.«

Guinan hämmerte noch immer von außen gegen das Fenster.

Riker starrte in den dunklen Schacht. »Ich glaube, ich habe dort unten einen Lichtblitz gesehen. Wie beim Erscheinen und Verschwinden von Q. Ich nehme an, Trelane ist bei ihr.«

»Natürlich ist er bei ihr, Riker«, sagte Q verächtlich.

»Es sei denn, die Counselor neigt dazu, aus freiem Willen im Schacht eines Turbolifts zu schweben.«

»Computer, Counselor Troi lokalisieren.« Picard hoffte daß er auch diesmal Auskunft bekam. Wenn Deanna tatsächlich von Trelane begleitet wurde, konnte es zu sehr abrupten Ortswechseln kommen.

»Counselor Troi befindet sich im Gesellschaftsraum.«

»Ich erwarte Sie dort«, sagte Q und verschwand mit einem kurzen Gleißen, als Picard und die anderen zum Notausgang eilten.

»Sie stellen meine Geduld auf eine harte Probe, Counselor«, sagte Trelane.

»Bringen Sie Guinan zurück!«

Er kniff andeutungsweise die Augen zusammen. »Wissen Sie, ich finde immer weniger Gefallen an Ihrer Einstellung.«

Von einem Augenblick zum anderen erschien Guinan in der Mitte des Gesellschaftsraums. Sie sank zu Boden, rollte sich auf den Rücken und schnappte nach Luft. Die Kälte des Alls war ihr in jede einzelne Pore gedrungen, und sie bebte am ganzen Leib. In ihren Augen brannte Zorn, als sie zu Trelane aufsah. Vermutlich hätte sie ihn gern verflucht, aber dafür klapperten ihre Zähne zu sehr.

Deanna wollte zu ihr gehen, doch Trelane sagte scharf: »Bleiben Sie, wo Sie sind.« Da erst erkannte sie die Überraschung in seinen Zügen, was darauf hindeutete, daß er gar nicht die Ursache für Guinans Rückkehr war.

»Na schön, Trelane. Du bist mir einige Erklärungen schuldig.«

Deanna drehte den Kopf und sah Q.

Er wirkte so hochmütig und überheblich wie immer, doch als er Trelane musterte, huschte ein Schatten von Unsicherheit über sein Gesicht.

Trelane riß verblüfft die Augen auf. »Was machst du

denn hier?« entfuhr es ihm. »Ich habe dich doch erledigt.«

»Was soll das heißen?« erwiderte Q. »Und was ... was ist mit dir passiert? Du bist *anders.* Du ...«

Trelane klatschte in die Hände, als er verstand. »Oh, natürlich. Wie dumm von mir! Angesichts der vielen temporalen Sprünge bin ich ein wenig durcheinander. Ich habe dich *noch nicht* erledigt. Das wird erst noch geschehen, obgleich es in gewisser Weise bereits geschehen ist. Ach, diese Angelegenheiten sind noch so schrecklich neu für mich! Es kann ziemlich anstrengend sein, dabei die Übersicht zu behalten.«

»Beantworte meine Frage, Trelane«, sagte Q scharf. »Was ist mit dir geschehen? Was hat dich verändert?«

»Möchtest du das wirklich wissen?« entgegnete Trelane. »Eigentlich ist es kaum zu glauben. Nun, bist du mit dem Herzen des Sturms vertraut?«

Q wich einen Schritt zurück, ohne sein Entsetzen zu verbergen. »Das kannst du unmöglich gewagt haben«, brachte er hervor; seine Stimme nur noch ein Flüstern.

»Doch, ich war so frei.«

»Unmöglich. Du ...«

Und plötzlich begriff Q. Alles ergab einen Sinn.

»Du bist nicht Trelane«, sagte er. »Zumindest nicht *meiner.*«

»Die groteske und viel zu grobe Vereinfachung einer bemerkenswert komplexen Situation«, verkündete Trelane in einem theatralischen Tonfall. »Ich *bin* Trelane. Mein eigenes Selbst, mit meinen eigenen Prioritäten und Werten.« Er senkte die Stimme und fügte leise und wütend hinzu: »Und mit dem Wunsch, Rache zu nehmen. An dir. An der *Enterprise.* An allen, die mir mit Verachtung und Spott begegneten, als ich weniger war als jetzt.«

Picard, Riker, Worf und einige Sicherheitswächter kamen in den Gesellschaftsraum gestürzt. Q hob die

Hand. »Ihr Eingreifen ist nicht nötig, Jean-Luc«, sagte er. »Ich kümmere mich darum.« Er wandte sich wieder an Trelane. »Du kommst jetzt mit mir. Wir kehren in das Q-Kontinuum zurück.«

»Du aufgeblasener Narr!« fauchte Trelane. »Hast du denn noch immer nicht verstanden? *Es gibt kein Q-Kontinuum mehr!* Ich habe es aus dem Weg geräumt und isoliert! Es kann dir nicht helfen, weil es am Ende ist, weil ihm die Möglichkeit fehlt, irgendeine Art von Einfluß auszuüben.«

Ein oder zwei Sekunden lang schien Q Trelane zu vergessen. Sein Blick kehrte sich nach innen, als er die eigene mentale Sphäre ausdehnte und versuchte, einen Kontakt mit dem Kontinuum herzustellen.

Vergeblich. Picard entdeckte so etwas wie Grauen in Qs Gesicht.

»Na bitte«, brummte Trelane zufrieden. »Es gibt nur noch dich und mich. Was sich jedoch gleich ändern wird.«

Er streckte die Hände aus, und Energie knisterte an seinen Fingerkuppen.

Q hätte fast geschrien, als er von einer Kraft erfaßt wurde, die bisher nur theoretischer Natur für ihn gewesen war, von der Kraft, die im Herzen des Sturms wütete. Sie wogte ihm nun entgegen, unaufhaltsam und gnadenlos, zerrte an der Struktur seiner Existenz.

Die Konturen des Gesellschaftsraums verschwammen, und Q spürte, wie sich die Wurzeln seines Selbst aus der Realität lösten. Um ihn herum zerfiel das Gefüge des Universums.

Er hörte wie Picard seinen Namen rief, doch er achtete nicht darauf, suchte verzweifelt nach einem Ausweg. Er brauchte Zeit, um sich zu sammeln, um nachzudenken und eine Antwort auf die Frage zu finden, wie er mit der gewaltigen Kraft fertig werden sollte, über die Trelane nun gebot. Er verglich sein Mündel mit einem Kind, das in einem Pulverlager mit Streichhölzern spielt – er mußte die Flamme löschen, ehe alles in die Luft flog.

Heimgesucht von Agonie, Verwirrung und Verzagtheit, sah Q nur noch eine Möglichkeit. Er hoffte inständig, daß Trelane nicht bemerkte, daß er mit einer speziellen Sondierung begann. Er blickte über das Hier und Heute hinweg, zu den Geweben der verschiedenen Realitäten, die zusammen eine Art ›Hyperwirklichkeit‹ formten. Von dieser Fähigkeit machte Q sehr selten Gebrauch. Sie stand allein den Angehörigen des Q-Kontinuums zur Verfügung, die besonders viel Wissen gesammelt und einen hohen Entwicklungsgrad erreicht hatten.

Er erkannte nicht nur die Fäden der vielen verschiedenen Gewebe, sondern auch ihre winzigen Zwischenräume.

Eine Entladung riß Q von den Beinen und beeinträchtigte seine Konzentration. Mühsam stand er wieder auf und beobachtete, wie sich Trelane näherte. Es war schon schlimm genug, daß er sich zum Rückzug entschlossen hatte. Doch jetzt schien ihm selbst jener nicht sehr ehrenvolle Weg versperrt zu sein.

Im selben Moment wurde Q eine kurze Atempause gewährt.

»Feuer!« rief Picard. Erst jetzt bemerkte Q, daß die Sicherheitsleute auf die Anweisung des Captains einen Kreis um Trelane gebildet hatten. Er wußte Picards Versuch, ihm zu helfen, sehr zu schätzen. Gleichzeitig war ihm klar, daß Jean-Luc dafür vielleicht mit dem Leben bezahlen mußte.

Q sah sich mit der Notwendigkeit konfrontiert, eine schwierige Entscheidung zu treffen. Er konnte an Bord der *Enterprise* bleiben und den Kampf mit Trelane zu Ende führen, ohne sich die Zeit für die Planung einer Strategie zu nehmen. Oder er verschwand, was allerdings bedeutete, daß er Picard und seine kühnen Gefährten einem vermutlich unerfreulichen Schicksal überließ. Mit ihren Phasern ließ sich gegen Trelane ebensowenig ausrichten wie mit einem Blasrohr gegen einen Elefanten.

Doch wenn das Q-Kontinuum wirklich isoliert worden war, so stellte er, Q, vielleicht die einzige Chance der Galaxis oder gar des ganzen Universums dar.

»Es tut mir leid, Picard«, murmelte er und drehte die Fäden im Gewebe der Realität.

Phaserfeuer hüllte Trelane in einen gleißenden Kokon. Natürlich stellte es nicht die geringste Gefahr für ihn dar, aber es war eine solche Überraschung, daß er für zwei oder drei lange Sekunden in Passivität verharrte. Er fragte sich, woher Picard und seine Begleiter die Dreistigkeit nahmen, einen Allmächtigen wie ihn anzugreifen.

Die Phaserstrahlen verletzten zwar nicht, aber sie blendeten ihn und ließen seinen Zorn wachsen. Er gab einen wütenden Schrei von sich und schleuderte eine Entladung nach Q, die der Existenz seines Widersachers kein Ende setzte, sondern seinen Transfer beschleunigte. Er wurde durch das Fluchttor katapultiert und verschwand mit hoher Geschwindigkeit im Äther alternativer Realitäten.

Der zornige Trelane wandte sich Picard zu und winkte, woraufhin sich die Phaser in welke Blumen verwandelten.

»Sie sind ein sehr unerfreulicher kleiner Mann«, sagte Trelane gefährlich leise. »Ist Ihnen nicht klar, wie leicht ich Ihre Existenz beenden könnte?«

»Ja«, erwiderte Picard. »Aber Sie lassen mich am Leben.«

Trelane wirkte nicht amüsiert. »Ach? Und warum glauben Sie das?«

»Weil Sie ein Sadist sind. Weil es Ihnen großes Vergnügen bereitet, andere Wesen zu verletzen und zu quälen. Wenn Sie mich töten, haben Sie keine Möglichkeit mehr, mich leiden zu sehen. Sie müßten auf diesen Spaß verzichten.«

Troi trat an die Seite des Captains. »Seien Sie vorsichtig«, mahnte sie und spürte die in Picard brodelnde Wut. »Trelane ist ein Geschöpf mit fast unbegrenzter Macht.«

»›Fast‹?« wiederholte Trelane. »Und ich habe Sie für intelligent gehalten. ›Fast!‹ Lassen Sie dieses Wörtchen weg – dann kommen Sie der Wahrheit schon viel näher.«

Es war nicht Deannas Absicht gewesen, Trelanes Zorn noch weiter zu schüren, doch jetzt sah sie eine Chance. »Sie sind bestimmt nicht imstande, einen Toten zum Leben zu erwecken.«

»Natürlich bin ich das«, erwiderte Trelane. »Meiner Macht sind keine Grenzen gesetzt.«

Deanna beschloß, alles auf eine Karte zu setzen. »Was ist mit Professor Martinez? Ich glaube kaum, daß Sie sie ins Leben zurückrufen können.«

Picard erstarrte innerlich, als er Trois Worte hörte. Er wechselte einen Blick mit Riker, der ebenso erschrocken war. Tot? Martinez? *Tot?* War Trelane so sehr außer Kontrolle geraten, daß er nicht mehr davor zurückschreckte, das Leben unschuldiger, hilfloser Menschen auszulöschen?

Qs Mündel schien über Deannas letzte Worte nachzudenken.

Schließlich lachte Trelane unheilverkündend.

»Das ist selbst für jemanden wie Sie ein armseliger Versuch. Glauben Sie etwa, daß ein Allmächtiger wie ich auf einen so billigen psychologischen Trick hereinfällt? Wie einfallslos von Ihnen. Wie dumm und jämmerlich.«

Deanna zeigte eine erstaunliche Reaktion auf diese Worte.

Sie trat vor und sagte scharf. »Sie haben mich angelogen.«

»Wie bitte?« erwiderte Trelane empört. »Was wollen Sie damit sagen?«

»Sie meinten, ich könnte entscheiden, wer sterben muß und wer leben darf. Aber offenbar haben Sie das nicht so gemeint.«

»Natürlich habe ich es so gemeint.«

»Na schön.« Deanna trat noch näher, sah mit einer Mischung aus Verzweiflung und hilfloser Frustration zu Trelane auf. »Es ist leicht, jemanden auszuwählen, der sterben soll. Mit göttlicher Macht hat so etwas nichts zu tun. Jeder Dummkopf, der einen Phaser hat und einigermaßen zu zielen versteht, kann Leben vernichten. Aber Leben zurückzugeben – dazu ist nur ein Gott fähig. Wenn Sie mich mit Ihrer vermeintlichen göttlichen Macht beeindrucken wollen, so wissen Sie jetzt, was zu tun ist.«

Trelane maß sie mit einem langen Blick, und Deanna sah sich trotz ihrer Ausbildung außerstande, das eigene Herz langsamer und ruhiger klopfen zu lassen. Sie merkte nicht einmal, daß sie die Luft anhielt.

Trelane seufzte müde.

»Sie sind ziemlich hartnäckig, nicht wahr?« fragte er und winkte.

Professor Martinez erschien. Gehalten von Trelanes Macht, hing sie in der Luft. Nur ihre Stiefelspitzen berührten den Boden.

Deanna schnappte nach Luft. Picard wollte vortreten, doch Riker hielt ihn zurück.

Martinez sah genauso aus, wie man sich die Leiche einer Frau vorstellte, die durch den Schacht eines Turbolifts gefallen war. Arme und Beine waren mehrfach gebrochen und baumelten schlaff wie die Gliedmaßen einer Marionette, deren Fäden durchtrennt worden waren. Blut klebte an dem nach vorn und zur Seite geneigten Kopf und verklebte das Haar. Die Nase war zertrümmert, und über der linken Schläfe wies der Schädel eine tiefe Delle auf.

»Ehrloser Mistkerl«, hauchte Worf auf Klingonisch.

Trelane verstand ihn und lächelte. »›Wer im Glashaus

sitzt …‹ Sie kennen den Spruch sicher, Mr. Worf.« Er rieb sich die Hände. »Mal sehen, was hier erforderlich ist.«

Er schob eine Hand unter Mairtinez' Kinn und drehte ihren Kopf von einer Seite zur anderen. »Erwache, schlafende Schönheit«, sagte er und küßte die tote Wissenschaftlerin auf den Mund.

Professor Martinez öffnete die Augen und stöhnte leise, als Trelane zurücktrat. »Kompliment, Teuerste. Sie sind der wieder zum Leben erweckte Beweis für die Überzeugungskraft des angeblich schwachen Geschlechts.«

Picard tippte auf seinen Insignienkommunikator. »Dr. Crusher zum Gesellschaftsraum. Medizinischer Notfall.«

»Was was ist passiert?« brachte Martinez mit heiserer Stimme hervor.

»Sehen Sie sich an«, schlug Trelane vor.

»Andrea«, sagte Deanna hastig und versuchte, die Aufmerksamkeit der Professorin zu gewinnen. Sie war nicht schnell genug. Martinez kam Trelanes Aufforderung nach und stellte fest, in welchem Zustand sich ihr Körper befand.

Sie schrie. Das heißt, sie versuchte zu schreien, aber es wurde nur ein Krächzen daraus, da auch die Stimmbänder beschädigt waren. Doch in diesem Krächzen kam ihr ganzes Entsetzen zum Ausdruck.

Trelane ließ sie los, und sie fiel zu Boden. Der Sturz raubte ihr sofort das Bewußtsein.

Die Tür des Gesellschaftsraums öffnete sich, und Dr. Crusher kam herein, begleitet von einigen Medo-Assistenten mit einer Trage. Als sie Professor Martinez sah, bestand ihr erster Impuls darin, erschrocken die Augen aufzureißen und sich abzuwenden. Doch Crusher hatte sich viel zu gut in der Gewalt, um sich ein so unprofessionelles Verhalten zu gestatten. Sie wahrte einen neutralen Gesichtsausdruck und ließ sich keine Gemütsregung anmerken.

Trelane unternahm nichts und gab keinen Ton von sich. Mit verschränkten Armen stand er da und beobachtete fasziniert, wie Crusher und die medizinischen Assistenten Professor Martinez – oder das, was von ihr übrig war – auf die Trage betteten. Beverly Crusher gab Anweisungen und teilte ihren Begleitern mit, welche Injektionen es zu verabreichen galt. Trotzdem fand sie Zeit genug, der Patientin, die inzwischen wieder zu sich gekommen war, Mut zuzusprechen. »Keine Sorge, Sie sind bald wieder in Ordnung.«

Sie bemerkte, daß Guinan schwankte und sich offenbar nur mit Mühe auf den Beinen hielt. Ihre Miene formulierte eine stumme Frage. Doch Guinan lehnte sich an die Theke, schüttelte den Kopf und winkte ab.

Beverly fragte sich, was im Gesellschaftsraum geschehen sein mochte. Was hatte Trelane angestellt? Worauf gingen die schweren Verletzungen der Professorin zurück? Nun, später gab es sicher noch Gelegenheit, diese Fragen zu beantworten. Crusher durfte damit keine Zeit verlieren. Sie mußte sich jetzt vor allem um ihre Patientin kümmern. Alles andere kam später. *Wenn es ein Später für uns gibt*, dachte sie, als sie den Ernst in Trelanes Zügen bemerkte.

Als die Medo-Gruppe den Gesellschaftsraum verließ, applaudierte Trelane voller Sarkasmus. »Ihr Medo-Personal ist wirklich vortrefflich organisiert, Captain. Man sehe sich die Leute nur an: flott, tüchtig, zuverlässig. Bei Ihren vielen Kriegen und sonstigen Abenteuern benötigen Sie sicher oft medizinische Hilfe. Wie aufregend! Und wie schön für Sie, daß Sie sich jederzeit auf Ihre Mitarbeiter verlassen können. Ich bin überaus beeindruckt, Captain. Ich beneide Sie geradezu.«

Trelane legte eine kurze Pause ein.

»Und nun? fuhr er fort. »Welche Pläne schmieden Sie in Ihrem kleinen Hirn? Welche Strategien und Taktiken wägen Sie gegeneinander ab? Auf welche Weise wollen Sie mich angreifen? Mit welchen Listen hoffen Sie, sich mir gegenüber in eine günstigere Position zu bringen? Welche Drohungen oder Befehle bereitet der taktische Computer des Gehirns von Jean-Luc Picard vor?« Trelane trat halb um den Captain herum, und er gestikulierte dabei, als ruhten die Blicke Hunderter von Zuschauern auf ihm. »Mit einem weit überlegenen Feind konfrontiert, in einer völlig hoffnungslosen Situation … Wie wollen Sie damit fertig werden? Auf welche Weise wird Jean-Luc Picard, Captain der *Enterprise,* jetzt noch mit seinem Säbel rasseln? Sie stammen aus einer Familie, in der es viele große Strategen und militärische Genies gab, Picard! Dieses Schiff setzt eine stolze Tradition des Kampfes und der Eroberung fort! Nur zu, Picard! Sie sind am Zug! Spannen Sie mich nicht auf die Folter! Ich kann es einfach nicht ertragen, noch länger zu warten!«

Picard trug eine undeutbare Miene zur Schau.

Langsam näherte er sich Trelane.

Und ging an ihm vorbei.

Trelane sah ihm nach und versuchte, seine Verwirrung zu verbergen.

Picard durchquerte den Gesellschaftsraum und nahm in einer Nische Platz. »Nummer Eins, Mr. Worf, Counselor, Sie alle, setzen Sie sich zu mir.«

Riker und Worf wechselten einen Blick. Nervosität erfaßte die Sicherheitsleute.

»Na los«, drängte Picard. »Guinan, Synthehol für meine Leute. Sie scheinen halb verdurstet zu sein.«

Worf, Riker, Troi und die Sicherheitsleute wußten zwar noch immer nicht, was sie von der Sache halten sollten, aber sie beschlossen, der Anweisung des Captains nachzukommen. Die Nische bot nicht allen Platz, und deshalb blieben zwei Angehörige der Sicherheitsabteilung stehen.

Picard begann kein Gespräch, und auch die Offiziere schwiegen. Die Sicherheitswächter nahmen sich ein Beispiel an ihnen und blieben ebenfalls stumm.

Trelane kam triumphierend näher. »Und?«

»Und was?« fragte Picard.

Guinan brachte die Getränke. Sie würdigte Trelane keines Blickes, als sie die Gläser verteilte.

»Was haben Sie jetzt vor?« erkundigte sich Trelane.

»Nichts.« Picard sah mit steinerner Miene zu ihm auf.

»Nichts?«

»In der Tat. Sie sind einfach zu mächtig für uns. Wir *können* Sie nicht besiegen, Ihnen nicht einmal auf Dauer Widerstand leisten. Deshalb sparen wir Zeit und Energie, indem wir nicht mehr versuchen, gegen Sie zu kämpfen, was ganz offensichtlich keinen Sinn hat. Wir warten einfach ab und nehmen alles hin, was auch immer Sie mit uns anstellen.«

Trelane lachte unsicher. »Das kann doch nicht Ihr Ernst sein.«

»Oh, ich meine es sogar sehr ernst. Ich halte es für absolut sinnlos, den Kampf gegen Sie fortzusetzen. Sie haben Q verjagt. Sie haben eine Tote wiederauferstehen lassen. Sie sind eindeutig mächtiger als wir. Sie ließen keine Gelegenheit verstreichen, uns Ihre Überlegenheit zu beweisen. Nun, springen Sie ganz nach Beliehen mit uns um. Treiben Sie Ihre Spielchen mit uns. Demütigen Sie uns. Transferieren Sie uns ohne Schutzanzug ins All oder lassen Sie uns in einen leeren Liftschacht stürzen. Quälen und töten Sie uns. Was auch immer Sie wollen. Benutzen Sie uns wie Spielzeuge.«

»Aber das ist doch Unsinn«, erwiderte Trelane. »So etwas dulde ich nicht! Es widerspricht allen Aspekten Ihres Wesens! Sie sind wundervoll kriegerisch und herrlich aggressiv! Sie können nicht in Untätigkeit verharren und von mir erwarten, daß ich etwas so Langweiliges akzeptiere!«

»Es tut mir leid«, sagte Picard zerknirscht. »Ich sehe keine andere Möglichkeit.«

Trelane stampfte zornig mit dem Fuß auf. »Sie werden doch nicht einfach so aufgeben! O ja, ich weiß! Wie wär's, wenn ... wenn ich mir nicht mehr solche Mühe gebe? Wenn ich den Anschein erwecke, Sie hätten eine Chance?«

»Es hat keinen Zweck.« Picard seufzte. »An einer solchen Vereinbarung ist nichts Verlockendes. Sie wollen so tun, als hätten wir noch eine Chance? Und dadurch sollen wir neue Hoffnung schöpfen? Nein, nein ...«

»Hören Sie auf, so zu reden!« donnerte Trelane. »Ich möchte einen fairen Sieg über Sie erringen!«

»Unmöglich«, erwiderte Picard in einem fast mitfühlenden Tonfall. »Sie haben Ihre Macht zu deutlich gezeigt. Ich bin nicht daran interessiert, einen aussichtslosen Kampf zu führen, und mir liegt auch nichts daran, herablassend behandelt zu werden. Sie möchten mich schlagen? Na schön. Hiermit gebe ich mich geschlagen.«

»Dann ...« Trelane schien der Verzweiflung nahe. Er überlegte fieberhaft. »Dann ... Aber ich möchte Sie besiegen! Ja, genau! Und Sie wollen mir diesen Triumph vorenthalten. Oh, Sie sind schlau, Picard. Schlau und gerissen! Sie geben sich geschlagen, aber wir beide wissen, daß Sie noch nicht *besiegt* sind!«

Picard hob und senkte die Schultern. »Wortklaubereien. ›Geschlagen‹, ›besiegt‹ ... Das ist ein und dasselbe.«

»Nein! Das sind zwei ganz verschiedene Dinge!«

»Wer sagt das?«

»Kirk! Er meinte, er sei geschlagen, aber nicht besiegt! Er sagte es so, als bedeutete es etwas! Bestimmt hat es ihm etwas bedeutet!«

Trelane sprach jetzt so schnell und aufgebracht, daß ihm Speichel von den Lippen flog. Einige Spritzer landeten auf Picards Stirn. Der Captain wischte sie gleichgültig beiseite und zuckte einmal mehr mit den Schultern. »Na schön. Wie Sie meinen.«

»Hören Sie auf damit! Stimmen Sie mir nicht immer wieder zu!«

Picard schwieg, und seine Miene kündete von Unterwürfigkeit. »Es tut mir leid«, entgegnete er dann so zerknirscht wie möglich. »Ich werde versuchen, Ihren Erwartungen besser zu genügen.«

In Trelanes Gesicht zuckte ein Nerv, aber er gab keinen Laut von sich. In seinen Schläfen schwollen Adern an, und der Zorn ließ ihn erbeben. Er erweckte den Eindruck, kurz vor einer verheerenden inneren Explosion zu stehen.

Schließlich richtete er einen zitternden Zeigefinger auf Picard. »Sie!« stieß er so hervor, als wolle er den Captain mit ewiger Verdammnis strafen. »Sie haben überhaupt keinen Unterhaltungswert.«

Und dann verschwand er.

Riker wollte etwas sagen, doch Picard hob warnend die Hand und sah zu Guinan. Sie wirkte ziemlich mitgenommen, fand jedoch genug Kraft, um den Kopf zu schütteln. »Er ist fort. Ich würde seine Nähe spüren.«

Daraufhin seufzte Picard. »Dem Himmel sei Dank.« Er beugte sich vor. »Mr. Worf, benachrichtigen Sie Starfleet. Schildern Sie die Situation und fügen Sie alle Logbuch-Einträge über Trelane hinzu. Ich bereite einen ausführlichen Bericht vor. Innerhalb von vierundzwanzig Stunden soll der ganze Sektor von Trelanes Existenz und seinen … Launen erfahren.« Er wandte sich an Troi. »Ist alles in Ordnung mit Ihnen, Counselor?«

»Ich bin noch immer ein wenig durcheinander, aber mir fehlt nichts.«

»Und Sie, Guinan?«

»Ich brauche Urlaub. An einem Ort, wo der Weltraum weit entfernt ist und sich nicht hinter dem nächsten Fenster erstreckt.«

»Sie haben ihn auf eine bemerkenswerte Weise behandelt, Sir«, sagte Riker.

»Ich habe ihn auf die einzige noch mögliche behandelt, Nummer Eins. Und es war alles andere als ungefährlich. Trelane hätte uns aus reiner Boshaftigkeit ins

Jenseits befördern können. Wir sprechen hier von einem Geschöpf, das sogar Q eine bittere Lektion erteilt hat. Ich weiß, daß Sie das nicht sonderlich bedauern, Mr. Worf, aber bedenken Sie bitte, Q hätte für uns ein wertvoller Verbündeter sein können, falls Trelane zurückkehrt.«

»Sie glauben also, daß es noch nicht vorbei ist«, warf Riker ein.

»Das war erst der Anfang, Nummer Eins.«

»Warum?« fragte Troi.

»Weil uns Trelane *nicht* ins Jenseits befördert hat«, antwortete Guinan.

»So ist es«, pflichtete ihr Picard bei. »Ich glaube, wir haben die Sache noch nicht ausgestanden, weil wir noch am Leben sind. Von all den unendlichen Alternativen in einem unendlichen Universum halte ich diejenige, daß uns Trelane von jetzt an in Ruhe läßt, für äußerst unwahrscheinlich.« Er runzelte die Stirn. »Er hat bei dieser Runde nicht besonders gut abgeschnitten, und das weiß er. Auch wenn er Q zufolge noch sehr jung ist, so muß ich Sie wohl nicht daran erinnern, daß junge Leute die beunruhigende Fähigkeit haben, sehr schnell zu lernen.«

FADENSERVICE

Farben umwogten Q, als er durch das Multiversum fiel, nachdem er Trelane nur mit knapper Not entkommen war.

Er stürzte unkontrolliert durch die Hyperwirklichkeit. Er versuchte, sich an vorbeisausenden Realitätsfäden festzuhalten und das eigene Selbst zu sammeln, um den (subjektiven, allerdings war hier alles subjektiv) freien Fall zu beenden.

Er hörte eine laute Stimme, die sich als seine eigene erwies, was er erstaunlich fand, denn immerhin war sein Mund geschlossen. Er öffnete ihn, um das gehörte Geräusch zu verursachen, doch zu diesem Zeitpunkt herrschte bereits wieder Stille, und er schickte ein Heulen in die Leere.

Dann wickelte sich ein Faden (subjektiv)
um ihn (in gewisser Weise)
packte und peitschte ihn (sozusagen)
und dann spürte er plötzlich eine Art Hindernis. Es war flach und hart, verfügte über Substanz, und er preßte sich mit ganzer Kraft dagegen, grub sich einen Weg hindurch, voller Angst (nein, von Angst im eigentlichen Sinn konnte natürlich keine Rede sein, er war nur besorgt, und zwar in einem sehr hohen Maße), und plötzlich brauchte er Atemluft, was ihn sehr erstaunte, da er über gar keine organischen Lungen verfügte und überhaupt nicht auf Atemluft angewiesen war, aber er spürte es ganz deutlich, ein immer stärker werdendes Hämmern in der Brust, das seine Nicht-Angst in eine Nicht-Panik verwandelte …

Und dann durchdrang er das Hindernis und erreichte

die andere Seite. Er sank auf einen Boden, der ihm seltsam vertraut vorkam. Auf allen vieren hockte er und keuchte, saugte Luft in die Lungen *(warum bloß?)* und entdeckte seltsam vertraute Stiefel in der Nähe. Er stöhnte leise und konnte es kaum fassen, daß er so weit gekommen war (wie weit auch immer), nur um wieder an Bord dieses verdammten Raumschiffs zu enden. »Wo?« brachte er hervor, und die eigene Stimme klang fremd.

Ein Stiefelpaar kam näher. »Ich bin Captain Jack Crusher. Sie befinden sich an Bord der *U.S.S. Enterprise.* Bitte erklären Sie uns, wie Sie …«

Die Erkenntnisse reiften nur träge in Q heran. »*Enterprise*«, hatte der Mann gesagt. Und »Crusher« So hieß doch die Ärztin, nicht der Kommandant.

Er sah auf. »Captain … wer?« Verwirrt starrte er einen Mann mit kantigem, ausdruckslos-höflichem Gesicht an. Dann bemerkte er ein bekanntes Gesicht. »Picard?«

Jean-Luc Picards Uniform entsprach der Kleidung, die er bei ihrer ersten Begegnung getragen hatte. Q versuchte, diese Information zu verarbeiten. Ein Paralleluniversum, eine andere, vielleicht langsamer verlaufende Zeitlinie … Ja, so mochte es sein. Das war keineswegs unmöglich.

Picard hörte geduldig zu, während der Captain über irgend etwas schwatzte. Dann wandte er sich an Q. »Ja, ich bin Commander Jean-Luc Picard.« Nach einer kurzen Pause fügte er hinzu: »Das ist Dr. Beverly Howard. Und ihr Assistent Geordi LaForge.«

»Jetzt würde ich gern wissen, wer Sie sind«, sagte dieser Crusher. »Stehen Sie in irgendeiner Verbindung zu Trelane? Warum tragen Sie eine Starfleet-Uniform?«

Q nahm seine letzte Kraft zusammen. »Ich … bin … Q«, brachte er hervor. »Und Sie haben *keine* Ahnung, wie … wie verdreht diese ganze Sache ist.«

Dann verlor er das Bewußtsein, erschöpft von dem

Kampf gegen Trelane und der letzten Entladung, die ihn durch das Gespinst alternativer Wirklichkeiten geschleudert hatte. Er ahnte nicht, daß er bald hilflos am Rand der Galaxis schweben würde, praktisch seit dem Anbeginn der Zeit, und daß sich dann kein Beteiligter mehr an diesen speziellen Konflikt erinnerte.

FADENWECHSEL
FADEN A

11

Commander Picard und Dr. Beverly Howard setzten ihre Beziehung auf diskrete Weise fort.

Keiner von beiden hatte diese Fortsetzung beabsichtigt oder gab zumindest nicht zu, sie bewußt angestrebt zu haben. Wie dem auch sei – das Verhältnis nahm seinen Fortgang.

Zwei Dinge schlugen dabei zu ihrem Vorteil aus.

Erstens: Jeder an Bord der *Enterprise* wußte um die gescheiterte Ehe des Captains und der Ärztin. Deshalb ging man allgemein davon aus, daß Picard gewissermaßen als ›Schnittstelle‹ zwischen der Brücke und der medizinischen Abteilung fungierte. Captain Crusher machte keinen Hehl daraus, wie sehr er es zu schätzen wußte, daß der Erste Offizier diese besondere Pflicht übernahm. Und Picard war natürlich nur zu gern bereit, dem Captain gefällig zu sein. Niemand störte sich daran, daß er viel Zeit mit Beverly Howard verbrachte; nicht einmal die aufmerksamsten und argwöhnischsten Klatschmäuler schöpften Verdacht. Ebenso unverdächtig war es, wenn der Captain eine Besprechung mit Chefingenieur Argyle anberaumte. (Es gab allerdings einige Gerüchte, die Tasha Yar und Lieutenant Commander Data betrafen, aber die mußten vermutlich der Kategorie ›phantasievolle Spekulation‹ zugeordnet werden.)

Zweitens: Jean-Luc und Beverly hatten Geordi LaForge als Verbündeten. LaForge neigte zu romantischer

Schwärmerei und zögerte nicht, das Paar zu decken. Gemeinsam gelang es ihnen, das Geheimnis zu wahren.

Trotzdem blieb Picard besorgt.

Manchmal gewann er den Eindruck, daß ihn jedermann anstarrte. Er fühlte sich schuldig und glaubte daher, ein großes Schild mit sich herumzutragen, auf dem geschrieben stand: ICH SCHLAFE MIT DER EX-FRAU DES CAPTAINS. Wenn er an Besatzungsmitgliedern vorbeiging, stellte er sich vor, wie sie hinter ihm die Köpfe zusammensteckten und die neuesten Gerüchte über ihn und Dr. Howard austauschten.

Er war auf dem besten Weg zu übertriebener Wachsamkeit und einem ausgewachsenen Verfolgungswahn.

Bei anderen Gelegenheiten gab er sich der Überzeugung hin, daß nichts passieren konnte, daß Beverly und er über jeden Verdacht erhaben waren. In solchen Momenten nickte er den Crew-Mitgliedern zu und dachte: *Wenn ihr wüßtet …*

Dieser Weg führte zu überschwenglichem Optimismus. Und dieser konnte Nachlässigkeit zur Folge haben, und wer nachlässig wurde, beging früher oder später Fehler. Ein falscher Blick zur falschen Zeit, eine unüberlegte Bemerkung, die jemand mithörte – und schon war das Geheimnis kein Geheimnis mehr.

Picard wandelte auf der dünnen Linie zwischen dem Glück und der Furcht vor dem Glück.

Er durchquerte einen Korridor und dachte an Beverly (was in letzter Zeit recht häufig geschah), als er mit einem Jungen zusammenstieß. Das Kind prallte mit solcher Wucht gegen ihn, daß Jean-Luc fast das Gleichgewicht verlor.

Verärgert blickte er auf den Knaben hinab. »Dies ist ein Raumschiff, kein Spielplatz«, sagte er streng.

»Da haben Sie recht«, lautete die Antwort. »Wenn dies ein Spielplatz wäre, würden Sie besser aufpassen.«

Picard starrte den Jungen verblüfft an. Er hatte unter großer Mühe eine Vereinbarung mit den Kindern an

Bord der *Enterprise* getroffen: Er brachte ihnen kaum Geduld entgegen, und sie waren von ihm eingeschüchtert. Auf dieser Basis kamen beide Seiten gut miteinander aus.

Woher also nahm sich dieser Knirps das Recht, so vorlaut zu sein?

»Deiner Ansicht nach sollte *ich* besser aufpassen?« fragte Picard verdutzt.

»Gut«, sagte der Junge. »Freut mich, daß wir diesen Punkt geklärt haben.«

Er wollte an Picard vorbeigehen, doch der Commander versperrte ihm den Weg. Was den Knaben zu einem Seufzen veranlaßte. »Ich dachte, wir wären uns einig.«

»Du scheinst ein ziemlich frühreifes kleines Monstrum zu sein«, sagte Picard. »Wie heißt du?«

»Thomas Ian Riker.« Der Junge verschränkte die Arme vor der Brust. »Zufrieden?«

Der Name klang vertraut. »Riker. Natürlich. Der Offizier vom Dienst meldete, daß du mit deiner Mutter an Bord gekommen bist.«

»Freut mich, daß bei Ihnen der Groschen gefallen ist.«

Picard kniff die Augen zusammen und hätte den ungezogenen Knaben am liebsten am Kragen gepackt, um ihn ordentlich durchzuschütteln. Vielleicht hätte er sich tatsächlich dazu hinreißen lassen, doch das Erscheinen einer Frau hinderte ihn daran. Sie ging um ihn herum, und er bemerkte schwarzes Haar, in dem sich hier und dort graue Strähnen zeigten. Ihr Blick huschte zu den Rangabzeichen auf seiner Schulter – ein Gebaren, das auf langjährige Erfahrung mit Starfleet- Offizieren hindeutete.

»Bitte entschuldigen Sie, Commander«, sagte die Frau, legte die Hände auf die Schultern ihres Sohnes und zog ihn an sich. Intuitive mütterliche Fürsorge kam in dieser Geste zum Ausdruck, obwohl sie vielleicht auch nur gewährleisten wollte, daß der Junge nicht weglief.

»Ihr Sohn muß noch lernen, wie man sich an Bord eines Raumschiffs benimmt«, sagte Picard steif. Doch es war eine erzwungene Steifheit, denn irgendwie war ihm die Frau auf Anhieb sympathisch, und er faßte Vertrauen zu ihr. Vielleicht handelte es sich dabei um eine automatische Reaktion auf Betazoiden. Angeblich genügte allein die Präsenz eines Betazoiden, damit andere sich unwillkürlich entspannten.

Hinzu kam, daß diese Frau eine schwere Zeit hinter sich hatte. Ihr Mann hatte über Jahre hinweg als vermißt gegolten; sie mußte ihn bereits für tot gehalten haben. Aus diesem Grund brachte es Picard nicht fertig, unfreundlich zu ihr zu sein.

»Es tut mir sehr leid, Commander. Tommy kann manchmal sehr ausgelassen und eigensinnig sein. Tommy, entschuldige dich bei dem Commander.«

»Das habe ich schon«, behauptete der Junge.

»Tommy ...«, sagte seine Mutter warnend.

»Na schön. Ich entschuldige mich.« Es klang nicht sehr reuevoll.

Picard beschloß, darüber hinwegzusehen. Er hielt jetzt eine versöhnlichere Einstellung für angebracht. »Ich bin Commander Jean-Luc Picard«, stellte er sich vor.

»Deanna Riker«, erwiderte die Frau und strich dem Jungen übers Haar. »Tommy haben Sie ja bereits kennengelernt.«

»Wir sind uns über den Weg gelaufen«, bestätigte Picard nicht ohne Ironie.

»Es ist sehr aufregend für ihn, an Bord eines Raumschiffs zu sein«, erklärte Deanna. Zärtlich drückte sie den Jungen noch etwas fester an sich. »Vielleicht verstehen Sie seine Empfindungen.«

»Ja. Ich habe mich ähnlich gefühlt, als ich jung war.«

»Das glaube ich nicht«, warf Tommy skeptisch ein.

Picard musterte ihn verwirrt. »Du glaubst nicht, daß ich mich ähnlich gefühlt habe?«

»Nein«, erwiderte Tommy mit der typischen Selbstsicherheit eines Kindes. »Ich glaube nicht, daß Sie mal jung gewesen sind.«

Picard versuchte, sich eine passende Antwort einfallen zu lassen, doch Deanna kam ihm zuvor. Sie zog am Arm des Jungen und sagte: »Es tut mir leid Commander. Ich werde ein *ernstes* Wörtchen mit meinem Sohn reden.«

»Schon gut«, entgegnete Picard.

»Ich schätze, Kinder gehen Ihnen ganz schön auf die Nerven, was?« fragte Tommy. »Und hatten Sie jemals Haare auf dem Kopf?«

»Tommy!« Deanna schrie beinahe, und ihr Gesicht verfärbte sich. Sie marschierte durch den Korridor davon und zerrte ihren Sohn hinter sich her.

Picard blieb stehen und wartete, bis er die Stimmen von Mutter und Sohn nicht mehr hören konnte.

Dann lachte Jean-Luc. Er wußte nicht genau, was er lustiger fand: die Respektlosigkeit des Jungen oder den zunehmenden Verdruß der Mutter.

Was auch immer der Fall sein mochte, die Begegnung hatte ihn von seinen Sorgen abgelenkt, und dafür sollte er Tommy eigentlich dankbar sein.

Aber nicht zu sehr.

»Noch nie zuvor hast du mich so sehr in Verlegenheit gebracht«, wandte sich Deanna an Tommy, als sie in ihr Quartier zurückgekehrt waren.

Der Junge wirkte gelangweilt und stützte das Kinn auf die Hand. »Das sagst du jedesmal.«

»Keine Widerworte, junger Mann. Du hast dich Commander Picard gegenüber abscheulich verhalten. Wir sind Gäste an Bord dieses Schiffes, Tommy. Man hat uns eine freie Passage gewährt, damit du deinem Vater begegnen kannst. Wäre es dir vielleicht lieber gewesen, die ganze Strecke an Bord eines klingonischen Frachters zurückzulegen?«

Tommy dachte an Betten ohne Matratzen und ungenießbares Essen. Er schnitt eine Grimasse.

»Vielleicht hätte ich dich lieber doch zu Hause lassen sollen«, fuhr Deanna gnadenlos fort. »Aber nein, du hast gebettelt und gefleht, mir versprochen, dich tadellos aufzuführen. Entspricht *dies* deiner Vorstellung von tadellosem Benehmen – wie ein Verrückter durch die *Enterprise* zu rennen und Führungsoffizieren gegenüber respektlos zu sein?«

»Darf man bei den niedrigeren Rängen respektlos sein?« fragte Tommy unschuldig und suchte nach einem Schlupfloch.

»Nein!«

»Oh-oh.«

Deanna nahm ihrem Sohn gegenüber Platz und griff nach seiner Hand. Er zog sie sofort zurück. »Tommy ...«, sagte sie sanft. »Was ist los mit dir? Du bist jetzt an Bord eines Raumschiffs; das hast du dir doch immer gewünscht. Außerdem treffen wir bald deinen Vater, den wir beide sehr vermißt haben.« Deanna runzelte die Stirn. »Stimmt was nicht, Tommy? Ich habe deinen Vater erwähnt, und du ...«

»Kannst du deine emphatische Begabung nicht mal vergessen?« erwiderte der Junge gereizt. »Kann ich mit meinen Gedanken nie allein sein?«

»Du hast dich innerlich versteift. Warum? Ich verstehe das nicht.«

»Warum solltest du? Ich verstehe es ja selbst nicht.« Tommy strich sich eine Strähne aus der Stirn, doch sie fiel sofort zurück.

»Etwas ist geschehen. Etwas beunruhigt dich.«

Der Junge blickte zu Boden.

»Tommy ...«, drängte Deanna.

»War der Mann auf dem Bildschirm wirklich mein Vater?«

»Ja.«

Er schüttelte den Kopf. »Das glaube ich nicht.«

Die Mutter des Jungen neigte den Kopf ein wenig zur Seite. »Warum nicht?«

»Er sah nicht ... *richtig* aus. Ich habe meinen Vater immer hier drin gesehen.« Tommy tippte sich an die Stirn. »Aber der Mann bei dem Klingonen erschien mir einfach nicht richtig.«

Deanna griff abermals nach den Händen ihres Sohns, und diesmal zog er sie nicht fort. »Es ist verständlich, daß du so empfindest. Es muß ein ziemlicher Schock für dich gewesen sein. Es war auch ein Schock für mich.« Sie suchte nach geeigneten Worten. »Unglücklicherweise erinnert es uns daran, daß es in dieser Galaxis Personen gibt, die nicht zögern, andere Geschöpfe zu verletzen oder sogar zu töten. Bitte denk in diesem Zusammenhang nicht nur an das äußere Erscheinungsbild deines Vaters. Stell dir statt dessen die Seele und die innere Kraft eines Mannes vor, der imstande war, die ...« Deanna unterbrach sich, um das Zittern aus ihrer Stimme zu verbannen. »... die schreckliche Behandlung durch die Romulaner zu überleben. Allein die Entschlossenheit, zu uns zurückzukehren, bewahrte ihn vor dem Tod. Darauf sollten wir uns konzentrieren. Auf seinen Charakter. Alles andere ist unwichtig.«

»Vielleicht hast du recht.« Tommy seufzte.

Deanna wartete. »Gibt es sonst noch was?«

»Nein«, log der Junge.

Sie verschränkte die Arme auf eine Weise, die Tommy gut kannte. Die stumme Botschaft seiner Mutter lautete: *Mir kannst du nichts vormachen.*

»Na ja, erinnerst du dich an das Gefühl, das ich hatte?« fragte er nach einigen stummen Sekunden.

»Welches Gefühl meinst du?«

»Ganz kurz bevor wir die Nachricht erhielten, daß Dad noch lebt ... Ich habe *gefühlt,* daß wir von ihm hören.«

»Ach, das.« Deanna schüttelte den Kopf und lächelte. »Solche Vorahnungen sind keineswegs selten. Immer wieder hat man das ›Gefühl‹, daß dies oder jenes geschehen wird, und in neun von zehn Fällen geschieht nichts. Doch diese Fälle bleiben nicht im Gedächtnis haften. Man denkt einfach nicht weiter darüber nach, weil man sich um wichtigere Dinge kümmern muß. Doch das eine Mal, wenn tatsächlich etwas passiert, heißt es: ›Ich habe es vorausgesehen.‹ Und *das* vergißt man nie.«

»Nein«, sagte Tommy mit Nachdruck. »Nein, bei mir ist es anders. Ich sehe es wie in einem Tagtraum. Du weißt doch, daß meine Lehrer manchmal über meinen Mangel an Aufmerksamkeit klagen, oder?«

»Ja.« Deanna nickte und schürzte die Lippen.

»Nun, bei solchen Gelegenheiten erlebe ich einen Tagtraum. Dann sehe ich, was geschehen wird, und zwar ganz deutlich. Bevor man Dad fand, hatte ich mehrere solche Vorahnungen.«

»Hm, ich verstehe. Hattest du in letzter Zeit Tagträume?«

Tommy runzelte die Stirn. »Du wirst mir nicht glauben.«

»Mit ein wenig Mühe könnte es dir vielleicht gelingen, mich zu überzeugen.«

»Nun …« Offenbar widerstrebte es dem Jungen, darüber zu sprechen. »Es ergab kaum Sinn.«

»Das ist bei solchen Dingen nur selten der Fall.«

»Na schön. Es ging wirklich seltsam zu. Ich habe den Mann gesehen, Dad …«

»Wieder ging es um deinen Vater. Ich glaube, da zeichnet sich ein Muster ab.«

»Nein, es war nicht Dad.«

»Aber das hast du eben behauptet.«

»Nein, ich …« Deanna spürte, wie schwer es dem Jungen fiel, das auszudrücken, was er in seinem ›Tagtraum‹ gesehen hatte. »Es war Dad«, fuhr er mühsam fort. »Und gleichzeitig war er es nicht. Er sah wie mein Vater aus, aber er … unterschied sich von ihm. Und …«

Eine lange Pause folgte. »Und was?« hakte Deanna behutsam nach.

»Der Klingone namens Worf war ebenfalls dabei.« Tommy hob den Kopf und sah seine Mutter mit Augen an, in denen Furcht flackerte. Es lief Deanna kalt über den Rücken, als ihr Sohn sagte: »Der Klingone brachte Dad um.«

FADEN A

12

Langsam ganz langsam … erwachte das Bewußtsein in dem körperlosen Energiewesen, das am Rand der Galaxis schwebte.

Es waren ausgerechnet Menschen, die es aus seinem erkenntnislosen Schlaf weckten. Menschen – sonderbare, lästige Geschöpfe zu denen es eine besondere Beziehung unterhielt.

Ein Schiff kam. Ein Raumschiff mit Menschen an Bord. vielleicht glaubten sie, einfach so über die galaktische Grenze hinausfliegen zu können, doch sie erlebten das Entsetzen der Barriere. Sie erwies sich als schrecklicher Ort, an dem sich Energien auswirkten, von denen die Menschen noch nie etwas gehört hatten. Sie ahnten nicht, daß eine jener Energien einst ein intelligentes Geschöpf gewesen war – und wieder dazu werden konnte.

Als Q spürte, wie das Schiff in die galaktische Barriere eindrang, fühlte er sich auf eine amorphe, ihm völlig unverständliche Weise davon angezogen. Er wußte nicht, daß es möglicherweise Beistand verhieß, ein Ende der stumpfsinnigen Phase seiner Existenz. Er begriff nur auf eine vage Art und Weise, daß es ihn interessierte.

Während das Raumschiff von den energetischen Gezeiten in der Barriere hin und her gerissen wurde, streckte Q einige Tentakel seines halbbewußten Selbst aus. Er fand einen Menschen, dessen Ich für ihn bereit zu sein schien.

Die alten irdischen Legenden berichteten immer wieder von Geistern, die Menschen übernahmen, um sich mit der Wärme von Lebenden vor der Kälte des Todes zu schützen.

Ähnlich verhielt es sich nun mit Q.

Er transferierte seine ganze Essenz in das fremde Selbst und durchdrang die menschliche Substsanz.

Der Mensch erlitt einen Zusammenbruch und verlor das Bewußtsein. Nun, das spielte keine Rolle. Q konnte trotzdem erforschen und erkunden, jede einzelne Faser des menschlichen Seins untersuchen und versuchen, möglichst viel zu lernen.

Es war eine unglaubliche, berauschende Erfahrung. Q richtete sich im Großhirn des Menschen ein und wuchs.

Doch die Zeit der Begeisterung und des Wachstums dauerte nicht lange.

Es gelang dem Raumschiff, die galaktische Barriere zu verlassen, und kurze Zeit später kam es in dem menschlichen Gehirn zu einem Kollaps – das Ergebnis von Qs ungezügelter und jede Zurückhaltung aufgebender Ausdehnung in dem fremden Selbst. Ihm fehlten die mentalen Werkzeuge, um sich selbst zu kontrollieren, und schließlich wurde es zuviel für die Hirnzellen des Menschen. Das betreffende Individuum verwandelte sich in einen Berserker, der von Qs Macht aufgezehrt wurde. Dem Captain blieb schließlich nichts anderes übrig, als das Schiff zu vernichten und dadurch die ganze Crew zu töten – nur so konnte er verhindern, daß das wahnsinnige Besatzungsmitglied mit der gottähnlichen Macht bewohnte Welten erreichte.

Die Q-Essenz verstand den Zwischenfall nicht und fand sich plötzlich ohne ein Zuhause wieder. Angetrieben allein vom Überlebenstrieb, kehrte Q zu der einzigen Heimat zurück, die es seit Äonen für ihn gab: zu der galaktischen Barriere.

Dort verbarg er sich zweihundert Jahre lang – nach menschlicher Zeitrechnung.

Zweihundert Jahre lang fragte er sich, was geschehen sein mochte. Zweihundert Jahre lang dachte er über eventuelle Fehler nach und versuchte herauszufinden, wer und was er war. Er strebte danach, das Rätsel seiner Herkunft und Bestimmung zu lösen.

Die ersten Fragmente von Erinnerungen regten sich in

ihm. Eigentlich hatte Q zwei Leben geführt: eines als ein Wesen mit fast unbegrenzter Macht, und ein zweites als körperlose energetische Entität ohne ein eigenes Bewußtsein. Aus diesem Grund gab es eine Menge für ihn zu klären.

Zweihundert Jahre.

Und dann kam ein neues Raumschiff.

Es war größer und leistungsfähiger als das erste, doch im innern der Barriere war es ebenso hilflos wie das erste Schiff.

Diesmal war Q bereit.

Auf die Frage nach dem Wer und Was hatte er noch keine Antwort gefunden.

Aber er wußte, diesmal würde er aufbrechen und nicht zurückkehren. Eine Erkenntnis hatte Gestalt in ihm angenommen: Die Energien der galaktischen Barriere stellten nicht nur einen Schutz für ihn dar, sondern legten ihm auch Fesseln an. Er war so sehr von ihnen abhängig, daß er nach einem kurzen Ausflug in die Freiheit jedesmal rasch zurückkehrte. Seine Macht genügte nicht, um sich aus eigener Kraft aus dem seltsamen Sog der Barriere zu befreien. Er brauchte Hilfe – Hilfe, die ihm vielleicht nur ein Raumschiff der Menschen geben konnte.

Tief in seinem Innern empfand er Furcht bei der Vorstellung, die Geborgenheit der Energien zu verlassen, die ihn bisher genährt hatten. Aber wenn er jetzt nicht den Schritt ins Ungewisse wagte, blieb er hier für immer gefangen.

Das Schiff drang in die Barriere ein, die sich entschlossener zur Wehr setzte als jemals zuvor – vielleicht spürte sie Qs bevorstehenden Fluchtversuch. Das Raumschiff wurde hin und her geworfen, und seine Schilde gaben nach. Q begriff plötzlich, daß tatsächlich die Gefahr der Zerstörung bestand. JETZT! rief seine Essenz, und er sprang ins Innere des Raumschiffs, breitete sich darin aus, stabilisierte die Bordsysteme, erhöhte die Kapazität des Antriebs und gewährte Schutz, während er gleichzeitig nach einem menschlichen Wirt suchte.

Er fand mehrere geeignete Personen. Ein Bewußtsein war so stark, daß Q befürchtete, zurückgewiesen und vielleicht sogar überwältigt zu werden. Es gab noch zwei andere, eine Frau und einen Mann. Er entschied sich für den Mann.

Qs energetische Substanz glitt durch eine Konsole, und der davor sitzende Mann wich zurück. Q flutete ihm glücklich entgegen. Er überwand die Isolierung, und das Gefühl des vollständigen Loslösens verlor sich in der Empfindung menschlichen Lebens.

Q wollte niemandem ein Leid zufügen. Es ging ihm nur darum, sich erneut mit einem menschlichen Selbst zu vereinen, zu lernen und zu wachsen. Und er wollte fort von der verdammten Barriere.

Er grub sich tief hinein in den Geist des Menschen und verbarg sich dort.

Zumindest versuchte er sich zu verbergen. Doch der menschliche Wirt konnte seine Gegenwart nicht lange verleugnen.

»Gary!« rief Captain Kirk.

Er näherte sich dem gestürzten Brückenoffizier. Ein oder zwei Sekunden lang vergaß er einen bedeutsamen Aspekt seiner Ausbildung – die geistigen Vorbereitungen auf den Verlust eines Besatzungsmitglieds. Es war wichtig, der Crew gegenüber eine gewisse Distanz zu wahren, so wie ein Arzt hinsichtlich seiner Patienten. Man lasse es nicht an Anteilnahme mangeln. Man ziehe sich nicht in die Isolation zurück. Aber man hüte sich davor, immer und in jedem Fall mit der Besatzung zu leiden. Man nehme sich nicht jeden Tod zu Herzen, ganz gleich, wie groß die Versuchung sein mag, denn dieser Weg führt in Wahnsinn.

Doch in diesem Fall handelte es sich um Gary Mitchell, Kirks alten Freund aus seiner Zeit an der Akademie. Um den Mann, mit dem er gelacht und getrunken hatte. Der ihm geholfen hatte, den Kobayashi-Maru-Test auszutricksen. Den Kirk verdächtigte, eine Begegnung zwischen ihm und einer hübschen blonden Technikerin namens Carol Marcus arrangiert zu haben, die fast zu einer Ehe geführt hätte.

Dies war Gary Mitchell, und in James R. Kirk krampfte sich etwas zusammen, als er sah, wie sein Freund zu Boden stürzte.

»Gary!« rief er noch einmal.

Mitchell stöhnte leise. Kirk rollte ihn vorsichtig herum – und erstarrte.

Lieutenant Commander Gary Mitchells Augen glühten.

Sie glühten mit der Macht von Q.

FADEN A

13

»Captain Crusher, die Sensoren registrieren sehr ungewöhnliche Gravitonemissionen.« Data zögerte kurz und drehte den Kopf, als Crusher nicht antwortete.

Commander Picard saß neben dem Kommandosessel und richtete einen verwunderten Blick auf Jack. Der Kommandant sah zum großen Wandschirm und beobachtete den Planeten Terminus – die *Enterprise* war gerade in eine Umlaufbahn eingeschwenkt. Doch Crusher schien das Bild überhaupt nicht wahrzunehmen.

»Jack ...«, sagte Picard leise.

Crusher hob den Kopf und blinzelte. Jean-Luc hoffte, daß er Datas Worte nicht wiederholen mußte. Zu seiner großen Erleichterung fragte Jack: »Gravitonemissionen, Mr. Data?«

»Ja, Sir.«

»Welche Erklärung haben Sie dafür?«

»Bisher noch keine, Sir. Vielleicht entsteht hier bald eine Raum- oder Zeit-Anomalie.«

»Könnten sich dadurch Gefahren für Terminus ergeben?«

»Derzeit nicht.«

»Trotzdem sollten wir eine Warnung weitergeben. Tasha«, sagte Crusher über die Schulter hinweg, »bitte stellen Sie eine Verbindung her.«

»Aye, Sir«, bestätigte Tasha Yar.

Crusher fühlte noch immer Picards Blick auf sich ruhen. »Stimmt was nicht, Nummer Eins?« fragte er leise.

»Ich wollte dir gerade die gleiche Frage stellen«, meinte Picard. Er runzelte die Stirn. »Bist du noch immer besorgt wegen Trelane? Er hat uns nicht mehr belästigt, seit …«

»Ich gebe zu, daß ich ab und zu an ihn denke«, entgegnete Crusher. »Aber wirklich nur ab und zu. Ich, äh, glaube nicht, daß er uns erneut Probleme bescheren wird.«

Aus irgendeinem Grund weckten diese Worte ein intensives Unbehagen in Picard. Auf diese leichtfertige Art von einem Geschöpf wie Trelane zu sprechen beunruhigte Jean-Luc. Immerhin ging es um ein Wesen, das fähig war, die *Enterprise* mit einer energetischen Barriere aufzuhalten, ein Wesen, das ihnen mehrmals gedroht hatte und praktisch alles vermochte. Und Captain Crusher vertrat die Ansicht, daß Trelane keine neuen Probleme verursachen würde?

Picard bekam keine Gelegenheit, Jack darauf anzusprechen, denn in diesem Augenblick sagte Tasha Yar: »Der Prokonsul von Terminus, Sir.«

»Auf den Schirm, Lieutenant.«

Der Prokonsul erschien auf dem großen Bildschirm. Seine Schuppenhaut glänzte rot, wodurch er fast aussah wie ein gekochter Hummer. Die Augen blickten müde, so als hätten sie viele unangenehme Dinge gesehen. Dem Prokonsul haftete eine gewisse Reizbarkeit an, was auf eine Persönlichkeit hindeutete, die sich selbst übertrieben wichtig nahm.

»Hier spricht Prokonsul Teffla«, sagte er. »Sie haben sich für den Flug hierher viel Zeit gelassen, *Enterprise.*«

»Wir wurden aufgehalten.« Crusher wechselte das Thema und fuhr fort: »In der Nähe Ihres Nordpols haben wir seltsame Gravitonemissionen festgestellt.«

Sofort veränderte sich Tefflas Gesichtsausdruck. Crusher spürte eine gewisse Zufriedenheit, als er beobachtete, wie die Überheblichkeit angesichts einer möglichen Gefahr aus den Zügen des Prokonsuls verschwand. »Soll ich die Bevölkerung warnen?« fragte er. »Halten Sie eine Evakuierung für erforderlich?«

»Derartige Maßnahmen wären derzeit übertrieben«, erwiderte Crusher. »Mit Ihrer Erlaubnis nehmen wir auch weiterhin Messungen vor, um festzustellen, wie sich die Gravitonemissionen entwickeln – und um herauszufinden, ob sie eine Gefahr für den Planeten darstellen.«

»Gute Idee.« Teffla strich seine Uniform glatt. »Ich möchte Sie daran erinnern, daß Terminus immer außerordentlich gut mit Starfleet zusammengearbeitet hat. Diese Welt befindet sich am Rand des Föderationsraums, und wir haben mehrmals unsere Dienste als wissenschaftlicher und taktischer Beobachtungsposten angeboten. Es freut mich zu hören, daß man uns dafür eine gewisse Anerkennung zuteil werden läßt.«

»Seien Sie unbesorgt, Prokonsul. Wir geben Ihnen sofort Bescheid, wenn sich die Emissionen verändern. Und nun zum eigentlichen Grund unserer Reise hierher ...«

»Ah, ja.« Teffla sah nach rechts und links. Er schien sich auf diese Weise vergewissern zu wollen, daß niemand lauschte. Er senkte die Stimme zu einem vertraulichen Tonfall. »Um ganz ehrlich zu sein, ich bin sehr froh, daß Sie hier sind. Dieser Riker war kein großes Problem – nicht in seinem Zustand. Aber der Klingone, der ihn begleitet, Worf, der Bursche ist ein Alptraum. Er ist vollkommen paranoid.«

»Paranoid?« Crusher runzelte die Stirn. »Wie meinen Sie das?«

»Er wittert überall Verschwörungen! Er besteht darauf, die Identität wichtiger Persönlichkeiten zwei- oder dreimal zu überprüfen. Er hat ein komplexes Kennwortsystem entwickelt. Meine Güte, er verhält sich, als sei jeden Augenblick mit einem Angriff zu rechnen.«

»Ach.«

»Ich habe ihn darauf hingewiesen, daß Terminus völlig sicher ist – was der Klingone nur mit einem Schnauben quittierte. Können Sie sich das vorstellen? Er schnaubte *mich* an, den Prokonsul!«

»Zweifellos ein Fauxpas von galaktischen Ausmaßen«, erwiderte Crusher.

Teffla bemerkte den Sarkasmus überhaupt nicht. »In der Tat. Eins muß ich Worf allerdings lassen. Wenn ich in Schwierigkeiten wäre und jemanden brauchte, der mir den Rücken deckt, hätte ich nichts dagegen, ihn in meiner Nähe zu wissen«, gestand der Prokonsul widerstrebend. »Seine Paranoia ist sehr ärgerlich, aber er bewacht Ihren Lieutenant Commander Riker so, als hinge sein eigenes Leben davon ab. Ich nehme an, das ist in Rikers Sinn.«

»Freut mich«, sagte Crusher. »Wir treffen unverzüglich Vorbereitungen für den Transfer.«

»Ausgezeichnet«, entgegnete Teffla erleichtert. »Denn um ganz offen zu sein, Worf mustert mich äußerst argwöhnisch. Vielleicht glaubt er, daß ich irgend etwas vorhabe. Und möglicherweise beschließt er eine Art Präventivschlag gegen mich.«

Picard befand sich im Transporterraum, als Dr. Howard eintraf. Sie trat nahe an ihn heran. »Ich bin froh, daß ich nicht zu spät gekommen bin.«

»Er müßte gleich eintreffen.« Picard sah zu Transporterchef O'Brien. »Wie sieht's aus, Chief?«

»Ich warte noch auf das Signal vom Planeten, Sir«, erwiderte O'Brien.

Als der Techniker auf die Anzeigen der Konsole blickte, tastete Beverly nach Picards Hand. Sie gab keinen Ton von sich und sah auch weiterhin zu den Transferfeldern, so als weilten ihre Gedanken ganz bei dem Mann, den sie an Bord erwarteten. Was in gewisser Weise den Tatsachen entsprach. Wenn Riker materialisierte, wollte sie ganz und gar Ärztin sein.

Doch jetzt erlaubte sie sich an etwas ganz anderes zu denken, als ihre Hand sanft über die Picards strich.

In diesem Augenblick kam Crusher herein.

»Will nicht weg!« heulte Lieutenant Commander William Riker.

Er klammerte sich an ein Möbelstück und wirkte wie ein in die Enge getriebenes Tier. Sein Haar war noch immer lang und zerzaust. Worf war schließlich kein Friseur. Es fehlte ihm an Zeit, Geduld und Geschick, um Rikers Erscheinungsbild wesentlich zu verbessern. Er hatte nur dafür gesorgt, daß der Gerettete wenigstens ab und zu badete. Trotzdem stank er noch immer.

Worf stand mit verschränkten Armen in der Nähe und ließ sich seine Ungeduld deutlich anmerken.

»Sie müssen gehen«, grollte er. »Sie sind ein Starfleet-Offizier. Ein Starfleet-Schiff ist eingetroffen und erwartet Sie.«

»Ich will nicht weg!«

»Sie müssen. Es ist Ihre Pflicht. Außerdem befindet sich Ihre Frau an Bord.« Worf zögerte und versuchte, sich an den Namen zu erinnern. Schließlich fiel er ihm ein. »Deanna. Sie hat Ihren Sohn bei sich.«

Das weckte Rikers Aufmerksamkeit. Der Name seiner Frau durchdrang den Schleier aus Verwirrung und Zorn, der ihn umhüllte. »Deanna«, hauchte er.

»Ja. Deanna. Sie wartet an Bord des Schiffes. Möchten Sie, daß sie noch länger warten muß?«

Riker schüttelte kurz und knapp den Kopf. Er schien zu befürchten, daß ihm der Schädel von den Schultern fallen könnte, wenn er ihn zu lange und mit zu großem Nachdruck bewegte. Anschließend richtete er einen durchdringenden Blick auf Worf, in dem eine Schläue zum Ausdruck kam, die den Respekt des Klingonen um einige Grade steigen ließ. »Kommen Sie mit?«

»Das habe ich vor, ja«, bestätigte Worf.

Riker dachte kurz darüber nach. »Gut«, sagte er dann.

Crusher kniff die Augen zusammen und ging langsamer, als er eintrat. Für eine Sekunde gewann er den Eindruck ...

Nein. Nein, ausgeschlossen. Picard und Howard standen einfach nur da. Sicher, der Abstand zwischen ihnen war nicht sehr groß, aber was bedeutete das schon? Immerhin kannten sie sich von damals. Nichts deutete auf irgend etwas Unschickliches hin.

Crusher rieb sich den Nasenrücken. Er mußte endlich lernen, damit fertig zu werden. Hing er noch immer so sehr an Beverly, daß er bereits unruhig wurde, wenn sein Freund und Erster Offizier an ihrer Seite stand? Lächerlich. Wie mochte er reagieren, wenn Beverly irgendwann wieder eine feste Beziehung einging? Früher oder später war das gewiß der Fall. Würde er dann mit einem elenden Gesichtsausdruck herumlaufen, wie ein an Liebeskummer leidender Akademiestudent? Verdammt! Er hatte zuviel erreicht und es zu weit gebracht, um sich in eine solche emotionale Sackgasse zu manövrieren.

Beverly und Jean-Luc? Wie absurd! Eine idiotische Vorstellung. Picard war alt genug, um ihr ... Nun, zweifellos war er für ihren Geschmack zu alt. Er mochte ein zuverlässiger, treuer Freund sein, aber man konnte ihn gewiß nicht als ›locker‹ bezeichnen. Wie sollte man ihn beschreiben? Als einen im großen und ganzen leidenschaftslosen Mann – obwohl er einigen seiner Hobbies große Aufmerksamkeit schenkte. Nein, an einem solchen Mann fand Beverly bestimmt keinen Gefallen.

Darüber hinaus war allgemein bekannt, daß sich geschiedene Frauen unweigerlich zu Männern hingezogen fühlten, die ihren Ex-Gatten ähnelten. Und konnte es zwei unterschiedlichere Männer geben als Jack Crusher und Jean-Luc Picard?

Nein, es war vollkommen unsinnig, eine solche Möglichkeit auch nur in Erwägung zu ziehen. Er mußte die irrationale Eifersucht in Hinsicht auf Beverly so schnell wie möglich überwinden; andernfalls kam es früher oder später zu sehr ernsten Problemen.

»Warum dauert es so lange?« wandte sich Crusher an den Transporterchef.

»Das Signal trifft gerade ein, Sir«, sagte O'Brien.

Der Captain trat zu Picard. »Wir haben es hier mit einem interessanten Fall zu tun. Starfleet teilte mir mit, daß ich den Klingonen empfangen soll, der Riker begleitet. Der Bursche namens Worf, von dem ich dir erzählt habe.«

»Wuff?« fragte Beverly. »Klingt seltsam, nicht wahr?«

»Der Name wird W-O-R-F geschrieben, wie ich hörte. Klingonen mögen es nicht, wenn man ihre Namen falsch ausspricht, und besonders in diesem Fall sollten wir sehr bemüht sein, die Wünsche unseres Gastes zu berücksichtigen. Nach den letzten Gerüchten zu urteilen könnte er schon bald zu einem Mitglied des imperialen Hohen Rates werden.«

»Tatsächlich?« erwiderte Picard.

»Die Politik im Imperium ist sehr komplex und unübersichtlich, aber eines steht fest: Das Bündnis zwischen Klingonen und Föderation gereicht beiden Seiten zum Vorteil. Wir sollten es vor allen Risiken und Gefahren schützen.«

Die Transportersysteme erwachten summend zum Leben. »Zwei Personen werden transferiert«, meldete O'Brien.

Auf der Plattform glitzerte Transferenergie, und zwei Gestalten materialisierten.

Crusher und die anderen wußten nicht genau, wem sie die größere Aufmerksamkeit schenken sollten: dem Klingonen mit seiner langen Mähne und der finsteren Miene, oder dem Starfleet-Offizier, der ebenfalls klingonische Kleidung trug, wenn auch ohne Rangabzeichen und mit weitaus weniger Verzierungen.

Die beiden Besucher waren ein wahrhaft erstaunliches Paar.

Crusher musterte sie zwei oder drei Sekunden lang und trat dann vor. »Willkommen an Bord der *Enterprise*«, sagte er und ahmte den klingonischen Gruß nach, indem er sich mit der Faust auf die Brust schlug und dann den Arm ausstreckte. »Ich bin Captain Jack Crusher. Das sind mein Stellvertreter Jean-Luc Picard und der Erste Medo-Offizier Dr. Beverly Howard.«

Worf erwiderte den Gruß ziemlich knapp. »Ich bin Worf, Sohn von Mogh. Das ist Lieutenant Commander William T. Riker. Ich glaube, er gehört zu Starfleet.«

Riker verließ die Transferplattform und sah sich argwöhnisch um. Der plötzliche Glanz in seinen Augen deutete darauf hin, daß ihn die Umgebung an etwas erinnerte. Picard bemerkte eine gewisse Anspannung in den Schultern des Mannes – er schien jeden Augenblick damit zu rechnen, geschlagen zu werden. Er bewegte sich mit federnden Schritten, wie jemand, der jederzeit bereit war, nach rechts oder links zu springen, sich zu ducken, auszuweichen.

Was haben die Romulaner diesem armen Kerl bloß angetan? fragte sich Picard. Niemand sollte erdulden müssen, was dieser Mann hinter sich hatte.

»Lieutenant Commander ...«, sagte Crusher. »Ich bin froh, daß Sie zurück sind.« Er streckte dem Mann die Hand entgegen, und Riker zuckte zusammen. Nach einigen Sekunden ließ der Captain die Hand langsam sinken und sprach sanfter und mit weniger Autorität in der Stimme. »Zunächst einmal lassen wir Sie von Dr. Howard untersuchen. Sie soll feststellen, ob Ihr Impfschutz noch besteht und ob sich irgendwelche gefährlichen ... Dinge in Ihrem Körper befinden.«

»Gute Idee«, grollte Worf. »Vielleicht wurde er bei den Romulanern medizinischen Experimenten unterzogen.«

»Hier entlang, Lieutenant Commander«, sagte Beverly. Behutsam griff sie nach Rikers Arm, tastete mit den Fingern über den Bizeps nach unten. Die Berührung führte sofort dazu, daß der Mann sich beruhigte. Zwar schenkte er ihr kein uneingeschränktes Vertrauen, aber es war deutlich, daß er ihr mit weniger Argwohn begegnete als den anderen.

»Sind seine Familienangehörigen an Bord?« fragte Worf, als Riker den Transporterraum verlassen hatte.

»Ja«, bestätigte Crusher. »Ich halte es jedoch für angebracht, daß er zuerst Gelegenheit bekommt, sich bei uns einzugewöhnen.«

Worf musterte ihn nachdenklich und nickte dann. »Sie fürchten, Rikers gegenwärtiger Zustand könnte seine Familie … beunruhigen.«

»Das ist ein Aspekt der Situation«, räumte Crusher ein. »Außerdem könnte es zuviel für ihn sein. Ich glaube, es wäre für alle Beteiligten besser, wenn der Übergang nicht abrupt erfolgt. Die Rückkehr zur Normalität ist wichtig für Riker, doch zuerst muß er sich wieder daran gewöhnen, was ›normal‹ ist.«

»Ich weiß nicht, ob ich Ihnen da zustimmen kann«, entgegnete Worf. »Wenn man mit Schwierigkeiten konfrontiert wird, sollte man sich dem Problem sofort stellen und es ohne Umschweife lösen, mit unerschütterlicher Entschlossenheit. Rücksichtnahme verlängert die Krise nur.«

»Eine interessante Ansicht, Worf«, ließ sich Picard vernehmen. »Der von Tapferkeit und Entschlossenheit geprägten klingonischen Denkweise angemessen. Doch bei dem Umgang mit Menschen sollte man ihre relative … Empfindlichkeit berücksichtigen.«

Crusher warf ihm einen kurzen Blick zu. Worf brummte nur. »Da haben Sie vermutlich recht. Bisher hatte ich kaum Kontakte mit Menschen. Sie sind sicher in der Lage, mich über all Ihre Unzulänglichkeiten zu informieren.«

»Davon haben wir eine Menge«, erwiderte Crusher trocken. »Vielleicht können wir Ihnen nur einen kleinen Teil davon erklären, da Sie uns bald wieder verlassen.«

»Es dürfte genügen, wenn Sie sich bemühen«, sagte Worf, offenbar ein Meister des subtilen Sarkasmus.

Riker lag auf der Diagnoseliege und starrte ins Leere. Picard und Howard standen in der Nähe und beobachteten ihn.

»Ich habe ihm Vitaminpräparate gegeben, um seinen Metabolismus zu stärken«, erläuterte Beverly. Sie richtete einen erstaunten Blick auf ihren Patienten. »Sein Durchhaltevermögen ist unglaublich. Ich weiß nicht, was ihn in die Lage versetzt hat, die letzten Jahre zu überstehen.«

»Der menschliche Geist kann eine wirkungsvolle Waffe sein.«

»Ja«, bestätigte Beverly. »Und vermutlich hat nur ein eiserner Wille Riker vor dem Tod bewahrt. Unglücklicherweise hatten es seine Peiniger genau darauf abgesehen.«

»Gibt es Hirnschäden?«

»Keine physischen. Die neuralen Systeme sind intakt, und auch bei den motorischen Funktionen lassen sich nicht die geringsten Beeinträchtigungen feststellen. Körperlich scheint mit ihm alles in Ordnung zu sein – für den geistigen und emotionalen Bereich gilt das jedoch nicht.«

»Welchen Eindruck hast du?«

Die Ärztin wandte sich Picard zu. »Ich kann die in der mentalen Sphäre angerichteten Schäden nicht einmal abschätzen, Jean-Luc. Riker hat genug hinter sich, um zehn oder mehr Menschen zu zerbrechen. Es grenzt schon an ein Wunder, daß er überhaupt noch spricht.«

Picard seufzte. »Was soll nun mit ihm geschehen?«

»Zunächst einmal sorgen wir dafür, daß er sich wieder wie ein menschliches Wesen fühlt. Fangen wir mit seinem äußeren Erscheinungsbild an. Gibt es einen Friseur an Bord?«

»Ja, einen Bolianer namens Mot. Ich habe seine Dienste allerdings noch nie in Anspruch genommen. Sparen Sie sich Ihren Kommentar dazu, Doktor«, fügte Jean-Luc rasch hinzu, als er ahnte, was Beverly durch den Kopf ging. »Er soll sehr gut sein. Leider gilt er auch als ziemlich geschwätzig.«

»Ein entspanntes Gespräch wäre für Riker genau richtig«, sagte Beverly. »Und anschließend sollte er seine Familie wiedersehen.«

Picard sah von der Ärztin zum Patienten. »Glaubst du, das hilft ihm?«

Dr. Howard seufzte. »Um ganz ehrlich zu sein, Jean-Luc, ich bezweifle, daß es ihm schaden könnte.« Sie richtete einen traurigen Blick auf Riker. »Wenn man bedenkt, daß sich unter dem zerzausten Haar und dem gereizten, paranoiden Gebaren ein Mann verbirgt, der einmal ein sehr begabter und vielversprechender Starfleet-Offizier war. Was wohl aus ihm geworden wäre, wenn ihn die Romulaner nicht gefangengenommen und gefoltert hätten?«

»Das werden wir wohl nie erfahren«, erwiderte Picard.

»Nun, Worf, wie ich hörte, haben Sie sich einen Namen gemacht.«

Der Klingone saß Crusher im Quartier des Captains gegenüber. »Ich habe mich für meine Sache und das Imperium eingesetzt. Daß ich dadurch einen gewissen Ruf gewann, ist von zweitrangiger Bedeutung.«

Jack lehnte sich zurück. »Na schön. Wenn Sie es so sehen ...« Er zögerte kurz. »Also, Worf, legen wir die Karten offen auf den Tisch.«

Der Klingone blickte auf den Tisch und runzelte die Stirn.

Crusher bemerkte die Verwirrung seines Gastes nicht. »Die Föderation glaubt, daß Sie eine wichtige Persönlichkeit werden könnten. Wenn man bedenkt, daß viele Bündnisse vorübergehender Natur sind, und wenn man außerdem die nicht immer konfliktlosen Beziehungen zwischen Klingonen und Föderation berücksichtigt ...«

»Man möchte sicherstellen, daß ich auf der Seite der Föderation stehe, wenn ich einmal ein einflußreiches Amt bekleide.«

Crusher nickte. »Genau darum geht es.«

»Sehr klug«, kommentierte Worf nach kurzem Zögern. »Klug und weitsichtig. So etwas respektiere ich. Hoffentlich können Sie auch meinen Standpunkt respektieren.«

»Und der wäre?«

Worf beugte sich ganz langsam vor, und das Knarren seiner ledernen Kleidung schien dabei immer lauter zu werden und den ganzen Raum zu füllen. »Das klingonische Imperium ist erst dann sicher, wenn alle seine Feinde vernichtet sind.«

»Ich schätze, so kann man es auch ausdrücken.«

Worf senkte die Stimme. Crusher glaubte zu spüren, wie der tiefe Baß des Klingonen den Schreibtisch vibrieren ließ. »Wie ich aus zuverlässiger Quelle erfahren habe, planen die Romulaner für die nächsten Jahre verstärkt Aktionen gegen die Föderation. Darüber hinaus haben sie mit der Verwirklichung von Plänen begonnen, deren Ziel darin besteht, Unruhe und Zwietracht im Imperium zu verbreiten, seine Einheit von innen her aufzubrechen. Praktisch jeder könnte ein romulanischer Agent sein, Captain.«

Crusher starrte ihn groß an. »Wie bitte?«

»Der Feind hat die Technik der chirurgischen Tarnung perfektioniert. Einzelheiten sind mir leider nicht bekannt, und es fehlen auch Beweise, aber wir müssen davon ausgehen, daß mindestens ein romulanischer Agent als vermeintlicher Vulkanier in den Entscheidungsgremien der Föderation sitzt. Ebenso versuchen operativ veränderte Romulaner, das Imperium zu unterwandern.«

»Das sind sehr ernste Beschuldigungen, Worf.«

»Es ist eine ernste Situation. Ich habe den Rat aufgefordert, eine Liste mit den Namen aller Verdächtigen auf unseren Welten zusammenzustellen. Ich bitte Sie, Ihren Vorgesetzten eine entsprechende Empfehlung gegenüber auszusprechen.«

Crusher war einige Sekunden lang sprachlos. »Worf ...«, sagte er schließlich. »Ich bin wie Sie der Ansicht, daß die Sicherheit an erster Stelle steht. Die Vorstellung, daß sich Romulaner in allen unseren Lebensbereichen einnisten, gefällt mir ganz und gar nicht. Aber was Sie vorschlagen, grenzt an Paranoia.«

Worf neigte den Kopf so zur Seite, daß die Augen zu verschwinden schienen. »Wollen Sie damit andeuten ...«

Crusher hob abwehrend die Hände. »Ich will überhaupt nichts andeuten und erlaube mir nur folgenden Hinweis: Ihre ›Empfehlungen‹ könnten dazu führen, daß sich bei unseren Völkern Argwohn ausbreitet. Werte wie Vertrauen gehörten schon bald der Vergangenheit an. Wir würden überall nach Verrätern Ausschau halten und unsere Nachbarn ausspionieren; Denunzianten wären Tür und Tor geöffnet.«

»Ich verstehe nicht ganz ...«, brummte Worf verwundert.

»Derartige Konsequenzen sind nicht unbedingt wünschenswert«, erklärte Crusher.

»Bei allem Respekt, Captain, wenn Sie die Sache aus der historischen Perspektive sehen, so werden Sie feststellen, daß ein wenig Argwohn recht nützlich sein kann. Nachlässigkeit hingegen«, fügte er grimmig hinzu, »hat sich schon häufig als folgenschwerer Fehler erwiesen.«

»Entspannen Sie sich, Lieutenant Commander«, sagte Mot, als er Riker mit sanftem Nachdruck in den Sessel drückte.

Geordi LaForge stand in der Nähe und beobachtete

das Geschehen. Er hatte Riker von der Krankenstation bis hierher begleitet und wollte nun dafür sorgen, daß es nicht zu unangenehmen Zwischenfällen kam. Es ging um einen Haarschnitt – reine Routine. Aber Geordi hatte längst gelernt, daß Routine nicht immer Routine blieb.

Riker kam der Aufforderung des Friseurs nicht nach. Stocksteif stand er da, und Mot mußte ihn fast mit Gewalt in den Sessel drücken. Als der Mann schließlich saß, betastete er sein verfilztes Haar und machte keinen Hehl daraus, wie abstoßend er es fand. »Lieber Himmel, was ist *das* denn? Haben Sie es vielleicht selbst geschnitten? Oder es sich mit bloßen Händen ausgerissen?«

»Sir ...« Geordi kannte den Friseur nicht besonders gut und wollte seinem Mündel Aufregung ersparen. »Lieutenant Commander Riker ist ziemlich lange ... indisponiert gewesen. Meiner Ansicht nach wäre es keine besonders gute Idee, ihn daran zu erinnern.«

Mot warf ihm nur einen kurzen, gleichgültigen Blick zu. »So, so, das ist also Ihre Ansicht.«

»Ich schlage vor, Sie schneiden ihm einfach nur das Haar.«

Mot seufzte und fühlte das Gewicht der Welt auf seinen Schultern. Er holte Kamm, Schere und Rasiermesser hervor, während er verkündete: »Würde mir bitte jemand erklären, warum ausgerechnet ich ...?«

Er bekam keine Gelegenheit, den Satz zu beenden, denn genau in diesem Augenblick führte er die Klinge in die Nähe von Rikers Kehle.

Der Mann im Sessel sah, wie sich Licht auf scharfem Metall spiegelte.

Abrupt erwachten Erinnerungen an Unheil und Schmerz in ihm.

Das höhnische Gesicht des Romulaners schwebte in unmittelbarer Nähe, während er ein Messer zu spüren bekam. Immer wieder bohrte es sich ihm langsam in die

Haut, schnitt winzige Stücke aus seinem Fleisch. Blut sickerte aus Dutzenden von kleinen Wunden …

Rikers Hände schossen nach vorn und schlossen sich um Mots Hals. Der Friseur konnte nicht einmal schreien, weil die Finger zu fest zudrückten und ihm die Luft abschnürten. Er begriff nicht, was geschah, er wußte nur, daß er langsam erstickte, während ihm die Augen aus den Höhlen traten und Riker unartikulierte Laute von sich gab.

Ein oder zwei Sekunden lang stand Geordi wie erstarrt. Dann packte er Riker am Arm. Er verlor keine Zeit mit dem Versuch, die Finger vom Hals des Friseurs zu lösen; er machte statt dessen Gebrauch von einem Injektor.

Das Betäubungsmittel wirkte schnell. Rikers Hände glitten nach unten, und er sank in den Sessel zurück. Im nächsten Augenblick schlief er tief und fest.

Mot taumelte zur Wand zurück und schnappte nach Luft. »In all den Jahren … habe ich noch nie *so etwas* …«

»Bestimmt ist alles in Ordnung mit Ihnen, Mr. Mot.«

»Woher wollen Sie das wissen?«

»Sie sprechen noch.«

»Was ich keineswegs *ihm* verdanke. Glücklicherweise sind die Angehörigen meines Volkes mit einem sehr widerstandsfähigen Kehlkopf ausgestattet.«

»Gut. Und nun …« Geordi deutete auf den betäubten Riker. »Fangen Sie an.«

Mot riß verblüfft die Augen auf. »Das kann doch wohl nicht Ihr Ernst sein. Sie erwarten von mir, daß ich ihm das Haar schneide – nachdem er mich angegriffen hat?«

»Jetzt dürfte er Ihnen keine Probleme mehr bereiten.«

»Nein.« Mot legte Kamm, Schere und Rasiermesser beiseite. »Ich weigere mich. Dieser Grobian wollte mich umbringen, und deshalb werde ich ihm nicht die Ehre erweisen, seine Frisur zu gestalten. Ich, das Opfer, biete meine Dienste nicht dem Täter an.«

»Ist das Ihr letztes Wort?«

»Ja.«

»Na schön.« Geordi griff nach den Werkzeugen des Friseurs.

Mot warf ihm einen beunruhigten Blick zu. »Was haben Sie vor?«

»Ich stutze ihm stümperhaft den Bart, und anschließend verpasse ich ihm einen gräßlichen Haarschnitt.« Geordi musterte Mot streng. »Und dann erzähle ich allen Leuten an Bord, daß Sie dafür verantwortlich sind. Ich behaupte einfach, Sie seien zum betreffenden Zeitpunkt sinnlos betrunken gewesen.«

Mot nahm Geordi Kamm und Schere aus der Hand. In seinen Augen blitzte es empört.

»Erpressung ist eine üble Sache«, brummte er und begann damit, Rikers Haar zu schneiden.

»Nur für das Opfer«, erwiderte Geordi.

FADEN A

14

Deanna Troi ging mit wachsender Unruhe in ihrem Quartier auf und ab. Tommy hingegen saß still wie ein Buddha und beobachtete die nervöse Wanderung seiner Mutter. Manchmal nahm sie für kurze Zeit Platz, stand dann wieder auf, ging einige Schritte weit, lehnte sich an die Wand, setzte sich erneut – um den ganzen Zyklus gleich darauf zu wiederholen.

»Warum dauert es bloß so lange?« fragte sie schließlich. »Es hat überhaupt keinen Sinn, daß du dauernd umherläufst«, sagte Tommy. »Dadurch geht's bestimmt nicht schneller.« Deanna seufzte und setzte sich. »Ich weiß. Aber inzwischen ist er schon seit einer ganzen Weile an Bord. Warum dürfen wir nicht zu ihm?«

»Dafür gibt es sicher einen guten Grund«, erwiderte Tommy.

»Den ich gern erfahren würde.«

»Wir haben es hier mit Starfleet zu tun. Starfleet-Offiziere wissen, worauf es ankommt.«

Deanna musterte ihren Sohn und lächelte. »Du hast absolutes Vertrauen in Starfleet«, stellte sie fest, und es klang nur ein wenig verwundert.

Tommy zuckte kurz mit den Schultern. »Ja, ich denke schon.«

»Und zwar weil du deinen Vater vergötterst. Er gehört zu Starfleet, und deshalb bewunderst du alle Leute, die eine Flottenuniform tragen.«

»Was ist mit dir?« fragte der Junge. »Hast du kein Vertrauen zu Starfleet?«

Deanna seufzte erneut. »Dein Vater liebte das Leben, so wie auch meiner. Soviel weiß ich. Außerdem weiß ich, daß mein Vater viel zu früh starb. Und ich habe mich fast sieben Jahre lang gefragt, ob dein Vater noch lebt oder tot ist. Ein Teil von mir bedauert, daß meine Familie jemals in Kontakt mit Starfleet geriet.«

Tommy schwieg einige Sekunden lang. »Auch ich werde einmal zu Starfleet gehören.«

Deanna lächelte sanft. »Nun, wir haben noch viel Zeit, um in dieser Hinsicht eine Entscheidung zu treffen.«

»Es ist nicht *unsere* Entscheidung, sondern *meine*«, betonte Tommy.

»Wie du meinst. Dann hast *du* noch viel Zeit, um dich zu entscheiden. Es muß nicht hier und heute geschehen. Hast du verstanden, Tommy?«

»Ja, Ma, aber ich glaube, wir könnten vielleicht …«

»Hast du verstanden Thomas?«

Der Junge hörte die Schärfe in der Stimme seiner Mutter, und es entging ihm auch nicht, daß sie ihn jetzt ›Thomas‹ nannte. So etwas geschah nur in besonders ernsten Fällen. Aber er hatte doch gar nichts getan. Warum war sie plötzlich so sauer auf ihn?

Der Türmelder summte. Deanna erschrak und sprang auf. Von einem Augenblick zum anderen raste ihr Puls. »Ja?« fragte sie.

»Hier ist ein Herr, der Sie besuchen möchte«, sagte eine Frau.

Deanna erstarrte.

»Äh … warten Sie eine Sekunde«, erwiderte sie.

Tommy beobachtete verblüfft, wie seine Mutter zum Spiegel eilte, um ihr Haar in Ordnung zu bringen. »›Warten Sie eine Sekunde?‹« wiederholte er fassungslos. »Das darf doch wohl nicht wahr sein.«

Deanna streckte die Hand aus, um weiteren Worten ihres Sohnes zuvorzukommen. »Bitte, hab ein wenig Geduld.« Sie atmete tief durch und versuchte, sich zu beruhigen. »Äh ... herein.« Als keine Reaktion erfolgte, wiederholte sie lauter: »Herein.«

Die Tür öffnete sich mit einem leisen Zischen.

Ein Starfleet-Offizier – eine junge Frau mit kurzgeschnittenem blonden Haar – stand im Korridor und nickte Deanna kurz zu. »Lieutenant Yar, Sicherheitsabteilung, Ma'am«, stellte sie sich vor. »Ich sollte Sie darauf hinweisen, daß Ihr Mann ein wenig ... schreckhaft ist.«

»Schreckhaft?« brachte Deanna verwirrt hervor.

»Beziehungsweise nervös. Um ganz ehrlich zu sein, wenn es um jemand anders ginge, wäre ich dafür, noch etwas zu warten. Aber da Sie sowohl Empathin als auch ausgebildete Psychologin sind ...« Tasha hob und senkte die Schultern. »Wir nehmen an, daß Sie damit fertig werden. Überstürzen Sie nichts. Ich warte draußen, für den Fall, daß Sie mich brauchen.«

Deanna fragte sich, warum sie bei der Begegnung mit ihrem Ehemann die Hilfe eines Sicherheitsoffiziers benötigen sollte.

Und dann stand er vor ihr.

Er sah etwas ›normaler‹ aus als auf dem Kom-Bildschirm im Haus ihrer Mutter. Das Haar war ordentlich geschnitten, der Bart gestutzt. Er trug keine Starfleet-Uniform, sondern schlichte Freizeitkleidung und war erheblich dünner, als Deanna ihn in Erinnerung hatte – er schien sogar kleiner zu sein. Die Schultern wölbten sich ein wenig nach vorn, und der Blick huschte unruhig hin und her. Ein normales Verhalten für jemanden, der so viel hinter sich hatte: Instinktiv rechnete er mit einem Angriff. Nicht eine einzige Sekunde lang durfte er in seiner Wachsamkeit nachlassen. Sonst riskierte er, mit schier unerträglichen Schmerzen dafür bestraft zu werden.

Für Deanna sah er einfach wundervoll aus.

»Will?« fragte sie leise.

Zuerst schien er sie nicht zu hören. Er spähte ins Zimmer und hielt nach verborgenen Gefahren Ausschau, bevor er es wagte, den Raum zu betreten. Deanna wiederholte den Namen, und daraufhin sah er sie an – beziehungsweise durch sie hindurch.

Schließlich schien sie in den Mittelpunkt seiner Aufmerksamkeit zu rücken.

Sie wartete darauf, daß er etwas sagte.

»Deanna?« flüsterte er.

Ihre Hände flogen zum Mund empor und hielten einen Freudenschrei zurück. Ein abruptes lautes Geräusch hätte Will sicher verschreckt, ihn vielleicht sogar in Panik geraten lassen.

Sie nickte stumm.

Und dann sprach Will drei Worte aus, die ihre Welt zum Einsturz brachten.

»Wo ist Deanna?« fragte er.

FADEN A

15

Gary Mitchell war nur mehr eine sehr vage Erinnerung.

Q hatte zu keinem Zeitpunkt beabsichtigt, die Dinge so sehr außer Kontrolle geraten zu lassen. Seine Fähigkeit, die Macht des Q-Kontinuums einzusetzen, wurde stark eingeschränkt, als der Wirt den Verstand verlor. Außerdem hatte Mitchell einen Teil der Q-Macht auf eine menschliche Frau übertragen, mit nicht gerade erfreulichen Resultaten. Es war Q sehr schwergefallen, seine Kraft aus ihrem leblosen Körper zu befreien.

Eigentlich seltsam, tief in seinem Innern hatte Mitchell großen Gefallen an seinem gottartigen Status gefunden. Oh, sicher, er beklagte sich und jammerte, empfand sogar Furcht. Doch irgendwo im Bereich des Unbewußten prickelte eine fast ekstatische Freude darüber, andere Personen nach Belieben manipulieren und Gott spielen zu können. Q erinnerte sich an eine ähnliche Reaktion seines ersten menschlichen Wirts. Er hatte darin nur einen individuellen Makel gesehen, doch jetzt mußte er in Erwägung ziehen, daß es sich um eine die ganze Spezies betreffende Schwäche handelte. Macht korrumpierte die Menschen, und absolute Macht korrumpierte sie absolut.

(Aber nicht Riker ...)

Dieses Erinnerungsfragment offenbarte sich ihm ganz plötzlich. Reminiszenzen aus einem anderen Teil seiner Existenz vermischten sich mit den Milliarden von Informationsbits, die der körperlose Q zu verarbeiten versuchte.

(Wer war Riker?)
(Was war Riker?)
(Wo war Riker?)
(Enterprise ...)

Aber das ergab keinen Sinn. *Enterprise* – so hieß das Raumschiff, in dem er sich bis eben aufgehalten hatte. Mitchell war ein Besatzungsmitglied gewesen, und Kirk der Kommandant ...

Kirk.

Kirk hatte Mitchell getötet.

Natürlich war er dazu nur imstande gewesen, weil Q es erlaubte. Mitchells Machtbesessenheit hatte so enorme Ausmaße gewonnen, daß sie Q zu überwältigen drohte. Wenn Q Körper und Geist des Wirts nicht rechtzeitig verlassen hätte, so wäre er vielleicht für immer darin gefangen gewesen, um sich schließlich im Wahnsinn des Menschen zu verlieren.

Er machte sich die Frau namens Elizabeth Dehner zum Werkzeug. Jene Frau, der Mitchell einen Teil seiner Macht übertragen hatte. Q nutzte seinen geringen Einfluß, um sie zu veranlassen, sich gegen Mitchell zu wenden. Sie zeigte tatsächlich eine entsprechende Reaktion – vielleicht war sie noch nicht vollständig korrumpiert. Oder menschliche Frauen erlagen den Verlockungen der Macht nicht so leicht wie menschliche Männer.

Dehner trachtete danach, Mitchell aufzuhalten. Sie kämpfte gegen ihn, Schlag um Schlag, Macht gegen Macht. Dadurch bekam Q dringend benötigten Handlungsspielraum und somit eine Chance. Als es auf dem Planeten Delta Vega zur entscheidenden Konfrontation zwischen Gary Mitchell und James R. Kirk kam, zog sich Q vorsichtig zurück, um seine Freiheit zurückzuerlangen. Seine Macht begleitete ihn, sickerte gleichsam aus dem Menschen.

Mitchell merkte natürlich, daß er an Kraft verlor, und sein Unterbewußtsein zerrte Q zurück. Ein wilder mentaler Kampf entbrannte, als der veränderte, besessene Geist von Gary Mitchell alles versuchte, um Q festzuhalten. Kirk gab schließlich den Ausschlag. Bevor Mitchell Qs ganze Macht erneut in seinem Wesen integrieren konnte, ließ Kirk eine Felslawine auf Mitchell herabstürzen. Die kurze Ablenkung genügte Q, um sich ganz aus dem anderen Selbst zu lösen, mit dem Ergebnis, daß Mitchell von den Felsen erschlagen wurde. Wenige Sekunden später vereinte Q sein freies Bewußtsein auch mit dem Fragment, das Elizabeth Dehner beeinflußt hatte,

Als James Kirk den Tod seines Freundes auf Delta Vega betrauerte, genoß Q die wiedergefundene Freiheit. Und dann, für einen Sekundenbruchteil, spielte er mit dem Gedanken, Kirk zu übernehmen.

Fast sofort entschied er sich dagegen. Kirks Persönlichkeit war mindestens ebenso stark wie die Mitchells. Q hatte es gerade geschafft, die einzelnen Teile des eigenen Selbst wieder miteinander zu verbinden, und er wollte nicht riskieren, erneut mental unterworfen zu werden.

Er wollte nicht länger von irgendwelchen externen Faktoren abhängig sein.

Er blieb eine Zeitlang auf Delta Vega, um sich zu sammeln und stärker zu werden – ein amorphes Energiewesen, das sich bemühte, inneren Halt zu finden.

Schließlich verließ er den Planeten.

Q erforschte die Galaxis und machte sich daran, die Mosaiksteine seiner Existenz zu einem Bild zusammenzufügen. Er glitt durch Nebel und wich schwarzen Löchern aus. Er begegnete anderen Energiewesen, die ihm ähnelten und sich doch von ihm unterschieden. Eines erwies sich als besonders abscheulich und versuchte, Furcht in Q zu wecken. Es konnte keinen Erfolg verzeichnen: In Q regte sich keine Angst, nur Ärger.

Da beide Geschöpfe amorpher Natur waren, gab es kaum die Möglichkeit für sie, einander etwas anzutun.

Die andere energetische Entität setzte ihre Reise fort, schwor Feindschaft und Rache.

Die Begegnung berührte etwas in Q. Es dauerte noch viele Jahre, bevor er verstand, denn da ihm die Gründe seiner Existenz unklar blieben, gab es zunächst nicht den geringsten Anreiz für ihn, sich auf wichtige Dinge zu konzentrieren. Er hatte nur sehr vage Vorstellungen davon, was ›wichtig‹ war.

Langsam, ganz langsam, gewannen undeutliche Eindrücke klare Konturen.

Q fühlte sich von etwas angezogen, von einem ganz bestimmten Punkt in Raum und Zeit, der ein Rätsel für ihn darstellte.

Er hoffte, die Frage nach dem Warum beantworten zu können, wenn er ihn erreichte.

FADENSPRUNG
FADEN C

Die Schilde der *Enterprise* flackerten unter dem Beschuß dreier romulanischer Kriegsschiffe. Es gab kein Entrinnen mehr. Was als Rettungsmission begonnen hatte, war auf fatale, schreckliche Weise aus dem Ruder gelaufen. Die Kommandantin dachte an die Ereignisse, die zu der aktuellen Situation geführt hatten, und ein inneres Schaudern begleitete die Erkenntnis, daß sie unter den gleichen Umständen die gleichen Entscheidungen treffen würde.

»Captain Garrett!« rief Delhaney von der taktischen Station und wischte sich das Blut aus dem Wangenpelz. »Strukturlücken in den vorderen Deflektoren. Kapazität der rückwärtigen Schilde bei fünfzig Prozent und weiter sinkend!«

»Heckdeflektoren deaktivieren!« befahl Garrett. »Die gesamte zur Verfügung stehende Energie in die Bugschilde umleiten.« Ihre Hände schlossen sich fester um die Armlehnen des Kommandosessels. »Auch weiterhin den Notruf senden! Navigation, sorgen Sie dafür, daß unser Bug auf die Gegner gerichtet bleibt!«

»Navigationskontrollen reagieren nicht!« rief Castillo. Hilflos schlug er mit den Fäusten auf ein Schaltpult, das den Dienst verweigerte.

Eine neuerliche Salve der romulanischen Kriegsschiffe ließ die *Enterprise* erbeben. Sicherheitssysteme fielen aus, und die wissenschaftliche Station explodierte. Trümmerstücke zerfetzten den dort sitzenden Berkholt – er war bereits tot, bevor er zu Boden sank.

Ein kleines Feuer brach aus. Delhaney handelte sofort, warf sich in die Flammen und erstickte sie mit seiner Körperfülle.

Garrett wußte, daß es für die *Enterprise* keine Chance mehr gab, aber irgend etwas hinderte sie daran, sich in das unausweichliche Schicksal zu fügen. Sie aktivierte das Interkom. »Maschinenraum! Können wir die Phaserkanonen wieder einsatzbereit machen?«

»Die Gehäuse der Phaserbatterien haben Risse bekommen«, drang die Stimme des Chefingenieurs aus dem Lautsprecher. Das Knistern und Knacken von Statik übertönte sie fast. »Wir versuchen, eine lokale Abschirmung zu installieren, um einem Strahlungsleck vorzubeugen.«

Garrett hätte fast laut gelacht. Ihnen blieb noch etwa eine Minute – sie brauchten sich bestimmt keine Sorgen darüber zu machen, an den Folgen einer schleichenden Strahlungskontamination zu sterben.

»Captain!« Delhaney klopfte sich Ruß von der Uniform. »Ein vierter romulanischer Kreuzer nähert sich uns von hinten.«

Und dort war die *Enterprise* völlig ungeschützt.

»Großartig«, kommentierte Garrett.

Der Chefingenieur meldete sich erneut. »Captain! Zwei Photonentorpedos sind einsatzbereit!«

Garrett sprang auf. »Delhaney! Zielerfassung auf das Schiff hinter uns und Feuer!«

Delhaney hielt sich nicht mit dem Hinweis auf, daß die computergesteuerte Zielerfassung schon seit einer Weile nicht mehr funktionierte. Warum die Kommandantin mit einem solchen Hinweis belasten? Er nahm eine manuelle Anpeilung vor, schickte ein stummes Gebet zu den Göttern und feuerte die beiden Photonentorpedos ab.

Das Kriegsschiff hinter der *Enterprise* wurde, als es das Feuer eröffnen wollte, beidseitig getroffen. Strahlenbündel zuckten durchs All, verfehlten das Starfleet-

Schiff jedoch. Eine Entladung streifte sogar die Schilde eines anderen romulanischen Kreuzers.

Wenn der *Enterprise* vierzig oder fünfzig weitere Photonentorpedos oder vielleicht einige voll geladene Phaserbänke zur Verfügung gestanden hätten, so wäre sie möglicherweise imstande gewesen, den Sieg doch noch zu erringen. Doch in ihrem derzeitigen Zustand konnte sie nur warten – auf den Gnadenstoß.

Die Romulaner gruppierten sich neu und flogen einen neuen Angriff.

Delhaney wollte gerade rufen, daß sämtliche Schilde kurz vor dem endgültigen Kollaps standen, als mehrere Photonentorpedos heranrasten und den zentralen Bereich der Untertassensektion trafen – dort befand sich die Brücke. Der taktische Offizier wurde von seiner Station fortgeschleudert und prallte mit solcher Wucht gegen das Geländer, daß seine Wirbelsäule brach.

Eine zweite Explosion, dann noch eine. Ein Teil der Decke gab nach, und Trümmer regneten herab. Garrett sprang aus dem Kommandosessel, setzte über Delhaneys Leiche hinweg und eilte zur taktischen Station. Dort huschte ihr Blick über die Kontrollen.

Die Displays teilten ihr unmißverständlich mit, daß alle Waffensysteme ausgefallen waren. Garrett sah ebensoviel Sinn darin, sie weiter gegen den Feind einzusetzen wie auf die Untertassensektion zu klettern und nach den Romulanern zu spucken.

Das Schiff schüttelte sich heftig, und dadurch fiel Castillo aus seinem Sessel. Was sein Leben um einige Sekunden verlängerte. Weitere Trümmer fielen von der Decke herab und zerschmetterten die Konsole und den Sessel, in dem Castillo eben noch gesessen hatte. Er selbst wurde nicht zermalmt, nur lebendig begraben.

Garrett sah sich auf der Brücke um. Nirgends regte sich etwas; vermutlich waren alle tot. *Es ist alles so unfair,* fuhr es der Kommandantin durch den Sinn. Die Crew der *Enterprise* 1701-C war ein ausgezeichnetes

Team gewesen; kein Captain konnte sich ein besseres wünschen. Diese Crew hatte es nicht verdient, einem solchen Schicksal zum Opfer zu fallen. Garrett stellte sich vor, wie die Besatzung der Enterprise große Dinge vollbrachte, sich einen so legendären Ruf erwarb, daß man Heldenlieder über sie sang.

Das Schiff hatte etwas anderes verdient als einen solchen Tod …

Die Romulaner näherten sich, um ihren Triumph voll auszukosten. Sie wußten, daß sich die *Enterprise* nicht mehr wehren konnte. Trotzdem boten sie ihr nicht die Kapitulation an. Statt dessen schlugen sie noch härter und gnadenloser zu als vorher. Photonentorpedos kamen von allen Seiten, und blendend helles Licht füllte den Wandschirm. Garrett erinnerte sich an die Berichte vom Sterben: Wenn man starb, so hieß es, sah man einen Tunnel aus Licht. Es klang irgendwie tröstlich und beruhigend, so als erwarte sie im Jenseits etwas Angenehmes.

Doch in diesem Fall kam das nicht von explodierenden romulanischen Photonentorpedos.

Garrett taumelte, fiel und … spürte etwas Sonderbares. Das ganze Schiff schien sich …

… umzustülpen.

Überall schimmerte Licht und es erschien Garrett unglaublich, daß ein Schwarm Photonentorpedos so hell strahlen sollte.

Das Raumschiff kippte, und für einen Sekundenbruchteil gewann die Kommandantin den Eindruck, daß irgend etwas *geschah.* Sie sah vor ihrem inneren Auge das Bild ihrer selbst, wie sie am Rand eines großen Wasserfalls stand, in die tosenden Fluten blickte und … fiel.

Die *Enterprise* neigte sich, Garrett rutschte ab und hielt sich im letzten Augenblick an der taktischen Konsole fest.

Es gab nicht nur das grelle Gleißen, sondern auch

noch etwas anderes. Irgendwo in weiter Ferne – oder vielleicht in Garretts Innern – erscholl eine Art spöttisches Gelächter.

Das Licht wuchs, dehnte sich aus …

Und dann waren die romulanischen Kriegsschiffe verschwunden.

Einfach so.

Garrett glaubte ihren Augen nicht trauen zu können. In der einen Sekunde war die *Enterprise* dem Untergang geweiht – und in der nächsten existierten keine Feinde mehr. Der Wandschirm zeigte nur noch leeren Raum.

Die Kommandantin wagte nicht zu hoffen. Hatten die Romulaner ihre Tarnvorrichtungen aktiviert? Nein, das ergab keinen Sinn. Garrett überprüfte die noch funktionierenden Instrumente, um ganz sicher zu gehen. Der Feind hatte die *Enterprise* bereits geschlagen und deshalb nicht den geringsten Grund, sich zu tarnen – zumal er bei eingeschalteten Tarnfeldern keinen Gebrauch mehr von seinen Waffen machen konnte. Es sei denn …

Es sei denn, andere Schiffe waren eingetroffen, mit der Absicht, die *Enterprise* vor der endgültigen Vernichtung zu bewahren.

Garrett wollte aufstehen – und schrie vor Schmerz. Sie sank wieder auf das Deck, die Pein ließ sie am ganzen Leib zittern.

Sie richtete den Blick auf die untere Hälfte ihres Körpers und verstand. Als sie gefallen war, mußte das eine Bein an ein Hindernis gestoßen sein, vielleicht an einen Sessel, wodurch es sich verdreht hatte. Die Folge war ein komplizierter Bruch. *Wundervoll,* dachte Garrett. *Das hat mir gerade noch gefehlt.* Durch eingeschränkte Mobilität wurde eine schlimme Situation noch kritischer.

Ein Teil von ihr wollte sich einfach hinlegen und sterben – ein Teil, der irgendwo bei den Hüften zu Hause war. Aber das Gehirn behauptete noch immer seine dominierende Rolle und befahl dem Körper, zur taktischen Station zurückzukehren. Sie verlagerte das ganze Gewicht auf das unverletzte Bein. Trotzdem entflammte neuerlicher Schmerz in ihr, den sie zu ignorieren versuchte. *Nach oben, nach oben, beweg dich endlich, verdammt, sei nicht so faul!* Und dann stand sie dicht vor dem taktischen Pult und versuchte, die Pein in einen fernen Winkel ihres Selbst zu verbannen und erträglicher zu machen.

Schon nach kurzer Zeit gab sie die Theorie von der Ankunft anderer Schiffe auf. Der leere Weltraum umgab die *Enterprise.* Es befanden sich keine romulanischen Schiffe in der Nähe, ebensowenig klingonische Kreuzer oder Einheiten von Starfleet.

Garrett überprüfte die Anzeigen der Instrumente noch einmal. Blut tropfte ihr von der Stirn, und sie wischte es achtlos fort, konnte einfach nicht glauben, was ihr die Sensoren mitteilten. Um ganz sicher zu sein, starrte sie auf das zentrale Projektionsfeld.

Es stimmte tatsächlich. Die Sterne bildeten neue Konstellationen – die *Enterprise* befand sich in einem ganz anderen Raumsektor.

»Wie ist das möglich?« brachte Garrett hervor und stellte verblüfft fest, daß ihre Stimme rauh und heiser klang.

Es gab keine Zeit, über das Wie und Warum zu spekulieren. Die Kommandantin schaltete das Interkom ein. Ihre Stimme klang fremd, als sie sagte: »Hier ist der Captain. An die gesamte Besatzung … Statusbericht.«

Nichts. Keine Antwort. Es rauschte nur im Lautsprecher. War die Crew bewußtlos oder … tot? Garrett erschauerte, als sie sich vorstellte, das einzige lebende Wesen an Bord zu sein. Und wenn es stimmte? Vielleicht gab es außer ihr nur noch ein paar hundert Leichen auf der *Enterprise.*

Ein zweiter gräßlicher Gedanke folgte dem ersten. Was mochte geschehen, wenn sie am Leben blieb und das Wrack nie gefunden wurde? Wenn das Schiff für alle Ewigkeit durchs All trieb, ohne daß jemand auf den Notruf reagierte?

Ein Schiff voller Leichen …

Garrett befürchtete, in dem Fall den Verstand zu verlieren; daran konnte nicht der geringste Zweifel bestehen. Entweder gelang es ihr, mehrere Hundert Tote zum Hangar zu schleppen und dem Weltraum zu übergeben, oder sie verbrachte den Rest ihres Lebens mit einer toten Crew.

Wieder tropfte ihr Blut in die Augen, und wieder wischte sie es fort. Es war lächerlich, solchen Überlegungen nachzuhängen. Zunächst einmal mußte sie nicht unbedingt von der Annahme ausgehen, daß außer ihr alle tot waren. Und außerdem reichte die Energie der Lebenserhaltungssysteme nur für begrenzte Zeit. Captain Garrett würde ihre Mannschaft also nicht lange überleben.

Sie lachte.

Es blieb ihr gar nichts anderes übrig. Die beste Nachricht des Tages: Bald fielen die Lebenserhaltungssysteme aus.

Sie hatte das Gefühl, lange Zeit nur zu lachen, in Wirklichkeit vergingen jedoch nur zwei Sekunden. Dann gewann sie ihre Selbstkontrolle zurück und versuchte, das Pochen zwischen ihren Schläfen zu ignorieren. Der Subraum-Sender funktionierte noch, wie sie kurz darauf feststellte. Die Übertragung von Videosignalen war zwar nicht möglich, aber wenigstens konnte sie ihre Stimme in den interstellaren Äther schicken.

»Hier spricht Captain Garrett vom Raumschiff *Enterprise.* An alle Einheiten der Föderation. Wir sind von Romulanern angegriffen worden und brauchen dringend Hilfe. Wir haben kein Warppotential mehr, und bald fallen die Lebenserhaltungssysteme aus …«

Die Kommandantin sprach weiter, und nur die eigene Stimme leistete ihr Gesellschaft.

Captain Picard hob überrascht den Kopf, als Guinan aus dem Turbolift trat. Es geschah nur selten, daß er die Wirtin außerhalb des Gesellschaftsraums im zehnten Vorderdeck sah, und noch seltener besuchte sie ihn unangekündigt auf der Brücke.

Dafür mußte es einen besonderen Grund geben. Vielleicht hatte es etwas mit Q oder Trelane zu tun. Möglicherweise wollte Guinan ihn vor der unmittelbar bevorstehenden Rückkehr der beiden Entitäten warnen. Qs offensichtliche Niederlage bei der Konfrontation mit seinem Mündel beunruhigte Picard. Wie sonderbar. Einst hätte er geschworen, daß es in der Hölle schneien mußte, ehe er Q mit Anteilnahme begegnen würde. Jetzt jedoch hätte ihn eine von Qs spöttischen Bemerkungen beinahe erleichtert.

»Guinan?« fragte Picard.

Sie starrte Worf so verdutzt an, daß der Captain verwundert die Brauen wölbte. Der Klingone bemerkte zunächst nichts davon, doch nach einigen Sekunden spürte er den durchdringenden Blick. »Stimmt was nicht?« erkundigte er sich.

Guinan runzelte die Stirn, schüttelte den Kopf und wandte sich an Picard. »Ich muß mit Ihnen reden. Jetzt sofort.« Sie senkte die Stimme und fügte drängend hinzu: »Es ist alles verkehrt, Captain. Die Dinge sollten sich nicht auf diese Weise entwickeln.«

Picard musterte sie verwirrt. »Na schön.« Er deutete zum Bereitschaftsraum, und Guinan eilte ihm voraus. Sie kam sofort zur Sache, als sich die Tür hinter ihnen beiden geschlossen hatte.

»Alles hat sich verschoben«, sagte sie.

»Verschoben?« wiederholte Picard. Er wußte nicht, was er davon halten sollte. Er hatte ein solches Gespräch mit Guinan nicht erwartet.

»Alles hat sich verändert. Das Schiff ... Sie ...«

»Ich?« Bei jemand anders wäre er bereit gewesen, einen ausgeklügelten Streich zu vermuten, doch nicht bei Guinan. »Auf welche Weise?«

»Ich weiß es nicht.«

»Sie müssen doch wenigstens eine bestimmte Vorstellung davon haben, wie sich die Dinge verändert haben.«

Guinan seufzte, und es klang fast verzweifelt. »Wenn ich Dinge betrachte oder Personen ansehe, *fühlen* sie sich nicht richtig an.«

»Welche Dinge? Welche Personen?«

Guinan sah sich hilflos im Bereitschaftsraum um und richtete ihren Blick schließlich auf den Captain. »Die Brücke ...«

»Was ist damit?«

Sie suchte nach geeigneten Worten und fand keine. »Der Kontrollraum sollte anders beschaffen sein«, brachte sie hervor.

Vielleicht litt Guinan an den Nachwirkungen der jüngsten Ereignisse. Trelane hatte sie schikaniert und ins All katapultiert. »Es ist dieselbe Brücke«, sagte er betont ruhig und hoffte, daß er sich nicht zu herablassend anhörte.

Guinan gab ihre unruhige Wanderung durch den Bereitschaftsraum auf und setzte sich. »Ja, ich weiß. Und gleichzeitig weiß ich, daß alles ... falsch ist.«

Diese Hinweise waren zu unklar und verworren. Picard benötigte konkretere Angaben, die ihm einen klar definierten Anhaltspunkt gaben und es ihm erlaubten, Guinans Perspektive zu teilen. »Was sonst noch?«

Die dunkelhäutige Frau wandte den Blick nach innen, als suche sie nach dem Grund für ihre Beunruhigung. Schließlich entdeckte sie etwas. »Familien. Es sollten sich keine Familien an Bord befinden.«

Picard mußte sich sehr beherrschen, um nicht laut zu lachen. Es war ihm inzwischen gelungen, sich mit der Präsenz von Kindern abzufinden. Vor sieben Jahren hatte er die Meinung vertreten, daß Mädchen und Jungen an Bord eines Raumschiffs wie der *Enterprise* nichts zu suchen hatten. Er empfand es als bizarr, jetzt einen solchen Hinweis von Guinan zu hören. »Und warum sollten keine Kinder an Bord sein?«

»Weil dies ein Kriegsschiff ist«, lautete die Antwort.

Dem Captain lief es kalt über den Rücken, als er diese Worte hörte. »Was?« hauchte er.

»Unsere Mission, Worf … Er sollte nicht bei uns sein. Die Klingonen, der Krieg …«

Picard stand auf und in seinem Gesicht zeichnete sich nun große Besorgnis ab.

Guinan senkte den Kopf. Sie wirkte hilfloser und verletzlicher als jemals zuvor. »Wenn ich es doch nur beweisen könnte …«, flüsterte sie. »Aber dazu bin ich nicht imstande.«

»Guinan«, sagte Picard langsam, »in letzter Zeit sind wir alle großem Streß ausgesetzt gewesen. Vielleicht sollten Sie sich in der Krankenstation von Dr. Crusher untersuchen lassen.«

Sie stand auf und seufzte erneut. »Ich fürchte, sie kann mir nicht helfen. Niemand kann jetzt helfen. Ganz gleich, was wir auch unternehmen – es macht keinen Unterschied mehr. Das ist ein weiterer Aspekt: Wir sollten irgend etwas unternehmen können. Aber das können wir nicht. Was auch immer jetzt geschieht, wir haben nicht den geringsten Einfluß darauf.«

»Guinan …«

Sie hob die Hand und schüttelte den Kopf. »Schon gut. Danke, daß Sie mich angehört haben. Mir ist klar, daß es für Sie sehr seltsam klingen muß.«

»Ich bin besorgt.«

»Ich ebenfalls. Wenn ich mehr herausfinde, gebe ich Ihnen sofort Bescheid.«

Guinan verließ den Bereitschaftsraum und fühlte, wie sich etwas in ihr versteifte, als Worf sie beobachtete. Rasch betrat sie den Turbolift und kehrte zum Gesellschaftsraum zurück.

Dort blieb sie abrupt stehen.

Eine neuerliche Veränderung hatte stattgefunden, und dadurch wurde wieder alles vertraut.

Wo zuvor in Zivil gekleidete Personen gesessen und ganz entspannt miteinander geplaudert hatten, sah Guinan nun uniformierte Besatzungsmitglieder. Mit ihrem leicht bauschigen Stil und der im Halfter getragenen Waffe boten die Uniformen wieder das gewohnte Erscheinungsbild. Auch die Kellner waren bewaffnet. Das matte Licht schuf eine kühlere, ernstere Atmosphäre. Die Aura der Behaglichkeit war verschwunden. Alle Anwesenden erweckten den Eindruck, jederzeit bereit zu sein; sie schienen zu erwarten, daß von einem Augenblick zum anderen die Sirenen der Alarmstufe Rot heulten und darauf hinwiesen, daß …

… die Klingonen angriffen. Ja, genau.

Die Erinnerungen an das Verwirrende schwanden bereits aus Guinan. Ein Klingone auf der Brücke – lieber Himmel, sie hatte sich vorgestellt, daß im Kontrollraum …

Das Bild löste sich vollständig auf und wich einem Gefühl, das tiefe Erleichterung mit Wohlbehagen verband.

Eine Phase seltsamer geistiger Orientierungslosigkeit lag hinter ihr. Guinan verglich ihr jüngstes Erlebnis mit einer jener Gelegenheiten, bei denen man ein bekanntes Wort sieht, das aus irgendeinem Grund völlig *falsch* aussieht.

Nach einigen Sekunden konnte sie sich nicht einmal mehr an den Grund für ihre Besorgnis entsinnen. Alles war in bester Ordnung.

»Vielleicht werde ich langsam alt«, murmelte Guinan.

FADEN C

Auf der Brücke, die Guinan gerade *nicht* verlassen hatte, beendete Captain Picard einen Eintrag ins militärische Logbuch.

Seine eigenen Gedanken über den Krieg gegen das klingonische Imperium behielt er natürlich für sich. Es stand nicht zum besten damit. Vertrauliche Mitteilungen von Starfleet deuteten darauf hin, daß die Klingonen damit rechnen durften, in etwa sechs Monaten den Sieg zu erringen. Es fiel Picard nach wie vor schwer, diese Tatsache für möglich zu halten.

»Captain«, ertönte die Stimme von Lieutenant Yar, »die Fernbereichsensoren haben ein Schiff geortet.«

»Können Sie das Schiff identifizieren?«

Tasha Yar runzelte die Stirn und blickte auf die Displays. »Es handelt sich eindeutig um ein Föderationsschiff. Die Konfiguration wird überprüft.« Sie legte eine kurze Pause ein und gab sich alle Mühe, nicht zu überrascht zu klingen, als sie hinzufügte: »Es ist die *Enterprise* 1701-C.«

Picard drehte langsam den Kopf.

»Die von den Scannern übermittelten Daten bestätigen das Strukturmuster, Captain«, sagte Data. »Ich habe eine Analyse der Substanzen in Rumpf und Triebwerk vorgenommen. Die Baumaterialien und -methoden entsprechen den vor einigen Jahrzehnten üblichen.«

Fähnrich Wesley Crusher wandte sich halb von der Schadenskontrollstation ab. »Aber das Schiff wurde vor zwanzig Jahren zerstört.«

»Es wurde *vermutlich* zerstört«, korrigierte Data. »Die *Enterprise*-C wurde zum letzten Mal unweit des klingonischen Außenpostens auf Narendra Drei gesichtet, vor genau zweiundzwanzig Jahren, vier Monaten und fünf Tagen.«

»Und jetzt ist sie hier«, stellte Riker fest.

»Könnte das Schiff einen temporalen Transfer hinter sich haben, Mr. Data?« fragte Picard.

»Das läßt sich nicht ausschließen, Captain«, antwortete Data. »Die Sensoren registrieren Reststrahlung an der Außenhülle. Wenn hier irgendwo ein Riß im Raum-Zeit-Gefüge existierte, der zwei verschiedene Zeitphasen wie mit einem Tunnel verbunden hat, so hat er sich inzwischen wieder geschlossen.«

»Ich beginne mit einer Sondierung der inneren Bereiche, Sir«, sagte Tasha und behielt die Anzeigen im Auge. »Schwere Schäden in den Warpgondeln und Stutzen.« Sie hob betrübt den Kopf. »Keinerlei Lebenszeichen.«

Einige Sekunden lang herrschte Stille.

»Alle Besatzungsmitglieder tot?« fragte Picard schließlich. »Sind Sie ganz sicher?«

»Ja, Sir. Ich empfange das automatische Notsignal, aber sonst nichts. Die Sensoren haben einen vollständigen Ausfall der Lebenserhaltungssysteme festgestellt.«

»Schicken Sie eine Einsatzgruppe hinüber«, sagte Picard. »Vielleicht gelingt es Ihnen, die Triebwerke notdürftig zu reparieren.«

»Die Flotte könnte ein weiteres Schiff gebrauchen«, warf Riker ein. »Selbst wenn es ein wenig veraltet ist.«

»In der Tat. Wenn wir es innerhalb von neun Stunden schaffen, der *Enterprise*-C ihre Manövrierfähigkeit zurückzugeben, so können wir sie zur Starbase 105 eskortieren. Andernfalls zerstören wir sie und setzen den Flug nach Terminus fort.«

Riker nickte und stand auf um die Einsatzgruppe zusammenzustellen.

»Wenn ich mich recht entsinne, wurde der Außenposten Narendra Drei vernichtet«, überlegte Picard laut.

»Das stimmt, Sir«, erwiderte Data.

Der Captain seufzte. »Es ist wirklich schade, daß die Mission des Schiffes dort draußen fehlschlug. Wenn es den klingonischen Stützpunkt vor der Vernichtung bewahrt hätte, wären uns vielleicht zwanzig Jahre Krieg erspart geblieben.«

Die Meldungen der Einsatzgruppe zerschlugen Picards letzte Hoffnung und bestätigten seine schlimmsten Befürchtungen.

»Ich stehe jetzt auf der Brücke, Sir«, meldete Riker. Er trug eine Atemmaske, die seiner Stimme einen dumpfen Klang verlieh. »Alle Besatzungsmitglieder sind tot. Dr. Crusher meint, die Kommandantin hätte am längsten durchgehalten. Sie starb erst vor vierundzwanzig Stunden.«

»Merde!« Picard schüttelte den Kopf. »Sie springt zwanzig Jahre in die Zukunft und stirbt, weil wir einen Tag zu spät eintreffen.« Er fügte nicht hinzu, daß die *Enterprise*-C keinen besonders günstigen Zeitpunkt für ihren temporalen Retransfer gewählt hatte. Eigentlich gab es keinen ungünstigeren.

»Geordi hat festgestellt, daß die Destabilisierung des Warpkerns zu weit fortgeschritten ist. Nach seiner Schätzung dauert die Reparatur mindestens zwölf Stunden, und selbst dann kann er nichts versprechen.«

Picard schüttelte erneut den Kopf. »Nein. Das dauert viel zu lange. Erst recht, wenn man bedenkt, daß sich klingonische Schiffe in diesem Sektor aufhalten. Kehren Sie zurück.« Er seufzte. »Ich bedauere es sehr, aber leider bleibt uns keine Wahl.«

Kurze Zeit später befand sich die Einsatzgruppe wieder an Bord. Auf Picards Geheiß erhoben sich alle Brückenoffiziere und hielten den Kopf gesenkt. Tasha Yar hatte die Zielerfassung auf mehrere kritische Stellen der *Enterprise*-C gerichtet und wartete nur noch auf den Befehl des Captains.

Picard schwieg zunächst, dann holte er tief Luft und sagte mit offensichtlichem Widerstreben: »Feuer.«

Tasha aktivierte die Phaser, und tödliche Energie gleißte dem Schiff aus der Vergangenheit entgegen. Die Strahlen drangen bis zum Warpkern und zerstörten die ohnehin nicht mehr stabile Abschirmung.

Das Resultat ließ nicht lange auf sich warten. Die ersten Anzeichen der Vernichtung zeigten sich in der Triebwerksektion. Der Rumpf des Schiffes schien sich dort einfach aufzulösen. Tasha Yar feuerte auf die Untertassensektion, und mehr war nicht erforderlich. Das alte Schiff explodierte. Der Warpkern-Kollaps ließ einen gewaltigen Feuerball entstehen, der den Raumer gierig verschlang. Im Vakuum des Alls gab es keinen Sauerstoff, um die Flammen zu nähren, aber das hinderte sie nicht daran, sich durch das harte Metall zu brennen und mumifizierte Leichen zu verschlingen.

Innerhalb von einigen wenigen Sekunden gewann die *Enterprise* NCC-1701-C, kommandiert von Captain Rachel Garrett, den Status zurück, den sie offiziell bereits seit zwei Jahrzehnten hatte: Sie wurde wieder zu einer Erinnerung. Es blieben nur einige Trümmerstücke übrig, die im Weltraum schwebten und von einem Raumschiff kündeten, das einen stolzen Namen getragen hatte.

Eine Zeitlang herrschte Stille auf der Brücke, dann wandte sich Picard an Riker. »Nehmen Sie Kurs auf Terminus«, sagte er leise. »Sie haben das Kommando. Ich …« Er zögerte kurz. »Ich bin im Gesellschaftsraum, falls Sie mich brauchen.«

»Aye, Sir«, erwiderte Riker. Er versuchte, sich so normal wie möglich zu geben und den Anschein zu erwecken, die Melancholie dieser schrecklichen Situation nicht zu bemerken.

Natürlich wußte er genau, was den Captain jetzt beschäftigte – dem nächsten Ziel, Terminus, galten seine Gedanken bestimmt nicht. Nein, Picard dachte schon seit einer ganzen Weile an die düsteren Aspekte ihrer eigenen Situation. Ständig mußten sie damit rechnen, von Klingonen angegriffen zu werden. Jeder Notruf konnte sich als Falle entpuppen. Und die Crew mußte die ganze Zeit über in Gefechtsbereitschaft bleiben.

Die *Enterprise* NCC-1701-D war eine der letzten Hoffnungen auf eine Zukunft, die nicht nur aus Militarismus bestand.

Gott sei uns gnädig, dachte Picard, als er den Kontrollraum verließ.

FADEN A

Halt ihn auf! Halt ihn auf!

Diese Worte bewegten den halb bewußten Schleier des Energiewesens, das einst Q gewesen war.

Ihren Ursprung verstand er nicht und konnte ihn auch gar nicht verstehen. Sie schienen tief aus seinem Innern zu kommen und gleichzeitig ihren Ausgangspunkt in weiter Ferne zu haben. Wie dem auch sei: Sie trieben ihn an. Sie trieben ihn auf eine Weise an, der er sich nicht zu widersetzen vermochte und die das Gefühl von großer Bedeutung vermittelte.

Aus irgendeinem Grund war es sehr wichtig, daß er zu einem ganz bestimmten Zeitpunkt einen ganz bestimmten Ort erreichte. Allerdings gab es in diesem Zusammenhang ein Problem: Er kannte weder den Ort noch die Zeit.

Was ihn jedoch nicht daran hinderte, sich seinem Ziel weiter zu nähern.

Er driftete und versuchte nicht, sich dem Drängen zu widersetzen. Seine Reise dauerte eine Ewigkeit, denn die Galaxis war groß, und außerdem fiel es ihm schwer, sich zu konzentrieren.

Doch wenn seine Aufmerksamkeit nachließ, ertönten wieder die Worte und trieben ihn erneut an.

Halt ihn auf!

Um wen handelte es sich? Welche Person, welches Wesen sollte er aufhalten? Wie sollte er dabei vorgehen? Die Sache ergab einfach keinen Sinn.

Trotzdem trieb er weiter.

Und während des Fluges erwachten weitere Erinnerungen. Er fand immer mehr Mosaiksteine seiner Existenz und fügte sie dem mit quälender Langsamkeit entstehenden Bild hinzu. Nach und nach schrumpften die großen Löcher, als er weitere Fragmente fand, die hineinpaßten und Lücken schlossen. Ein Sein, das bisher nur aus vielen einzelnen, unzusammenhängenden Bruchstücken bestanden hatte, nahm allmählich Form an.

Der Vorgang erforderte viel Zeit, erfuhr jedoch eine stetige Beschleunigung. Q achtete nicht mehr darauf, wohin er flog – der innere Drang war längst so stark geworden, daß die Navigation durch Raum und Zeit keine bewußte Anstrengung mehr erforderte. Den größten Teil seines geistigen Potentials verwendete Q nun für die Untersuchung des faszinierenden Rätsels seiner eigenen Herkunft.

Als er den wichtigsten Moment in der Geschichte des Kosmos erreichte, schenkte er ihm nicht seine ganze, ungeteilte Aufmerksamkeit.

Doch das holte er kurze Zeit später nach.

Captain Picard betrat den Gesellschaftsraum im zehnten Vorderdeck und wurde fast von ein paar Kindern zu Fall gebracht. Die Jungen und Mädchen erkannten ihren Fauxpas sofort, verharrten und murmelten Entschuldigungen. Eigentlich fiel es Picard schwer, böse auf sie zu sein. Diese Kinder hatten zu den besonders begeisterten Teilnehmern des sogenannten ›Captain-Picard-Tages‹ gehört, der vor einer Weile von den Schülern veranstaltet worden war. Zum Beispiel das Mädchen, das ihn eben fast über den Haufen gerannt hätte. Nach Auskunft der Lehrerin war es zwei Wochen lang damit beschäftigt gewesen, eine Picard-Puppe anzufertigen. Ein ziemlich absurder Gegenstand, soweit es den Captain betraf. Aber …

Aber selbst er hatte gelächelt, als sich Riker die Puppe vors Gesicht hielt, Picards Stimme nachahmte und sagte: »Statusbericht.«

»Es tut uns sehr leid«, sagte eins der Kinder.

Picard versuchte, ernst zu bleiben. »Der Gesellschaftsraum ist eigentlich für Erwachsene bestimmt. Guinan war offenbar so freundlich, euch den Aufenthalt hier zu erlauben. Also geziemt es sich, daß ihr euch besonders gut betragt.«

»Ja, Sir«, murmelte ein Junge.

Ein kleines Mädchen sah zu Picard auf. »Hat ›geziemt‹ was mit Zimt zu tun?« fragte es.

Der Captain wollte zu einer Erklärung ansetzen, aber er überlegte es sich gerade noch rechtzeitig anders. Dadurch wäre das Gespräch nur in die Länge gezogen worden. »Ich glaube nicht«, sagte er schlicht und machte ein strenges Gesicht.

Die Kinder gingen langsam um ihn herum und durch die Tür. Picard machte sich nichts vor: Bestimmt rannten sie mit Warpgeschwindigkeit durch den Korridor, sobald sie außer Sicht gerieten.

Guinan plauderte mit zwei Lieutenants, denen sie gerade Getränke gebracht hatte. Sie drehte den Kopf und blickte zu Picard, als wüßte sie von seiner Anwesenheit, noch bevor sie ihn sah. Was durchaus möglich war – immerhin handelte es sich hier um Guinan.

Sie näherte sich ihm und schien dabei fast zu schweben. »Hallo, Captain«, begrüßte sie ihn fröhlich. »Möchten Sie an einem Tisch Platz nehmen?«

»Eigentlich bin ich Ihretwegen hier.«

»Alle kommen meinetwegen«, sagte Guinan. »Weil ich eine angenehme Atmosphäre schaffe.«

»Unser Gespräch von vorhin hat mich beunruhigt.«

Sie neigte den Kopf ein wenig zur Seite. »Unser Gespräch?«

»Ja. Es ging dabei um ...« Picard unterbrach sich.

Etwas stimmte nicht. »... um Dinge, die sich verändert haben«, beendete er den Satz.

Guinan runzelte die Stirn. »Vielleicht sollten Sie meinem Gedächtnis auf die Sprünge helfen«, sagte sie, und ihre Stimme hatte einen veränderten Klang.

»Sie ...« Picards Blick glitt durch den Gesellschaftsraum – er schien sich vergewissern zu wollen, daß niemand lauschte. »Sie kamen auf die Brücke und meinten, alles hätte sich verändert. Die *Enterprise* wäre nicht mehr so, wie sie eigentlich sein sollte. Sie sprachen von einem Krieg gegen die Klingonen.«

Guinan maß ihn mit einem durchdringenden Blick und fragte sich offenbar, ob der Captain es tatsächlich ernst meinte. »Ein Krieg gegen die Klingonen?«

»Ja. Und Sie sagten es sollten keine Kinder an Bord dieses Schiffes sein.«

»Wann habe ich solche Worte an Sie gerichtet?«

»Vor einigen Minuten.«

Guinan dachte darüber nach. »Picard, wie würden Sie reagieren, wenn ich Ihnen sagte, daß ich die ganze Zeit über hier war? Während Sie angeblich ein Gespräch mit mir führten, habe ich dort drüben zugeschaut.« Sie deutete zu einem Tisch, an dem Lieutenant Barclay und Lieutenant Gomez dreidimensionales Schach spielten.

»Jemand schlüpfte in Ihre Rolle«, sagte Picard langsam.

»Das ist durchaus möglich, wenn man bedenkt, wer uns in jüngster Zeit besucht hat.«

»Aber das ergibt doch keinen Sinn«, fuhr Picard fort. »Überhaupt keinen Sinn. Was sollte Trelane – oder Q – mich auf eine solche Weise hinters Licht führen? Was hätte er davon? Und außerdem glaube ich nicht, daß ich mit einer ›falschen‹ Guinan gesprochen habe. Nicht einmal Trelane oder Q wären imstande, ein so perfektes Ebenbild von Ihnen zu schaffen.«

»Glauben Sie tatsächlich, daß es irgend etwas gibt, wozu ein Mitglied des Q-Kontinuums *nicht* fähig wäre?«

Das war eine berechtigte Frage. Picard mußte sich eingestehen, daß niemand von ihnen wußte, was Wesen wie Q vollbringen konnten und was nicht.

»Wenn es wirklich eine falsche Guinan war, so ließ sie sich nicht vom Original unterscheiden«, sagte er schließlich. »Und wenn die Guinan, mit der ich gesprochen habe, doch *echt* war?«

»In dem Fall hätten wir ein Problem«, erwiderte Guinan.

»Das ist vielleicht weit untertrieben«, befürchtete Picard.

FÄDEN B UND A

Die Maschine war gewaltig. Sie erfüllte Trelane mit grenzenlosem Stolz. Er hatte ziemlich lange gebraucht, um sie zu konstruieren. Jeder Schaltkreis war sorgfältig von ihm geplant, jedes Teil der Instrumentierung gewissenhaft überprüft.

Er klatschte voller Freude in die Hände, als er zurücktrat und das Ergebnis seiner Bemühungen betrachtete. Durfte er hoffen? War sein Werk tatsächlich *(keuch)* vollbracht?

Er nahm einige eher unwichtige Modifizierungen vor, um zu gewährleisten, daß alles wie vorgesehen funktionierte. Und während er sich damit befaßte, dachte er über die Umstände nach, die ihn hierher gebracht hatten.

James Kirk war eine große Enttäuschung für ihn gewesen. Das galt für die ganze Besatzung der *Enterprise.* Niemand von ihnen verstand, worum es ihm ging. Niemand von ihnen sah das überwältigende Glück, das große Abenteuer, in das er sich stürzen wollte.

Er hatte nicht beabsichtigt, ihnen irgendein Leid zuzufügen. Niemandem von ihnen. Warum verstanden sie nicht? Waren sie nicht dazu fähig? Oder *wollten* sie nicht verstehen? Welche Aspekte waren so schwer zu begreifen, daß sie sich ihrem Verständnis entzogen?

Angeblich bot die Galaxis viele Wunder, aber in Wirklichkeit war sie ungeheuer langweilig. Es gab einfach nichts zu tun.

Wie oft hatte er sich bei seinen Eltern darüber beklagt? Wie oft hatte er Enttäuschung und Ärger in klare, unmißverständliche Worte gefaßt? Und waren sie bereit gewesen, ihm zuzuhören, ihn zu verstehen? Nein. »Ich weiß nicht, was ich machen soll.« Wenn er mit diesem Hinweis an seine Eltern herantrat, so zeigten sie nicht etwa Mitgefühl, sondern antworteten schlicht. »Vertiefe deine Kenntnisse in Partikelphysik.« Oder: »Frische dein Wissen über biologische Lebensformen auf.« Oder: »Bring deinen Quadranten in Ordnung.« Von Anteilnahme keine Spur.

»Sie haben es gut gemeint, nehme ich an«, sagte Trelane laut. »Aber sie verstanden einfach nicht. Sie *verstanden* nicht.«

Er hatte versucht, sich das eine oder andere Hobby zuzulegen, aber seltsamerweise wurden die Probleme dadurch nur noch größer. Zum Beispiel seine Faszination hinsichtlich der Menschen. Zuerst war alles ganz harmlos gewesen …

Als die *Enterprise* mit ihrer Crew aus hilflosen Menschen erschien, prickelte fast so etwas wie Euphorie in Trelane. Endlich bekam er Gelegenheit, die endlosen Stunden aufmerksamer Beobachtungen zu nutzen. Er wollte dafür sorgen, daß sich die Besucher wie zu Hause fühlten. Er wollte dafür sorgen, daß sie sich gegenseitig an großartigen Geschichten über ruhmreiche militärische Feldzüge ergötzen konnten. Er stellte sich vor, wie sie alle zu guten Freunden und Kameraden wurden. Vielleicht waren die Menschen schließlich so begeistert davon, ihm begegnet zu sein, daß sie gar nicht wieder fort wollten. Sie mochten gar den Wunsch verspüren, ihn zu verehren, wenn sie das Ausmaß seines Wissens und seiner Macht erkannten.

Aber die Dinge entwickelten sich in eine andere Richtung.

Es dauerte nicht lange, bis ihn die Menschen anschrien und beschimpften, bis sie seine Gastfreundschaft mißbrauchten. Und das Ergebnis? Es bestand darin, daß Trelane Schwierigkeiten mit seinen Eltern bekam.

Er hatte versucht, es ihnen zu erklären, aber sie verstanden natürlich nicht. Eltern verstanden nie etwas, vermutlich deshalb, weil sie sich die ganze Zeit über so überlegen fühlten.

Und die Menschen? Warum hatten *sie* nicht verstanden? Dieser Umstand verursachte einigen Ärger. Der Grund für das mangelnde Verständnis der Menschen blieb ein Rätsel für Trelane. Ausgerechnet jene Geschöpfe, denen er mit solchem Interesse begegnete ... Man sollte meinen, daß sie die Großartigkeit der Welt zu schätzen wußten, die der Squire von Gothos zu ihrer Unterhaltung erschaffen hatte.

Doch niemand von ihnen kam auf die Idee, Dankbarkeit zu zeigen. Statt dessen verhöhnten sie ihn nur.

Außerdem waren ihm, Trelane, einige ausgesprochen peinliche Fehler unterlaufen. Die von ihm erschaffenen Nahrungsmittel ohne Geschmack zum Beispiel. Nun, daraus konnte man ihm wohl kaum einen Strick drehen. Immerhin war er nie auf dem albernen Heimatplaneten der Menschen gewesen und konnte daher gar nicht über Dinge wie Aroma Bescheid wissen.

Aber das kalte Feuer im Kamin. Eine üble Sache, räumte er widerstrebend ein. Er hätte sich daran erinnern sollen – einfache Verbrennung, weiter nichts. Mit solchen Dingen kannte er sich doch schon seit einer Ewigkeit aus. Ihm fiel nur diese Entschuldigung ein: Für ihn war die Sache ein derart alter Hut, daß niemand von ihm verlangen konnte, sich darauf zu besinnen.

Die ärgerlichsten Fehler betrafen seine Quelle der Macht und das Versehen mit der Zeit. Letzteres ging allein auf Nachlässigkeit zurück, und dafür gab es keine Entschuldigung. Warum in aller Welt hatte er vergessen, daß das Licht für seine Reise durchs All Zeit benötigte? Eine unverzeihliche Dummheit! Er hatte Menschen beobachtet, die sich mit zerbrechlichen Schiffen aus Holz auf die Meere ihres Planeten wagten – und plötzlich kamen sie mit einem Raumschiff.

Und dann zerstörte Kirk seine Energiequelle. Ganz deutlich erinnerte sich Trelane an den überwältigenden Schmerz. Zwar gelang es ihm, ein anderes Potential zu nutzen, aber es war ein entsetzliches Erlebnis, sich vor den Augen weit unterlegener Wesen so hilflos zu fühlen.

Deshalb stand er jetzt hier und ...

Ruckartig hob er den Kopf. Etwas geschah – er spürte es. Hatten seine Eltern herausgefunden, was er plante? Obwohl er sehr vorsichtig gewesen war?

Er sah sich um und bemerkte es: ein amorphes Energiewesen, das in der Nähe schwebte und darüber nachzudenken schien, ob es irgend etwas unternehmen sollte. (Obwohl Trelane keine Ahnung hatte, was eine schwebende Entität aus Energie überhaupt zu unternehmen vermochte.)

»Hallo«, sagte Trelane munter. »Und was machst *du* hier, wenn ich fragen darf?«

Das Geschöpf antwortete nicht, sondern verharrte stumm.

»Nun«, fuhr Trelane fort, »auf jeden Fall bist du zu einem überaus interessanten Zeitpunkt eingetroffen. Ausgezeichnetes Timing. Sehr lobenswert. Ich verrate dir etwas, mein amorpher Freund, dir wird das Glück zuteil, der erste Zeuge der Vollendung meiner Existenz zu werden.«

Er schritt langsam um die Maschine herum, strich dabei mit den Händen über ihre glatte, schwarze Oberfläche. »Dieser Apparat hier löst alle meine Probleme. Er wird das theoretische Zentrum des Universums anzapfen. Ist das nicht aufregend? Und möchtest du hören, worin das Ergebnis des Anzapfens besteht?«

Wieder blieb alles still. Trelane war nicht enttäuscht; er hatte keine Antwort erwartet.

»Ich werde dadurch unfehlbar«, erläuterte Trelane. »Denn im Kern des Universums befinden sich die ganze Macht und das ganze Wissen. Und beides gehört dann mir. Auf daß ich nach Belieben damit verfahren kann.«

Er breitete die Arme aus und schien den ganzen Kosmos umfassen zu wollen. »Dann ist niemand mehr in der Lage, mein Verhalten in Frage zu stellen. Dann kann mir niemand mehr sagen, was ich tun und lassen soll. Es wird bestimmt wundervoll. Eine Erfahrung, wie man sie sich herrlicher nicht wünschen kann. Und du ...« Trelane deutete auf das Energiewesen. »Und du, körperloser Beobachter, kannst daran teilhaben. Gibt es etwas Aufregenderes?«

Halt ihn auf

Q wußte nicht, wie er vorgehen sollte. Er konnte nichts berühren, sich nicht mitteilen, verstand nur intuitiv die elementarsten Dinge. Er schwebte, während jenes seltsame Geschöpf von Dingen schwatzte, die ihn überhaupt nicht interessierten.

Er wußte, daß er hier sein mußte, um etwas zu verhindern. Aber was? *Was?*

»Na schön.« Trelane holte tief Luft. Aus irgendeinem Grund spürte er, daß er nervös wurde. Aber dazu bestand doch gar kein Anlaß. Er hatte die Situation völlig unter Kontrolle. Die Maschine stellte eine komplette Neukonstruktion dar, und er kannte die Kräfte, die er damit anzapfen wollte. Deshalb konnte er ganz ruhig und entspannt sein.

Und doch regte sich ein Hauch von Ungewißheit in ihm. Wenn etwas schiefging ... Er schickte sich an, unermeßliche Macht zu gewinnen, und das war sicher kein risikofreies Unterfangen. Er mußte mit der – wenn auch sehr unwahrscheinlichen – Möglichkeit rechnen, daß irgendwo etwas schiefgegangen war. Natürlich würde alles einwandfrei funktionieren, doch ein – sehr kleiner und rein hypothetischer – Gefahrenfaktor mußte berücksichtigt werden.

»Kein Problem«, sagte er und aktivierte die Maschine.

Trelane ...

Ein geflüsterter Name in Qs Geist, und plötzlich befanden sich alle Mosaiksteine seiner Existenz am richtigen Platz. Die Erinnerungslücken schlossen sich abrupt. Er sah und erkannte Trelane. Äonenlange Einsamkeit erstreckte sich hinter Q, und ewiges Chaos erwartete ihn.

Er verstand. *Ja verdammt, er verstand ...*

Er gab einen lautlosen Schrei von sich.

Trelane preßte sich an die Maschine. Es gab natürlich keine Ein- und Aus-Schalter, keine Tasten oder dergleichen – so primitive Dinge durfte man bei von geringeren Wesen geschaffenen Apparaten erwarten. Diese Maschine präsentierte sich als großer Block, dessen schwarze Außenflächen das Licht zu absorbieren schienen. Wie ein Gestalt gewordenes schwarzes Loch.

Der Apparat wurde mit Willenskraft bedient, und Trelanes Gedanken übermittelten jetzt den Aktivierungsbefehl. Er spürte, wie es in dem schwarzen Würfel zu vibrieren begann, und wilde Freude erfaßte ihn. Die wenigen noch in ihm verbliebenen Zweifel lösten sich auf und er war *ganz sicher,* daß alles wie vorgesehen klappen würde.

Hiermit gewann er bestimmt den Respekt seiner Eltern.

Und ihre Aufmerksamkeit.

Dies sollte eine Botschaft sein, ein Hinweis darauf, daß er erwachsen geworden war. Wie oft hatten Vater und Mutter mit leisen Stimmen über ihn gesprochen, in dem Glauben, er könnte sie nicht hören? Immer wieder fragten sie sich, wie sie mit ihm verfahren sollten. Sie bezeichneten ihn als lernbehinderten Spätentwickler. Eigentlich sollten seine Fähigkeiten besser ausgeprägt sein. War vielleicht mit seiner Persönlichkeit etwas nicht in Ordnung? Gemurmelte Bemerkungen über Unreife und dergleichen.

»Euch werde ich es zeigen«, sagte Trelane. »Ich werde es euch allen zeigen.«

Er verschmolz mit der Maschine.

Und dann sah er sie.

Q sah sie.

Er wußte sofort, daß sie auf seinen Ruf reagiert hatten, auch wenn er nicht erklären konnte, woher dieses Wissen stammte. Verstehen durchflutete ihn mit immer größerer Geschwindigkeit. Seine Existenz ergab plötzlich wieder einen Sinn.

Er sah den Vater: mächtig und ruhig, doch angesichts der jüngsten Aktivitäten des Sohns offensichtlich besorgt. Er sah die Mutter ...

Trelanes Mutter.

Ein wundervolles Wesen. Q erkannte sie sofort. Schönheit durchdrang sie. Sterne leuchteten in ihren Augen, Herrlichkeit ließ ihre Seele erstrahlen. Er war auf eine Weise mit ihr vertraut, die er nur erahnte. Weitere Erinnerungen strömten ins Zentrum seines Selbst.

Erinnerungen, die jedoch in Anbetracht der Ereignisse nur zweitrangig waren. Q verdrängte sie rasch aus seinem Bewußtsein.

Er hörte die Stimme von Trelanes Mutter. Von einer solchen Stimme erwartete man, daß sie Worte der Liebe sprach, im Dunkeln flüsterte. Eine Stimme, die zärtlich neckte oder sanft tadelte. Doch diesmal klang die Stimme anders. Sorge und Verwirrung sprachen aus ihr. Die Mutter begriff das Geschehen nicht ganz. Sie wußte nur, daß ihrem Sohn Gefahr drohte, daß sie etwas unternehmen mußte.

»Trelane!« sagte sie besorgt. Eine Sekunde später wurde ihre Stimme von der Autorität des Vaters übertönt.

»Trelane!« rief er mit großem Nachdruck. Er war Wissenschaftler – ein sehr respektiertes Wesen mit enormen Kenntnissen. Er begriff, was Trelane plante – und daß

man ihn aufhalten mußte. »Weg von der Maschine! *Sofort!*«

»Nein!« rief Trelane trotzig und versenkte sich noch tiefer in den Apparat. »Sie gehört mir! Ich habe sie gebaut! Ich spiele damit, wenn ich will! Und du kannst mich nicht daran hindern!«

Im Anschluß an diese Worte sprang er in die Hölle.

Die Realität zerbröckelte um ihn herum und wich der Unwirklichkeit.

Die Unwirklichkeit schien ein atmendes, lebendiges Etwas zu sein.

Sie sah den Eindringling, eine Made, die glaubte, sie erforschen und zähmen zu können, die hoffte, alle Geheimnisse des Unwirklichen zu lüften und über seine Macht zu gebieten.

Chaos erstreckte sich nach allen Seiten. Die Gesetze der Physik und Vernunft waren hier nur abstrakte Konzepte ohne konkrete Bedeutung.

Trelane stürzte in das Herz des Sturms.

Und ihm wurde ein unfreundlicher Empfang bereitet.

Der Angriff erfolgte abrupt und mit brutaler Gewalt aus allen Richtungen gleichzeitig. Trelane hatte Barrieren durchstoßen, die geringere Wesen nicht einmal erreicht und die klügere Geschöpfe gemieden hätten.

Und dann sah er und verstand, und das Universum …

war und war nicht

und er war und war nicht und sieh nur da fiel ein Stück vom Universum ab und etwas anderes beanspruchte den Platz um dort zu wachsen und alles veränderte sich immerzu

und Trelane wußte nicht wohin er zuerst sehen sollte und deshalb sah er zuerst überallhin und zuletzt ebenfalls überallhin und zwischendurch sah er überallhin und alles starrte zurück und drang in ihn ein und schob sich in jeden Aspekt von Hirn und Herz und Seele und in all jene Dinge die ihn zu dem machten was er war und was er sein würde und was er nicht war und nie sein würde

und er erfuhr es direkt als ihn das Herz des Sturms aufnahm und ihn in sich hineinsaugte und ihn aussaugte und ihn mit sich selbst füllte und ihm sagte na schön so lautet die Abmachung

du möchtest wissen du möchtest alles wissen und alles fühlen und alles erfahren und alles verstehen und alles kontrollieren und das ist wunderbar ja es ist wirklich großartig tanzen wir einen Ringelreihen wie ist das Wetter dort draußen oh es stürmt nun dann ist ja alles gut denn hier stürmt es ebenfalls

und Trelane traf ein und Trelane ging und Trelane war für immer gefangen und Trelane wurde gerade noch rechtzeitig aufgehalten und Trelane baute die Maschine nie und Trelane wurde nie geboren und Trelane war viel jünger und dies würde nie geschehen und Trelane war viel älter und erinnerte sich an dies und dachte was bin ich damals doch für ein Narr gewesen und wie erstaunlich daß er so lange gelebt hatte und er hatte nie so lange gelebt

so lautet die Abmachung wo waren wir oh ja wir waren überall ja überall

und überall erklang Gelächter und vielleicht stammte es von ihm und vielleicht kam es von allen anderen und von allem anderen und das Herz des Sturms wütete und das Tosen betraf nicht nur das Herz des Sturms sondern das Universum das Herz des Universums mein Gott (wer?) er befand sich jetzt im Herz des Universums im lebenden atmenden Kern des Multiversums er umgab ihn hier liefen alle Fäden zusammen hier wurden alle Dinge zu den Dingen die sie waren und nicht waren und sein sollten und nicht sein sollten

so lautet die Abmachung und das Herz überschwemmte ihn er ging darin unter und der Sturm toste um ihn herum und riß ihn auf und zerfetzte ihn kehrte das Innerste nach außen und er kicherte und schrie und heulte und weinte und blutete und lachte und wurde empfangen und geboren und wuchs auf und starb er starb und wurde wiedergeboren

so lautet die Abmachung und sie steht nicht fest denn sieh dich um sieh dir das Universum an es ist ein gewaltiger Ort der sich ständig ausdehnt und ausdehnt weit über das hinaus was es eigentlich sein sollte es war nie als permanentes Etwas in einer bestimmten Form geplant es sollte nicht mehr sein als ein erster Entwurf darum stellt es auch kaum mehr dar als ein Experiment sieh es dir an es hält kaum zusammen und deshalb braucht man auch nur hier oder dort zu ziehen um dafür zu sorgen daß sich alles auflöst und wäre das nicht schön wäre es nicht wirklich schön

zuzusehen wie sich das Universum auflöst um es anschließend wieder zusammenzustricken vielleicht mit einem hübschen Zopfmuster und natürlich nicht mit einem so dünnen Faden wie jetzt den man so leicht zerreißen kann man braucht nur daran zu ziehen und schon zerfasert alles und löst sich auf

es ist alles so schwach und endlich kommt jemand der es sieht und verdammt wo bist du die ganze Zeit über gewesen Trelane du hast dich mißverstanden gefühlt nicht wahr und niemand schert sich um dich und du weißt was du dir wünschst aber warum lassen es die anderen nicht zu daß du dir deine Wünsche erfüllst und weißt du was jetzt ist das kein Problem mehr denn sie haben keine Möglichkeit mehr dich an irgend etwas zu hindern welche Mühe auch immer sie sich geben es spielt keine Rolle du bist jetzt stärker

denn du gehörst mir und ich gehöre dir und ich gebe dir was du dir immer gewünscht hast und gemeinsam schaffen wir ein Multiversum auf das man stolz sein kann allerdings müssen wir zuerst das aktuelle loswerden es auf ein Universum beschränken denn findest du es nicht auch ziemlich verwirrend all diese verschiedenen Zeitlinien und parallelen Welten wer behält da noch den Überblick

nun hier ist ein Gedanke hier ist eine Idee sag mir wie dir das gefällt Trelane mein Schatz mein Engel mein Teuerster laß mich dich hier berühren und dort streicheln auf eine Weise die du bei deinen Eltern nie kennengelernt hast und es ist ganz wundervoll hör jetzt gut zu mein köstlicher Besucher du bist so appetitlich daß ich dich verschlingen könnte

ich sage dir jetzt was du unternehmen kannst wenn ich mit dir fertig bin wirst du verstehen du wirst alles verstehen denn alles ist etwas und etwas ist alles und oben und unten sind allein relativer Natur und komm zu mir laß mich dich umschließen und dich entzücken laß mich dich genießen ich warte schon so lange hier im Herzen des Sturms und eine Ewigkeit ist vergangen seit ich zum letztenmal einen so prächtigen Geliebten hatte und du könntest der größte und beste von allen sein und es gab nur einen wie dich mein Gott (wer?) es war das Ende von allem und der Anfang von allem und er oder sie oder was auch immer wurde zerstört ebenso wie das Universum aber das machte weiter nichts denn es entstand ein neues und ein neues und ein neues und es gerät alles außer Kontrolle und es wird höchste Zeit die Dinge wieder unter Kontrolle zu bringen alles auf eine vernünftige Ebene zurückzuführen denn ich meine es kann wohl kaum ein Zweifel daran bestehen daß die Sache langsam lächerlich wird es zeigen sich bereits die Nähte siehst du sie die Nähte und man braucht sie bloß zu berühren um sie aufplatzen zu lassen und oh ja berühr mich da Trelane und sieh die Dinge so wie sie immer nie gewesen sind

ich möchte es in dich hineinstopfen

von oben

von unten und von den Seiten und durch dein ganzes Wesen es ist hier und da und ich bin überall und du siehst wie alles zusammenpaßt und wie sich alles voneinander trennt und wir kommen zusammen und wir trennen uns wieder voneinander so wie auch alles andere

Du hast gewartet

Du hast verlangt

Wie ich

Kriegsgott

Kleiner Junge

jetzt kein kleiner Junge mehr sondern erwachsen und du gehörst mir komm zu mir und hör den Donner im Herzen des Sturms

und mein

gib es mir

ja alles was wir

sind und wollen und das Bedürfnis ist so groß

was ist das

warum ziehst du warum weichst du fort weichst du fort und sie wissen nicht sie wissen nicht was sie tun sie wissen nicht daß du mir gehörst und komm her Trelane laß es mich dir zeigen du hast nur einen Teil gesehen jetzt sollst du alles erblicken laß es mich dir zeigen komm zu mir komm zu mir …

Trelane explodierte in unzählige Richtungen, und in diesem Moment war er allgegenwärtig in Zeit und Raum, und es wurde ihm *alles* gezeigt und offenbart in einer einzigen Sekunde, und er versuchte es zu verstehen, was sich als ein schwerer, fataler Fehler erwies, denn als er nach der Explosion kollabierte, schaffte das Bewußtsein nicht ganz den Sprung zurück …

Im Bereich der Maschine verzerrte sich die Zeit. Im Rest der Galaxis setzte sich der übliche Trott fort, ohne daß jemand etwas bemerkte, aber hier, in diesem kleinen Teil des Kosmos …

Nicht, daß die Zeit ihre Bedeutung verlor. Man

könnte es folgendermaßen ausdrücken: Die Bedeutung der Zeit wurde neu definiert.

Trelanes Eltern waren inzwischen außerordentlich beunruhigt und stellten nur unbewußt fest, daß die Ewigkeit nicht mehr im gleichen Rhythmus marschierte wie vorher. Chaosfragmente glitten aus dem schwarzen Apparat hervor und sausten davon, begleitet von temporalen Energien, deren Struktur sogar Trelanes Vater rätselhaft erschien. Doch er hielt sich nicht damit auf sie zu untersuchen. Seine Sorge – und die der Mutter – galt vor allem dem Sohn.

Für sie vergingen Jahre, ohne daß sie etwas davon merkten.

Für Trelane hingegen geschah alles innerhalb von einer Sekunde – in einer Sekunde von kosmischem Ausmaß.

Er wurde aus der Maschine geschleudert, in die Arme seiner Eltern. Er blieb völlig bewegungslos und atmete nicht (was durchaus in Ordnung war, da das Atmen kaum mehr Bedeutung für ihn hatte als die einer Angewohnheit). Er hörte nicht die Stimmen seiner Eltern, konzentrierte sich ganz auf die Stimme der Schöpfung, die ihm mitteilte, was erledigt werden mußte und was wem zustoßen sollte.

Schließlich blickte er zu seinen Eltern auf.

Er war außer sich.

Und zwar nicht im Sinne von ›wütend‹ oder ›zornig‹. Außer sich wie …

Verrückt.

Wie irre. Ausgeflippt. Übergeschnappt. Im Sinne von »alle psychotischen Killer und irrationalen Geschöpfe in der ganzen Geschichte des Multiversums zusammengenommen und in Geschenkpapier eingewickelt«.

Nun, das stimmte nicht ganz.

Trelane war noch viel verrückter.

Er kicherte.

Es klang nicht sehr angenehm. Es hörte sich ziemlich

nervös an, obwohl es für ihn nicht den geringsten Grund gab, nervös zu sein.

»Laßt uns ein Spiel spielen«, sagte er leise.

Seine Eltern wechselten einen verständnislosen Blick. Nicht weit entfernt schwebte der körperlose Q, und er verstand alles.

»Es heißt ›Wir tun so, als sei alles normal‹. Zwar ist nicht alles normal, aber ich bin gut darin etwas vorzutäuschen. Alle spielen mit. Alle Bewohner des Multiversums. Es wird bestimmt sehr lustig.«

»Trelane ...« Sein Vater sprach ganz langsam, und seine Stimme hatte noch nie fester geklungen. »Ich möchte, daß du mit mir kommst. Wir begeben uns zum Q-Kontinuum.«

»Warum denn?«

»Weil du einen Unfall hattest, Trelane«, sagte seine Mutter. »Und weil du Hilfe brauchst.«

»Oh, ich glaube nicht, daß ich Hilfe brauche«, erwiderte Trelane. »Aber wenn ihr zum Q-Kontinuum zurückkehren wollt, geht nur voraus.«

»Jetzt sofort, Trelane.«

»Ich habe gesagt, ihr sollt *vorausgehen.*«

Ein seltsames Geräusch ertönte – eine Mischung aus Saugen und dumpfem Knall –, und Trelanes Eltern verschwanden. Sie verschwanden im Q-Kontinuum, ohne die geringste Chance, etwas dagegen zu unternehmen. Selbst wenn sie Widerstand geleistet hätten – es wäre völlig sinnlos gewesen.

Trelane war von seiner eigenen Leistung verblüfft. Es hatte ihm überhaupt keine Mühe bereitet, die Eltern fortzuschicken! Er spürte, wie ihn Macht durchflutete, unvorstellbare Macht. Er brauchte Zeit, um sich daran zu gewöhnen. Ja. Zeit. Und Übung. Tausend neue geistige Muskeln waren ihm gewachsen, und er mußte erst den Umgang mit ihnen lernen, bevor er sie einsetzen konnte.

Ihm fiel ein, daß es vielleicht besser wäre, das Q-Kontinuum zu isolieren. Gedacht, getan. Von einem Augenblick zum anderen waren die Q – seit Anbeginn der Zeit Wächter über die Ordnung des Universums – von allem anderen Sein separiert. Trelane lachte leise, als er hörte, wie eine kollektive Stimme voller Zorn aufheulte.

Das Kontinuum spielte keine Rolle für ihn, abgesehen davon, daß es ein ärgerlicher Störfaktor sein konnte. Er ließ das Heulen verstummen, um nicht davon abgelenkt zu werden.

Trelane wandte seine Aufmerksamkeit anderen Dingen zu. Es gab so viel, worum er sich kümmern mußte.

Der vergessene Q schluchzte in körperloser Wut.

Trelane war einzigartig.

Und er wollte sicherstellen, daß es auch so blieb.

Seine langfristigen Pläne waren so genial und gewaltig, daß er von sich selbst beeindruckt war. Aus diesem Grund beschloß er, klein anzufangen. Er wollte das Gewebe des Universums aufknüpfen ... Es klang ganz einfach, aber in Wirklichkeit brachte ein solches Unterfangen erhebliche Probleme mit sich. Man mußte wissen, wo es zu ziehen galt, und wie stark. Sonst riskierte man, einen Knoten zu schaffen, den zu entwirren viel Zeit und Mühe kostete.

Er begann damit, gewisse Maßnahmen zu ergreifen. Um ›hinter sich aufzuräumen‹.

Er wählte die Methode. Er wählte jene Aspekte des Multiversums, die einen besonderen Reiz auf ihn ausübten.

Und dann ... begann er.

Er blickte durch den Spiegel und musterte sich selbst.

Was er sah, erfüllte Trelane mit einem gewissen Abscheu. Wie naiv er wirkte. Wie jämmerlich. Gab es in dieser speziellen Zeitlinie etwas, das ihm Kummer bereitete?

Trelane beobachtete, wie er, offenbar verärgert und

zerknirscht, in einer Kabine an Bord der *Enterprise* umherwanderte. Was hatten sie ihm in dieser Zeitlinie gesagt oder angetan, das solchen Verdruß bei ihm hervorrief? Wie war es der Besatzung des Raumschiffs *Enterprise* gelungen, ihn so sehr zu demütigen? Und warum fiel ihr das so leicht, *so verdammt leicht?*

Er spürte, wie das Feuer der Wut in ihm aufloderte, und daraufhin stand für ihn fest, daß sie bezahlen würden. Sie alle.

Er mußte diesen Entschluß seinem alternativen Selbst irgendwie mitteilen.

Nein. Zum Teufel. Warum sich darauf beschränken, *Verstehen* zu vermitteln? Damit brauchte er sich nicht zu begnügen.

Trelane beschloß, sich selbst um die Sache zu kümmern. Ja, er kam besser damit zurecht, viel besser.

Trelane liebte Spiegel.

Er hatte sie immer geliebt, und er würde sie immer lieben. Denn Spiegel boten mehr als nur Reflexionen der eigenen Eitelkeit. Sie stellten vielmehr Tore dar, hinter denen unendliche Möglichkeiten lagen. Wenn man vor einem Spiegel stand, so sah man sich nicht immer so, wie einen andere Personen sahen. Dafür gab es einen guten Grund: Man blickte in andere Dimensionen, wo die Dinge besser waren. Anders. Wünschenswerter.

Man mußte sich jeden einzelnen Spiegel als Fragment der Ewigkeit vorstellen, das einem zahllose Wahrheiten offenbarte. Sie waren wie Schlüssel zum Multiversum.

Trelane sank in den Spiegel und hörte seine eigene jammernde Stimme. »... dann wächst mein Ärger, weil sie einfach nicht verstehen. Früher oder später verliere ich die Beherrschung, schreie und unternehme irgend etwas, damit sie endlich verstehen. Aber sie begreifen es nicht, nein, *sie begreifen es einfach nicht.«*

»Du irrst dich«, sagte Trelane mit unerschütterlicher Zuversicht. *»Ich verstehe.«*

Der Rückkehrer aus dem Herzen des Sturms blickte durch das dunkle Glas und beobachtete, wie der andere Trelane zusammenzuckte. »Was hat das zu bedeuten?« brachte sein Ebenbild verwirrt hervor.

»Ist dir das noch nicht klar, mein Junge?« erwiderte Trelane.

»Nein«, sagte der naive Trelane mißtrauisch. »Nein, das ist es nicht.«

»Nun, dann will ich es dir erklären.«

Was sich jetzt anbahnte, war eigentlich unmöglich. Aber das Chaos hielt eine unendliche Anzahl von Alternativen bereit, und auf dieses Potential griff er nun zurück, auf ein Wissen, das zwischen seinen Schläfen brauste und den ganzen Körper füllte. Er streckte die Hände aus, *durch* den Spiegel, packte den anderen Trelane am Rüschenhemd. Der Naive leistete heftigen Widerstand und strampelte verzweifelt, aber Trelane lächelte weiter ruhig und zuversichtlich.

»Aufhören!« rief der Andere. »Laß mich los! *Laß mich los.*« Er versuchte, sich an den Seiten des Spiegels festzuhalten und jammerte:

»Q!«

Trelane zog noch einmal, und sein Ebenbild glitt durch den Spiegel …

… und in ihn hinein.

Wie seltsam. Trelane hatte gewußt, was er beabsichtigte, doch bis zum entscheidenden Augenblick blieb es ihm ein Rätsel, wie er sein Vorhaben verwirklichen sollte.

Und doch war es ihm mühelos gelungen.

Tief in seinem Innern hörte er einen fernen, entsetzten Schrei, und dann herrschte Stille.

Totenstille.

Guinan sah aus dem Fenster des Gesellschaftsraums und empfand plötzlich ein tiefes Unbehagen.

Etwas geschah. Etwas, das …

»Nein«, stöhnte sie leise.

FADENCHAOS

1

Commander Picard lag auf dem Rücken und starrte an die Decke. Beverly Howard ruhte dicht neben ihm und atmete ruhig und gleichmäßig. Trotzdem gewann Picard den Eindruck, daß sie vielleicht wach war. »Beverly?« fragte er leise.

Keine Antwort.

»Beverly«, flüsterte er noch einmal.

Sie hielt die Augen geschlossen. »Willst du so lange meinen Namen nennen, bis du ganz sicher bist, daß ich wach bin?«

»Was auch immer nötig sein mag, Doktor.«

»Schlaf weiter, Jean-Luc.«

»Wir müssen miteinander reden.«

»Nein, wir müssen schlafen. Ich weiß nicht, wie du das anstellst. Ein Mann in deinem Alter ...«

Er wölbte eine Braue. »Ein Mann in *meinem* Alter?«

»... aber Normalsterbliche wie ich haben kein solches Durchhaltevermögen. Also schlaf weiter. So lautet die Anweisung des Bordarztes.«

»Ich möchte mit dir reden. Das ist die Order eines Commanders.«

Beverly hob ein Lid. »Der Erste Medo-Offizier kann sogar die Befehle des Captains aufheben, wenn er das aus medizinischen Gründen für nötig hält. Und du bist nur ein lausiger Commander.«

Er sagte nichts, sah sie nur an. Selbst in der Dunkelheit des Quartiers spürte Beverly die Intensität des Blicks.

»Ach, verdammt«, murmelte sie. »Na schön, Jean-Luc. Wo liegt das Problem?«

»Was, wenn ich gehen würde?«

»Es ist deine Unterkunft. Du kannst sie jederzeit verlassen.«

»Du weißt, was ich meine.«

Zuerst hatte Beverly keine Ahnung. Vielleicht lag es an der Benommenheit des Schlafs, daß sie nicht sofort verstand. Doch sein besonderer Tonfall durchdrang schließlich ihre Verwirrung. »Sprichst du davon, die *Enterprise* zu verlassen?«

»Ja.«

»Aber du bist doch erst seit kurzer Zeit an Bord.«

»So wie du.«

»Wohin könntest du gehen?«

»Wir leben in einem Universum unendlicher Möglichkeiten, Beverly. Wohin könnte ich *nicht* gehen?«

»Ich bezweifle, ob du wirklich dazu bereit wärst«, sagte sie. »Du willst mich bloß auf die Probe stellen. Aber etwas in deiner Stimme sagt mir, daß du es nicht wirklich ernst meinst.«

»Nicht unbedingt«, erwiderte Picard, doch es klang alles andere als überzeugend.

»Jean-Luc, Starfleet ist dein Leben. Du bist einmal ohne dein Zutun vom richtigen Kurs abgekommen. Ich kann mir nicht vorstellen, daß du jetzt zu so einem Schritt fähig bist.«

»Meine Pläne sind gescheitert, aber ich habe überlebt. Vielleicht habe ich dadurch erfahren, daß es noch ein Leben außerhalb von Starfleet gibt. Das habe ich nicht für möglich gehalten, seit ich ein kleiner Junge war.«

»Es gibt tatsächlich ein Leben außerhalb von Starfleet«, pflichtete ihm Beverly bei. »Aber nicht für dich. Du gehörst hierher, Jean-Luc. Dies ist dein Platz, an Bord eines Raumschiffs. So will es das Schicksal.«

»Ich glaube nicht an das Schicksal. Nichts ist vorherbestimmt. Wir befinden selbst über unser Leben. Wer an das Schicksal glaubt, hat lediglich die Kontrolle verloren.«

Einige Sekunden lang herrschte Stille. »Aus reiner Neugier ...«

»Ja?«

»Wenn wir einmal von deinem sehr unwahrscheinlichen Szenario ausgehen – hast du dir vorgestellt, daß ich dich begleite?«

»Diese Möglichkeit kam mir in den Sinn.«

»Hm.« Beverly schien darüber nachzudenken. »Eigentlich eine interessante Vorstellung. Du könntest ...« Sie schnippte mit den Fingern. »Du könntest Händler werden und Gewürze verkaufen oder so.«

»Ein Gewürzhändler?«

»Nein, keine Gewürze.« Beverlys Aufregung wuchs. »Archäologische Artefakte. Das wäre perfekt. Archäologie ist ohnehin eins deiner Hobbies. Wir könnten von Planet zu Planet reisen, von Ausgrabungsstätte zu Ausgrabungsstätte, um zu sehen, was sich auftreiben läßt. Ein Leben in Luxus würden wir natürlich nicht führen. Wir kämen über die Runden, von einem Fund zum anderen. Wie dem auch sei, es wäre bestimmt sehr aufregend. Wir könnten ein Abenteuer nach dem anderen erleben, jeden beliebigen Ort aufsuchen, die Freiheit genießen. Stell dir vor, nicht mehr an die Entscheidungen und Befehle von Starfleet gebunden zu sein. Was meinst du, Jean-Luc?«

»Klingt faszinierend«, räumte er ein.

»Also gut. Laß uns aufbrechen.«

»Was? Wann?«

»Jetzt sofort.«

»Wie meinst du das?« Picard lachte leise. »Wir können doch nicht einfach so gehen. Wir befinden uns im Orbit von Terminus, überwachen eine Anomalie und ...«

»Zum Teufel damit«, sagte Beverly. »Es gibt immer einen Vorwand, immer eine Entschuldigung, Jean-Luc. Wir können nicht damit rechnen, daß wir einmal *nichts* zu tun haben. Immer sind wir mit irgendeiner wichtigen Mission betraut oder kehren gerade von einer zurück. Es gibt keinen passenden Zeitpunkt, und deshalb sollten wir es jetzt sofort hinter uns bringen. Komm. Wir gehen zu Jack und reichen ganz offiziell unseren Abschied ein. Anschließend beamen wir uns auf den Planeten. Bestimmt gelingt es uns auf Terminus, eine Passage an Bord eines Sternenspringers zu buchen.«

»Ein Sternenspringer? Nicht gerade komfortabel.«

»Nein. An Bord ist es ziemlich eng. Aber sie sind billig, und der Starfleet-Sold hat uns nicht gerade wohlhabend gemacht, oder? Vielleicht müssen wir eine Zeitlang auf Terminus bleiben und arbeiten, um genug Geld zu verdienen. Aber wir können es schaffen, Jean-Luc. Ja, wir *können* es schaffen«, betonte sie. »Du. Ich. Die Galaxis. Keine Raumschiffe wie die *Enterprise* mehr. Kein Rang. Keine Flotte. Keine Uniformen. Nur wir. Na, was sagst du dazu?«

Picard starrte in die Dunkelheit.

»Du weißt genau, daß ich ›nein‹ sage, oder?« erwiderte er schließlich.

Beverly seufzte. »Damit habe ich gerechnet.«

Jean-Luc sank auf das Kissen zurück und kam sich wie ein Heuchler vor. »Ich habe mich wirklich gefragt, wie es sein würde, Starfleet zu verlassen und ein Vagabundenleben zu führen, wie du es gerade auf so eindrucksvolle Weise beschrieben hast. Bis zu deinem Hinweis, daß wir jederzeit unseren Abschied einreichen können.«

»Daraufhin kamen dir Bedenken.«

»Mehr als nur Bedenken.« Picard wirkte jetzt sehr reumütig. »Ich glaube, ich hatte nie wirklich die Absicht, Starfleet zu verlassen.«

Beverly klopfte ihm auf die nackte Brust. »Schon gut, Jean-Luc. Ich hatte auch nicht die Absicht, dich zu begleiten.«

Picard warf den Kopf zurück und lachte – bis ihn Beverly Howards Küsse zum Schweigen brachten und sein Interesse auf andere Dinge richteten.

Jack Crusher schlief nicht besonders gut.

Er schlief eigentlich überhaupt nicht.

Er saß im Morgenmantel an seinem Schreibtisch und nahm einen Eintrag in sein persönliches Logbuch vor. Aus irgendeinem Grund fiel es ihm schwer, sich zu konzentrieren. Schließlich deaktivierte er das Aufzeichnungsmodul, holte ein Kartenspiel hervor und versuchte, sich mit einer Partie Patience zu beruhigen.

Nach einer Weile fragte jemand: »Leiden Sie an Schlaflosigkeit?«

Die Stimme kam so überraschend, daß Crusher zusammenzuckte und aufsprang. Er ließ nicht nur die Karten fallen, sondern stieß auch mit dem Knie an die Schreibtischkante. Doch als er sich umdrehte, war er nicht sonderlich erstaunt, einen amüsiert wirkenden Trelane zu sehen.

Der ungebetene Gast war seltsam gekleidet.

Er trug einen langen, schwarzen Umhang und eine weiße, gepuderte Perücke. Crusher wußte zunächst nicht, was er davon halten sollte – bis er begriff, daß sich Trelane in der Aufmachung eines alten britischen Richters präsentierte.

»Oh. Sie sind zurück.«

»Es ist wirklich erstaunlich, wie gut Sie es verstehen, Offensichtliches zu kommentieren«, sagte Trelane. Er trat einen Schritt vor, und der Saum des schwarzen Umhangs strich über den Boden. »Nun, Jack, wie gut sind Sie, wenn es um die Beobachtung subtilerer Angelegenheiten geht, hm?«

»Es ist zu spät für solche Spielchen.«

»Oh, es ist nie zu spät«, erwiderte Trelane tadelnd. »Nie. Das sollten Sie eigentlich wissen, Jack.«

»Ich weiß folgendes, es ist mitten in der Nacht, und ich habe keine Lust, mir Ihr Gerede anzuhören.« Er bückte sich, um die Karten aufzuheben, doch die Mühe konnte er sich sparen. Trelane schnippte mit den Fingern, und plötzlich bildeten die Karten einen exakten Stapel auf dem Tisch.

Crusher drehte sich um. »Warum wir?« fragte er gequält. »Warum haben Sie ausgerechnet uns aufs Korn genommen? Konnten Sie nicht jemand anders wählen?«

»Ich habe mich für Sie entschieden, Jack, weil Sie ein sehr interessanter Präzedenzfall sind. Das Leben ist gewissermaßen eine Aufeinanderfolge von Tests. Jeder davon stellt Geduld und Widerstandsfähigkeit auf die Probe. Immer wieder wird geprüft, ob wir es wert sind, uns weiterzuentwickeln. Wenn wir solche Prüfungen bestehen, folgen wir weiter dem Pfad der Selbsterkenntnis.«

»Worauf wollen Sie hinaus?« fragte Crusher ungeduldig.

»Was halten Sie von einem kleinen Ausflug, Jack?« Trelane lächelte.

Etwas in seiner Stimme berührte Crushers Innerstes und beunruhigte ihn zutiefst. Er sah, wie Trelane die Hand hob und mit den Fingern schnippte. Für einen Sekundenbruchteil befürchtete der Captain, daß der Besucher seine Existenz einfach auslöschen wollte. Er zweifelte nicht daran, daß Trelane dazu imstande war. Eigentlich überraschte es ihn sogar, daß er von dieser Möglichkeit noch nicht Gebrauch gemacht hatte.

Crusher blieb am Leben. Das Fingerschnippen schien überhaupt keinen Einfluß auf ihn zu haben. Er fühlte sich genauso wie vorher und gewann nicht den Eindruck, daß sich etwas veränderte.

»Was sollte das?« fragte er.

»Begleiten Sie mich und finden Sie es heraus«, sagte Trelane. Er drehte sich um und schritt durch die Wand.

»Wollen Sie mir damit imponieren?« fragte Crusher, obwohl sich Trelane nicht mehr im Raum befand. Er ging zur Tür. »Wenn mich Ihr kleiner Trick zu einem verblüfften ›Ooooh‹ veranlassen sollte, so muß ich Sie enttäuschen.«

Crusher war so sehr daran gewöhnt, daß die Tür vor ihm aufglitt, daß er sie bereits halb durchdrungen hatte, bevor er stutzig wurde. Er stand halb im Korridor und ragte wie ein Phantom aus dem Schott. Trelane stand mit verschränkten Armen auf der anderen Seite des Ganges und wirkte auf geradezu unerträgliche Weise selbstgefällig.

»Nun, sind Sie jetzt beeindruckt?« fragte er.

Crusher ließ den Rest des Körpers in den Korridor folgen. »Ein wenig«, räumte er ein. Er drehte sich versuchsweise um und streckte die Hand aus – sie verschwand in der Wand.

»Na schön, mehr als nur ein wenig. Warum haben Sie mich auf diese Weise verändert? Was wollen Sie damit erreichen?«

»Bald wird alles klar, sagte der Fensterputzer«, erwiderte Trelane.

Crusher beobachtete, wie mehrere Besatzungsmitglieder vorbeikamen, ohne ihm Beachtung zu schenken. Er richtete einen neugierigen Blick auf den Besucher. »Was ist geschehen? Bin ich unsichtbar? Körperlos?«

»Eher bedeutungslos«, meinte Trelane. »Kommen Sie. Hier entlang.«

»Ich bleibe hier, solange ich nicht weiß, was das alles zu bedeuten hat.«

Trelane kehrte zurück, trat ganz nahe an ihn heran und lächelte breit.

»Es ist eine Überraschung«, sagte er.

Crusher mußte sich beherrschen, um nicht zurückzuweichen – er wollte kein Zeichen von Schwäche offenbaren. »Ich verabscheue Überraschungen.«

»Das kann ich Ihnen nicht verdenken«, entgegnete Trelane. »Kommen Sie jetzt.«

Er schritt durch den Korridor, und es blieb Crusher gar nichts anderes übrig, als sich ebenfalls in Bewegung zu setzen.

Als er Trelane folgte, sah er, daß der seltsame Mann

nicht im eigentlichen Sinne ging, sondern stolzierte. Er neigte dazu, alles zu übertreiben, selbst die einfachsten, banalsten Dinge. Auch dann, wenn er unsichtbar war und niemand außer Crusher ihn sehen konnte.

»Sagen Sie, Jack«, ließ sich Trelane im Plauderton vernehmen, »spüren Sie tief in Ihrer Seele nicht eine schreckliche Melancholie? Haben Sie nicht das Gefühl, in einem riesigen, unfreundlichen Universum allein zu sein?«

»Nein«, antwortete Crusher. »Aber ich habe das Gefühl, von einem unausstehlichen Fremden belästigt zu werden.«

Trelane blieb stehen und lächelte dünn. »Spotten Sie nur, Captain. Versuchen Sie ruhig, irgendwelche geistreichen Bemerkungen zu machen, wenn Sie Wert darauf legen. Aber wir beide wissen, daß Sie tief in Ihrem Herzen unglücklich und voller Kummer sind.«

»Es genügt Ihnen nicht, daß ich ›unglücklich‹ bin? Ich muß auch noch ›voller Kummer‹ stecken?«

»Möchten Sie vielleicht den Grund dafür erfahren?«

»Das ist eine schwierige Frage.« Crusher strich mit der substanzlosen Hand über – beziehungsweise *durch* – die Wand. Wenn er wirklich körperlos war, wieso sank er dann nicht in den Boden? Vermutlich ein weiterer kleiner Trick Trelanes. »Welche Antwort erwarten Sie von mir? Ich habe nicht zugegeben, unglücklich und voller Kummer zu sein. Und Sie fragen, ob ich wissen möchte, warum ich unglücklich und voller Kummer bin.«

»Gehen wir einmal davon aus, daß meine Feststellung zutrifft.«

»Solche Annahmen gefallen mir nicht sonderlich.«

Trelane blieb erneut stehen, musterte den Captain und ließ die Maske der Gutmütigkeit fallen. »Wir gehen davon aus, daß Sie unglücklich und voller Kummer sind«, sagte er und betonte jedes einzelne Wort.

»Na schön.« Crusher seufzte. »Es ist Ihr Spiel. Wenigstens spielen Sie es nur mit mir und verzichten darauf, die Crew daran zu beteiligen.«

»Oh, keine Sorge, Captain. Ich versichere Ihnen, daß zumindest einige Besatzungsmitglieder durchaus fähig sind, sich ohne fremde Hilfe zu vergnügen.«

Diese Worte klangen seltsam, fand Crusher. »Wie meinen Sie das?«

»Oh, ich möchte Ihnen nicht die Überraschung verderben. Nun ...« Trelane runzelte die Stirn. »Wo war ich stehengeblieben?«

»Bei ›unglücklich und voller Kummer‹«, sagte Crusher.

»Ah ja.« Trelane lächelte. »Nun, Captain, sind Sie mit den Theorien über Paralleluniversen vertraut?«

»Das ist zwar nicht gerade mein Fachgebiet, aber ich kenne mich ein wenig damit aus«, erwiderte Crusher. »Um ganz ehrlich zu sein, ich habe nie besonders viel davon gehalten.«

»Ach? Und warum nicht?«

»Soweit ich weiß, geht die wichtigste Theorie von folgendem Prinzip aus: Wenn irgendwo eine Entscheidung getroffen wird, so entsteht dadurch ein Paralleluniversum, in dem sie genau entgegengesetzt ausfällt. Das erscheint mir absurd. Man denke nur an die Anzahl der intelligenten Wesen allein in unserer Galaxis. Wenn man sich vorstellt, daß jedes Individuum allein mit irgendeiner Entscheidung ein Paralleluniversum entstehen lassen kann ... Das ist doch lächerlich. Schaffe ich etwa ein ganz neues Universum, wenn ich überlege, ob ich um sieben Uhr morgens oder besser etwas später aufstehen soll? Ich bezweifle, ob die Naturgesetze das zulassen.«

»Oh, mit den Naturgesetzen ist das so eine Sache, Captain. Sie wären erstaunt, was sie zulassen und was nicht, was realisierbar ist und was als ausgeschlossen gilt.«

»Würden Sie mir bitte erklären, worauf Sie hinauswollen?«

»Nun, Captain, lassen Sie es mich so formulieren: Ihre Beschreibung des Multiversums vereinfacht die Dinge zu sehr. Entscheidungen, die zunächst ganz banal wirken, können dramatische Folgen nach sich ziehen. Triviale Aktionen müssen nicht unbedingt triviale Konsequenzen haben. Ihre Entscheidung, morgens länger zu schlafen, führt vielleicht dazu, daß Millionen sterben.«

»Wie?«

»Stellen Sie sich vor, Ihr Schiff wird angegriffen, während Sie noch im Bett liegen. Der Erste Offizier hat den Befehl über die *Enterprise,* und ihm unterläuft ein Fehler, der Ihnen nicht unterlaufen wäre. Das Ergebnis ist die vollständige Vernichtung des Schiffes und der Tod aller Besatzungsmitglieder. Nehmen wir weiterhin an, daß die *Enterprise* mit Hilfe ihrer Phaser und Transportersysteme zwei Wochen später die Bevölkerung eines ganzen Planeten vor einem verheerenden Erdbeben gerettet hätte. Aber Sie sind nicht da, um diesen Job zu erledigen, und ein anderes Schiff kann die betreffende Welt nicht rechtzeitig erreichen. Bei den Beben kommen Millionen ums Leben. Werden Ihnen die Möglichkeiten jetzt klar?«

»Ja ja, ich verstehe«, brummte Crusher widerstrebend.

»Dann stellen Sie sich folgender Tatsache. Es gibt Abertausende von Universen; dies hier ist nur eines von unzähligen. Können Sie sich damit abfinden?«

»Meinetwegen. Wenn Sie mich dann endlich in Ruhe lassen.«

»In einem Punkt stimme ich Ihnen zu«, sagte Trelane.

»Wollen Sie damit aufhören, mir auf die Nerven zu gehen?« fragte Crusher hoffnungsvoll.

»Die Sache erscheint wirklich absurd. Ganz gleich, was man sagt oder wie man sich verhält – in gewisser Weise wird alles banalisiert. Weil es eigentlich keine Rolle spielt. Irgendwo gibt es ein Äquivalent des eigenen Selbst, das anders reagiert. Dadurch scheint es gar nicht mehr notwendig zu sein, Entscheidungen zu treffen. Wenn Sie mich fragen, die Multiversen gehören abgeschafft. Nun, kommen wir jetzt zu Ihrem Unglück und dem Kummer.«

»Gut«, sagte Crusher. »Ich habe das Warten darauf schon als sehr langweilig empfunden.«

»Wissen Sie, Jack, das mit den alternativen Möglichkeiten und Entscheidungen – Sie sind davon nicht betroffen.«

»Sie meinen, wir haben das alles völlig umsonst erörtert? Meine Güte!«

Trelane drehte sich abrupt zu Crusher um. »Captain«, zischte er mit plötzlichem Zorn, »Sie sollten sich die dumme Ironie ebenso sparen wie Ihr unbekümmertes Gebaren. Dieser Angelegenheit kommt weitaus mehr Bedeutung zu als Sie ahnen.«

»Und wieso?«

»In all den existierenden Multiversen in all den Kosmen, getrennt von Barrieren, die dünner sind, als Sie es sich vorstellen können, in all diesen parallelen Daseinssphären sind *Ihre* Entscheidungen und Handlungen ohne Entsprechung.«

Crusher spürte, wie sich fast gegen seinen Willen Interesse in ihm regte. »Wie meinen Sie das?«

»Sie sind allein.«

»Wie bitte?«

Trelane schien jede einzelne Silbe zu genießen, als er sagte: *»In den anderen Multiversen gibt es keinen Jack Crusher.* Ein überaus bemerkenswerter Zufall hat dazu geführt, daß nur ein einziger Jack Crusher existiert. Sie sehen ihn immer dann, wenn Sie in den Spiegel blicken.«

»Tatsächlich?« Er versuchte, spöttisch zu klingen, aber es gelang ihm nicht ganz, denn tief in seinem Innern versteifte sich etwas.

Trelane merkte es. »Ja. Es stimmt tatsächlich. Auf

einer bewußten Ebene blieb Ihnen das bisher verborgen, doch tief in Ihrem Innern haben Sie *verstanden* und *gespürt,* daß Sie allein sind im Multiversum, schrecklich allein. Deshalb sind Sie unglücklich und voller Kummer. Deshalb fühlen Sie sich unwürdig. Ja, genauso ist es. Sie fühlen sich unwürdig, weil die für das Multiversum verantwortlichen Mächte der Schöpfung den Menschen namens Jack Crusher für ein unwichtiges, überflüssiges Individuum gehalten haben, für den keine multiple Existenz erforderlich ist. Denken Sie mal darüber nach, Jack. Es gibt Tausende von Picards, Tausende von Beverlys. Der arme Kerl namens Riker? Er existiert tausendfach. Ebenso wie der eingebildete Worf. Sie alle leben auch in den übrigen Universen. In Myriaden Kosmen treiben sie sich herum. Einige von ihnen sind anders – Sie würden sie kaum wiedererkennen. Aber sie *existieren.* Sie sind da. Im Gegensatz zu Ihnen. Ersatz wurde nicht für notwendig erachtet. Man hat keine zusätzlichen Ausführungen in Auftrag gegeben. Sie, Jack Crusher, sind die galaktische Null, das fünfte Rad am kosmischen Wagen. Das Multiversum hat Ihnen einen üblen Streich gespielt, indem es Ihr Sein nur hier zuließ, in diesem einen von zahllosen Universen. Tief in Ihrem Herzen wissen Sie das. Tief in Ihrem Herzen haben Sie es immer gewußt und sich deshalb unwürdig gefühlt. Und jetzt verdanken Sie es mir, den Grund dafür zu kennen.« Bei den letzten Worten klopfte sich Trelane stolz auf die Brust.

Crusher wollte laut lachen und Trelane einen Narren nennen. Er wollte ihn niederschlagen, wenn das möglich gewesen wäre. Er blieb wie angewurzelt stehen und hätte am liebsten folgende Worte an Trelane gerichtet: »Sie wissen überhaupt nicht, wovon Sie reden! Erwarten Sie von mir, daß ich Ihnen einfach so glaube? Soll ich mich über irgendwelche theoretischen Dinge aufregen, die in fremden theoretischen Universen geschehen? Wenn Sie nichts Besseres anzubieten haben, suchen Sie sich einen anderen Dummen, der auf Ihren Unsinn hereinfällt.«

Doch diese Worte kamen nicht über Crushers Lippen.

»Sie haben eine Menge Phantasie«, sagte er statt dessen.

»Das stimmt«, bestätigte Trelane. »Meinem Vorstellungsvermögen sind nicht annähernd so knappe Grenzen gesetzt wie dem Ihren. Allerdings haben meine Schilderungen von eben nichts mit Phantastereien irgendeiner Art zu tun.«

»Darf ich fragen, was es mit meinem Status in den anderen Universen auf sich hat? Oder bin ich dort so unwichtig, daß ich nicht einmal zur Welt kam?«

»Oh, keineswegs«, erwiderte Trelane. »Sie wurden geboren. Und Sie starben unter dem Kommando Ihres großen Freunds Captain Jean-Luc Picard.«

Diese Bemerkung beunruhigte Crusher, doch er versuchte, sich nichts davon anmerken zu lassen. »Ach, tatsächlich?«

»Ja. Bei einem Einsatz außerhalb des Schiffes fanden Sie den Tod. Auf eine ziemlich brutale und schmerzhafte Weise. Da hat Ihr Ich in diesem Universum wirklich etwas verpaßt.«

Crusher wußte nicht, was er sagen sollte. Alles in ihm drängte danach, Trelane der Lüge zu bezichtigen. Er wollte ihn auslachen, verächtlich schnauben, ihm ans Schienbein treten, ihm auf irgendeine kindische Weise zeigen, daß er nichts von ihm hielt. Daß er sich nicht darum scherte, was Trelane behauptete, weil seiner Ansicht nach alles gelogen war. Und selbst wenn es sich nicht um eine Lüge handelte, blieb sein Gerede ohne Konsequenzen. Weil sich nichts damit anfangen ließ. In irgendwelchen anderen Universen war er gestorben – na und? Was kümmerte es ihn, ob er in den alternativen Wirklichkeiten existierte oder nicht? Für ihn kam es in erster Linie darauf an, daß er *hier und jetzt* lebte.

Doch auch mit diesen Überlegungen gelang es ihm nicht, die Kälte aus seinem Innern zu vertreiben.

»Haben Sie jetzt eine ›Gänsehaut‹ bekommen, wie es bei Ihnen heißt?« fragte Trelane. Er schien zu spüren, was Crusher empfand.

»Mir ist gleichgültig, was Sie sagen«, stieß Jack hervor. Er straffte die Schultern und nahm seine ganze emotionale Kraft zusammen. Von diesem sadistischen Ungeheuer in Gestalt eines Menschen wollte er sich nicht verwirren und desorientieren lassen.

Er wußte nicht, welchen Einfluß Trelane auf die Struktur der Realität ausüben konnte. Wie weit reichten seine Fähigkeiten, gewisse Ereignisse zu beeinflussen und mit ihnen die Wahrscheinlichkeit, daß andere Personen so reagierten, wie es seinen Wünschen entsprach? Und was ihn selbst betraf, so gab es vielleicht auch in Crusher etwas, das nachhaltigen Einfluß auf das Gefüge des Seins ausübte, einen Faktor, durch den Trelane überhaupt erst einen Ansatzpunkt bekam.

Die Erkenntnis, daß er letztendlich gar keine Chance hatte, blieb ihm erspart.

Trelane gab sich empört, als hielte er es für ungerecht, daß sich das Multiversum auf diese Weise gegen Crusher verschworen hatte. »Eigentlich ist es gräßlich. Erst recht dann, wenn man den Grund dafür bedenkt.«

»Den Grund?« brachte Crusher hervor.

»Ja, den Grund. Sind Sie noch nicht dahintergekommen?«

»Nein.« Jacks Stimme klang nun rauh und heiser. »Vielleicht sollten Sie mich aufklären.«

»Die Erklärung wartet dort auf Sie. Sehen Sie selbst.«

Verwundert blickte Crusher in die Richtung, in die Trelane deutete. »Das ist Picards Quartier. Warum sollte ich ausgerechnet dort eine Erklärung finden?«

Trelane verharrte regungslos, hielt den Arm ausgestreckt und krümmte und streckte den Zeigefinger. Crusher fühlte sich an Charles Dickens' berühmte

›Weihnachtsgeschichte‹ erinnert, mit Trelane in der Rolle des unheilvollen Geistes.

»Warum sollte ich Jean-Lucs Privatsphäre verletzen?« fragte Crusher. »Welchen Sinn sollte das haben?«

»Er wird nichts davon erfahren.«

»Dadurch wird es auch nicht richtiger.«

Trelane trat näher; in seinen Augen loderten die Flammen des Zorns und reichten bis in Crushers Seele. »Was er Ihnen angetan hat, war ebenfalls nicht ›richtig‹, Jack Crusher. Sie sind im All unterwegs, um fremde Welten zu erforschen. Erfahren Sie als Forscher und als Mann, was Sie nicht erfahren wollen und sogar fürchten. Erfahren Sie, warum Sie nachts nicht schlafen können, was Sie so sehr belastet und an Ihnen nagt. Stellen Sie sich der Wahrheit, wenn Sie den Mumm dazu haben.«

Crusher beugte sich vor, bis seine Nase fast die des allmächtigen Wesens berührte. »An ›Mumm‹ mangelt es mir bestimmt nicht«, knurrte er, drehte sich um und betrat Picards Quartier.

Dort stand er stumm und beobachtete, wie sein bester Freund jene Frau liebte, die noch immer einen Platz in seinem Herzen hatte.

Die Welt um ihn herum schien sich aufzulösen. Er wollte fliehen, einfach weglaufen, sich ins kalte Nichts des Alls stürzen. Er wollte überall sein, nur nicht hier, an diesem Ort.

Jack sah, wie Beverly Dinge mit Picard tat, die er einst selbst genossen hatte. Sie flüsterte Worte, die vor Jahren an seine Ohren gedrungen waren. Ganz deutlich erinnerte er sich an ihr Seufzen, daran, wie sie manchmal leise nach Luft schnappte.

Doch diesmal lag Beverly nicht bei ihm, sondern bei Picard.

Trelane stand neben ihm. »Sie kennen doch die Geschichte von David und Bathseba, nicht wahr?« hauchte er. »Sie wird in Ihrer Bibel erzählt. Es geht dabei um einen König, der die Frau eines anderen Mannes begehrte. Er brachte seinen Rivalen – einen Soldaten – in eine Situation, die mit ziemlicher Sicherheit seinen Tod in der nächsten Schlacht zur Folge haben würde.«

Crusher schüttelte den Kopf. Er wußte nicht, ob er damit Trelanes Ausführungen zurückwies – oder die Botschaft, die ihm seine eigenen Augen vermittelten.

»In allen anderen Zeitlinien sind die beiden zusammen«, fuhr Trelane fort und legte Anteilnahme in die Worte. »Sie waren füreinander bestimmt, und Sie standen ihnen im Weg, Jack. In zahllosen Universen standen Sie ihnen im Weg. Die Mühlen des Schicksals sind groß und zermahlen alles, was sie berühren. In diesem Fall gerieten Sie hinein. Doch in diesem Kosmos gelang es Ihnen irgendwie, mit heiler Haut durch die unbarmherzigen Zahnräder des Verhängnisses zu schlüpfen – ohne etwas davon zu wissen. Hier haben Sie das Schicksal überlistet. Eine großartige Leistung. Aber dafür fordert das Schicksal Revanche.«

»Seien Sie still«, flüsterte Crusher.

»Oh, hören Sie sich auch den Rest an. Ist bestimmt recht interessant für Sie. In den übrigen Universen starben Sie – und Ihr Sohn Wesley lebt und wächst zu einem sehr begabten jungen Mann heran. Nicht so hier, in diesem Kosmos. Hier fiel er einem Unfall zum Opfer – weil das Schicksal einen Weg finden mußte, Jean-Luc und Beverly zusammenzubringen.«

»Seien Sie still.«

»Hier traf es Ihren Sohn. Er wurde auf dem Altar des Schicksals geopfert, damit Sie leben konnten. Was allerdings nichts daran änderte, daß Beverly und Picard erneut zueinander fanden.«

»Sie sollen still sein!« rief Jack, ohne daß seine Stimme die beiden Liebenden erreichte. Er drehte sich um, holte aus, und ein Wunder geschah. Crushers Faust traf Trelane am Kinn und schleuderte ihn durch die Tür auf den Gang.

Jack folgte ihm, packte die Entität am Kragen des Richterumhangs und zog sie auf die Beine.

»Warum?« heulte er. *»Warum quälen Sie mich so?«*

»Weil ich Sie mag, Jack!« erwiderte Trelane fast ebenso laut. »Verflixt und zugenäht – ich mag Sie wirklich! Und ich glaube, daß Sie – der einzige lebende Jack Crusher in der gewaltigen, unendlichen Schöpfung – es verdient haben, die Hintergründe zu kennen, über alles Bescheid zu wissen.« Er stieß Crusher zurück, breitete die Arme aus und gab damit zu erkennen, daß er sich nicht wehren wollte. »Deshalb wollen Sie mich schlagen? Nur zu, schlagen Sie mich. In der Geschichte der Menschheit sind diejenigen, die Wissen brachten, immer schlecht behandelt worden. Es gibt zahlreiche Legenden. Man fesselte die Betreffenden an Felsen, auf daß ihnen die Eingeweide herausgerissen wurden. Sie erfuhren die Exkommunikation. Sie wurden gesteinigt und gevierteilt. Man verbrannte sie auf dem Scheiterhaufen und nagelte sie ans Kreuz. In der wirklichen Welt und in der Literatur erfand man viele Methoden, um jene ins Jenseits zu befördern, die unangenehme Wahrheiten verkündeten. Kriege fanden statt, und ganze Völker wurden ausgerottet – alles im Namen der Ignoranz. Ihr Menschen brüstet euch so gern mit dem Hinweis, wie wichtig es euch sei, Wissen zu sammeln. Aber sobald ihr etwas findet, das euch nicht gefällt, tut ihr alles, um es zu beseitigen. Schlagen Sie mich also, Captain Jack Crusher. Schlagen Sie mich nieder, wenn Sie unbedingt wollen. Ich wehre mich nicht. Warum auch? Sie können mir kein Leid zufügen. Die ganze Gewalt dieses Universums ist nicht imstande, die Wahrheit aus dem zu tilgen, was ich Ihnen gezeigt habe.«

Mit geballten Fäusten stand Crusher vor Trelane. »Sie sind durch und durch böse.«

»Dabei handelt es sich um eine subjektive Einschätzung«, erwiderte Trelane. »Lassen Sie mich eines feststellen, lieber Captain Jack Crusher: Ich habe Sie nie belogen. Können Sie das auch von Ihrem besten Freund behaupten?«

Trelane verschwand in einem kurzen Lichtblitz.

Crusher lehnte sich an die Wand, er vermochte kaum zu atmen. Es erforderte eine bewußte Anstrengung, die Lungen mit Luft zu füllen – er mußte sich zwingen zu leben.

Zwei Besatzungsmitglieder näherten sich und blieben stehen. »Captain?« fragte einer der beiden Männer.

Sie bemerkten ihn, sahen ihn an. Offenbar hatte er nach Trelanes Verschwinden wieder Substanz gewonnen. Damit schwand die letzte Hoffnung, die Crusher noch geblieben war. Er hatte nicht nur einen Traum erlebt.

Er begriff plötzlich, daß er nur einen Pyjama trug. In Gedanken weilte er noch immer bei den Dingen, die er eben gesehen hatte.

»Ich kann bloß nicht schlafen«, sagte er. Etwas anderes fiel ihm nicht ein.

»Oh«, erwiderte der Mann.

Crusher kehrte zu seinem Quartier zurück, streckte sich dort auf dem Bett aus und hoffte, daß er entweder einschlief oder starb.

Aber er blieb wach und am Leben.

2

Es war noch nicht ganz Morgen, als Deanna hörte, wie Riker hinter der Schlafzimmertür Laut gab. Sie hatte in dieser Nacht auf der Couch geschlafen. Will begegnete ihr mit solcher Vorsicht, daß sie ihn auf keinen Fall beunruhigen wollte. Für Deanna war die Situation sehr schwer. Sie wünschte sich nichts mehr, als Will zu umarmen, als ihm immer wieder zu sagen, daß alles in Ordnung wäre. Sie wollte ihn an das Leben erinnern, das sie einst geführt hatten und hoffentlich bald wieder führen würden.

Doch wenn ihr Ehemann, der geliebte Imzadi, sie ansah, so zeigten seine Augen nur Furcht und Verwirrung. Die Furcht verstand Deanna natürlich. Tief in seinem innern ruhte das Wissen um das, was sie einst gewesen waren, um ihre Bedeutung füreinander. Jene Gefühle zeichneten sich durch eine schier überwältigende Intensität aus und jagten ihm Angst ein, weil er nicht mehr über die notwendigen mentalen Werkzeuge verfügte, um sie zu bewältigen.

Deanna mußte auf alle ihre psychologischen Kenntnisse und Erfahrungen zurückgreifen, um mit dem geistigen Zustand ihres Mannes fertig zu werden.

Für Tommy war es natürlich besonders schlimm. Er wollte, daß sein Vater all das verkörperte, was er sich von ihm erträumt hatte. Statt dessen begegnete er einem Mann, der nur ein Schatten seiner selbst war. Riker beobachtete den Jungen, wenn er sprach, hörte ihm aufmerksam zu, aber er schien nicht bereit – oder fähig – zu sein, ihm zu antworten.

Wenigstens brachte Will jetzt einzelne Sätze zusammen; das war immerhin etwas. Meistens bestanden sie nur aus einigen wenigen Worten, und immer sprach Unsicherheit aus ihnen.

Tommy schlief im anderen Zimmer. Deanna hätte ihm dort Gesellschaft leisten können, aber sie zog es vor, ihrem Mann näher zu sein. Deshalb die Couch.

Will schien jetzt wach zu sein. Sie vernahm nicht nur seine Bewegungen, sondern spürte auch etwas: Verwirrung, Ungewißheit ... Doch diesmal gab es einen Fokus für diese Empfindungen: sie gingen nicht nur auf eine unbestimmte Furcht zurück.

Deanna ging zur Schlafzimmertür und klopfte vorsichtig an. »Will?« fragte sie leise. »Darf ich hereinkommen?«

Es blieb still, und sie interpretierte das als positive Antwort. Sie berührte eine Schaltfläche, und das Schott vor ihr glitt beiseite.

Riker saß nackt auf der Bettkante, hielt etwas auf dem Schoß und starrte darauf hinab. Deanna wußte sofort, um was es sich handelte.

Eine Starfleet-Uniform. Es war seine eigene, ausgestattet mit den richtigen Rangabzeichen. Deanna hatte sie absichtlich im Schlafzimmer gelassen, in der Hoffnung, daß Will sie fand. Daß er sie betrachtete und sich an alles erinnerte.

Die Uniform repräsentierte einen großen Teil dessen, was er einst gewesen war. Vielleicht half sie nun dabei, ihm die Vergangenheit zurückzugeben.

»Sie ist sehr hübsch«, sagte Deanna, nahm neben Will Platz und widerstand der Versuchung, ihn zu berühren. »Gefällt sie dir?«

Er nickte langsam, betastete den Stoff, drehte die Uniform hin und her.

»Möchtest du sie anziehen?« fragte Deanna.

»Wem gehört sie?« erwiderte Will.

»Dir.«

»Nein.«

»Na schön.« Deanna seufzte leise. »Sie ist ein Geschenk, von mir für dich.«

Er wirkte so einsam und verlassen, daß sich die Betazoidin sehr beherrschen mußte, um nicht vor Anteilnahme zu weinen. Sie war eine Frau des Friedens, sanft und einfühlsam, spezialisiert auf die Bereiche der Seele. Gewalt lag ihr fern. Deshalb war sie entsetzt, als sie ihre haßerfüllte Reaktion registrierte: Wer auch immer für den gegenwärtigen Zustand ihres Mannes die Verantwortung trug – sie hätte den Betreffenden am liebsten mit eigenen Händen erwürgt. Sie wäre bereit gewesen, ihn mit einem Phaser zu erschießen oder mit einem Messer zu erstechen. Rachephantasien zogen an ihrem inneren Auge vorbei, und Deanna schüttelte den Kopf, um sie zu vertreiben. Nein, auf diese Weise konnte sie ihrem Mann bestimmt nicht helfen.

»Will«, sagte sie und streckte behutsam die Hand nach ihm aus.

Er wich sofort zurück. Seine Füße schoben das Bettlaken in Deannas Richtung, als er zur Wand rutschte. Verzweiflung flackerte in seinen Augen, und er richtete den von Furcht geprägten Blick auf Deanna, den sie bereits kannte – und der ihre Seele verwundete.

Sie stand auf. »Ich bin im anderen Zimmer, wenn du mich brauchst.«

Will beobachtete sie wachsam und argwöhnisch, als sie zur Tür ging und den Raum verließ.

Deanna achtete darauf, daß er ihr Schluchzen nicht hörte.

3

Captain Jean-Luc Picard hatte das übliche Morgenritual beendet, sich gewaschen, rasiert und angezogen. Jetzt war er bereit, sich dem Tag zu stellen.

Doch er suchte nicht etwa die Brücke auf, sondern nahm am Schreibtisch Platz und aktivierte das persönliche Logbuch. Eine Zeitlang saß er stumm und überlegte, mit welchen Worten er seine Besorgnis über Guinan zum Ausdruck bringen sollte.

Sie kam zu ihm und behauptete aufgebracht, die Umgebung habe sich auf sonderbare Weise verändert. Sie bezeichnete die *Enterprise* als Kriegsschiff und meinte, es sollten sich keine Kinder an Bord befinden. Picard kannte die außerordentliche und unerschütterliche Guinan schon seit langer Zeit; doch so verwirrt hatte er sie noch nie erlebt.

Und als er kurze Zeit später zu ihr ging, um das Gespräch fortsetzen, da behauptete sie, von ihren eigenen Ausführungen überhaupt nichts zu wissen.

Picard hatte das Problem von allen Seiten untersucht, ohne eine zufriedenstellende Erklärung zu finden. Auf seine Anweisung hin fand eine diskrete Suche im ganzen Schiff statt – für den Fall, daß sich jemand als Guinan ausgab. Aber bisher war nichts Ungewöhnliches entdeckt worden. Guinan versicherte, daß sich weder Q noch Trelane in der Nähe aufhielten.

Es blieb die Frage: Was ging an Bord vor?

»Brücke an Captain Picard«, erklang Datas Stimme.

»Hier Picard.«

»Wir sind in den Orbit von Terminus eingeschwenkt, Captain. Dr. Martinez' Kollegen haben sich mit uns in Verbindung gesetzt; sie sind sehr besorgt über ihren Zustand.«

»Das kann ich ihnen nicht verdenken. Bitten Sie Dr. Crusher um einen Zwischenbericht. Ich mache mich gleich auf den Weg zur Brücke.«

»Ja, Sir.«

Picard deaktivierte das persönliche Logbuch und beschloß, den Eintrag auf später zu verschieben. Er hatte nicht besonders gut geschlafen, war immer wieder von sonderbaren Träumen heimgesucht worden. Sie betrafen ausgerechnet Beverly Crusher. Nun, die Bezeichnung ›sonderbar‹ eignete sich eigentlich nicht, um sie zu beschreiben. ›Intensiv‹ wäre besser gewesen, und ›erotisch‹ kam der Sache noch viel näher. Glücklicherweise existierte keine telepathische Verbindung mehr zwischen ihm und Beverly. Andernfalls hätte sie ihn vermutlich zur Rede gestellt.

Er stand auf und trat vor den großen Spiegel, um sicherzustellen, daß die Uniform richtig saß. Er nickte anerkennend, strich mit den Händen über den Stoff, um ihn zu glätten.

Sein Spiegelbild folgte den Bewegungen ...

... allerdings den Bruchteil einer Sekunde zu spät.

Einem weniger aufmerksamen Mann wäre die Differenz kaum aufgefallen, aber Picard zuckte zusammen, als er sich vom Spiegel abwandte.

Dann blickte er abermals hinein und kniff mißtrauisch die Augen zusammen. Der gespiegelte Picard verhielt sich ebenso – in perfekter Synchronisation. Ein oder zwei Sekunden lang fragte sich der Captain, ob er den Verstand verlor.

Wieder zupfte er seine Uniform glatt, und auch sein Spiegelbild führte die Geste aus. Da es seit einiger Zeit an Bord der *Enterprise* immer wieder zu Überraschungen kam, beschloß Picard, auf Nummer Sicher zu gehen – einmal mehr strichen seine Hände über die Uniform. Wenn ihn jetzt jemand beobachtet hätte, wäre der Betreffende vielleicht auf den Gedanken gekommen …

Mit der Uniform stimmte etwas nicht. Die im Spiegel unterschied sich von der, die Picard tatsächlich trug. Sie saß knapper, und der Kragen …

Die Rangabzeichen.

Er tastete nach den Abzeichen, und der andere Picard folgte seinem Beispiel.

Der andere Picard trug die Abzeichen eines Commanders, bekleidete einen niedrigeren Rang.

Es war unmöglich. Und außerdem vollkommen absurd.

Er schloß die Augen, schüttelte den Kopf und hob die Lider wieder.

Der Spiegel zeigte keinen Commander Picard mehr.

Statt dessen präsentierte er Picard als Captain. Jean-Luc bemerkte es sofort, denn sein Blick galt den Abzeichen.

Als er auch den Rest des Spiegelbilds in den Mittelpunkt seiner Aufmerksamkeit rückte, gewann er den Eindruck, daß die Welt erneut aus den Fugen geriet.

Wieder unterschied sich die Uniform von der seinen. Sie war weiter geschnitten und wirkte militärischer.

(Was hatte Guinan gesagt? Die *Enterprise* als Kriegsschiff. Und alle Besatzungsmitglieder trugen Waffen.)

Er ließ den Blick nach unten wandern – ein Phaser steckte an seiner Hüfte.

Das Spiegelbild starrte ihn an, und in den Mienen beider Picards zeigte sich Verblüffung.

»Lieber Himmel!« entfuhr es ihm. »Was geht hier vor?« Die Lippen des anderen Picard formten die gleichen Worte. *»Was geht hier vor?«*

Er preßte die Hände flach an den Spiegel, als sei er imstande, auf diese Weise die Welt dahinter zu berühren.

Der Türmelder summte. »Captain«, erklang Worfs Stimme, »ist alles in Ordnung mit Ihnen?«

Picard drehte ruckartig den Kopf. »Mr. Worf! Kommen Sie herein!«

Der Klingone verlor keine Zeit. Die Tür hatte sich gerade erst einen Spaltbreit geöffnet, als er sich auch schon hindurchschob. Er schien bereit zu sein, alles anzugreifen, was eine Bedrohung für den Captain darstellen mochte.

»Sehen Sie nur!« Picard deutete zum Spiegel, und sein Gegenüber streckte ebenfalls den Arm aus – ein völlig normaler Anblick.

Worf starrte zuerst in den Spiegel und sah dann den Captain an. Es war deutlich zu sehen, daß er Picard gern gefragt hätte, was das alles bedeutete. Aber er glaubte, als Leiter der Sicherheitsabteilung solche Dinge selbst herausfinden zu müssen. Erneut blickte er in den Spiegel, runzelte einige Sekunden lang die Stirn, trat schließlich vor und berührte das Glas.

»Ist es jetzt besser, Sir?«

»Der Spiegel war nicht etwa schief, Mr. Worf. Ich habe darin etwas gesehen.«

»Etwas anderes als sich selbst, Sir?«

Picard nickte langsam. »Mr. Worf, passen Sie auf.«

»Ja, Sir.« Der Klingone zögerte kurz. »Auf was?«

Picard gab die einzige ihm mögliche Antwort. »Auf alles. Seien Sie auf der Hut.«

Worf nickte. »Das bin ich immer, Sir.«

4

Tasha Yar nickte. »Das bin ich allerdings immer, Sir.«

Commander Jean-Luc Picard nickte anerkennend, starrte dann noch einmal argwöhnisch in den Spiegel. Was in aller Welt war gerade geschehen? Im einen Augenblick hatte er in den Spiegel gesehen, und im nächsten …

»Commander?« fragte Tasha. »Möchten Sie, daß ich Sie zur Brücke begleite?«

»Für den Fall, daß mir unterwegs feindlich gesinnte Spiegel auflauern? Vielen Dank für Ihre Hilfsbereitschaft, Lieutenant.« Picard rang sich ein Lächeln ab. »Aber damit kann ich bestimmt allein fertig werden. Ich muß eben meine Eitelkeit im Zaum halten.«

»Na schön, Sir. Wie Sie meinen.« Yar überzeugte sich mit einem letzten Blick davon, daß Picard die Situation unter Kontrolle hatte, bevor sie den Raum verließ.

Der Commander zögerte noch etwas länger. Aus den Augenwinkeln beobachtete er mißtrauisch den Spiegel, so als rechnete er mit einer weiteren Überraschung.

Schließlich gab er sich einen Ruck und ging zum nächsten Turbolift.

Er hatte die Transportkapsel gerade betreten, als er hinter sich eine Stimme hörte.

»Halt!«

Die Stimme klang vertraut; sie gehörte Captain Crusher. Er drehte sich um und sah, wie Jack näher kam.

Er blieb vor dem Lift stehen und bedachte Picard mit einem durchdringenden Blick. Jean-Luc musterte seinen alten Freund neugierig. »Stimmt was nicht?« fragte er.

Crusher setzte sich wieder in Bewegung. Er ging ganz langsam. Aus irgendeinem Grund dachte Picard an ein Revolverduell im Wilden Westen. Er dachte kurz an das seltsame Spiegelbild, an den Jean-Luc, der einen Phaser im Holster trug. Fast bedauerte er es, unbewaffnet zu sein. Wenn ihm jetzt ein Strahler zur Verfügung gestanden hätte, so wäre er vielleicht der Versuchung erlegen, die rechte Hand in die Nähe des Griffs zu bringen.

»Jack?« fragte er.

Crusher lächelte gezwungen. »Guten Morgen, Nummer Eins.« Er betrat den Turbolift. »Brücke.«

Die Tür glitt zu, und Crusher musterte Picard auf eine Weise, die ein intensives Unbehagen in ihm weckte. Irgend etwas ging hier nicht mit rechten Dingen zu.

»Was ist los, Jack?« fragte er.

»Was soll los sein?« erwiderte der Captain. »Wieso kommst du darauf, daß irgend etwas los sein könnte?«

»Wie ich darauf komme? Meine Güte, du siehst mich so an, als wüßtest du gar nicht, wer ich bin.«

»Ich bin heute philosophisch gestimmt, Jean-Luc.« In Crushers Stimme ließ sich eine gewisse Schärfe vernehmen. »Können wir eigentlich sicher sein, den jeweils anderen wirklich zu kennen? Bleiben wir uns nicht immer fremd? Jeder von uns führt sein eigenes Leben. Jeder von uns hat seine individuellen Wünsche und dunklen Geheimnisse.«

»Anhalten«, sagte Picard, und die Transportkapsel verharrte zwischen zwei Etagen. Er wandte sich dem Captain zu. »Was wird hier gespielt, Jack?«

Crusher wölbte eine Braue und versuchte auf fast schmerzhaft anmutende Weise, höfliche Distanz zu wahren. »Was hier gespielt wird? Jean-Luc, ich weiß beim besten Willen nicht ...«

»Hör auf damit!« Picard schlug mit der Faust an die Wand der Transportkapsel. »Was ist denn in dich gefahren? Bist du wegen irgend etwas sauer auf mich? Bin ich dir vielleicht auf den sprichwörtlichen Fuß getreten, ohne etwas davon zu merken? Ich glaube, du bist mir gegenüber zumindest verpflichtet ...«

»Ich soll dir gegenüber zu etwas verpflichtet sein?« stieß Crusher ungläubig hervor. Der Zorn in seinen Worten schien den Turbolift erzittern zu lassen. »Damit dürftest du wohl ein wenig zu weit gehen, Commander. Und nicht nur ein wenig.«

»Jack, ich ...«

»Ich habe dir nicht erlaubt, offen zu reden. Und du hast von mir auch nicht die Erlaubnis erhalten, den Lift anzuhalten. Computer, hier spricht Captain Crusher. Kommandopriorität. Den Weg zur Brücke fortsetzen.«

Die Transportkapsel setzte ihre Fahrt fort.

»Wenn du ein Problem mit mir hast«, zischte Picard, »so solltest du darüber sprechen und uns beiden Kummer ersparen.«

»Ach, darum geht es dir also. Du möchtest, daß man dir Kummer erspart?« Crusher schrie jetzt fast. »Das ist es, was du willst?«

Er schlug zu. Picard nahm unwillkürlich den Kopf zur Seite, und dadurch verfehlte Crushers Faust das Ziel. Mit voller Wucht traf sie die Wand des Turbolifts, und es knackte vernehmlich.

Picard riß erschrocken die Augen auf. »Jack!«

»Sei still. Das ist ein Befehl, verdammt! Wenn du nicht gehorchst, lasse ich dich vors Kriegsgericht stellen!«

Picard öffnete den Mund – und schloß ihn wieder, als er die Wut in Crushers Augen sah.

Ein Gedanke – ein unvermeidlicher Gedanke – ging ihm durch den Kopf.

Er weiß Bescheid. Über Beverly und mich.

Aber er konnte nicht sicher sein. Nein, es gab keine

Gewißheit, und natürlich kam es nicht in Frage, eine entsprechende Frage zu stellen. Wie dem auch sei, es war die einzige Erklärung für das veränderte Verhalten Jack Crushers.

Die Tür des Turbolifts öffnete sich. Picard verließ die Transportkapsel und drehte sich um.

»Ich begebe mich zur Krankenstation.« Crusher hob die Hand, so als sei es nötig, Picard an den Grund dafür zu erinnern, warum er medizinische Hilfe brauchte. »Du hast das Kommando, Nummer Eins.«

Die Tür schloß sich wieder.

Langsam ging Picard zum Kommandosessel, nahm darin Platz und starrte auf den großen Wandschirm. Der Planet Terminus drehte sich unter dem Raumschiff *Enterprise,* und über dem einen Pol waberte ein Riß in der Struktur des Raums.

Der Commander überlegte. Er mußte Beverly warnen, natürlich mit Hilfe des Kommunikators. Aber er konnte nicht über derart heikle private Dinge reden, während andere Brückenoffiziere zuhörten. Wenn er den Bereitschaftsraum aufsuchte, ohne daß der Captain zugegen war, so war das ein Verstoß gegen die Etikette. Allerdings gab es die Möglichkeit für ihn, sich in einen Konferenzraum zurückzuziehen. Sicher erntete er damit einige erstaunte Blicke – warum sollte er ein Besprechungszimmer betreten, wenn niemand für eine Besprechung zugegen war? –, aber das kümmerte Picard derzeit wenig.

Er wollte gerade aufstehen, als sich Data zu Wort meldete.

»Commander, die Sensoren registrieren eine Veränderung im gravimetrischen Feld der Anomalie.«

Picard verharrte mitten in der Bewegung. »Was hat das zu bedeuten?«

Data wandte sich zu ihm um.

»Die Anomalie wird größer, Sir.«

Im Turbolift bewegte Crusher die Finger der verletzten Hand und stöhnte vor Schmerz. Blut quoll aus der Wunde, und er hoffte inständig, daß er sich nicht den Knöchel gebrochen hatte.

Die Schmerzen vertrieben den lähmenden Dunst aus Crushers Gedanken und erfüllten ihn mit neuer Entschlossenheit. Die Wut brannte auch weiterhin in ihm. Ihr brodelndes Feuer wurde von Kräften geschürt, die er nicht ganz verstand.

Er wollte sich in der Krankenstation nicht nur behandeln lassen. Es ging ihm um mehr, darum, die Sache mit Beverly zu klären, ein für allemal.

Er war der Captain der *Enterprise* – und er hatte sich mit Verrätern umgeben.

Eine derartige Situation konnte er – *durfte* er – nicht widerspruchslos hinnehmen.

5

Dr. Beverly Crusher sah voller Mitgefühl auf Professor Martinez hinab. Die Rekonvaleszenz der Wissenschaftlerin machte gute Fortschritte, aber Beverly zögerte trotzdem, sie zu verlegen – obgleich das durchaus möglich gewesen wäre.

Trotzdem: Sie sollte ihre Patientin wenigstens fragen. »Andrea …«, wandte sie sich sanft an die Frau, die auf der Medo-Liege ruhte, während das bioregenerative Kraftfeld leise summte. Die Alphawellen deuteten darauf hin, daß Martinez wach war, doch angesichts der fast ganz zugeschwollenen Augen konnte man kaum sicher sein.

»Ja, Doktor«, hauchte die Professorin.

»Wir sind jetzt im Orbit von Terminus. Einige Ihrer Kollegen warten auf dem Planeten und möchten mit Ihnen über Ihre Untersuchungen der Ompet-Anomalie sprechen. Allerdings …«

»Allerdings fragen Sie sich, ob ich in der Lage bin, Besucher zu empfangen. Oder ob ich die Krankenstation verlassen kann.«

Beverly lächelte. »Sie sind sehr aufmerksam.«

Martinez überlegte einige Sekunden lang. »Um ganz ehrlich zu sein, ich würde mich gern noch einen weiteren Tag lang ausruhen. Aber mir liegt natürlich nichts daran, den Zeitplan der *Enterprise* durcheinanderzubringen.«

»Nun, was halten Sie davon, wenn ich beim Captain nachfrage?« schlug Beverly vor.

Unter anderen Umständen hätte Martinez vielleicht

genickt, aber dafür fehlte ihr die Kraft. »Das wäre sehr nett von Ihnen.«

Beverly klopfte auf ihren Insignienkommunikator. »Crusher an Captain.«

Die Tür der Krankenstation öffnete sich mit einem leisen Zischen, und Beverly drehte sich um.

Von einem Augenblick zum anderen erstarrte sie, und alles Blut wich aus ihrem Gesicht.

Er stand dort, in Fleisch und Blut, und wirkte nur ein wenig älter, als sie ihn in Erinnerung hatte.

Zum letzten Mal hatte sie ihn als Leiche gesehen.

Irgend etwas in Beverly schaltete einfach ab. Sie versuchte, bei Sinnen zu bleiben, nicht den Verstand zu verlieren. Ihr medizinischer Instinkt erwachte und lenkte ihre Aufmerksamkeit auf die verletzte Hand des Mannes.

»Doktor?« erklang Picards verwirrte Stimme aus dem kleinen Lautsprecher des Insignienkommunikators. »Ist alles in Ordnung?«

»Interessant«, sagte Jack Crusher. Der Klang seiner Stimme bereitete Beverly einen ebenso starken Schock wie seine physische Präsenz. Sie hatte an eine Halluzination geglaubt, doch die Stimme schien der Gestalt Substanz zu verleihen, ihr Realität zu geben.

»Jack?« flüsterte sie.

Er schenkte ihrer Verblüffung keine Beachtung und deutete auf den Insignienkommunikator. »Hat er versucht, dich zu warnen? Dich darauf hinzuweisen, daß ich hierher unterwegs bin?«

Beverly begann zu zittern. Ein Schrei bahnte sich seinen Weg vom Zwerchfell zum Mund.

Jack kam näher und bebte vor Wut. »Also gut, Beverly. Wir klären es hier, auf der Stelle. Und schüttel nicht den Kopf!« donnerte er, als sie den Kopf von einer Seite zur anderen drehte. Ihre Augen waren so groß wie Untertassen, und Beverlys Wangen hatten die Farbe von geronnener Milch angenommen. Wenn Jack nicht so sehr von seinem Zorn besessen gewesen wäre, hätte er festgestellt, daß Beverly Crusher nicht nur wegen einer entdeckten Liebesaffäre bestürzt war; dafür reagierte sie viel zu heftig.

»Du du ...«, krächzte sie.

»Was geht da unten vor?« fragte Picard.

»Verzieh dich, Jean-Luc. Diese Sache geht nur Beverly und mich etwas an.«

Crusher packte die zitternde Frau an den Schultern, nannte immer wieder ihren Namen. Und der Schrei erreichte schließlich ihre Kehle. Er begann leise, als ein rauhes Gurgeln. Doch es bereitete den Weg, stieß den Pfropfen aus dem Schlund des akustischen Vulkans, der daraufhin ungehindert ausbrechen konnte. Beverly schrie aus vollem Hals. Einen solchen Schrei hatte Jack Crusher von der Frau, die er liebte, nie zuvor gehört.

Er schüttelte sie und versuchte, die Situation unter Kontrolle zu bringen. »Beverly! Sei still! Hör mir zu!«

»Du bist tot!« heulte sie. *»Du bist tot, o mein Gott, mein Gott, du bist TOT!«*

Es dauerte einige Sekunden, bis die Worte den Nebel der Eifersucht durchdrangen. Als sie schließlich in Crushers Bewußtsein gelangten, wich er jäh zurück, als habe er aus Versehen in einen Ameisenhaufen gegriffen. Als Beverly auch weiterhin schrie, strauchelte er und erinnerte sich an Trelanes Worte, und plötzlich verstand er, ja, er verstand alles.

Er drehte sich ruckartig um und verließ die Krankenstation, floh und stürmte durch den Korridor, ohne zu sehen, daß Beverly Crusher hinter ihm in Ohnmacht fiel.

6

Im Gesellschaftsraum im zehnten Vorderdeck stieß Guinan an die Theke und preßte die Hände an die Schläfen. Sie gab einen kurzen erschrockenen Schrei von sich, wurde dann von dem ihr entgegenflutenden Chaos überwältigt und verlor das Bewußtsein.

Im Gesellschaftsraum im zehnten Vorderdeck stieß Guinan an die Theke und preßte sich die Hände an die Schläfen. Sie gab einen kurzen erschrockenen Schrei von sich, wurde dann von dem ihr entgegenflutenden Chaos überwältigt und verlor das Bewußtsein.

Im Gesellschaftsraum im zehnten Vorderdeck schenkte die Wirtin Caryn Johnson einen weiteren Drink ein und begrüßte lächelnd zwei neue Gäste.

7

Commander Riker war zur Brücke unterwegs, als sein Insignienkommunikator piepte. Er klopfte auf das kleine Gerät. »Hier Riker.«

»Will«, ertönte Deannas Stimme. »Ich …«

Sie klang verwirrt. »Counselor? Ist was nicht in Ordnung?«

»Ich bin mir nicht sicher«, sagte sie. »Ich habe den Eindruck, telepathische Echos zu hören.«

»Echos?« wiederholte Riker skeptisch.

»Wie Stimmen, die mich rufen. Könntest du …?«

Es war ein Zeichen für ihre besondere Beziehung, daß sich Deanna zuerst an ihn wandte, wenn sie Hilfe brauchte, nicht an Beverly Crusher oder Guinan.

»Ich bin unterwegs«, sagte Riker und eilte zu Deannas Quartier.

Auf der Brücke hörte Picard, wie die Stimme eines Mannes die folgenden Worte formulierte: »Verzieh dich Jean-Luc. Diese Sache geht nur Beverly und mich etwas an.«

Die anwesenden Brückenoffiziere wechselten verblüffte Blicke. Niemand – *niemand* – wagte es, dem Captain eine derartige Verachtung entgegenzubringen.

Die Stimme …

Picard war angesichts des unverschämten Tonfalls überrascht, gleichzeitig löste irgend etwas eine unbestimmte Erinnerung aus. Etwas, das er nicht zu bestimmen vermochte. Die Stimme – er hatte sie schon einmal gehört.

Beverlys Schrei drang aus dem Kom-Lautsprecher.

Picard sprang auf und wies Worf an, einen Sicherheitsalarm auszulösen. Er lief zum Turbolift und hörte dabei, wie der Mann irgend etwas sagte, das er nicht verstand, weil die Worte in Beverlys Schrei untergingen.

Dann klagte die Ärztin: *»Du bist tot! Du bist tot!«*

Da begriff Picard.

»Oh mein Gott«, stöhnte er. »Jack.«

8

Deanna und Tommy sahen, wie Will langsam und zögernd das Schlafzimmer verließ. Er trug jetzt die Starfleet-Uniform.

Er hatte sie auf Drängen des Jungen hin angezogen. Tommy bat ihn so sehr darum, daß Riker schließlich sagte. »Na schön, na schön.« Und er ließ den Worten ein väterliches Seufzen folgen, das Hoffnung in Deanna weckte. Fast hätte sie vor Freude in die Hände geklatscht.

Jetzt stand er da, die Schultern noch immer ein wenig nach vorn geneigt. Unsicherheit kam in seiner Haltung zum Ausdruck. Er war jetzt nicht mehr der stolze, zuversichtliche junge Mann, der Deanna vor vielen Jahren im Sturm erobert hatte. Aber immerhin, er machte Fortschritte.

»Du siehst wundervoll aus, Will«, sagte sie.

Er hob die Hände, betrachtete die roten Ärmel.

(Sie hatten mit den Armen angefangen.)

»Will?« fragte Deanna vorsichtig. Etwas stimmte nicht. Sie spürte es.

(Es hatte mit den Armen begonnen. Daran erinnerte er sich jetzt. Mit den Händen über dem Kopf banden sie ihn fest, ließen ihn stunden-, tagelang hängen. Und sie fixierten seinen Kopf, so daß er nur nach oben blicken und die roten Ärmel sehen konnte. Die Agonie brennender Schmerzen hielt vor, bis die Arme taub und die Finger weiß wurden. Gelegentlich kamen sie und schlugen ihm auf die Arme, um festzustellen, ob und in welchem Ausmaß er trotz der eingeschränkten Blutzirkulation Schmerzen empfand.)

Riker gab unartikulierte Laute von sich und zerrte an den Uniformärmeln.

»Will!« rief Deanna besorgt.

»Dad!« entfuhr es Tommy. Er lief zu seinem Vater und ergriff seine Arme.

Das war ein Fehler. Will Riker versetzte seinem Sohn einen so heftigen Stoß, daß er quer durch das Zimmer geschleudert wurde. Erschrocken und besorgt eilte Deanna zu ihrem Sohn und gab Will dadurch genug Zeit, in den Korridor zu fliehen.

»Ist alles in Ordnung mit dir? Tommy, bist du ...« Sie half dem Jungen vorsichtig auf die Beine, da sie Verletzungen befürchtete.

»Er haßt mich!« brachte der Knabe hervor. Es klang gedemütigt und zornig.

»Nein, das stimmt nicht.« Deanna drückte ihren Sohn an sich. »So etwas darfst du nicht glauben.«

»Doch, er *haßt* mich!«

»Nein, er haßt dich nicht! Er weiß nur noch immer nicht, wer du bist. Er braucht Zeit, das habe ich dir doch gesagt.«

»Ja, das hast du, und du sagst es immer wieder.« Tommy war den Tränen nahe. »Wann ist es endlich soweit? Wie lange dauert es noch?«

Die Tür öffnete sich, und Deanna sah auf.

Will stand dort.

Sein Verhalten hatte sich vollkommen verändert. Die Schultern waren nun gerade, und in seiner Miene zeigte sich keine Unsicherheit, sondern Selbstbewußtsein. »Deanna?« fragte er.

»Will?« Langsam stand sie auf, wandte sich von Tommy ab. Der Junge zitterte noch immer, richtete jedoch einen neugierigen Blick auf seinen Vater. »Will, du weißt, wer ich bin?«

Er musterte sie verwirrt. »Soll das ein Witz sein?

Natürlich weiß ich, wer du bist. Meine Güte ...« Riker riß die Augen auf, als Deanna sich ihm näherte. »Dein Haar. Was ist mit deinem Haar passiert?«

Sie klatschte glücklich in die Hände und konnte es kaum fassen. Doch die empathischen Signale, die sie von ihm empfing, bestätigten seine Worte. Er kannte sie. Besser gesagt, er erkannte sie. Sein Bewußtsein berührte das ihre, und Deannas Gedanken formten eine kurze Botschaft: *Imzadi.*

Riker blinzelte überrascht und wiederholte den bedeutsamen betazoidischen Ausdruck.

Sie trat auf ihn zu hob die Hände zu seinem Gesicht und küßte ihn. Sie weinte, und ihre Tränen befeuchteten auch Wills Wangen.

Riker reagierte auf ihre Leidenschaft – und schien dann ganz bewußt zu versuchen, die Selbstkontrolle zu bewahren. Er neigte den Kopf zurück. »Was ist los mit dir? Was hat das zu bedeuten? Wer ist das?«

Deanna wußte, daß etwas nicht stimmte, noch bevor Will diese Worte sprach. Sein Körper wirkte nicht mehr ausgemergelt, sondern muskulös. Als sie ihn nackt gesehen hatte, war sie angesichts der vielen gräßlichen Narben entsetzt gewesen, doch als ihre Hände jetzt über Wills Rücken tasteten, fühlten sie nur glatte Haut, so wie damals, bevor er in romulanische Gefangenschaft geriet.

Seine Verwirrung über Tommys Identität bestätigte die schlimmsten Befürchtungen des Jungen. »Ich wußte es!« stieß er hervor. »Er haßt seinen eigenen Sohn!«

»Meinen Sohn?« Riker glaubte, seinen Ohren nicht trauen zu können. »Lieber Himmel, Deanna, was geht hier vor? Wer ist dieser Junge? Woher kommen die grauen Strähnen in deinem Haar? Was hat das alles zu bedeuten?«

Nur ihre Ausbildung und Erfahrung bewahrten Deanna vor einem hysterischen Anfall. Sie besann sich auf das ruhige Zentrum ihres Selbst und legte sich die nächsten Worte sorgfältig zurecht ... und hatte das seltsame Gefühl, Rikers Reaktion darauf bereits zu kennen.

»Ich bin Deanna Troi Riker«, sagte sie langsam. »Die Ehefrau von William T. Riker. Das ist unser Sohn Tommy.«

Riker erblaßte. »Was?« flüsterte er.

Tommy kam jetzt zögernd näher. Sein Zorn verrauchte plötzlich, als er etwas bemerkte. Während seine Mutter versuchte, in einem Durcheinander aus widersprüchlichen Emotionen und Informationen nicht die Orientierung zu verlieren, bewahrte sich Tommy, der Starfleet-Enthusiast, den Blick für die Details. »Ma, er trägt die Abzeichen eines Commanders. Ma, was ist hier eigentlich los?«

Und dann machte es hinter der Stirn des Jungen Klick. »Ich habe dich in meinem Traum gesehen.«

Riker war klar, daß sie inzwischen eine Ebene erreicht hatten, in der er nicht mehr hoffen durfte, irgend etwas zu begreifen. »Hört zu«, sagte er, »bleibt hier. Rührt euch nicht von der Stelle. Geht nicht fort. Habt ihr verstanden?«

»Ja«, erwiderte Deanna und verzichtete darauf, die hundert Fragen zu stellen, die ihr auf der Zunge lagen.

Will klopfte auf seinen Insignienkommunikator. »Riker an Brücke.«

»Hier Data.«

»Wo ist der Captain?« fragte Riker überrascht.

»Er kümmert sich um einen Notfall in der Krankenstation. Dr. Crusher scheint von einer nicht identifizierten Person angegriffen worden zu sein.«

»Es gibt vielleicht noch andere nicht identifizierte Personen an Bord«, sagte Riker, ohne den Blick von Deanna und dem Jungen abzuwenden. »Ich begebe mich ebenfalls zur Krankenstation.« Er deutete noch einmal auf Mutter und Sohn. »Bleibt einfach hier!«

Er verließ den Raum. Als sich die Tür hinter ihm schloß, sah Tommy verwirrt zu Deanna auf. »Ich dachte, die Bordärztin hieße Howard und der Captain Crusher. Ich finde das alles ziemlich verwirrend.«

»Das geht nicht nur dir so«, erwiderte Deanna.

Commander Riker eilte mit langen Schritten durch den Korridor zur Krankenstation. Er bog um eine Ecke ...

Worf kam ihm entgegen, und Riker musterte ihn verblüfft. Der Klingone trug eine komplette klingonische Kampfmontur. Das Haar war länger, bildete eine zerzauste Mähne. In den dunklen Augen irrlichterte es.

»Mr. Worf!« sagte Riker scharf. »Haben hier denn alle den Verstand verloren?«

Worf starrte Riker an wie einen Geist. Innerhalb von ein oder zwei Sekunden traf er eine Entscheidung.

»Sie sind jemand anders«, erwiderte er. »Es ist ein Trick!«

Die sonderbare Schärfe in der Stimme des Klingonen gefiel Riker ganz und gar nicht. »Jetzt hören Sie mal ...« Er hob die Hände.

Worfs rechte Hand zuckte zum Gürtel, und einen Sekundenbruchteil später hielt sie ein langes D'k'tagh-Messer. »Bei Ihrem nächsten Tarnungsversuch sollten Sie sich mehr Mühe geben«, knurrte er. »Man könnte Sie tatsächlich für Riker halten – wenn Sie ihn nicht gefoltert hätten!«

»Gefoltert?«

»Sie werden für Ihr schäbiges Täuschungsmanöver bezahlen – mit Ihrem Leben!«

Worf hob die Klinge und griff an.

9

Als Dr. Crusher die Augen öffnete, sah Captain Picard besorgt auf sie hinab. Mehrere Sicherheitsleute, unter Ihnen Worf, standen an der Tür.

Beverly griff nach Jean-Lucs Arm. »Jack …«, flüsterte sie. »Ich habe ihn gesehen … Mein Gott, man könnte annehmen, ich sei übergeschnappt.«

»Ich habe seine Stimme erkannt.« Picard wandte sich an die Angehörigen der Sicherheitsabteilung. »Mr. Worf, kehren Sie zur Brücke zurück. Ich möchte, daß Sie sich dort in Bereitschaft halten, für den Fall, daß … nur für den Fall. Die anderen beginnen mit der Suche nach einem früheren Starfleet-Offizier namens Jack Crusher.« Er versuchte, so ruhig wie möglich zu klingen, rational zu bleiben. »Die Personaldatenbank des Computers wird behaupten, daß er tot ist, aber vielleicht sind falsche Informationen in ihr enthalten. Oder jemand anders gibt sich als Crusher aus – was er bald bereuen wird. Besorgen Sie sich entsprechende Holobilder vom Computer und verteilen Sie sie an die einzelnen Sicherheitsgruppen. Nehmen Sie den Burschen so schnell wie möglich fest.«

»Aye. Sir.« Worf bedeutete seinen Leuten, sich in Bewegung zu setzen. Wenige Sekunden später herrschte in der Krankenstation wieder ein einigermaßen normaler Zustand, auch wenn die anwesenden Medo-Techniker Beverly immer wieder neugierige Blicke zuwarfen.

»Nie zuvor in meinem Leben hat mir etwas einen solchen Schrecken eingejagt«, seufzte die Ärztin.

»Jetzt ist alles in Ordnung.«
»Ich glaubte, ich sei tot.«
»Er würde dir nichts antun.«
»Nein, so meine ich das nicht. Ich habe wirklich gedacht, ich wäre gestorben.« Beverly brachte ein nervöses Lachen hart an der Grenze zur Hysterie zustande. »Nur Tote sehen Tote, oder? Das ergibt doch einen gewissen Sinn. O Gott, Jean-Luc, es war ...«
Er nahm sie in die Arme. »Jetzt ist wieder alles in bester Ordnung«, betonte er noch einmal. »Keine Sorge. Wir finden ihn. Und dann klären wir diese ganze verwirrende Angelegenheit.«
»Bitte ...« Beverly sprach noch immer sehr leise. »Bitte, sag mir, was geschehen ist.«
»Ich weiß es nicht.«
Picard
Die Stimme erklang hinter der Stirn des Captains. Trotzdem hielt Picard nach ihrem Ursprung Ausschau und wandte den Kopf von einer Seite zur anderen. Beverly hatte gerade begonnen, sich zu beruhigen, und nun wurde sie wieder nervös. »Jean-Luc? Stimmt was nicht?«
Picard, wiederholte die Stimme. Sie klang nun drängender – und vertraut.
»Q«, sagte der Captain. Er wußte nicht, ob er grenzenlose Erleichterung oder Zorn empfinden sollte. »Q! Stecken Sie dahinter?«
Ach, seien Sie still Jean-Luc, erwiderte die Entität in einem mentalen Tonfall, in dem Picard die vertraute, schier unerträgliche Arroganz hörte. Er hätte es nie für möglich gehalten, daß er sich einmal darüber freuen würde. *Es geht los.*
»Was geht los?« Picard hielt noch immer Ausschau, aber nirgends zeigte sich eine Spur von ...
Nein, das stimmte nicht ganz.
Dort.
In einer Ecke der Krankenstation bemerkte er ei-

nen vagen Dunst, und darin zeichneten sich die Konturen von Q ab. Er wirkte wie durch feine Gaze fotografiert.

»Da ist er!« rief Picard und deutete in die entsprechende Richtung.

Beverly sah zur Ecke. »Ich kann nichts erkennen«, sagte sie. »Er ist da!«

Nein, das bin ich nicht, Picard. Noch habe ich Sie nicht erreicht. Erst muß ich mich mit Ihrem Universum synchronisieren, doch es fällt mir schwer, mich daran zu erinnern, wie man das macht. Denken Sie in diesem Zusammenhang an jemanden, der einen Schlaganfall erlitten hat. Er weiß genau, was er tun will, aber er muß noch einmal lernen, die betreffenden motorischen Funktionen zu steuern.

»Was, zum Teufel, geht auf meinem Schiff vor?«

Oh, eigentlich ist die Erklärung ganz einfach. Trelane zerstört das Universum. Er reißt die Barrieren ein, die sich zwischen den Dimensionen erstrecken, sie voneinander trennen. Er möchte alles auf einer Existenzebene unterbringen, zur gleichen Zeit, was natürlich zu erheblichen Überlappungen führt. Trelane schickt alle Beteiligten in einen Überlebenskampf inmitten des Chaos, der Zusammenprall löscht das uns bekannte Leben praktisch aus und läßt Gewalt und Wahnsinn triumphieren. Eine kurze Pause folgte. *Und wie geht es Ihnen sonst so?*

»Verdammt, Q ...«

Ich bin schon einmal verdammt worden, Picard. Und es vergingen Äonen bis zu meiner Rückkehr. An einer Wiederholung dieser Erfahrung liegt mir nichts. Hören Sie zu, Picard. Hören Sie mir gut zu. Es hängt alles von Ihnen ab. Sie sind ein Captain der Enterprise, *deshalb sind Sie für Trelane von Bedeutung. Sie repräsentieren all das, was er zerstören will. Er versucht ganz sicher, Sie zu vernichten. Davor schreckt er nicht zurück. Weil er inzwischen vollkommen verrückt ist. Bereiten Sie sich vor, Picard. Es wird nicht leicht sein. Aber wann ist es jemals leicht gewesen, hm?*

Die Stimme verschwand aus Picards Kopf, und der Schemen in der Ecke löste sich auf.

»Was … was hat das alles zu bedeuten?« fragte Beverly verunsichert.

Picard bedachte sie mit einem ernsten Blick. »Die Zukunft des ganzen Universums steht auf dem Spiel.«

»Schon wieder?« erwiderte Beverly.

10

In diesem Moment betrat Lieutenant Barclay mit der reglosen Guinan in den Armen die Krankenstation. »Bitte helfen Sie ihr!« rief er.

In diesem Moment betrat Lieutenant Barclay mit der reglosen Guinan in den Armen die Krankenstation. »Bitte helfen Sie ihr!« rief er.

11

Captain Jean-Luc Picard hatte einen anstrengenden Morgen hinter sich. Er dachte darüber nach, als ihn die Transportkapsel des Turbolifts zur Brücke trug.

Zuerst die Sache mit dem Spiegel. Er hatte zwei andere Picard-Versionen gesehen: Eine war Commander, und die andere trug eine seltsame Uniform ohne Waffe. Er klopfte auf den Phaser an seiner Hüfte und nickte zufrieden. Er genoß das Gefühl der Sicherheit, das ihm die Waffe vermittelte.

Seine Gedanken kehrten zur *Enterprise* NCC-1701-C zurück. Er bedauerte sehr, daß ihm nichts anderes übriggeblieben war, als das Schiff zu vernichten. Verschenkte Chancen hingen wie eine dunkle Wolke über ihm.

Zunächst einmal erfüllte es ihn mit Kummer, daß sie auf ein nützliches Schiff im Kampf gegen die Klingonen verzichten mußten. Obwohl die bittere Wahrheit lautete, daß ein einzelnes Schiff – nicht einmal die *Enterprise*-C – nicht die entscheidende Wende in einem immer ungünstiger verlaufenden Krieg bringen konnte.

Doch es gab noch einen zweiten, größeren Verlust. Wenn die *Enterprise*-C bei ihrer Mission einen Erfolg erzielt und eine klingonische Kolonie gerettet hätte, so wäre es vielleicht gar nicht zu einem Krieg gekommen. Oder wenn das Schiff bei einem Gefecht zerstört worden wäre, hätten die Klingonen ihm ihren Respekt erwiesen. Das Verschwinden der 1701-C führte nur dazu, daß eine weitere Legende entstand, ein weiteres ungelöstes Rätsel. Und mit ungelösten Rätseln gewann man keinen Krieg.

Picard dachte an die Uniformen der Spiegelbilder. Existierten sie tatsächlich? Oder stellten sie nur ein Produkt seiner Phantasie dar? In beiden Fällen vermittelten sie den Eindruck von friedlicheren Zeiten. Sie waren einfacher, weniger militärisch geschnitten.

Er fragte sich, wie sein Leben in einem solchen Universum beschaffen sein mochte. In einem Universum, in dem die *Enterprise* und ihre Ressourcen nicht für den Krieg verwendet wurden, sondern für friedliche Zwecke. Wissenschaft, Forschung, an solche Dinge dachte er, manchmal, wenn er allein war und zu träumen wagte.

Doch es mußte bei Träumereien bleiben, die nie Wirklichkeit werden konnten.

Die Tür des Turbolifts öffnete sich, und Picard betrat die Brücke.

Er sah einen Klingonen. Einen Klingonen in Starfleet-Uniform.

Man sagte Picard nach, daß kein anderer Angehöriger der Flotte so schnell seine Waffe ziehen konnte wie er. Er war stolz auf diesen Ruf und hatte sich ihn verdient.

Der Klingone drehte sich zu ihm um, als Picard auch schon seinen Phaser in der Hand hielt. Die Zeit schien sich zu dehnen, als die finstere klingonische Miene Überraschung zeigte.

Picard betätigte den Auslöser der auf tödliche Emissionen justierten Waffe.

Der Klingone sprang über das Geländer und duckte sich unter dem Energiestrahl hinweg. Picards Arm schwang herum, und er zielte erneut, doch unglücklicherweise ging der Gegner hinter dem Kommandosessel in Deckung.

Der Captain verlor keine Zeit damit, sich umzusehen. Der Feind hatte die Brücke unter Kontrolle gebracht – nur diese Erkenntnis zählte.

Er sprang in den Turbolift zurück. »Deck vierzehn!« wies er den Computer an. Dort befand sich das Arsenal.

Das Schott glitt zu, und die Transportkapsel setzte sich in Bewegung. Erst jetzt fand Picard Gelegenheit, den mentalen Schnappschuß der Brücke zu betrachten. Der Kontrollraum wirkte irgendwie … anders.

Nein, unmöglich. Die Ereignisse hatten sich überstürzt und seine volle Aufmerksamkeit beansprucht. Ihm war gar nicht genug Zeit geblieben, irgendwelche Details zu bemerken.

Solange er lebte, gab es noch eine Chance für die *Enterprise.* Wenn es ihm gelang, das Arsenal zu erreichen, würde er den Klingonen an Bord einen Kampf liefern, den sie so schnell nicht vergaßen.

12

Auf dem Planeten Terminus – auf allen Planeten, die Terminus hießen – breitete Trelane die Arme aus. Er war ein genialer Musiker, der auf seinem Podest stand und die Vollendung seines letzten, größten Meisterwerks erwartete.

»Meine Damen und Herren!« rief er in die Leere, die ihn umgab. »Herzlich willkommen auf Terminus! Auf der Welt, deren Name ›das Ende‹ bedeutet. Ende und Anfang.« Er drehte sich um die eigene Achse und nahm den begeisterten Applaus eines Publikums entgegen, das nur er hörte. »Ich bin der Anfang und das Ende! Alpha und Omega! Es endet mit uns, und es beginnt mit uns!«

Der Glanz des Herzens des Sturms durchdrang ihn. Und so wie es ihn veränderte, so veränderte er die anderen. Der Kriegsgott, der Herr des Sturms, Meister des Universums. Unschlagbar. Nicht aufzuhalten.

Trelane sah die Fäden der Wirklichkeiten deutlich vor sich. Sie betrafen nicht nur die Universen, sondern auch einzelne Personen. Es war ganz einfach, sie zu drehen, hierhin oder dorthin zu ziehen, sie zu seiner Musik tanzen zu lassen.

Musik. Ja. Die richtigen Melodien. Darauf kam es nun an.

Er winkte, und sein geliebtes Cembalo erschien. Das Instrument glitzerte im Licht der Sonne von Terminus. Weit über dem Planeten wogte der temporale Strudel. Diese Anomalie war viel mächtiger als alle anderen, die er zuvor geschaffen hatte.

Sie stellte eine direkte Verbindung zum Herzen des Sturms dar. Trelane empfing Chaosenergie, die es ihm erlaubte, den geistigen Fokus zu wahren.

Er nahm am Cembalo Platz und ließ die Fingerknöchel knacken – es klang nach fernem Donnergrollen. Dann senkte er die Hände auf die Klaviatur und begann zu spielen.

Die Realität tanzte zu seiner Melodie.

13

Commander Riker wich zurück, als sich Worf näherte. Niemand konnte wünschen, selbst unter günstigen Umständen einem zornigen Klingonen zu begegnen, und in diesem Fall waren die Umstände nicht nur ungünstig, sondern verheerend – Worf schien vollkommen übergeschnappt zu sein.

Will klopfte auf seinen Insignienkommunikator. »Riker an Sicherheitsabteilung!«

Cembaloklänge drangen aus dem Kom-Lautsprecher. Eine recht lebhafte Melodie, an der Riker vielleicht sogar Gefallen gefunden hätte, wenn er nicht gerade von einem wütenden Klingonen angegriffen worden wäre.

Die Messerklinge blitzte, und Riker versuchte, dem Hieb auszuweichen. Es gelang ihm nur teilweise. Scharfer Stahl kratzte über seine Haut, Blut drang aus der Wunde. Will ächzte leise und drehte sich rasch um. Mit routiniertem Geschick wechselte Worf das Messer von der einen Hand in die andere und griff erneut an.

Riker blockierte den Arm, stieß ihn beiseite und rammte dem Klingonen dann den Handballen ins Gesicht. Er traf die Nase, und Worf brüllte vor Zorn, warf sich dem Menschen entgegen und schmetterte ihn gegen die Wand. Das Messer lag noch immer sicher in seiner Faust, neigte sich nun Rikers Brust entgegen. Will mußte seine ganze Kraft aufwenden, um zu verhindern, daß sich ihm die Klinge ins Herz bohrte. Die beiden Männer rangen miteinander und zitterten vor Anstrengungen. Niemand von ihnen sprach ein Wort; nur ihr Schnaufen und Keuchen war zu hören.

Riker hakte ein Bein hinter die Unterschenkel seines Gegners und versetzte Worf einen Stoß. Der Klingone taumelte, verlor den Halt und stürzte zu Boden. Riker fiel ebenfalls und landete auf Worf. Die Wucht des Aufpralls löste das Messer aus der klingonischen Hand und ließ es über den Boden rutschen.

Wo sind denn alle anderen, zum Teufel? fuhr es Riker durch den Sinn. Tausend Personen befanden sich an Bord der *Enterprise.* Welche Laune des Schicksals sorgte dafür, daß niemand diesen Kampf bemerkte?

Noch immer kam Musik aus dem kleinen Lautsprecher des Insignienkommunikators – irgendein seltsamer Walzer, auf den Riker gern verzichtet hätte. Doch ihm blieb nicht genug Zeit, das Gerät auszuschalten.

Die beiden Kämpfenden rollten über den Boden, und jeder von ihnen trachtete danach, einen Vorteil zu erringen. Schließlich stießen sie an die Korridorwand, und zu seinem großen Verdruß mußte Riker feststellen, daß er unter den Klingonen zu liegen kam.

Worf legte die Hände um Wills Hals und drückte gnadenlos zu. Mörderische Entschlossenheit blitzte in seinen Augen.

»Das passiert mit Spionen und Saboteuren«, knurrte der Klingone.

Riker schnappte nach Luft. Er hob die Hände, schlug sie auf Worfs Ohren und fügte ihm so heftige Schmerzen zu. Doch der Druck an seiner Kehle ließ nicht nach, sondern nahm sogar noch zu.

Und dann gab Worf plötzlich einen qualvollen Schrei von sich, nahm den Kopf zurück und ließ Rikers Hals los. Der Klingone stand auf, tastete nach etwas auf seinem Rücken.

Er wankte zur Seite, und dadurch konnte Riker erkennen, was er zu ergreifen versuchte. Das klingonische Messer steckte tief in seiner Seite, und der Junge aus dem Quartier – Deanna hatte ihn Tommy genannt – hielt es umklammert.

Worf schlug zu, und seine Faust stieß den Knaben zurück. Tommy flog nach hinten, rutschte über das Deck, rollte sich ab und war eine Sekunde später wieder auf den Beinen. Der Klingone zog das Messer aus der Wunde. Bisher hatte es wie ein Verschluß fungiert, jetzt aber floß reichlich Blut aus der Wunde, die Tommy ihm zugefügt hatte.

»Tun Sie meinem Vater nichts!« rief der Junge.

»Er ist nicht dein Vater!« knurrte Worf.

Dem konnte Riker kaum widersprechen.

Die Verletzung schien Worf überhaupt nicht zu behindern – oder es gelang ihm, sie zu ignorieren. Mit dem Messer in der Hand ging er erneut zum Angriff über, ein wenig langsamer zwar, aber nicht minder gefährlich. Riker verlor keine Zeit, packte Tommy und stürmte wie ein Football-Spieler durch den Korridor. Worf folgte ihm und gab Will deutlich zu verstehen, was er mit vermeintlichen romulanischen Spionen anzustellen gedachte.

Und die ganze Zeit über spielte die Musik.

14

Captain Jean-Luc Picards Gedanken rasten, als er die Brücke betrat und von Worf angegriffen wurde.

Der Klingone stieß ihn gegen eine Konsole, und Picard rief: »Was ist denn in Sie gefahren, Mr. Worf?«

»Wer sind Sie?« fragte Worf. Data und die anderen Brückenoffiziere standen hinter ihm. »Was haben Sie mit dem Captain gemacht? Wenn Sie in seinem Körper stecken, muß ich Sie warnen ...«

»Lieutenant, wenn Sie mich nicht sofort loslassen, sorge ich dafür, daß man Sie unter Arrest stellt!«

In den Worten lag genug Autorität, um Worf auf den Weg der Vernunft zurückzuführen. Zwar ließ er Picard nicht los, aber in seinem Gesicht zeigte sich nun Zweifel.

»Captain ...«, sagte Data hinter ihm. »Vielleicht interessiert es Sie zu erfahren, daß Sie vor genau siebenunddreißig Sekunden aus dem Turbolift kamen und versuchten, Mr. Worf mit einem Phaser zu erschießen.«

»Mag sein«, erwiderte Picard. »Aber wie Sie sehen, bin ich derzeit *nicht* mit einem Phaser ausgerüstet. Wenn Mr. Worf nicht zu einem Fähnrich degradiert werden will, sollte er mich jetzt loslassen – und mir Gelegenheit geben zu erklären, was an Bord geschieht.«

Der Klingone wich langsam zurück und beobachtete den Captain argwöhnisch.

»Es wäre sicher besser, die ganze Crew zu informieren, denn es sind alle betroffen«, sagte Picard. »Öffnen Sie die internen Kom-Kanäle.«

Cembalomusik tönte durch den Kontrollraum. Die Anwesenden wechselten verwunderte Blicke. »Was ist das denn?« fragte Picard.

»Tschaikowski«, antwortete Data sofort. »Keine besonders gute Interpretation, wenn Sie mir diese Bemerkung gestatten. Das Tempo ...«

»Nicht jetzt!« Picard sah sich um. »Wo ist Commander Riker?« Diese Frage schien das Stichwort zu liefern. Die Tür des Turbolifts öffnete sich, und Riker betrat die Brücke, um seinen Dienst anzutreten.

Er sah Worf neben Picard.

»Auf den Boden, Captain!« rief er, riß den Phaser aus dem Holster und schoß.

Picard ließ sich fallen und stieß Worf beiseite.

Riker drehte verdutzt den Kopf. Er hielt nach Tasha Ausschau, nach Wesley – aber beide waren nirgends zu sehen. Data sah irgendwie sonderbar aus, und die anderen kannte er überhaupt nicht.

Er sprang in den Turbolift zurück und versuchte verzweifelt, die jüngsten Geschehnisse zu verstehen. Die beiden Schotthälften der Transportkapsel glitten zu.

»Erstaunlich, daß es zweimal am gleichen Tag zu einem so außergewöhnlichen Ereignismuster kommt«, bemerkte Data.

15

Die *Enterprise* kreiste weiterhin im Orbit des Planeten Terminus. Mit jedem Umlauf passierte das Raumschiff eine neue Zone der Dimensionsanomalie, die das Wesen Trelane geschaffen hatte. Die Verzerrungsbereiche blieben auch für die Sensoren und Scanner unsichtbar. Es gab keine Instrumente, die derartige Energien messen konnten.

Begleitet von dem Lachen einer Person, die alles vollkommen unter Kontrolle hatte, stiegen die Klänge des Cembalos von Terminus empor.

»Und jetzt beschleunigen wir die ganze Sache ein wenig«, sagte der Manipulator.

16

Riker drückte Tommy an sich, rannte durch den Korridor und hörte die schweren Schritte des Verfolgers dicht hinter ihm. Allein wäre es ihm vielleicht gelungen, dem Klingonen zu entkommen. Aber er durfte auf keinen Fall den Jungen zurücklassen – erst recht nicht, nachdem sich Tommy in große Gefahr begeben und ihm das Leben gerettet hatte.

Dann entdeckte er einen möglichen Ausweg.

Er hastete durch eine große Doppeltür, die sich hinter ihm wieder schloß. »Uns bleiben etwa fünf Sekunden für die notwendigen Vorbereitungen«, schnaufte Riker.

Worf stapfte durch den Gang und preßte eine Hand auf die Wunde. Er ignorierte das Blut und den Schmerz. Das alles spielte keine Rolle. Es kam in erster Linie darauf an, den Spion zu finden – alles andere war nebensächlich. Es handelte sich um eine romulanische List, um eine hinterhältige romulanische List.

Er zögerte kurz, blickte nach rechts und links. Von Riker keine Spur. Auf der anderen Seite des Gangs sah Worf eine große Doppeltür. Dort mußte sich der als Riker getarnte romulanische Agent verbergen.

Er hielt das Messer bereit und entschloß sich zu einem Frontalangriff. Mit lautem Gebrüll stürmte er der Tür entgegen, die sich gehorsam vor ihm öffnete. Worf hechtete in den Raum dahinter, rollte sich auf dem Boden ab, um eventuellen Phaserstrahlen zu entgehen (falls es dem Spion gelungen war, sich einer Waffe zu bemächtigen) und kam wieder auf die Beine, bereit für den Kampf.

Aber nicht bereit für das, was sich nun seinen Blicken darbot.

Vor ihm erstreckte sich ein endlos erscheinendes Labyrinth. Die Wände waren mindestens zweieinhalb Meter hoch und reichten in der Ferne am Hang eines Berges empor.

Worf hörte ein Zischen, drehte den Kopf und stellte fest, daß sich die Tür geschlossen hatte. Mehr noch: Sie war verschwunden. Das Labyrinth dehnte sich auch hinter ihm aus.

Er blickte auf und sah einen roten, grellen Himmel, an dem es immer wieder flackerte.

Plötzlich begriff er, wo er sich befand. Obgleich er sich noch nie zuvor an einem solchen Ort aufgehalten hatte. Dies mußte eine Holokammer sein, die neueste Standard-Einrichtung an Bord von Föderationsschiffen.

»Computer«, sagte er unsicher. »Simulation beenden!«

Nichts geschah. Der Himmel blieb rot, und das gewaltige Labyrinth wirkte auch weiterhin entmutigend.

»Computer, Simulation beenden!«

Auch diesmal keine Reaktion. Keine Veränderung.

Worf knurrte wütend und marschierte an den hohen Mauern entlang. Mit jedem Schritt wuchs seine Entschlossenheit, den romulanischen Agenten für diese bittere Demütigung büßen zu lassen.

Im Korridor lehnte sich Riker an die Wand und seufzte erleichtert. »Das sollte ihn eine Zeitlang beschäftigt halten«, sagte er.

»Er kann den Computer anweisen, das Programm zu beenden«, erwiderte Tommy.

»Ich habe die entsprechende Programmsequenz mit einem Kennwort geschützt. Diese Simulation bleibt so lange aktiv, bis *ich* sie beende.« Riker sah Tommy an. »Laß uns nun zurückkehren zu deiner ...«

Das Wort, nach dem er suchte, hieß natürlich ›Mutter‹. Aber es fiel ihm schwer, Deanna mit diesem Ausdruck zu belegen.

Tommy griff nach seiner Hand. »Ich habe nicht die geringste Ahnung, was hier los ist, ich verstehe das alles nicht. Ich weiß nur, daß Sie einerseits mein Vater sind, und andererseits sind Sie es nicht. Könnten Sie mir … gewisse Dinge erklären, während Sie mich zu meiner Mutter zurückbringen?«

»Nicht jetzt«, erwiderte Riker brüsk. »Komm!«

»Wann, wenn nicht jetzt?« drängte Tommy. »Ich habe Ihnen das Leben gerettet! Bitte …«

»Na schön, na schön«, seufzte Riker. Er zog den Jungen so schnell mit sich, daß seine Füße kaum mehr den Boden berührten. »Was möchtest du wissen?«

»Erzählen Sie mir von Mädchen«, sagte Tommy.

Das Tempo der Musik wurde schneller, und daraufhin kam es überall an Bord der *Enterprise* zu seltsamen Geschehnissen. Das Chaos breitete sich immer weiter aus. Besatzungsmitglieder begegneten Personen, die vor langer Zeit gestorben oder nie zur Welt gekommen waren. Unbehagliche Deéjà-vu-Gefühle erfaßten alle, und die ganze Crew spürte, daß sich etwas anbahnte. Etwas Unnatürliches und Apokalyptisches.

Trelane spielte weiter.

Jack Crusher taumelte in sein Quartier und hielt sich die verletzte Hand.

Wesley Crusher wartete auf ihn.

Der junge Mann saß mit dem Rücken zur Tür, als er jemanden hereinkommen hörte.

»Captain«, begann er automatisch. »Die Kommunikationssysteme sind ausgefallen, und wir …«

Er drehte den Kopf – und unterbrach sich, als er Jack sah. Verblüfft starrte er den Captain an.

Und Jack musterte Wesley. Er bemerkte eine Starfleet-Uniform, die vertraut wirkte und dennoch ein paar kleine Unterschiede aufwies. Und den Jungen sah er zum ersten Mal, obwohl er jeden Fähnrich an Bord kannte.

Eine alternative Welt.

So lautete die einzige Erklärung.

Jack straffte die Schultern. »Wer sind Sie?« fragte er. »Wie lautet Ihr Name? Erstatten Sie Bericht, Fähnrich.«

Wesleys Kinnlade klappte nach unten.

»Dad ...«, brachte er hervor.

Jack musterte den Jungen aufmerksamer – und konnte es kaum fassen. Ja. Ja, er war es tatsächlich. Sein Sohn. *Sein Sohn.*

Er hätte Zorn oder Furcht empfinden, vielleicht auch verwirrt sein sollen. Statt dessen überwältigte Jack Crusher wilde Freude. Er vergaß den stechenden Schmerz in der verletzten Hand, die Treulosigkeit dieses verdammten Picard und seiner ebenfalls verdammten Ex-Frau. All das spielte plötzlich keine Rolle mehr, denn Trelane, der wundervolle, herrliche Trelane hatte ihm seinen Sohn zurückgegeben.

»Wesley!« sagte Jack und trat dem Jungen mit ausgestreckten Armen entgegen.

Wesley wich zu Tode erschrocken zurück. Er hatte Bilder von seinem toten Vater gesehen, und deshalb erkannte er ihn. Jetzt stand er vor ihm, in Fleisch und Blut, lebendig – ein Wunder, auf das Wesley mit Entsetzen reagierte.

Er tauchte unter Jacks Armen hindurch, als fürchte er, sich mit Lepra zu infizieren.

»Komm zurück, Wesley!« rief Crusher. »Du verstehst nicht!«

Der Junge floh auf den Gang.

Crusher folgte ihm.

Und hielt vergeblich nach ihm Ausschau.

Jack war keineswegs zu langsam gewesen – in den wenigen verstrichenen Sekunden konnte Wesley unmöglich außer Sicht geraten sein. Nein, er existierte nicht mehr in dieser Wirklichkeit. Er war in seine eigene Existenzsphäre zurückgekehrt. Und dort gab es keinen Platz für Captain Jack Crusher, wohl aber für Picard und Beverly.

Doch nicht für Jack. Nein, nicht für Jack.

Blinder Zorn packte ihn, zerstörte seinen Verstand. Diese letzte bittere Konfrontation mit den Verlusten seines Lebens ging über seine Kraft. Ganz gleich, wie sehr er sich bemühte, wie hart er arbeitete, Wesley blieb für immer außerhalb seiner Reichweite. Ebenso wie innerer Frieden und Glück.

Er konnte nie hoffen, irgendwann einmal glücklich zu sein.

Und das alles war die Schuld von Jean-Luc Picard. Ja, er trug die Verantwortung dafür.

Weit jenseits von Jack Crushers bewußten Gedanken streckte Trelane die Hand aus und berührte eine bestimmte Taste, die eine schrille Disharmonie produzierte. In Captain Jack Crusher zerriß etwas.

17

Deanna Troi fühlte sich, als wolle ihr Kopf jeden Augenblick auseinanderplatzen.

Aus allen Richtungen vernahm sie flüsternde Stimmen, begleitet von empathischen Emanationen. Sie versuchte, ihr Selbst abzuschirmen, verglich sich dabei mit jemandem, der am Frequenzregler eines Radioempfängers dreht und sich bemüht, das statische Rauschen wegzufiltern.

Aber es gab keine Möglichkeit, dem ständigen Wispern und Raunen zu entrinnen.

Die Tür ihres Quartiers öffnete sich, und sie sah Will Riker. »Deanna«, sagte er knapp.

Sie stand auf. »Will, etwas Schreckliches geschieht. Etwas …«

Ein Junge kam herein. Ein Junge mit zerzaustem braunen Haar. Er richtete einen verwirrten Blick auf sie.

»Mom?« fragte er.

Deanna starrte Riker an.

»Mom?« Die Stimme des Jungen klang furchtsam. »Wo ist meine Mutter? Wo ist sie? Eben war sie noch hier, und jetzt ist sie verschwunden. Sie sehen wie meine Mutter aus, aber Sie sind es nicht. *Ich will zu meiner Mutter!*«

Deanna richtete einen hilflosen Blick auf Riker.

»Diese Angelegenheit erfordert einige Erklärungen, für die ich leider keine Zeit habe«, sagte Will. »Behalt den Jungen im Auge. Und verriegele die Tür. Dort draußen geht's drunter und drüber.«

»Kann ich irgendwie helfen?« erkundigte sich Deanna.

»Ja, indem du hier in deiner Unterkunft bleibst. Wenn du sie verläßt, gerätst du mit ziemlicher Sicherheit in Lebensgefahr.«

Riker verließ den Raum, und Deanna betrachtete verwirrt den Jungen.

»Möchtest du darüber sprechen?« fragte sie.

18

Es war Captain Picard nicht gelungen, den klingonischen Eindringling zu erschießen, aber dafür hatte er inzwischen das Arsenal erreicht. Er packte alle Waffen, die er tragen konnte, und zuckte heftig zusammen, als Commander Riker hereinstürmte. Picard hob den schußbereiten Phaser, und Will kam schlitternd zum Stehen.

»Klingonen haben die Brücke unter Kontrolle gebracht, Captain!« stieß Riker hervor. »Ich bin gerade dortgewesen und nur um ein Haar entkommen.«

»Ich weiß, Nummer Eins«, erwiderte Picard. »Ich habe ein ähnliches Erlebnis hinter mir. Und noch etwas, es ist nicht auszuschließen, daß einige Besatzungsmitglieder mit dem Feind kollaborieren.«

»Verräter?« fragte Riker fassungslos. »Sind Sie sicher, Captain?«

»Es steht schlecht um uns in diesem Krieg, Nummer Eins.« Picard sprach mit großem Nachdruck. Alles ergab einen Sinn, wenn man bereit war, das Unvorstellbare in Erwägung zu ziehen. »Und es gibt immer Leute, die ihr Mäntelchen nach dem Wind hängen. Wer nicht auf unserer Seite steht, ist gegen uns, Nummer Eins.« Er streckte die Hand aus. »Es kommt jetzt allein auf uns an.«

Riker ergriff entschlossen die dargebotene Hand. »Es ist mir eine große Ehre, an Ihrer Seite zu kämpfen, Captain.«

»Unsere erste Aktion besteht darin, die verdammten Mistkerle aus dem Kontrollraum zu vertreiben«, knurrte Picard.

Im Maschinenraum kämpfte Geordi LaForge gegen die drohende Bewußtlosigkeit an.

Der VISOR vermittelte ihm seltsame Eindrücke, die vermutlich von Wellen im magnetischen Spektrum stammten. Sie gewannen eine fast schmerzhafte Intensität und ließen ihn taumeln. Und sie folgten ihm, in welche Richtung er auch sah. Noch nie zuvor hatte er so etwas erlebt, und er wußte nicht, wie er die sonderbaren Muster identifizieren sollte.

DiStefano näherte sich und stützte ihn. »Fühlen Sie sich nicht wohl, Sir?«

»Ich ... mit dem VISOR stimmt was nicht«, erwiderte Geordi, als sich der durch seine Wahrnehmung wogende Dunst für einige Sekunden lichtete. »Ich gehe zur Krankenstation und bitte Dr. Crusher, sich das Ding mal anzusehen.«

»Gute Idee, Sir«, sagte DiStefano.

Wesley Crusher platzte aufgeregt in die Krankenstation. »Mom!« rief er und ergriff sie an den Armen. »Mom, ich habe Dad gesehen! Ich habe Dad gesehen!«

Dr. Beverly Howard sah den hysterischen Jungen verwirrt an. »Wie bitte? Wen meinen Sie mit ›Dad‹? Ich kenne Sie nicht, Fähnrich. Sind Sie neu an Bord?«

Wesley starrte die Ärztin ungläubig an. »Mom?«

Beverly lachte unsicher. »Ich bin nicht Ihre Mutter. Vielleicht verwechseln Sie mich mit ...« Sie brach ab und musterte den jungen Mann.

Wesley wußte nicht, was er von der ganzen Sache halten sollte. Von der eigenen Mutter nicht erkannt zu werden schuf ein Gefühl absoluter, allumfassender Verwirrung.

»Was ist hier los?« fragte der Erste Medo-Assistent Geordi LaForge.

Wesley drehte den Kopf und schnappte nach Luft, als er LaForge sah. »Geordi! Ihre Augen ...«

»Was soll mit ihnen sein?« fragte der Medo-Assistent gutmütig.

In diesem Moment betrat der Chefingenieur Geordi LaForge die Krankenstation.

Er blieb verdutzt stehen.

Die beiden Geordis starrten einander an.

Commander Riker hatte seinen ›Sohn‹ gerade bei Deanna Troi zurückgelassen, eilte durch einen Korridor und begegnete Lieutenant Commander Riker.

Der andere Riker wich erschrocken zurück und starrte sein Ebenbild verblüfft an. Schließlich schüttelte er den Kopf. »Ein weiterer Trick«, murmelte er. Und lauter, fast ein Schrei: *»Ein weiterer Trick!«*

»Warten Sie!« rief der erste Riker, aber es war bereits zu spät. Sein Doppelgänger war kleiner und nicht so kräftig gebaut, aber offensichtlich konnte er ziemlich schnell rennen und sauste nun durch den Gang.

Riker bog um eine Ecke – und stieß gegen sich selbst. Beide Männer gingen zu Boden. Riker Nummer Zwei schob die Beine unter Riker Nummer Eins und trat mit ganzer Kraft zu.

Der erste Riker flog in die Richtung zurück, aus der er gekommen war.

»Laufen Sie nicht weg!« rief er und stellte erstaunt fest, daß er plötzlich einen Phaser in der Hand hielt. Unwillkürlich hatte er die Waffe dem anderen Mann abgenommen. Allerdings war sein erstes Ebenbild, der kleinere und fast schwächlich anmutende Riker, nicht bewaffnet gewesen.

Und dann erkannte er seinen Fehler. Er hatte es nicht etwa mit Riker Nummer Zwei zu tun, sondern mit Riker Nummer Drei. Einen zusätzlichen Hinweis bot die etwas anders gestaltete Uniform.

Hinzu kam, daß dieser Riker bis an die Zähne bewaffnet war.

Und ein ebenfalls schwerbewaffneter Captain Picard leistete ihm Gesellschaft.

Zwischen Picards Schläfen erklang Musik, und die

Worte »Töten Sie ihn!« kamen ihm wie von selbst auf die Lippen.

Es blieb Riker genau eine Sekunde, um zu reagieren. Unmittelbar rechts von ihm befand sich der Zugang zu einer Jefferiesröhre. Er warf sich in diese Richtung und feuerte dabei den erbeuteten Phaser ab. Der Strahl verfehlte Picard und den anderen Riker, veranlaßte sie jedoch dazu, zurückzuweichen und sich zu ducken.

Der erste Riker schob sich in die Jefferiesröhre und kroch so schnell er konnte, durch das Tunnelsystem der *Enterprise.*

»Sie waren zu langsam, Nummer Eins«, sagte Captain Picard tadelnd.

»Tut mir leid, Sir«, erwiderte Riker Nummer Drei. »Ich bin es nicht gewohnt, auf mich selbst zu schießen.«

»Sie müssen sich noch an viele Dinge gewöhnen, bevor diese Sache ausgestanden ist«, entgegnete Picard ernst.

19

In einer Lagerkammer riß Jack Crusher einen Streifen von einer Uniform und verband sich damit notdürftig die blutende Hand. Gegen die Schmerzen konnte er auf diese Weise nichts ausrichten, aber wenigstens rann kein Blut mehr von seinen Fingern.

Anschließend setzte er die Suche nach dem Ersten Offizier fort.

Beverly Howard spürte, wie es ihr kalt über den Rücken lief. »Wesley?« brachte sie hervor und schüttelte ungläubig den Kopf. »Nein. Nein, das ist unmöglich.«

»Kommen Sie ihr nicht zu nahe.« Der Medo-Assistent LaForge schob sich zwischen Wesley und Dr. Howard und sah dann den anderen Geordi an. »Wenn dies ein Scherz sein soll …«

»Wenn dies ein Scherz ist, so finde ich ihn alles andere als lustig«, sagte der Chefingenieur Geordi LaForge.

»Wer steckt dahinter?« fragte der andere Geordi. »Wer hat geglaubt, sich auf diese Weise einen ›Spaß‹ erlauben zu können? *Wer?*« Er trat auf den Chefingenieur zu und nahm ihm den VISOR ab, bevor sein Ebenbild etwas dagegen unternehmen konnte.

»*Nein!*« rief Geordi und streckte die Hand nach dem silbrigen, spangenartigen Gerät aus.

Der Medo-Assistent LaForge hielt die Sehhilfe so, daß sein Doppelgänger sie nicht erreichen konnte. Die Hand des Chefingenieurs fuhr durch die Luft, wodurch er das

Gleichgewicht verlor und stürzte. Der Blinde stand sofort wieder auf und tastete mit wachsender Verzweiflung um sich.

Der Medo-Assistent sah die blinden Augen. Sah das Gesicht, das jetzt nicht mehr hinter dem VISOR verborgen war. Und er erkannte sich selbst.

»Geben Sie ihm das Gerät zurück!« rief Wesley und rammte dem sehenden Geordi den Ellenbogen in die Seite. Der Medo-Assistent schnappte nach Luft und ließ den VISOR in Wesleys ausgestreckte Hand fallen. Der junge Mann eilte zum Chefingenieur, griff nach seinem Arm und führte ihn hinaus. Sein verwirrter und besorgter Blick blieb auf die Ärztin und den anderen Geordi gerichtet, bis er den Gang erreicht hatte.

Dort half er LaForge dabei, den VISOR wieder aufzusetzen. Geordi drehte sich um und sah ihn an.

»Wesley?« fragte er verwirrt. »Was machst du denn hier?«

»Ich weiß, ich sollte eigentlich auf der Brücke sein, aber ...«

»Nein, du solltest in der Schule sein!«

Erst jetzt bemerkte Wesley, daß sich LaForges Uniform von der unterschied, an die er sich erinnerte.

Sie starrten einander an. »Was hat das zu bedeuten?« fragten sie wie aus einem Munde.

Beverly und LaForge eilten auf den Gang. Wesley und der andere Geordi hatten die Krankenstation gerade erst verlassen, dennoch war nichts von ihnen zu sehen.

Die Ärztin und ihr Assistent wechselten einen erstaunten Blick.

»Was hat das zu bedeuten?« fragten sie wie aus einem Munde.

Im selben Moment brach das Chaos auf der Brücke aus.

Von einer Sekunde zur anderen gerieten die Sicherheitssysteme außer Kontrolle. Besser gesagt, sie gerieten unter die Kontrolle von Captain Jean-Luc Picard und seines Ersten Offiziers und wurden zu einem Instrument im Kampf gegen klingonische Eindringlinge.

Elektrische Entladungen zuckten aus den Konsolen. Data wandte sich gerade noch rechtzeitig genug von seinem Pult ab, um zu vermeiden, von Kurzschlüssen außer Gefecht gesetzt zu werden.

Chafin wurde von einem Blitz getroffen und erschlaffte. Worf setzte über das Brückengeländer hinweg, packte ihn und brüllte, als ihn mehrere Entladungen trafen. Die Türen von Konferenz- und Bereitschaftsraum waren blockiert, so daß sie ihnen nicht als Zuflucht dienen konnten.

Es zischte laut, als Gas in den Kontrollraum strömte. Die Moleküle reagierten auf die knisternde elektrische Aktivität, und plötzlich schien ein Gewitter zu toben.

Den anwesenden Offizieren blieb keine Wahl – sie mußten die Brücke verlassen. Sicherheitshalber verzichteten sie auf die Benutzung des Turbolifts, entschieden sich statt dessen für die Notausgänge.

Hinter ihnen explodierte die Navigationskonsole. Wichtige Bordsysteme fielen aus.

Die Steuerungskontrollen versagten, und allmählich veränderte sich der Orbitalkurs der *Enterprise.* Das große Raumschiff neigte sich immer mehr dem Planeten entgegen, und es würde nicht mehr lange dauern, bis es abstürzte und auf der Oberfläche von Terminus zerschellte.

20

»Ich will nicht länger mit Ihnen warten!« rief Tommy Riker Deanna Troi zu. »Ich breche jetzt auf, um meine Mutter und meinen Dad zu suchen.«

Er ging zur Tür, um einen neuen Streifzug durch das Raumschiff zu starten. Beim ersten Mal hatte das Resultat darin bestanden, daß er William Rikers Leben rettete – zumindest das Leben eines William Riker. Aus diesem Grund neigte er zu einer recht optimistischen Einstellung. Die Interessen dieser Frau, die wie seine Mutter aussah und es doch nicht war, spielten für ihn nur eine untergeordnete Rolle.

Deanna schloß zu dem Jungen auf und hielt ihn am rechten Handgelenk fest. »Du gehst nirgendwohin«, sagte sie fest.

Tommy zögerte nicht. Die Begeisterung für Starfleet hatte ihn dazu veranlaßt, sich mit vielen Dingen zu befassen, unter anderem auch mit bestimmten Methoden der Selbstverteidigung. Er handelte, bevor Deanna reagieren konnte, trat ihr in den Weg und brachte sie damit zumindest ein wenig aus dem Gleichgewicht. Das genügte dem Jungen, um den schwachen Punkt im Griff der Frau auszunutzen – den Daumen. Eine knappe Drehbewegung reichte aus, um sich zu befreien, und Tommy ließ einen gut gezielten Hieb folgen, der Deannas Magengrube genau an der richtigen Stelle traf. Die verblüffte Betazoidin schnappte nach Luft und fand sich auf dem Boden wieder.

Tommy nutzte die Gelegenheit und entkam ihr in den Korridor.

Deanna stand auf und folgte ihm.

Commander Jean-Luc Picard erreichte die Krankenstation und traf dort eine zitternde, verwirrte und konfuse Dr. Beverly Howard an. Er vermutete zunächst eine neuerliche Konfrontation mit Jack, aber die Ärztin widersprach dieser Annahme.

Den tatsächlichen Grund für ihre Unruhe empfand Picard nicht gerade als Verbesserung der Lage.

»Wesley«, sagte Beverly heiser. »Wesley war hier.«

Jean-Luc starrte sie groß an. »Wesley? Dein ... dein Sohn? Dein kleiner Junge?«

Sie schüttelte den Kopf. »Nein, von ›klein‹ kann nicht die Rede sein. Er kam als Teenager, als junger Mann. Mein Gott, Jean-Luc, in was für ein Irrenhaus hat sich die *Enterprise* verwandelt?«

»Ich suche Jack«, sagte Picard. »Bleib du hier.«

»Wohin sollte ich schon gehen?« erwiderte Beverly.

Der Commander verließ die Krankenstation. Hinter ihm verschwand Beverly Howard und wich einer ebenso besorgten Beverly Crusher – die sich umdrehte und einen verwirrten Geordi LaForge sah, der keinen VISOR benötigte. Beverly zuckte zusammen, um einen Sekundenbruchteil später festzustellen, daß Geordi überhaupt nicht mehr da war und Beverly Howard rematerialisierte. Sie schien überhaupt nicht fort gewesen zu sein, sie drehte den Kopf und fragte sich, wohin Geordi verschwunden sein mochte.

Unterdessen geriet um Commander Jean-Luc Picard die Welt aus den Fugen. Überall im Schiff herrschte eine Atmosphäre von Chaos und Panik. Die jahrelange Starfleet-Ausbildung schien sich in Luft aufzulösen; Besatzungsmitglieder rannten kopflos im ganzen Schiff umher. Jean-Luc konnte nicht feststellen, ob die Männer und Frauen vor etwas flohen oder die Absicht hatten, möglichst schnell ein bestimmtes Ziel zu erreichen. Er versuchte, die Lage unter Kontrolle zu bringen, aber die meisten Leute schenkten ihm überhaupt keine Beachtung. Sie gehorchten allein ihrer Furcht. Einige schienen ihn gar nicht zu erkennen, und manche andere warfen ihm argwöhnische Blicke zu, bevor sie ihren Weg fortsetzten.

»*Was ist hier los?*« rief Picard, um das Spektakel der Angst zu übertönen.

Trelanes Hände glitten über die Klaviatur des Cembalos, und er steigerte das Tempo der Musik. Er lächelte, und als er sprach, drang seine Stimme in das Unterbewußtsein des Gewürms, das durch die *Enterprise* kroch – in einem Schiff, das langsam dem Planeten entgegenfiel, obwohl niemand etwas davon bemerkte.

»Ihr kämpft um euren Platz im Universum«, sagte er und unterstrich den Ernst seiner Worte mit einem eindrucksvollen Akkord. »Aber bittet nicht um Gnade, denn es wird keine gewährt. Weil dies, ihr jungen Narren, euer Ende bedeutet. Es ist mehr als nur ein Kampf, o ja, viel mehr. Es geht nicht um Sieg oder Niederlage, sondern um völlige Auslöschung.« Ein weiterer Akkord. »Wer darf weiter existieren? Wer muß von der Bühne des Seins abtreten? Vielleicht du ... Oder vielleicht auch nicht. Wer bleibt? Wer geht? Gefällt euch der Rhythmus dieser Frage?«

Trelanes Finger tanzten über die Tasten, und die Musik in den Köpfen der Besatzungsmitglieder schwoll an. Sie sprangen von Dimension zu Dimension, von Wahn zu Wahn.

Schneller und immer schneller lösten sich die Barrieren zwischen den verschiedenen Existenzsphären auf. Trelane kicherte. Wenn er schon mit drei Universen so viel Spaß hatte, wie sehr würde er sich dann amüsieren, wenn er dreihundert kollabieren ließ, oder dreitausend?

Das Experiment steuerte einem grandiosen Erfolg entgegen.

Der Humanoide Lieutenant Commander Data schritt ohne nennenswerte Probleme durch das wogende Durcheinander, das einst die tüchtige Crew der *Enterprise* war.

Er wollte zum Maschinenraum, um dort an den Reservekontrollen zu arbeiten und festzustellen, ob das drohende Unheil vom Schiff abgewendet werden konnte.

Als er sich dem Zentrum der technischen Abteilung näherte, bemerkte er jemanden, der aus einer anderen Richtung kam. Er neigte den Kopf ein wenig zur Seite und sah, wie die andere Person die Bewegungsmuster wiederholte.

Aus einer dritten Richtung kam eine dritte Gestalt.

Die drei Datas – zwei Androiden und ein Mensch – blieben stehen und musterten sich gegenseitig.

»Interessant«, sagte Data.

»Interessant«, sagte Data.

»Interessant«, sagte Data.

Commander Picard sah, daß ihm Deanna Troi entgegenkam.

»Mrs. Riker …«, begann er.

»Captain!« entfuhr es der Betazoidin. Dann zögerte sie und runzelte die Stirn. »›Mrs. Riker‹?«

»›Captain‹?« erwiderte Picard.

Plötzlich fauchte ein Phaserstrahl, traf Picard und warf ihn gegen Deanna. Sie gingen beide zu Boden.

Picard stöhnte, als Troi sich unter ihm hervorwand. Erschrocken sah sie auf, als Jack Crusher näher kam. Er hielt einen Phaser in der einen Hand, in seinen Augen funkelte wilde Entschlossenheit.

»Ich habe die Waffe auf niedrigste Emissionsstufe justiert, Picard!« rief er. »Du verdammter Mistkerl! Jetzt zahle ich es dir heim!«

Jean-Luc schnappte nach Luft. Deanna trat zwischen ihn und den Angreifer. »Lassen Sie ihn in Ruhe!« sagte sie.

»Diese Sache betrifft nur ihn und mich«, knurrte

Crusher. »Keine Sorge, Mrs. Riker. Ich bringe ihn nicht um. Ich will nur jeden verdammten Knochen in seinem Leib brechen! Glaubst du vielleicht, daß sie dich noch immer liebt, wenn du nur noch ein Haufen Fleisch bist, Jean-Luc?«

Picard stemmte sich hoch. Crusher veränderte die Justierung seines Phasers, wählte eine höhere Emissionsstufe und hob den Strahler. Er schien bereit zu sein, auf Deanna zu schießen, um an Picard heranzukommen.

Und plötzlich wurde Crusher hochgehoben. Er verlor den Boden unter den Füßen und zappelte hilflos, als Lieutenant Worf ihn so mühelos durch den Korridor schleuderte, als sei er federleicht.

Jack polterte auf das Deck, rutschte zwei Meter weit und blieb zu Füßen einiger neugieriger Besatzungsmitglieder stehen.

Worf stapfte ihnen entgegen. »Zur Seite! Dies ist eine Angelegenheit der Sicherheitsabteilung!«

»Tötet den Klingonen!«

Worf sah auf, als er diese Worte vernahm. Er wußte nicht, was schlimmer war: die Worte zu hören oder die Stimme, die sie aussprach.

Keins der Besatzungsmitglieder trug eine Uniform, die der seinen ähnelte. Ihre Kleidung wirkte militärischer, und hinzu kam, daß sie mit Strahlern bewaffnet waren.

Ganz vorn stand Lieutenant Natasha Yar.

»Tasha!« entfuhr es Worf.

Yar ließ sich nicht von dem Umstand aufhalten, daß der Klingone ihren Namen rief. Sie hob den Phaser und schoß. Worf wich nach links aus und spürte die Hitze des an ihm vorbeizuckenden Energiestrahls.

Er feuerte seine eigene Waffe dreimal schnell hintereinander ab, bevor Tasha und die anderen Gelegenheit fanden, ihn erneut unter Beschuß zu nehmen. Dann stürmte er, verfolgt von einem zornigen Mob, durch einen Nebengang davon.

Deanna sah den Leuten nach und wandte sich dann Picard zu.

Er war verschwunden.

Picard sah den Leuten nach und wandte sich dann Deanna zu.

Sie war verschwunden.

Die Techniker im Maschinenraum beobachteten verblüfft, wie drei Datas perfekt zusammenarbeiteten und versuchten, die ausgefallenen Steuerungskontrollen mit Hilfe von Zusatzschaltungen und Ersatzsystemen zu reaktivieren.

Ihre Kooperation war so problemlos, daß sie dem gemeinsamen Bemühen, das Schiff zu retten, nicht ihre volle Aufmerksamkeit zu widmen brauchten.

»Was ist der größte Vorteil, wenn man einen menschlichen Körper besitzt?« fragten die beiden Androiden-Datas den Humanoiden. Sie hatten die verwirrende Angewohnheit, gleichzeitig zu sprechen. »Dieser Punkt interessiert mich schon seit langem.«

Der Humanoide überlegte kurz. »Sex«, antwortete er.

»Ach, tatsächlich?« erwiderten die beiden anderen Datas.

»Ja. Ich hatte häufige intime Kontakte mit Lieutenant Natasha Yar.« Er zögerte kurz. »Das sollte ich eigentlich für mich behalten, aber da wir im Grunde genommen verschiedene Aspekte des gleichen Selbst sind, kann hier sicher nicht von einem Vertrauensbruch die Rede sein.«

»Dein Geheimnis ist bei uns gut aufgehoben«, sagten die beiden anderen.

»Tommy!« rief Deanna Riker, als sie durch den Korridor rannte.

Sie war außer sich vor Sorge. Der Junge hatte ihr Quartier Hals über Kopf verlassen, und bisher war sie nicht imstande gewesen, ihn zu finden. Außerdem empfing sie Emanationen, die auf eine wachsende Desorientierung an Bord hinwiesen. Die menschliche Furcht gewann ein solches Ausmaß, daß sie wie ein schweres Gewicht auf ihr lastete.

Sie lehnte sich an die Wand und versuchte, wieder zu Atem zu kommen. Wieder bemühte sie sich, ihr Bewußtsein vor dem Lärm im emotionalen Äther zu schützen. Doch ohne Sohn und Ehemann, von den überaus intensiven Emanationen überwältigt …

Sei *unbesorgt,* ertönte eine tröstende Stimme in ihrem Geist.

Sie hob den Kopf und blickte in ihre eigenen Augen. In Augen, die keine Erinnerungen an jahrelangen Kummer gezeichnet hatten.

»Was … was geht hier vor?« fragte Deanna Riker. Ein oder zwei Sekunden glaubte sie, von dem gleichen Wahnsinn erfaßt worden zu sein, der auch das Ich ihres Mannes gefangenhielt.

»Was auch immer geschieht – wir werden damit fertig«, erwiderte Deanna Troi. »Gemeinsam sind wir stark.«

»Mom!«

Deanna Riker drehte sich um und sah Tommy auf sich zueilen. Er schlang die Arme um sie. »Ich habe schon befürchtet, dich nie wiederzusehen.«

»Jetzt ist alles in Ordnung«, sagte sie erleichtert. »Alles in Ordnung.«

Tommys Blick wechselte zwischen seiner Mutter und Deanna Troi hin und her. Er schien die Ähnlichkeit der beiden Frauen kaum fassen zu können.

»Seid ihr verwandt?« fragte er.

»Zur Seite, Junge!«

Die scharfe Stimme gehörte William T. Riker.

Es war nicht Deanna Trois Riker.

Und es war auch nicht Deanna Rikers Riker.

Es handelte sich um einen William T. Riker, den die beiden Frauen nicht kannten. Er stand neben einem fremden Jean-Luc Picard. Sowohl der Captain als auch sein Erster Offizier hielten schußbereite Phaser in der Hand.

»Will?« fragte Deanna.

»Will?« fragte die zweite Deanna einen Augenblick später.

»Kennen Sie diese Frauen, Nummer Eins?« brummte Picard.

»Ich weiß, für wen sie sich ausgeben«, antwortete Riker. »Aber es ist ganz offensichtlich eine klingonische List, denn ich habe diese Frau – das Original – seit vielen Jahren nicht gesehen.«

Lieutenant Worf stürmte, verfolgt von einer lärmenden Horde, an deren Spitze Tasha Yar lief, durch den Korridor.

Angesichts der Umstände hätte es ihn eigentlich nicht überraschen sollen, daß am Ende des Ganges eine andere Tasha Yar auf ihn wartete.

Sie machte keine Anstalten, mit dem Phaser auf ihn zu zielen. Statt dessen musterte sie ihn mit einer Mischung aus Neugier und Verärgerung. »Warum tragen Sie diese Uniform?«

Diese Frage verhalf Worf zu einer wichtigen Erkenntnis.

Offenbar kam es hier zu dem Phänomen multipler Universen – in dieser Hinsicht hatte der Klingone bereits einschlägige Erfahrungen gesammelt. Er erinnerte sich an seine unabsichtlichen Sprünge durch die Dimensionen, daran, Tausende von *Enterprise*-Versionen gesehen zu haben, die durch einen Riß in Raum und Zeit stürzten.

Aber hier hatten sich nicht nur die Grenzen der Universen aufgelöst, sie überlappten und verdrängten einander.

Diese Überlegungen gingen Worf innerhalb einer Sekunde durch den Kopf.

In der nächsten Sekunde unterschied er mindestens drei verschiedene Universen. Das erste betraf ihn und die ihm vertraute *Enterprise.* In der zweiten Realität schien die Föderation Krieg gegen das klingonische Imperium zu führen. Und dann gab es noch eine *Enterprise,* auf der die Zeit langsamer zu verstreichen schien (nach Tashas veralteter Uniform zu urteilen). In jener Parallelwelt schien er selbst nicht zu Starfleet zu gehören und sich als eine Art … Besucher an Bord des Raumschiffs aufzuhalten.

In der dritten Sekunde traf er eine Entscheidung, trat vor und packte Tashas Schultern.

»Ishara bat mich, Ihnen folgendes mitzuteilen«, sagte er. »Sie bedauert all das Unglück zwischen Ihnen beiden.«

Tasha riß die Augen auf. Sie hatte gewiß nicht damit gerechnet, daß Worf den Namen ihrer Schwester nannte.

»Wir werden gleich angegriffen«, fügte Worf hinzu. »Kann ich auf Ihre Hilfe zählen?«

Tasha Yar, Leiterin der Sicherheitsabteilung, zog ihren Phaser. »Wer an Bord meines Schiffes jemanden angreift, bekommt es mit mir zu tun. Nun, wir könnten Deckung gebrauchen, falls wir uns zurückziehen müssen. Wie wär's mit Dunkelheit?«

»Ausgezeichnete Idee.«

Worf und Tasha schossen auf die Leuchtelemente an der Decke. Es wurde dunkel in dem Korridor. Einige Dutzend Meter entfernt schrien die Verfolger und stachelten einander dazu auf, den Klingonen zu töten. Doch als es ihnen schließlich gelang, sich in der Finsternis zu orientieren, waren Worf und Tasha längst verschwunden.

21

Trelanes Hände hämmerten auf die Tasten, und die Musik wurde lauter, verwandelte sich in eine ohrenbetäubende Kakophonie, die nur von Trelanes Lachen übertönt wurde.

Zwei Augen beobachteten aus dem Verborgenen, wie die beiden Deannas Jean-Luc Picard und William T. Riker gegenübertraten, zwei Männern, die in sich die Rollen von Richter, Geschworenen und Henker vereinten.

»Hören Sie mir zu«, sagte Deanna Troi langsam. »Sie beide machen einen großen Fehler.«

Die Musik dröhnte in den Köpfen von Picard und Riker. Sie ließ die Worte passieren, aber sie verbannte die Aufrichtigkeit aus ihnen.

»Eine weitere klingonische List, Captain«, sagte Riker im Brustton der Überzeugung. »Der Feind benutzt einen Agenten, der als eine Frau getarnt ist, die ich vor Jahren kannte. Es dürfte wohl kein Zweifel daran bestehen, welche Absichten die Klingonen damit verfolgen: Ich soll zögern, anstatt die notwendigen Maßnahmen zu ergreifen.«

»Wie dumm von unserem Gegner«, kommentierte Picard.

»Nehmen wir sie gefangen?«

»Dazu haben wir keine Zeit. Und wo sollten wir sie einsperren?« Picard hob den Phaser, und Riker folgte seinem Beispiel. »Um ganz ehrlich zu sein, mir fehlt die Geduld.«

»*Aufhören!*« rief Tommy. »Tun Sie ihnen nichts!«

»Geh aus dem Weg, Tommy«, sagte seine Mutter und schob ihn beiseite.

Picard holte tief Luft. »Also gut. Sie sollen nicht leiden, Nummer Eins. Ein sauberer Schuß, der sofort den Tod bringt.«

»Eine so rücksichtsvolle Behandlung könnten wir wohl kaum von den Klingonen erwarten.«

»Das stimmt. Lassen Sie uns trotzdem barmherzig sein.«

»Stecken Sie die Waffen weg«, sagte Deanna Troi. »Werden Sie nicht zu Mördern.«

»Zielen Sie«, forderte Picard seinen Begleiter auf.

Plötzlich sauste ein rotschwarzer Schemen heran.

Die beiden Männer wußten nicht, was sie davon halten sollten. Das Etwas bewegte sich schneller, als es einem Menschen möglich sein sollte, außerdem stieß es einen fast animalisch klingenden Schrei aus.

Es griff Picard an und schleuderte ihn gegen Riker. Eine vor Zorn bebende Stimme rief: *»Wagen Sie es nicht, meiner Frau etwas anzutun!«*

Picard versuchte, den Phaser zu heben, aber Lieutenant Commander Riker riß ihm die Waffe aus der Hand und trat zu. Sein Fuß traf den Captain in der Magengrube und ließ ihn zusammenklappen. Commander Riker schob Picard beiseite, um ein freies Schußfeld zu bekommen.

Zu spät.

Lieutenant Commander Riker, über Jahre hinweg Gefangener der Romulaner, Deannas Ehemann und Tommys Vater, betätigte den Auslöser des erbeuteten Strahlers. Er hatte das furchterfüllte und verunsicherte Gebaren inzwischen vollkommen abgestreift. Bei diesem Kampf stand das Leben jener Frau auf dem Spiel, die er liebte, und unter solchen Umständen kam es auf entschlossenes Handeln an.

Der Strahlblitz traf Commander Riker mitten in die Brust. Commander William Riker, der Starfleet-Held,

Schrecken der Klingonen, der einstige Geliebte einer Betazoidin, die er seit Jahren nicht mehr gesehen hatte, würde nie wieder etwas sehen. Destruktive Energie löste seinen Körper auf, und einen Sekundenbruchteil später existierte er nicht mehr.

Riker wandte sich Picard zu, doch Deanna griff nach seinem Arm. »Nein, erschieß ihn nicht!« Und zu Picard: »Laufen Sie!«

Riker verzichtete nicht darauf, auch auf Picard zu feuern, aber die Strahlen verfehlten das Ziel, weil Deanna an seinem Arm zerrte, und der Captain konnte so entkommen.

Der Lieutenant Commander drehte sich zu seiner Frau um und hob die Hände zärtlich zu ihren Wangen. »Ist alles in Ordnung? Hat er dir irgendein Leid zugefügt?«

»Nein.« Sie schüttelte den Kopf, und ihre Stimme war kaum mehr als ein Flüstern.

»Ich konnte nicht zulassen, daß er dir etwas antut.« Die Worte schienen ihn selbst zu überraschen, und er lauschte ihrem Klang. »Ich konnte es nicht zulassen …«

Deanna Riker schlang die Arme um ihn.

Deanna Troi wußte nicht, ob sie eifersüchtig sein oder sich freuen sollte. Sie begnügte sich mit Vorsicht. »Laßt uns gehen«, sagte sie. »Diese Sache ist noch nicht überstanden.«

Picard hatte gerade beobachten müssen, wie sein Stellvertreter und Mitstreiter von einem Phaserstrahl desintegriert wurde. Jetzt lief er, so schnell ihn die Beine trugen, durch den Korridor. Plötzlich hörte er Stimmen, eine von ihnen tief und rauh. Er erkannte sie sofort.

Es gab eine Jefferiesröhre in der Nähe, und Picard schob sich rasch hinein. In ihrem Innern brachte er sich in eine geeignete Position … und wartete.

Die Stimmen kamen näher, immer näher. Der Klingone, ja. Und eine Frau begleitete ihn.

Tasha, dachte der Captain entsetzt. Tasha Yar – sie gehörte zu den Verrätern. Plötzlich ergab alles einen Sinn. Deshalb war es den Klingonen möglich gewesen, an Bord zu gelangen und die Brücke unter ihre Kontrolle zubringen – weil die Sicherheitsabteilung passiv blieb. Das erklärte auch, warum sich so viele getarnte klingonische Agenten auf der *Enterprise* herumtrieben.

Natasha Yar, Verräterin an der Föderation, willfährige Marionette des Imperiums.

Picard freute sich bereits darauf, sie zu erschießen.

22

Weit entfernt von dem Captain Picard, der in einer Jefferiesröhre kauerte und sich anschickte, auf Worf und Tasha Yar zu schießen, reagierte ein anderer Captain Picard mit großer Verblüffung, als Wesley Crusher in der Uniform eines Fähnrichs auf ihn zukam und seinen Arm ergriff.

»Captain!« entfuhr es dem jungen Mann. Er war viel zu verwirrt, um die Unterschiede zwischen diesem Picard und seinem Doppelgänger zu bemerken, zu dessen Crew er gehört hatte. »Mein ... mein Vater ...«

Es kostete Picard erhebliche Mühe, die Tatsache zu ignorieren, daß Wesley Crusher gerade sein letztes Studienjahr an der Starfleet-Akademie wiederholte. Mindestens ebenso schwer fiel es ihm, Wesleys Vater nicht länger für tot zu halten, sondern davon auszugehen, daß sich Jack auf der *Enterprise* bewegte, als sei er dort zu Hause. Wenn er diesen Wahn überleben wollte, mußte Picard sich allen Veränderungen so schnell wie möglich anpassen.

»Was ist passiert, Wes?« fragte er. »Beruhige dich.«

»Ich war in der Krankenstation«, erwiderte Wesley. »Ich wollte mich vergewissern, daß ... daß meine Mutter wohlauf ist. Und dort habe ich den Mann gesehen. Aber es kann unmöglich mein Vater sein. Mein Vater ist doch tot.«

Wesley schien einem Nervenzusammenbruch nahe zu sein. Picard schüttelte ihn und versuchte auf diese Weise, ihn zur Vernunft zu bringen. »Ist er noch immer in der Krankenstation?«

Der junge Mann nickte.

Picard drehte sich um und lief los. Wesley folgte ihm – bis er verschwand.

Im Maschinenraum war es still.

Man hörte nur das beständige Summen des Antriebs und die Geräusche, die von den drei Datas bei ihrem Bemühen verursacht wurden, die *Enterprise* vor einem Sturz in die Atmosphäre des Planeten zu bewahren.

Andere Stimmen ließen sich nicht vernehmen, und dafür gab es einen guten Grund. Die anwesenden Techniker und Ingenieure waren, ebenso wie zahlreiche andere Besatzungsmitglieder, dem Ruf des Chaos zum Opfer gefallen – und einer nach dem anderen verlor den Verstand. Unter den gegebenen Umständen blieb den drei Datas gar nichts anderes übrig, als die überschnappenden Menschen mit wohlgezielten Fausthieben ins Reich der Träume zu schicken. Dieses Schicksal ereilte auch Geordi LaForge, der sich immer wieder über die Ungerechtigkeit der Welt und darüber beklagt hatte, daß er eigentlich nicht blind sein sollte.

Er klang nicht mehr wie er selbst und beunruhigte Data (soweit Data überhaupt beunruhigt werden konnte), der sich schließlich gezwungen sah, seinen langjährigen Freund und Arbeitskollegen zum Schweigen zu bringen. Dadurch blieb dem Chefingenieur wenigstens die Peinlichkeit erspart, sich weiter zum Narren zu machen.

»Diese Sabotage geht weit über eine bloße Fehlfunktion des Computers hinaus«, sagten die Androiden-Datas.

»In der Tat«, bestätigte der Humanoide. »Ganz offensichtlich gibt es einen externen Einfluß, der unseren Reparaturversuchen entgegenwirkt.«

»Was soll jetzt geschehen?« fragten die Androiden. Der Humanoide überlegte.

»Ich fürchte, wir werden sterben«, sagte er.

Jack Crusher stand vor Beverly und hielt den schußbereiten Phaser in der zitternden Hand.

»Wie lange schon bedeutet er dir mehr als ich?« fauchte er. »War es von Anfang an so? Ist unsere ganze Beziehung nichts weiter als eine Art kosmischer Witz gewesen?«

Beverly glaubte zu spüren, wie ihr etwas den Hals zuschnürte. Verzweifelt schüttelte sie den Kopf. »Nein«, stöhnte sie. Wachsendes Entsetzen überfiel sie.

Die Medo-Assistenten und Krankenpfleger waren längst auf und davon. Auch sie hatten sich von dem allgemeinen Irrsinn an Bord anstecken lassen. Nur Beverly hörte nicht auf die Stimme des Chaos und hielt an ihrer Entschlossenheit fest, bei ihren Patienten zu bleiben.

Die ganze Zeit über wurde sie den Eindruck nicht los, daß etwas in der Nähe lauerte, knapp außerhalb ihres Blickfelds. Doch wenn sie den Kopf drehte, war die seltsame Erscheinung verschwunden.

Die Zeilen eines uralten Gedichts fielen ihr ein. *Ich dachte, auf dem Stuhl / stünde ein kleiner Mann / den man überhaupt nicht sehen kann / Er war wieder nicht da / am heutigen Tag / Ach, wenn er doch endlich / verschwände auf einen Schlag.*

Die Tür der Krankenstation öffnete sich, und Captain Picard kam herein.

»Jack ...«, sagte er langsam. »Leg den Phaser weg.«

»Na so was«, erwiderte Crusher. »Sieh mal einer an. Mein bester Freund im ganzen Universum. Wie geht's dir, Kumpel?«

»Jack!« Picard legte sich jedes Wort sorgfältig zurecht. »Das kann nicht dein Ernst sein.«

»Keine Sorge, Jean-Luc«, erwiderte Crusher fröhlich. »Ich erschieße Beverly nicht. Und gleichzeitig erschieße ich sie doch. Ist das nicht wundervoll? Ich kann ganz nach Belieben schalten und walten. Psychiater sprechen in diesem Zusammenhang vom ›Niven-Syndrom‹. Dabei wird das Handeln vollkommen von der Verantwortung getrennt – in dem Glauben, daß nichts eine Rolle spielt. Und weißt du was? Es spielt tatsächlich nichts mehr eine Rolle. Was hältst du von folgender Logik? Vielleicht erweise ich mir hier einen Gefallen. Vielleicht schaffe ich mir eine eigene, separate Zeitlinie. In der einen Realität brennt dir Jack Crusher den Kopf von den Schultern, in der anderen nicht. Damit brächte ich das Schicksal hübsch durcheinander, was?«

»Bitte, Jack, leg den Phaser beiseite.«

»Das hast du schon einmal gesagt. Es hat mich vorhin völlig kalt gelassen, und es beeindruckt mich auch jetzt nicht.«

Plötzlich sprang ihm Beverly entgegen. Instinktiv wandte sich Crusher ihr zu und legte auf sie an.

Picard wurde seinerseits aktiv.

Jack schwang den Phaser herum, weil er es in erster Linie auf Jean-Luc abgesehen hatte. Beverly sollte dabei zusehen, wie er Picard ins Jenseits beförderte.

Er trat nach der Ärztin und brachte sie zu Fall; dann schoß er auf Picard.

Doch der Tritt brachte ihn ein wenig aus dem Gleichgewicht, und Jean-Luc fand Gelegenheit, dem Strahl auszuweichen. Er duckte sich darunter hinweg, flog Crusher entgegen und prallte in der Hoffnung gegen ihn, daß ihm die Waffe aus der Hand rutschte. Doch das geschah nicht. Jack hielt den Strahler so fest, als hinge sein Leben davon ab.

Picard blickte ihm tief in die Augen und begriff, daß es vollkommen unmöglich war, diesen Mann wieder zur Vernunft zu bringen. Ein Gespenst aus der Vergangenheit oder ein Dämon aus den finstersten Gefilden der Hölle hatte den letzten Rest Rationalität aus ihm herausgebrannt. Der Mensch namens Jack Crusher existierte nicht mehr.

Die beiden Männer rangen miteinander, und jeder von ihnen versuchte, einen Vorteil zu erringen und diesen sofort auszunutzen. Picard konnte den Phaser zwar nicht erreichen, sorgte aber dafür, daß die Hand mit der Waffe über Jacks Kopf blieb, daß der Lauf nicht in seine Richtung deutete.

Beverly beschränkte sich nicht auf die Rolle einer unbeteiligten Zuschauerin. Sie nahm einen Injektor und lud ihn mit genug Somnol, um eine ganze Schar amoklaufender Jack Crushers außer Gefecht zu setzen. Sie näherte sich ihm langsam und vorsichtig, da sie vermeiden wollte, den falschen Mann zu betäuben.

Picard schaffte es, eine Hand unter Crushers Kinn zu schieben. Mit aller Kraft stieß er zu und rammte den Kopf seines Gegners gegen die Wand. Jack ächzte leise. Picard wiederholte die Attacke noch zweimal. Crusher sah Sterne, dann neigte er den Kopf zur Seite und befreite sich aus Picards Griff.

Jacks Zähne bohrten sich in Jean-Lucs Unterarm.

Picard schrie und riß den Arm weg, und die Stirn seines Gegners traf ihn am Nasenrücken. Plötzlich bestand die Welt für Jean-Luc nur noch aus brennendem Schmerz.

Crusher heulte triumphierend auf und versetzte Picard einen Hieb, der ihn zu Boden gehen ließ. Er zielte mit dem Phaser, und im gleichen Augenblick kam Beverly mit dem Injektor.

Er umklammerte sie, bevor sie Gebrauch von dem medizinischen Gerät machen konnte.

Picard saß auf dem Boden und schüttelte den Kopf, um sich von der Benommenheit zu befreien. Er wollte wieder aufstehen …

Crusher drehte Beverly den Arm auf den Rücken. Sie gab einen schmerzerfüllten Schrei von sich und ließ den Injektor fallen. Jack trat ihn fort, zog die Ärztin nahe zu sich heran und zischte ihr ins Ohr: »Du hast dir den falschen Mann ausgesucht.«

Wütend stieß er sie mit solcher Wucht beiseite, daß sie taumelte, das Gleichgewicht verlor und gegen eine Diagnoseliege prallte.

Ihr Kopf traf die ungepolsterte Kante, und es knackte vernehmlich.

Jack Crusher begriff, daß er gerade ein allzu vertrautes Geräusch gehört hatte.

Im Verlauf der Jahre hatte er sich immer wieder das Geräusch zu vergegenwärtigen versucht, das Wesleys Tod begleitet hatte. Wie hörte es sich an, wenn ein Schädel splitterte und das Genick eines Menschen brach? Wie hörte es sich an, wenn ein lebloser Körper zu Boden fiel, kein lebendes Individuum, sondern eine Leiche, totes Fleisch und Knochen? Es war noch nicht lange her, daß er mit Jean-Luc darüber gesprochen hatte. Was mochte schlimmer sein? Das Geräusch selbst oder die Vorstellung davon?

Jetzt kannte er die Antwort.

Beverly fiel zu Boden, und ihre Miene zeigte gleichermaßen Überraschung und Entrüstung. *Das ist es also*, schien sie sagen zu wollen. *Auf diese Weise sterbe ich also? Eine so dumme Ursache hat mein Tod? Ich bin schon des öfteren gefallen und als Ärztin weiß ich genau, wie empfindlich das Leben ist, aber sterben, nur weil ich gegen eine Diagnoseliege gestoßen und gestürzt bin – das ist absurd.*

In ihren Augen – den Spiegeln der Seele – blitzte es kurz. »Ich habe nie aufgehört, dich zu lieben«, flüsterte sie.

Und dann war sie tot. Die ›Spiegel‹ existierten nach wie vor, aber sie reflektierten jetzt keine Seelenbilder mehr.

»Beverly«, brachte Picard mühsam hervor, und in diesem verrückten, schrecklichen Augenblick dachte er plötzlich daran daß er überhaupt nicht wußte, *welche* Beverly gerade gestorben war.

Crusher stand stocksteif da und starrte auf seine Hände hinab, die der Frau den Tod gebracht hatten. Schließlich richtete er den Phaser auf Picard, der noch immer am Boden lag und sich nicht rührte.

Als Jack Crusher sprach, klang er so ruhig wie nie zuvor.

»Was sie gerade gesagt hat ...«, murmelte er. »›Ich habe nie aufgehört, dich zu lieben.‹ Hast du das gehört?«

»Ja, Jack«, erwiderte Picard und kämpfte gegen Tränen an.

»Weißt du was? Ich glaube, sie meinte mich. Ja, ich bin sicher. Sie hat eindeutig mich gemeint.«

Picard schwieg.

»Da soll mich doch der Teufel holen«, sagte Jack Crusher.

Er nahm dem Teufel die Arbeit ab, indem er sich den Phaser an die Schläfe setzte und den Auslöser betätigte.

23

Worf und Tasha Yar spähten in den Korridor. In der Ferne hörten sie Geschrei, hysterisches Kreischen und irres Gelächter. Sie befanden sich in der Nähe eines Holodecks und erwogen für einen Augenblick die Möglichkeit, sich dort zu verbergen. Aber man löste keine Probleme, indem man sich versteckte.

Tasha wischte sich die Stirn und stellte fest, daß sich Schweißflecken an ihrer Uniform gebildet hatten. »Wird es allmählich heiß hier?« fragte sie.

»Klingonen reagieren weniger sensibel auf Temperaturschwankungen«, erwiderte Worf. Trotzdem drückte er die Hand flach an die Wand. »Ich glaube, Sie haben recht. Es scheint tatsächlich wärmer geworden zu sein. Was das wohl zu bedeuten hat …«

Tasha wandte sich ihm zu. »Ich gehe keinen Schritt weiter, bevor Sie mir nicht gesagt haben, woher Sie Ishara kennen.«

»Sie müssen mir vertrauen, wenn ich Ihnen sage, daß mir Ihre Schwester tatsächlich bekannt ist.«

»Ein Klingone, der in einer Starfleet-Uniform herumläuft und von mir verlangt, daß ich ihm vertraue. Das ist doch ein bißchen dick aufgetragen, finden Sie nicht?«

Aus einer nahen Jefferiesröhre hörten sie ein Klopfen. Tasha und Worf waren sofort auf der Hut. Sie hörten, wie jemand schnaufte, und dann erklangen Geräusche ganz besonderer Art, verursacht von Fäusten, die ein weiches Ziel trafen.

»Wer ist da drin?« fragte Worf scharf. »Kommen Sie heraus!«

Es klopfte und klapperte. Wenige Sekunden später glitt Captain Picard mit blutender Nase aus der Jefferiesröhre. Ihm folgte Commander William T. Riker und nahm sofort eine drohende Haltung dem Captain gegenüber ein. Picard bedachte erst Riker mit einem finsteren Blick, dann Tasha und Worf.

»Commander!« entfuhr es Worf. Und dann, vorsichtiger: »Commander?«

»Ja, ich bin es tatsächlich«, bestätigte Riker. »Es fällt ein wenig schwer, den Überblick zu behalten, nicht wahr?«

»Das ist untertrieben«, brummte Worf.

»Ich kroch gerade durch eine Jefferiesröhre, als ich ein vertrautes Gesicht bemerkte, das auf ein anderes vertrautes Gesicht schießen wollte. Da konnte ich nicht umhin, sofort einzugreifen.«

Tasha Yar musterte die Männer der Reihe nach, und ihre Verwirrung wuchs. Sie wandte sich an Picard. »Ich ich verstehe nicht, Sir«, sagte sie. »Ist alles in Ordnung mit Ihnen?« Sie streckte die Hand aus, um dem Captain auf die Beine zu helfen.

Er schlug die Hand einfach beiseite. »Ich bin nicht an der Hilfe eines Verräters interessiert.« Er kniff die Augen zusammen. »Oder sind Sie ebenfalls ein Duplikat? Was ist hier eigentlich los?«

»Das würde ich selbst gern wissen«, entgegnete Tasha.

Riker warf ihr einen nachdenklichen Blick zu. »Wir … wir scheinen in eine temporale Verzerrungszone geraten zu sein.«

»Nein, Commander«, widersprach Worf. »Ich habe etwas in dieser Art schon einmal erlebt. Es handelt sich um Dimensionssprünge. Was Sie betrifft, Tasha, so weiß ich von Ihnen, daß in Ihrer Realität Jean-Luc Picard Erster Offizier ist, und dieser Mann … William Riker …«

»Er wurde sieben Jahre lang von den Romulanern gefoltert«, sagte Tasha.

Riker und Worf wechselten einen kurzen Blick. »Klingt nett«, scherzte Riker.

»In meiner Dimension ist Jean-Luc Picard der Captain und Commander Riker der Erste Offizier«, fuhr Worf fort.

»Und wer sind Sie?« fragte Tasha.

Worf beherrschte sich gerade noch rechtzeitig. Er hielt es für besser, in diesem einen Punkt nicht wahrheitsgemäß Auskunft zu geben. »Der stellvertretende Leiter der Sicherheitsabteilung«, log er.

Tasha nickte.

»In meiner Dimension sind die Föderation und das Imperium miteinander verbündet. Aber dieser Mann – und unsere Verfolger – stammen aus einer Dimension, in der Starfleet und die Klingonen gegeneinander kämpfen.«

»Eine tolle Geschichte«, spottete Picard. »Sie haben viel Phantasie.«

»Stehen Sie auf.« Riker winkte mit dem Phaser, und Picard kam der Aufforderung nach. »Na schön, Mr. Worf. Sie scheinen die aktuelle Situation wenigstens in groben Zügen zu verstehen. Haben Sie irgendwelche Vorschläge?«

»Ja.« Worf richtete einen Strahler auf den Captain. »Zunächst einmal benutzen wir ihn als Geisel.«

In diesem Augenblick erschienen die Verfolger am Ende des Korridors.

Tasha Yar schnappte unwillkürlich nach Luft, als sie sah, wer den Mob anführte.

»Lieber Himmel«, murmelte sie. »Das bin ich ... Aber mit einem ziemlich unansehnlichen Haarschnitt. Ich sehe ja wie ein Mann aus.«

Die andere Tasha war nicht weniger überrascht, faßte sich jedoch sofort wieder. »Gebt auf!«

Riker schlang den Arm um Picard und hielt ihm den

Phaser an den Kopf. *Dies ist nicht der richtige Captain,* sagte er sich immer wieder, um sein Gewissen zu beruhigen. »Nicht wir geben auf, sondern Sie. Andernfalls stirbt dieser Mann!«

Einige Sekunden lang herrschte Stille.

Und dann ertönte Picards Stimme – eine Stimme voller Autorität, die keinen Platz für Zweifel ließ.

»Tötet sie«, sagte er. »Das ist ein Befehl. Beginnen Sie mit dem Klingonen und töten Sie auch die anderen, ohne Rücksicht auf mich zu nehmen.« Und er hob die Stimme und wiederholte: *»Tötet sie alle!«*

»Ihr habt den Captain gehört«, sagte die Tasha Yar mit dem unansehnlichen Haarschnitt. »Also los.«

»Toller Plan, Worf«, kommentierte Riker.

Die Krankenstation war zur Zeit der geeignete Aufenthaltsort für Captain Jean-Luc Picard, denn er fühlte sich sehr krank.

Er hatte – noch einmal – beobachtet, wie Jack Crusher starb.

Und Beverly …

Jean-Luc hielt ihren leblosen Leib in den Armen und nannte immer wieder den Namen der Toten.

Picard …

Er hob den Kopf und konnte Q diesmal etwas deutlicher erkennen – etwa wie eine zweidimensionale Schwarzweiß-Zeichnung.

Ich störe Sie nur ungern während einer so dramatischen Phase des Kummers …

»Seien Sie still, Q«, sagte Picard müde. Er fühlte sich sehr, sehr alt.

Wenn Sie wirklich möchten, daß ich still bin, so erfülle ich Ihnen diesen Wunsch, lautete die verdrießliche Antwort. *Wenn Sie aber zumindest ein wenig Interesse daran haben, den Kosmos zu retten, so sollten Sie gut zuhören. Ihnen dürfte aufgefallen sein, daß es an Bord der* Enterprise *derzeit ziemlich hektisch zugeht. Doch Ihnen und einigen anderen ist es erspart geblieben, dem allgemeinen Wahnsinn zum Opfer zu fallen. Das verdanken Sie mir* mon capitaine. *Ich habe Sie vor einigen der schlimmsten mentalen Auswirkungen des Chaos bewahrt. Allerdings kann ich nur begrenzte Kontrolle ausüben, und deshalb rate ich Ihnen, so schnell wie möglich den nächsten Transporterraum aufzusuchen.*

»Und wohin soll ich beamen?«

Auf den Planeten Terminus. Verstehen Sie denn nicht, Jean-Luc? Es gibt gewisse Knotenpunkte im Universum. Orte, an denen die Wirklichkeit erweitert ist und potentiell alle Multiversen präsent sind. Terminus ist ein solcher Knotenpunkt. Und Trelane wartet dort auf Sie.

»Aus welchem Grund?«

Es geht um eine Herausforderung, Jean-Luc. Um eine letzte Herausforderung. Sie müssen sich ihm stellen. In einem Kosmos unbegrenzter Möglichkeiten bleibt Ihnen keine Wahl, Jean-Luc. Überhaupt keine Wahl.

»Tötet den Klingonen!« rief Tasha Yar, und sie und ihre Gefolgschaft kamen näher.

Und dann verhielt sich Riker überaus seltsam. Er rief ein Wort, das in keiner Verbindung mit den aktuellen Ereignissen zu stehen schien.

»Thelonius!«

Die Tür des Holodecks öffnete sich, als das von Riker programmierte Codierungskennwort erklang. Worf erblickte etwas, das nach einem gewaltigen Labyrinth aussah. Riker versetzte Picard einen so wuchtigen Stoß, daß er durch den offenen Eingang in den riesigen Irrgarten taumelte.

»Riker eins, Priorität, Codierung, schließen!« Er sprach so schnell, daß er ein oder zwei Sekunden lang befürchtete, die Anweisung könnte unverständlich bleiben. Doch der Computer reagierte sofort. Die Tür schloß sich, bevor Picard Gelegenheit erhielt, das Holodeck wieder zu verlassen, und anschließend wurde das bislang gültige Kennwort gelöscht. Der Zugang würde geschlossen bleiben, bis Riker – und *nur* Riker – einen neuen Code benutzte.

Und das hatte er vorläufig nicht vor.

Seine Absicht bestand vielmehr darin, diesen Ort so schnell wie möglich zu verlassen. Tasha Yar und Worf leisteten ihm bei der Flucht Gesellschaft.

Die Verfolger zögerten vor dem Holodeck.

»Ihr fünf!« rief die Tasha mit dem unansehnlichen Haarschnitt. »Folgt ihnen! Die anderen helfen mir dabei, die verdammte Tür aufzukriegen! Schalten Sie auf manuelle Kontrolle um, Gomez!«

Unterdessen stand Picard im Innern der holographischen Projektionskammer und sah sich um. »Simulation beenden«, sagte er.

Nichts geschah.

»Hier spricht Captain Jean-Luc Picard!« rief er. »Ich berufe mich auf meine Kommando-Autorität und befehle hiermit ein Ende der Simulation. Prioritätscode ...«

Er unterbrach sich, als er in der Nähe ein Knurren hörte. Langsam drehte er sich um.

Nicht weit entfernt kauerte ein Klingone in voller Kampfausrüstung.

Picard zeigte ihm die Zähne. »Klingonischer Teufel! Du steckst also hinter der ganzen Sache!«

»Romulanischer Verschwörer!« entgegnete Worf und griff an. Voller Haß gingen die beiden Männer in ihren letzten Kampf.

»Nummer Eins!«

Riker drehte sich um, als er die vertraute Stimme hörte. Captain Picard eilte durch den Korridor. Er hatte sich den Riemen einer großen weißen Leinentasche um die Schulter geschlungen.

»Captain?« fragte Riker vorsichtig.

Picard nickte. »Mr. Worf ...«, begrüßte er den Klingonen. Dann bemerkte er Tasha und zögerte. »Lieutenant, bitte kommen Sie mit.«

»Wohin, Sir?«

»Zum Transporterraum«, erwiderte Picard. »Wir beenden dieses Durcheinander – indem wir das Übel an der Wurzel packen.«

24

Die weite, öde Ebene schien sich endlos zu erstrecken.

Trelane und sein Cembalo bildeten einen auffallenden Kontrast zu der Umgebung. Der an den Tasten sitzende Mann sah nicht einmal auf, als in der Nähe das charakteristische Summen eines Transporterstrahls erklang.

»Sie haben sich Zeit gelassen!« rief er.

Schotter knirschte unter Picards Stiefeln. Langsam näherte er sich Trelane und blieb einige Meter vor ihm stehen. »Sie haben es mir nicht einfach gemacht, Sie zu erreichen.«

»Oh, ich bitte Sie. Wollen Sie sich etwa über ein paar Unannehmlichkeiten an Bord Ihres Schiffes beklagen?« Trelanes Finger huschten über die Klaviatur. »Aber wie heißt es so schön? Gott beschert uns nur das, womit wir fertig werden können.«

Picard ging um das Cembalo herum. »Sie sind nicht Gott«, sagte er.

Trelane sah auf und lächelte einschmeichelnd. »Der Tag ist noch jung.«

»Der Tag geht zu Ende«, widersprach Picard. »Der Wahnsinn hört auf. Die Zerstörungen hören auf. Das Chaos …«

»… hört auf, ja. Ich habe verstanden.« Trelane wirkte ein wenig ungeduldig. »Sie neigen dazu, sich zu wiederholen. Nun, wie geht es dem lieben Jack Crusher?«

»Er ist tot«, erwiderte Picard tonlos. Er blickte zum

roten Himmel auf und entdeckte in weiter Ferne einen Fleck, der die *Enterprise* sein mußte.

Das Schiff stürzte ab.

Das Schiff starb.

Der Tasha Yar mit dem unansehnlichen Haarschnitt gelang es schließlich, die Tür des Holodecks zu öffnen. Gemeinsam mit einer Handvoll ihrer Begleiter trat sie vorsichtig ein.

Nach zehn Schritten begriff Yar, daß es nicht schwer sein würde, Picard zu finden. Die Blutflecken auf dem Boden boten einen deutlichen Hinweis.

Sie folgten der Spur, und es dauerte nicht lange, bis sie Picard und Worf fanden. Ein gräßlicher Kampf lag hinter ihnen. Dabei war ein Messer zum Einsatz gekommen, vielleicht auch zwei, und die beiden Kontrahenten hatten ausgiebig davon Gebrauch gemacht, mit dem Ergebnis, daß mehr Blut den Boden bedeckte als in ihren Adern floß.

Der Anblick der beiden verstümmelten Leichen brannte sich tief in Tashas Gedächtnis.

»Findet die Mistkerle und tötet sie!« stieß sie wütend hervor.

»Crusher ist tot?« fragte Trelane.

Er veränderte den Rhythmus und spielte mit mühelosem Geschick eine kurze Trauermelodie. »Ach, armer Jack. Ich kannte ihn, Horatio. Ein Mann voll witziger Einfälle, ausgestattet mit grenzenlosem Humor.«

Erneut sorgte er für eine Veränderung der Musik. Die neuen Klänge, lebhaft und beschwingt, paßten weder zu dem Instrument noch zu der Umgebung.

»Gefällt Ihnen das?« fragte Trelane. »Das Stück heißt ›Jack hat ins Gras gebissen.‹ Ich versuche immer, mein Repertoire zu erweitern.«

Picard beugte sich ruckartig vor, griff nach dem Deckel des Tasteninstruments und schloß ihn so plötzlich, daß Trelanes Finger fast eingeklemmt worden wären.

»Das war aber nicht besonders höflich«, sagte die Entität in einem tadelnden Tonfall.

Picard näherte sich. Seine Stimme und Miene drückten Verachtung aus. »Sie sind das erbärmlichste, scheußlichste und …«

»Geben Sie gut auf Ihre Worte acht!« warnte Trelane.

»… und ungeheuerlichste Geschöpf, dem ich jemals begegnet bin!«

»Ach, tatsächlich?« Das Ausmaß der Kritik schien einen gewissen Reiz auf Trelane auszuüben. »Das mit ›erbärmlich‹ und ›scheußlich‹ läßt mich kalt, aber ›ungeheuerlich‹ … An diesem Attribut könnte ich Gefallen finden.«

»Ich will, daß Sie verschwinden. Ja, Sie sollen verschwinden und niemals zurückkehren.«

»Und wie wollen Sie mich dazu bewegen?«

»Indem ich den Sieg über Sie erringe.«

»Nein«, sagte Trelane langsam, schüttelte den Kopf und lächelte. »Diesmal nicht, Captain. Diesmal wird der bescheidene Squire von Gothos weder geschlagen noch besiegt.«

»Sie sind nicht bescheiden«, erwiderte Picard. »Und Sie sind auch nicht das, was Sie zu sein scheinen. Sie sind eine mißratene Version von *ihm.* Sie sind durch und durch verdorben. Sie verkörpern *seine* schlimmsten Eigenschaften bis ins Extrem verstärkt.«

»Oh, wie interessant. Bitte fahren Sie fort.«

»O ja, ich fahre fort, und dazu brauche ich nicht Ihre Erlaubnis«, betonte Picard. »Für Sie ist jetzt Schluß. Für das Universum und alles andere gibt es eine Zukunft – aber nicht für Sie.«

Er griff in die weiße Leinentasche, die er mitgebracht hatte, und holte einen Säbel aus ihr hervor.

Die Klinge reflektierte das blutrote Licht des Himmels wider.

Trelane lächelte.

»Fordern Sie mich zu einem Duell heraus?« fragte er entzückt.

Der Säbel zischte durch die Luft.

»Ja«, bestätigte Picard. »Sind Sie mutig genug, sich mir zu stellen?«

Im Transporterraum der *Enterprise* beobachtete Riker die Kontrollen.

»Was unternehmen wir jetzt?« fragte Tasha Yar.

»Wir warten«, erwiderte Will. »Wenn sich unsere Verfolger Zugang zu diesem Raum verschaffen, könnten sie Picard zurückholen, bevor er es zu Ende gebracht hat. Das müssen wir verhindern.«

»Was macht er auf dem Planeten?«

Riker erinnerte sich daran, mit welcher Miene Picard auf den Vorschlag reagiert hatte, daß er, Riker, ihn begleiten oder gar an seiner Stelle aufbrechen sollte. Bei der Gelegenheit hatte Will darauf hingewiesen, daß Trelane in seiner gegenwärtigen Verfassung eine große Gefahr darstellte.

»Diesmal vertraue ich Q, Nummer Eins«, erwiderte Picard, als er die Transferkoordinaten eingab. »Diese Sache ist so wichtig, daß sie uns keine Wahl läßt. Die Verantwortung liegt bei mir, Nummer Eins. Sie halten sich da raus.«

Riker erwachte aus seinen Grübeleien, als er ein Geräusch an der verriegelten Tür des Transporterraums hörte. Im Korridor erklang die Stimme einer anderen Tasha Yar. »Sicherheitsabteilung! Öffnen!«

»Wundervoll!« juchzte Trelane.

Er streifte den verzierten Mantel ab. Darunter kamen schwarze Hose, kniehohe Stiefel und ein weißes Rüschenhemd zum Vorschein. Ein Schwert erschien in seiner Hand, und er holte versuchsweise damit aus.

»Hübsch, nicht wahr? Mit einem solchen Schwert

durchtrennte Alexander der Große den gordischen Knoten.«

Picard trat langsam auf Trelane zu und hielt den Säbel bereit. »›Alexander focht viele Schlachten, eroberte alle Festungen und erschlug die Könige dieser Welt. Bis zum Ende der Erde stieß er vor und erbeutete die Schätze vieler Nationen.‹«

»Oh, die Alexanderdichtung!« entfuhr es Trelane. »Damit bin ich vertraut. Bei meinen historischen Studien habe ich mir große Mühe gegeben.« Er holte tief Luft und intonierte: »›Und die Erde ruhte still vor ihm. Und er sammelte Macht und ein großes Heer. Und Erhabenheit erfüllte sein Herz. Er unterwarf Länder und Reiche und Prinzen. Sie alle mußten ihm Tribut zollen. Und …‹«

Trelane unterbrach sich, und ein Schatten fiel auf sein Gesicht.

»›und danach sank er auf sein Bett und wußte, daß der Tod nahe war‹«, sagte Picard grimmig.

Er stieß zu. Trelane parierte, und die beiden Klingen trafen aufeinander. Blitze flackerten am Himmel.

Die beiden Männer entfernten sich voneinander und beobachteten sich abschätzig. Die ersten Angriffe blieben vorsichtig – ein kurzes Klirren der Klingen, dann wieder Stille. Picard stellte schon nach wenigen Sekunden fest, daß Trelane sehr undiszipliniert war. Aber er verfügte auch über viel Kraft und paßte sich Jean-Lucs Attacken sofort an. Er strahlte die natürliche Zuversicht eines Mannes aus, der alle Trümpfe in der Hand hält.

»Wie haben Sie mich gefunden?« fragte Trelane.

»Es gelang uns, Sie mit unseren Instrumenten zu lokalisieren«, log Picard. Er ging langsam um seinen Gegner herum, aber nach einigen Schritten blieb er stehen und hielt den Säbel bereit. »Was ist mit den Bewohnern dieser Welt? Müssen sie mit dem gleichen Chaos fertig werden, das auch an Bord der *Enterprise* herrscht?«

»Ach, Captain …« Trelane klang fast enttäuscht. »Verstehen Sie denn nicht? Ich habe diese Welt *erschaffen* und die Realität so manipuliert, daß Sie glaubten, es hätte den Planeten schon immer gegeben! Bewohner? Es gibt keine Bewohner!« Von einem Augenblick zum anderen veränderte sich sein Erscheinungsbild. »Oh, in anderen Wirklichkeiten dachten Sie vielleicht, mit dem Prokonsul Teffla zu sprechen. Das gehörte zum Spiel«, fügte Trelane hinzu und zog das letzte Wort in die Länge. »Nein, Captain Picard, hier gibt es nur Sie und mich – und bald nur noch mich.«

Er trat vor, und sein Schwert sauste so schnell hin und her, daß Picard kaum Zeit blieb, die Hiebe zu parieren. Die Klingen prallten aufeinander, während Donner wie eine Ankündigung des Weltuntergangs über die weite Ebene grollte.

»Ich glaube, sie sind da drin«, wandte sich Tasha Yar an ihre Truppe. »Die Tür ist verriegelt.«

»Das gilt für viele Türen«, erwiderte Fähnrich Sanders.

»Ich weiß«, sagte Tasha. »Aber dies ist der Transporterraum. Ich habe da so ein Gefühl.«

»Ich puste das Ding einfach weg.« Sanders hob seinen Phaser.

Yar winkte ab. »Nein. Da drin sind empfindliche Geräte installiert. Ich möchte nicht, daß irgend etwas explodiert.« Inzwischen war es so heiß, daß sie immer größere Mühe hatte, einen klaren Gedanken zu fassen. »Schweißen Sie das Schott auf.«

Sanders nickte und veränderte die Justierung des Phasers. Die anderen bezogen hinter ihm Aufstellung und warteten, während er den Strahl durch das Metall des dicken Schottes lenkte.

Picard wich zurück, und Trelane drang immer wieder auf ihn ein.

»Was glauben Sie, bewiesen zu haben, Trelane?«

fragte der Captain. »Wenn alles gesagt und getan ist, was haben Sie dann erreicht?«

»Was immer ich will«, antwortete Trelane.

»Aber das, was Sie wollen, ergibt doch überhaupt keinen Sinn.«

»Es muß auch keinen Sinn ergeben!« erwiderte Trelane scharf. »Es genügt allein der Umstand, daß ›es‹ meinem Wunsch entspricht!«

Er schlug mehrmals schnell hintereinander zu, und Picard versuchte, den Überblick zu wahren, sich an alles zu erinnern, was er jemals über diese Art des Kampfes gelernt hatte. Er dachte an die Begegnungen mit holographischen und echten Gegnern, an Methoden und Strategien. Er trachtete danach, den einzelnen Aktionen Trelanes zuvorzukommen.

Doch es gelang ihm nicht.

Die Klinge des Gegners fuhr über seinen Arm.

»Erstes Blut!« rief Trelane.

Picard wich zur Seite aus und wehrte mühsam einen Hieb ab, der ihn fast im wahrsten Sinne des Wortes den Kopf gekostet hätte.

Trelane griff abermals an. Es fehlte ihm an Stil und Technik, nicht aber an Kraft und Entschlossenheit. Er bewegte sich langsam und unbeholfen, aber trotzdem kamen seine Schläge rascher, als Picard sie erwartete. Ein Hieb nach dem anderen ... Die ersten fünf parierte Picard, doch beim sechsten reagierte er etwas zu langsam. Das Ergebnis bestand aus einer zweiten blutenden Wunde an seinem anderen Arm.

Trelane sprang nach vorn, und Jean-Luc reagierte sehr schnell. Die Waffen klirrten, und die beiden Männer standen sich so dicht gegenüber, daß sich ihre Nasen fast berührten. Trelane lachte, während sich in Picards Miene angestrengte Konzentration zeigte.

»Ihr Schiff, Captain«, sagte er. »Ihr geliebtes Schiff fällt vom Himmel. Kümmert Sie das denn überhaupt nicht?«

»Spielt es eine Rolle?« entgegnete Picard scharf. »Darum geht es doch bei dieser ganzen Sache, nicht wahr? Um den Nachweis, daß nichts wichtig ist.«

»Ausgezeichnet! Sie haben also verstanden!«

Trelanes Kopf flog nach hinten, als Picard zuschlug. Der Mann taumelte, und Jean-Luc versetzte ihm einen zweiten Schlag, der Trelane zu Boden schickte.

»Falsch!« rief der Captain, um den grollenden Donner zu übertönen. »Wir sind wichtig! Jeder einzelne von uns! Jedes menschliche Leben, jede *Enterprise,* ob es nur eine gibt oder hunderttausend. Alles ist wertvoll! Alles hat Bedeutung! Nur das, was alles andere geringschätzt, hat in diesem Universum keinen Wert!«

Trelane stand auf und schüttelte verächtlich den Kopf. »Ich hoffe, die anderen sind nicht so scheinheilig wie Sie.«

»Es wird keine anderen geben.«

»O doch«, widersprach Trelane. »Es wird andere geben – eine unendliche Anzahl von Spielplätzen, auf denen ich mich austoben kann. Stellen Sie sich vor, wie Universum nach Universum vor mir fällt ... Und im Gegensatz zu dem armen Alexander brauche *ich* nicht darüber zu klagen, daß es keine Länder mehr zu erobern gibt.«

»Nein, Trelane.«

Das Gesicht der Entität verfinsterte sich. »Dieses Wort wird nie wieder jemand zu mir sagen.«

»Glauben Sie?« Picard war plötzlich vollkommen ruhig.

»Ja, das glaube ich«, sagte Trelane voller Arroganz. »Denn jetzt bin ich der Erwachsene und mächtig genug, um zu tun, was mir beliebt.«

»Beim Erwachsensein geht es nicht um Macht, sondern um Verantwortung.«

»Sparen Sie sich Ihre Belehrungen!« Trelane machte einen Ausfall; Picard dachte überhaupt nicht nach und ließ sich allein von seinen Reflexen leiten. Mühelos wehrte er den Angriff ab – die Klinge schien sich dabei von ganz allein zu bewegen, und dann war Trelane auch schon an ihm vorbei. Jean-Luc nutzte die Gelegenheit, um ihm einen Tritt ins Hinterteil zu versetzen. Sein Gegner fiel der Länge nach zu Boden.

Er sprang sofort wieder auf. Über ihm wölbte sich jetzt ein pechschwarzer Himmel, und sein Zorn ließ den Boden erzittern. Denn Trelane war ein Gott und Picard nur ein armseliger Sterblicher. Und wie konnte der es wagen? *Wie konnte er es wagen?*

»Sie sind ein Kind, das mit Streichhölzern spielt, und das Universum ist Ihr Pulverfaß«, sagte der Captain. »Ich nehme Ihnen die Streichhölzer weg.«

»Dazu haben Sie nicht die Macht«, erwiderte Trelane.

»Vielleicht nicht«, räumte Picard ein. »Aber ich habe die Verantwortung. Ich bin der Erwachsene, Trelane. Und Sie sind das Kind. Es wird Zeit, Ihnen zu zeigen, wer hier das Sagen hat.«

Im Transporterraum hörte man deutlich das Zischen von Phaserstrahlen auf der anderen Seite des Schotts.

Riker, Worf und Tasha hielten sich bereit und zielten auf die Tür. »Denken Sie daran ...«, sagte Riker. Schweiß strömte ihm von der Stirn – die durch Reibungshitze heißer werdende Außenhülle der *Enterprise* gab immer mehr Hitze ins Schiffsinnere ab. »Der letzte Überlebende zerstört die Transporterkonsole. Ich habe die Systeme mit allen weiteren Transferstationen an Bord gekoppelt. Wenn die hiesigen Kontrollen ausfallen, sind auch die anderen hin.«

»Commander«, brummte Worf, »es war mir eine Ehre, an Ihrer Seite gestanden zu haben.« Er drehte sich um und sah Tasha an. »Das gilt auch für Sie.«

Yar nickte grimmig. »Keine Sorge. Wenn dies vorbei ist und Picard irgendein Wunder vollbracht hat, trinken wir zusammen und lachen über die ganze Sache.«

»Das wäre schön.« Worf zögerte, als das Zischen der Phaserstrahlen noch lauter wurde. »Haben Sie schon einmal Pflaumensaft probiert?«

Tasha starrte ihn an.

»Sie werden mich nicht noch einmal herausfordern!« rief Trelane und holte erneut mit dem Schwert aus.

»Da haben Sie sicher recht«, bestätigte Picard. »Nach diesem Duell ist das auch gar nicht mehr nötig.« Er parierte den Hieb.

Trelane griff rücksichtslos an. Der Kampfplatz der beiden Männer war eine dunkle, öde Ebene, und über ihnen, am finsteren Himmel, donnerte es immer wieder. Der große Strudel des Chaos, der Tunnel zum Herzen des Sturms, schwoll weiter an. Die Klingen wurden so schnell geführt, daß ihnen der Blick sterblicher Augen nicht mehr zu folgen vermochte. Picard fragte sich, was der Grund dafür sein mochte. War es ihm gelungen, sich auf Trelanes Niveau emporzuschwingen, oder hatte der sich auf seines herabbegeben?

Picard wich zurück, wich immer wieder zurück, aber erstaunlicherweise fiel das gar nicht ins Gewicht. Er verlor den Kampf, da war Trelane ganz sicher, ja, er verlor ganz bestimmt, weil er immer weiter zurückwich …

Aber dem Captain schien keineswegs die unmittelbare Niederlage bevorzustehen. In seinem Gebaren gab es keinen einzigen Hinweis darauf, daß er verlor. Statt dessen …

Eine jähe Erkenntnis erhellte Trelanes Gesicht, und Picard nahm den unausgesprochenen Gedanken mit einem Nicken zur Kenntnis.

»Sie haben völlig recht, Trelane«, sagte er. »Ich spiele nur mit Ihnen.«

Trelane schrie, und der Himmel schrie mit ihm. Es donnerte überall, als Trelanes Wut durch die Dimensionen und Welten brodelte. Ganz gleich, wo man sich aufhielt, wie viele Parsec, Lichtjahre, Welten oder Universen man entfernt war – man spürte den Zorn des kindlichen Gottes Trelane.

Funken stoben vom Schwert, als er erneut auf den Captain eindrang.

Die Klinge traf Picard an der Stirn und schlug eine schmerzhafte Wunde. Blut tropfte ihm in die Augen. Jean-Luc taumelte über die dunkle Ebene, und durch den roten Schleier des eigenen Blutes sah er, wie Trelane zum letzten, entscheidenden Hieb ausholte.

Die Tür des Transporterraums öffnete sich plötzlich. Jemand stürmte herein – und wurde von einem Phaserstrahl getroffen. Es ließ sich nicht feststellen, ob er von Riker, Worf oder Yar stammte, denn alle drei feuerten auf den nun offenen Zugang.

Die Angreifer wichen zurück, gingen in Deckung und machten ebenfalls von ihren Waffen Gebrauch. Sie suchten nach einer Möglichkeit, in den Raum zu gelangen, ohne getroffen zu werden.

Um sie herum stieg die Temperatur. Es wurde immer heißer.

Wir sind in der Hölle, dachte Tasha Yar, während sie den Eingang im Auge behielt. Es war der vorletzte Gedanke, der ihr durch den Kopf ging, bevor ein Phaserblitz ihr Leben auslöschte. Der letzte Gedanke lautete: *Wieso trägt mein Ebenbild so einen häßlichen Haarschnitt?*

25

Als Trelanes Schwert dem Captain entgegensauste, ahnte der die Richtung des Hiebes und fuhr ihm mit seinem Säbel in die Parade.

Metall klirrte auf Metall, und es gelang Picard, das Schwert abzublocken.

Und einen Augenblick später flog ihm der Säbel aus der Hand. Jean-Luc war jetzt vollkommen blind und sprang dorthin, wo er das Klappern seiner Waffe gehört hatte. Verzweiflung erfaßte ihn, denn das Donnern übertönte alle anderen Geräusche, wodurch es ihm noch schwerer fiel, sich zu orientieren. Ohne Würde oder Eleganz warf er sich zur Seite, sprang einfach nur in der Hoffnung, das Ziel – den Säbel – zu erreichen.

Unterdessen triumphierte Trelane. Er wandte sich um, und er wußte, daß er sich dem Captain gegenüber keine Großzügigkeit erlauben durfte, o nein, nein, *er wollte jetzt sofort zustoßen, solange Picard wehrlos war, denn er war Trelane und konnte tun, was ihm gefiel!*

STIRB!

Jean-Luc landete auf dem Boden und streckte die Hand aus – er ertastete das Heft des Säbels. Doch die blutigen Finger glitten daran ab und stießen die Waffe weiter aus seiner Reichweite. Er kroch nach vorwärts, spürte Trelane dicht hinter sich. Er durfte jetzt auf keinen Fall Zeit verlieren.

Picard wandte sich nicht um, verdrehte sein Handgelenk und bekam das Heft des Säbels zu fassen. Trelane wollte sein Schwert gerade in den ungeschützten Rücken des Captains stoßen, als Jean-Luc die eigene

Waffe unter dem rechten Arm hindurch nach oben brachte.

Der holographische Hikaru Sulu hatte den ungewöhnlichen Stoß mühelos abwehren können, weil es ihm an Raffinesse mangelte.

General Trelane (im Ruhestand), Squire von Gothos, allwissend und allmächtig, praktisch ein Gott ... ließ sich von der Attacke überraschen.

Der Säbel drang ihm tief in die Brust, und die Klinge kam auf der anderen Seite wieder zum Vorschein.

Und Picards Waffe hatte das letzte Wort.

»Es tut mir leid, Sohn«, erklang die Stimme von Q. »Dies ist der einzige Weg.«

Trelane gab einen schrillen Schrei der Überraschung und des Entsetzens von sich, der eines Gottes nicht würdig war. Das Herz des Sturms brauste zornig und ohnmächtig.

Denn der Säbel verkörperte nicht nur die Macht von Q. Er war Q, vollständig materialisiert, wenn auch in anderer Gestalt. Er hatte gewartet, bis sich Trelane ganz sicher fühlte, bis er bereits glaubte, einen grandiosen Sieg errungen zu haben – bis er sich von Hochmut und Arroganz dazu hinreißen ließ, einen Fehler zu begehen. Daraufhin gelang es Q, die Verteidigungsbarrieren von Picards Gegner zu durchdringen und sich tief ins Herz des Sturms hineinzubohren.

Energie ging über Trelane hinweg, geriet außer Kontrolle und strömte aus der Wunde, die Q ihm geschlagen hatte. Picard ließ den Säbel los, rollte sich zur Seite und wischte sich das Blut aus den Augen.

Das Chaos wurde zum Regenschauer.

Das Portal des Sturmherzens wogte und grollte. Rote Tropfen regneten daraus herab und klatschten auf die dunkle Ebene. Trelane zitterte, wand sich hin und her, blickte beschwörend zum Himmel empor, als der Himmel aufbrach und aus einzelnen Tropfen ein Unwetter wurde. Tränen strömten ihm aus den Augen, vereinten sich mit den roten Fluten. Er schluchzte, umklammerte den Säbel, der Q war, bettelte und flehte, versprach ihm, fortan gut zu sein. Bitte, tu mir das nicht an, bitte nicht …

Q schenkte den Worten keine Beachtung. Er hörte sie, aber er reagierte nicht darauf.

Trelanes Gestalt knisterte, als sich unkontrollierte Energie entlud. Die Arme und Beine zuckten immer stärker. Schließlich sank er zu Boden und warf sich, auf dem Rücken liegend, hin und her.

»Helfen Sie mir!« rief er, und seine Worte galten Picard. *»Verstehen Sie denn nicht? Es war doch alles nur Spaß!«*

In einer unendlichen Anzahl von Universen, in einer unendlichen Anzahl von unendlichen Möglichkeiten blieb Picard darauf beschränkt, die Ereignisse zu beobachten.

Rot tränkte die weite, öde Ebene. Trelane schrie wie noch nie zuvor – sein Schrei hallte vom Beginn der Ewigkeit bis zu ihrem Ende.

Dann explodierte er.

Es war eine lautlose Explosion. Ein formloses Feuer, das dennoch bemerkenswerte Kraft entfaltete. Es hob Picard von den Beinen. Er rollte über den Boden, schlang die Arme schützend um den Kopf und krümmte sich wie ein Fötus zusammen.

Dem hysterischen Geschrei Trelanes gesellte sich das Brüllen des entfesselten Chaos hinzu. Ein sonderbares Getöse, wie von Millionen Stimmen, die gleichzeitig schrien, an jedem Ort im Kosmos: *Es ist nicht fair, wir waren dem Ziel nahe, so nahe …*

Eine Tür fiel zu.

Dieses Geräusch hatte Picard nicht erwartet. Eine Tür? Was hatte es damit auf sich? Ein schwerer Klang, wie von einer Eisentür.

Er blickte auf.

Der Himmel glühte in einem düsteren Rot, ebenso

das öde Land darunter. Das Herz des Sturms zeigte nun kein Portal mehr.

Trelane war verschwunden.

Aber Q war noch da.

Er saß dort, wo Trelane gelegen hatte, und kehrte Picard den Rücken zu. Die Schultern bewegten sich rhythmisch. Und der Captain hörte noch ein unerwartetes Geräusch.

Q weinte.

Weder laut noch demonstrativ. Er weinte ganz leise, für sich allein. Picard näherte sich ihm, und als er ihn erreichte, wies Qs Gesicht keine Spuren von Tränen mehr auf. Statt dessen wirkte er besorgt.

»Ist alles in Ordnung?« fragte Jean-Luc.

»Ich habe eine Botschaft geschickt«, sagte Q. »An mich selbst, in die Vergangenheit. Darin teile ich mir mit, wann und wo meine Gegenwart erforderlich ist. Der Ursprung der Nachricht bleibt mir ein Rätsel, und ihren Inhalt verstehe ich nur auf einem sehr niedrigen, elementaren Niveau, aber ich werde rechtzeitig zur Stelle sein – um zu erfahren, was ich erfahren muß.« Er zögerte. »Es ist sehr kompliziert. Ich erwarte nicht von Ihnen, daß Sie den vollen Bedeutungsinhalt meiner Ausführungen erfassen.«

»Gut.« Picard blickte zum Himmel. »Ist er … tot?« fragte er.

Q nickte, ganz langsam. »Wir sind ein großartiges Team, nicht wahr?« Er sprach nun mit sonderbar monotoner Stimme. »Gemeinsam haben wir das Universum gerettet. Gibt sicher einen tollen Logbucheintrag ab. Captains Logbuch, Sternzeit Soundso. Bin aufgestanden. Habe mir die Zähne geputzt. Einige Sterne kartographiert. Das Universum gerettet. Zu Abend gegessen. Die Zähne geputzt. Ins Bett gegangen.«

»Q …?«

Q seufzte. »Ja, Jean-Luc?«

»Sie haben ihn ›Sohn‹ genannt.«

Q drehte sich wie in Zeitlupe um und sah Picard an. »Oh, ich bitte Sie. Solche Bezeichnungen verwenden Ältere manchmal, wenn sie mit jungen Leuten reden.«

»Tatsächlich?« erwiderte Picard. »In mancher Hinsicht hat mich Trelane an Sie erinnert. Und als Sie ihn ›Sohn‹ nannten …« Picard ließ das Ende des Satzes offen.

»Übrigens, ich habe mich um Ihr Schiff gekümmert«, verkündete Q. »Nach Trelanes Dahinscheiden hat sich alles geregelt. Da fällt mir ein, es war nicht Ihre Beverly. Ich dachte, daß Sie das vielleicht interessiert. Obwohl ich glaube, daß Sie sich dadurch kaum besser fühlen, oder?«

»Nein«, bestätigte Picard.

Nach einer kurzen Pause schien Q den zweiten Teil eines Gedankens in Worte zu fassen. »Seine Mutter war – ist – ein wundervolles Geschöpf.«

Picard musterte Q. »Ach?« erwiderte er nur.

Q nickte. »Und sein Vater ist ein respektierter und geschätzter Angehöriger des Q-Kontinuums. Seien wir doch mal ganz ehrlich, Picard: Wenn ich Trelanes Vater wäre, so würde das bedeuten, daß seine Mutter eine außereheliche Affäre mit mir gehabt hätte. So etwas wäre undenkbar. Finden Sie nicht auch, Jean-Luc?«

»Ja«, sagte Picard. »Undenkbar.«

»In der Tat, *mon capitaine*«, fügte Q hinzu.

Damit verschwand er und ließ Picard allein auf der weiten, trostlosen Ebene zurück.

FADENHALT

1

Lieutenant Tasha Yar wußte nicht genau, was geschehen war.

Als sie das Bewußtsein wiedererlangte, befand sie sich in der Krankenstation. Langsam stemmte sie sich auf den Ellenbogen hoch und spürte jähen Schmerz. Der Medo-Assistent LaForge trat in ihr Blickfeld. »Bleiben Sie liegen«, sagte er sanft. »Sie sind verletzt.«

»So fühlt es sich auch an.« Tasha sank zurück. »Was ist passiert?«

Geordi schüttelte den Kopf. Als er antwortete, vibrierte etwas in seiner Stimme, so als ringe er mit sich selbst. »Ich weiß es nicht. Und ich will es auch gar nicht wissen. Man fand Sie im Transporterraum, mit starken Verbrennungen, verursacht von einem Phaser. Sie wurden hierher gebracht, und dann …« Er holte tief Luft. »Ich glaube, Sie sollten sich ausruhen, einverstanden? Ich sehe später wieder nach Ihnen. Es gibt noch viele andere Verletzte, und … Lassen Sie uns das Gespräch zu einem anderen Zeitpunkt fortsetzen.«

»Wie lange dauert meine Genesung? Wo ist Dr. Howard? Nehmen Sie's mir nicht übel, aber ich würde es gern von ihr hören.«

Geordi blinzelte mehrmals, und in seinen Augen glänzte es feucht. »Das ist leider nicht möglich.«

»Warum denn nicht?«

»Weil Dr. Howard tot ist«, sagte Geordi. Sein Seufzen wies darauf hin, daß er den Schmerz dieses Verlustes niemals überwinden würde.

Commander Jean-Luc Picard reagierte zunächst nicht auf das Summen des Türmelders. Erst als sich das akustische Signal wiederholte, sagte er leise: »Herein.«

Die Tür glitt auf, und Lieutenant Commander William T. Riker betrat das Quartier. Trotz der tiefen Trauer in seinem Herzen stellte Picard fest, daß sich Rikers Erscheinungsbild verbessert hatte. Er hielt die Schultern straffer, und in seinen Augen zeigte sich neuer Glanz.

»Ja, Mr. Riker?« fragte er.

Der Besucher seufzte tief. »Ich ich wollte Ihnen nur mein Beileid aussprechen, Sir.«

Picard nickte und suchte vergeblich nach passenden Worten für eine Antwort.

Es gab keine.

Riker hielt offenbar weitere Bemerkungen für erforderlich. »Vor meinen ... Problemen habe ich Ihre berufliche Laufbahn mit großem Interesse verfolgt.«

»Tatsächlich?«

Riker nickte. »Ich weiß, daß Sie in Schwierigkeiten gerieten. Und gerade mir fällt es nicht schwer, dafür Verständnis aufzubringen.«

»Inzwischen scheint es Ihnen besser zu gehen.« Picard stellte fest, daß es ihn erleichterte, mit Riker zu sprechen. Der emotionale Schmerz angesichts von Beverlys Tod und Jacks Selbstmord, das überwältigende Gefühl, daß er, Jean-Luc, in der Lage gewesen wäre, die doppelte Tragödie zu verhindern ... Er lief Gefahr, sich darin zu verlieren. Um das zu verhindern, mußte er sich an etwas Normalem festklammern.

»Ein wenig«, sagte Riker. »Die Dinge sind klarer. Wie dem auch sei, ich glaube, von jetzt an bleibe ich immer auf der Hut.«

»Das ist nur zu verständlich nach allem, was Sie hinter sich haben.«

»Ja. Glücklicherweise kann ich auf die Hilfe einer wundervollen Ehefrau zurückgreifen. Und ich bin stolz auf meinen Sohn. Haben Sie ihn gesehen?«

»Oh, ja. Wir wir sind uns über den Weg gelaufen.«

»Sie sind großartig, beide. Meine Güte « Riker schüttelte den Kopf. »Ich weiß gar nicht, was ich ohne sie anstellen würde.«

»Hoffen wir für Sie, daß Sie das nie herausfinden müssen.« Er zögerte kurz und maß Riker mit einem Blick, der neu erwachendes Interesse verriet. »Haben Sie sich schon Gedanken über Ihre Zukunft gemacht? Möchten Sie nach Betazed zurückkehren?«

»Um ganz ehrlich zu sein, ich denke über diese Angelegenheit schon seit einer ganzen Weile nach. Ich würde den Starfleet-Dienst gern fortsetzen, wenn man mir die Möglichkeit dazu gibt.«

»Daran zweifle ich nicht.« Picard trommelte mit den Fingern auf den Tisch. »Was hält Ihre Familie davon?«

»Ich kann auf ihre Unterstützung zählen. Aber eines steht fest, ich möchte nicht noch einmal von ihr getrennt werden. Wenn ich Starfleet ganz offiziell um eine neue Einsatzorder bitte, so kommt nur ein Raumschiff in Frage, das die Gegenwart von Familienmitgliedern zuläßt.« Riker lachte leise. »Allerdings bin ich lange fort gewesen. Vermutlich kann ich keine Forderungen stellen und muß mich mit dem zufriedengeben, was ich bekomme. Aber meine Worte von vorhin waren ehrlich gemeint: Ich weiß wirklich nicht, was ich ohne Deanna und Tommy anstellen würde. Und ich beabsichtige nicht, es herauszufinden.«

Picard nickte. Nach einigen Sekunden sagte er: »Ich könnte Sie gebrauchen.«

Riker wirkte so überrascht, daß Jean-Luc sofort wußte: Er hatte dieses Gespräch nicht aus diesem Grund gesucht. »Sie, Sir?«

»Ich nehme derzeit die Pflichten des Captains wahr«, erklärte Picard. »Man munkelt, daß Starfleet erwägt, mir auf Dauer den Rang des Captains zu geben. Offenbar ist man bereit, einige unerfreuliche Ereignisse in meiner Vergangenheit zu den Akten zu legen. Man sieht außerdem eine gewisse Logik darin, daß ich das Kommando übernehme. Nach einem so traumatischen Verlust ...«

Seine Stimme versagte. Riker hielt respektvoll den Kopf gesenkt, bis Picard sich wieder gefaßt hatte. »Durch die Kontinuität des Kommandos fällt es der Crew leichter, mit allem fertig zu werden«, sagte Will.

»Ja, genau«, bestätigte Picard. »Davon geht man bei Starfleet Command aus.« Er hörte seine Heiserkeit und räusperte sich. »Nun, wenn wir in Betracht ziehen, daß Sie, abgesehen von mir, der ranghöchste Offizier an Bord sind ... Was halten Sie davon, zum provisorischen Ersten Offizier ernannt zu werden?«

Riker war sprachlos.

»Ich bin kaum in der Position, Ihnen etwas Dauerhaftes zu versprechen«, fügte Picard hinzu. »Weder Ihnen noch mir. Doch wenn alles so läuft, wie ich es mir vorstelle ... Wie dem auch sei, haben Sie Interesse?«

Riker fand die Stimme wieder. »Ja, natürlich. Aber sind Sie sicher? Ich meine, nehmen wir zum Beispiel Mr. Mot. Ich bezweifle, ob er freiwillig bereit ist, mir noch einmal die Haare zu schneiden. Und außerdem ...«

»Sehen Sie es so, Mr. Riker: Wir haben beide ›Schaden‹ erlitten. Vielleicht brauchen wir uns gegenseitig.«

Riker nickte bedächtig. »Es wäre mir eine Ehre, Ihr Stellvertreter zu sein.«

»Ausgezeichnet.« Picard streckte den Arm aus und schüttelte Wills Hand. Er drückte fest zu. »Hiermit heiße ich Sie offiziell an Bord willkommen, Nummer Eins.«

»Danke, Sir.«

»Wie wär's, wenn wir uns morgen früh um acht hier treffen, um über die Besonderheiten des Schiffes und alles andere zu sprechen, das Sie wissen sollten?«

»Aye, Sir. Ich werde pünktlich sein.«

Er stand auf und verließ den Raum. Picard war wieder allein.

In seiner Einsamkeit sah er Beverly, fühlte ihren warmen Körper an seiner Seite. Und Jack, Freund und Vorgesetzter, jener Mann, der an ihn geglaubt, ihm uneingeschränktes Vertrauen geschenkt hatte, der sich dann verraten glaubte und deshalb gestorben war …

Picard fühlte seine Augen brennen. Er rieb sie mit den Handballen und atmete tief durch.

Einmal mehr summte der Türmelder. Jean-Luc versuchte, nicht ungeduldig zu klingen, aber trotzdem sagte er etwas schärfer als sonst: »Ja?«

Riker kam herein.

»Ja, Nummer Eins?« Einen schrecklichen Augenblick lang fürchtete Picard, daß er einen anderen Riker vor sich hatte, daß das Chaos wiederkehrte.

Erleichterung durchströmte ihn, als der Besucher sagte: »Um auf unser Gespräch von vorhin zurückzukommen «

»Ja?«

»Bei allem Respekt, Sir, Sie bezeichneten mich als ranghöchsten Offizier an Bord, nach Ihnen. Aber was ist mit Lieutenant Commander Data?«

»Oh, ja.« Es handelte sich um ein Thema, das Picard offensichtliches Unbehagen bereitete. »Was Mr. Data betrifft …«

»Sie übergehen ihn doch nicht, weil er ein Humanoide ist, oder?«

»Nein, Nummer Eins. Ich fürchte, so einfach ist die Sache nicht. Wissen Sie, wir haben jeden Quadratzentimeter des Schiffes abgesucht …«

»Und?« fragte Riker verwirrt.

»Nun …« Picard seufzte. »Offenbar ist uns unser Mr. Data irgendwie abhanden gekommen.«

2

Lieutenant Tasha Yar wußte nicht genau, was geschehen war.

Im einen Augenblick stürmten sie und ihre Truppe in den Transporterraum, und im nächsten befand sich niemand mehr in ihrer Nähe. Der Klingone, der falsche Riker, die Frau, die wie sie selbst aussah – alle verschwunden.

Jetzt saß Tasha im Gesellschaftsraum im zehnten Vorderdeck und starrte in ein leeres Glas. Guinan war vor einer Weile in Ohnmacht gefallen, aber nur noch eine vage Aura der Verwirrung erinnerte daran, als sie hinter der Theke stand und Drinks für ihre Gäste zubereitete.

Derzeit wurden alle wichtigen Bordsysteme überprüft. Der Planet, den die *Enterprise* bis vor kurzem umkreist hatte – auf den sie sogar abzustürzen drohte –, schien niemals existiert zu haben.

Picard und Riker waren tot.

Dieser Umstand belastete Tasha mehr als alles andere: Picard, von einem Klingonen umgebracht. Und ein Besatzungsmitglied hatte beobachtet, wie ein falscher Riker den echten erschoß … Vielleicht war der Riker bei den Leuten im Transporterraum echt gewesen, was bedeutete, daß ein Verräter den Tod gefunden hatte.

Tasha schüttelte den Kopf und rieb sich die Schläfen. Riker und Picard existierten nicht mehr – nur darauf kam es an. Man versuchte, an Bord des Schiffes normale Verhältnisse wiederherzustellen. Sie befanden sich noch immer im Krieg gegen die Klingonen. Alles wirkte trostlos und finster.

Konnten die Dinge eigentlich noch schlimmer werden?

Yar stellte plötzlich fest, daß es still wurde im Gesellschaftsraum. Alle Gespräche fanden ein abruptes Ende. Tasha hob den Kopf, als sie merkte, daß sich ihr jemand näherte.

Sie schnappte nach Luft.

Zwei Datas nahmen ihr gegenüber Platz. Einer sah normal aus der andere wie ein Mensch.

»Tasha«, begannen die Datas, »wir haben vielleicht ein Problem.«

3

Der Erwachsene seufzte.

»Na ja«, murmelte er. »Ich habe versucht, das Fadenknäuel zu entwirren. Ich bin zwar allmächtig, aber das bedeutet nicht notwendigerweise, daß ich auch perfekt bin.« Er zog einige Korrekturen in Erwägung, entschied sich dann aber dagegen. Abgesehen von einem kleinen Fehler schien alles in Ordnung zu sein.

Und dann, zu seiner größten Überraschung, glitzerte etwas vor ihm.

Es handelte sich um ein kleines, zartes Objekt, um eine funkelnde Kugel, deren Licht sofort die ganze Aufmerksamkeit des Erwachsenen verlangte.

Er streckte die Hand aus, ergriff das Schimmern – und war verblüfft.

»Du!« entfuhr es ihm.

Er sah das Kind. Beziehungsweise das, was von ihm übrig war. Das Kind, wie es sich zu Beginn präsentiert hatte. Nicht zu Beginn all der bedauerlichen Ereignisse, sondern gewissermaßen am Anfang des Anfangs.

»Das ist eine Überraschung«, sagte der Erwachsene. »Was ist passiert? Warst du ein unverdaulicher Brocken für das Chaos? Hat es dich wieder ausgespuckt?«

»Ich hätte nicht gedacht, dich jemals wiederzusehen«, fuhr der Erwachsene fort. »Ich wußte nicht genau, was ich davon halten sollte. Nun, jetzt sind entsprechende Überlegungen überflüssig geworden, nicht wahr?«

Die kleine Kugel schien ihn zu erkennen, und das Wiedersehen schien sie zu erregen, auch wenn sie den Grund dafür nicht ganz verstand.

Der Erwachsene hielt das Licht zärtlich in den Händen. »Keine Sorge«, sagte er sanft. »Diesmal machen wir alles richtig. Diesmal lassen wir keine Fehler zu. Das verspreche ich dir.«

Nach einem Moment sandte das Kind seinen ersten Gedanken – jenes Kind, das einst drei Straßen der Ewigkeit beschritten hatte und auf den Namen ›Treylane‹, oder kurz ›Trelane‹ – hören würde.

»Was unternehmen wir heute?«

»Mein Junge«, erwiderte der Erwachsene und sah ein Universum voller Möglichkeiten, »es gibt nichts, das wir heute nicht *unternehmen«.*

4

Captain Jean-Luc Picard stand bei Guinan in der Krankenstation und drückte ihre Hand. »Und Sie sind ganz sicher, daß Sie bald wieder in Ordnung sind?« fragte er.

»Ja«, bestätigte sie. »Ich fühle mich schon viel besser. Ich glaube, alles regelt sich bald.«

Der Captain nickte und wandte sich zu Riker um. Beverly Crusher hatte ihn gerade untersucht und lächelte beruhigend. »Er ist nur erschöpft«, sagte die Ärztin. »Ansonsten fehlt ihm nichts.«

»Gut.« Picards Blick glitt zu Riker. »Stimmt was nicht, Nummer Eins?«

Riker schüttelte den Kopf. »Ich habe nur nachgedacht, Sir.«

»Worüber?«

»Über nicht beschrittene Lebenswege. Über versäumte Gelegenheiten. Und darüber, daß ›Tommy‹ ein großartiger Name für einen Sohn ist.«

Picard lächelte. »Vermutlich ist es reiner Zufall, daß Sie den gleichen Namen haben, Commander William Thomas Thelonius Riker.«

»Ja, Sir, reiner Zufall«, erwiderte Riker, ohne mit der Wimper zu zucken.

»Ich verstehe. Nun, weitermachen, Nummer Eins.«

Riker nickte und ging zur Brücke, auf der inzwischen wieder normale Verhältnisse herrschten. Picard zögerte und beobachtete, wie sich Beverly um ihre Patienten kümmerte. Er versuchte, das gespenstische Erscheinen ihres Ehemanns einer bizarren Halluzination zuzuschreiben – auf diese Weise fiel es ihm leichter, damit fertig zu werden.

Jeder hatte seine eigene Methode, dem Undenkbaren zu begegnen.

Und die letzten Worte der sterbenden Beverly. Hatten sie Picard oder aber Jack Crusher gegolten? Diese Frage mußte für immer unbeantwortet bleiben.

Als Picard zur Tür ging, erklang Beverlys Stimme. »Jean-Luc, ich möchte dir noch etwas sagen.«

Er blieb im Eingang der Krankenstation stehen und drehte sich um. »Ja?«

Sekunden verstrichen, dehnten sich und wurden zu einer kleinen Ewigkeit.

(Jean-Luc, du bist der beste Freund, den ich jemals hatte.)

(Jean-Luc, ich glaube, es wird Zeit, daß ich mich mit anderen Dingen befasse.)

(Jean-Luc, es geht um Wesley …)

(Jean-Luc, ich sterbe …)

(Jean-Luc, ich möchte mit dir schlafen.)

(Jean-Luc, ich liebe dich.)

Beverly runzelte die Stirn und schüttelte den Kopf. »Seltsam«, murmelte sie. »Plötzlich kann ich mich nicht mehr daran erinnern, was ich sagen wollte.«

»Schon gut«, erwiderte Picard mit der für ihn typischen Zurückhaltung und trat in den Korridor. Als sich Beverly abwandte, hörte sie, wie der Captain hinzufügte: »Es fällt dir bestimmt wieder ein … irgendwann.«

Erstaunt drehte sie sich um und wollte Jean-Luc nach der Bedeutung dieser seltsam klingenden Worte fragen, aber …

… er war bereits fort.

STAR TREK™

in der Reihe
HEYNE SCIENCE FICTION & FANTASY

STAR TREK: CLASSIC SERIE
Vonda N. McIntyre, Star Trek II: Der Zorn des Khan · 06/3971
Vonda N. McIntyre, Der Entropie-Effekt · 06/3988
Robert E. Vardeman, Das Klingonen-Gambit · 06/4035
Lee Correy, Hort des Lebens · 06/4083
Vonda N. McIntyre, Star Trek III: Auf der Suche nach Mr. Spock · 06/4181
S. M. Murdock, Das Netz der Romulaner · 06/4209
Sonni Cooper, Schwarzes Feuer · 06/4270
Robert E. Vardeman, Meuterei auf der Enterprise · 06/4285
Howard Weinstein, Die Macht der Krone · 06/4342
Sondra Marshak & Myrna Culbreath, Das Prometheus-Projekt · 06/4379
Sondra Marshak & Myrna Culbreath, Tödliches Dreieck · 06/4411
A. C. Crispin, Sohn der Vergangenheit · 06/4431
Diane Duane, Der verwundete Himmel · 06/4458
David Dvorkin, Die Trellisane-Konfrontation · 06/4474
Vonda N. McIntyre, Star Trek IV: Zurück in die Gegenwart · 06/4486
Greg Bear, Corona · 06/4499
John M. Ford, Der letzte Schachzug · 06/4528
Diane Duane, Der Feind – mein Verbündeter · 06/4535
Melinda Snodgrass, Die Tränen der Sänger · 06/4551
Jean Lorrah, Mord an der Vulkan Akademie · 06/4568
Janet Kagan, Uhuras Lied · 06/4605
Laurence Yep, Herr der Schatten · 06/4627
Barbara Hambly, Ishmael · 06/4662
J. M. Dillard, Star Trek V: Am Rande des Universums · 06/4682
Della van Hise, Zeit zu töten · 06/4698
Margaret Wander Bonanno, Geiseln für den Frieden · 06/4724
Majliss Larson, Das Faustpfand der Klingonen · 06/4741
J. M. Dillard, Bewußtseinsschatten · 06/4762
Brad Ferguson, Krise auf Centaurus · 06/4776
Diane Carey, Das Schlachtschiff · 06/4804
J. M. Dillard, Dämonen · 06/4819
Diane Duane, Spocks Welt · 06/4830
Diane Carey, Der Verräter · 06/4848
Gene DeWeese, Zwischen den Fronten · 06/4862
J. M. Dillard, Die verlorenen Jahre · 06/4869
Howard Weinstein, Akkalla · 06/4879
Carmen Carter, McCoys Träume · 06/4898
Diane Duane & Peter Norwood, Die Romulaner · 06/4907

STAR TREK™

John M. Ford, Was kostet dieser Planet? · 06/4922
J. M. Dillard, Blutdurst · 06/4929
Gene Roddenberry, Star Trek I: Der Film · 06/4942
J. M. Dillard, Star Trek VI: Das unentdeckte Land · 06/4943
Jean Lorrah, Die UMUK-Seuche · 06/4949
A. C. Crispin, Zeit für gestern · 06/4969
David Dvorkin, Die Zeitfalle · 06/4996
Barbara Paul, Das Drei-Minuten-Universum · 06/5005
Judith & Garfield Reeves-Stevens, Das Zentralgehirn · 06/5015
Gene DeWeese, Nexus · 06/5019
D. C. Fontana, Vulkans Ruhm · 06/5043
Judith & Garfield Reeves-Stevens, Die erste Direktive · 06/5051
Michael Jan Friedman, Das Doppelgänger-Komplott · 06/5067
Judy Klass, Der Boaco-Zwischenfall · 06/5086
Julia Ecklar, Kobayashi Maru · 06/5103
Peter Norwood, Angriff auf Dekkanar · 06/5147
Carolyn Clowes, Das Pandora-Prinzip · 06/5167
Michael Jan Friedman, Schatten auf der Sonne · 06/5179
Diana Duane, Die Befehle des Doktors · 06/5247
V. E. Mitchell, Der unsichtbare Gegner · 06/5248
Dana Kramer-Rolls, Der Prüfstein ihrer Vergangenheit · 06/5273
Barbara Hambly, Der Kampf ums nackte Überleben · 06/5334
Brad Ferguson, Eine Flagge voller Sterne · 06/5349
J. M. Dillard, Star Trek VII: Generationen · 06/5360
Gene DeWeese, Die Kolonie der Abtrünnigen · 06/5375
Michael Jan Friedman, Späte Rache · 06/5412
Peter David, Der Riß im Kontinuum · 06/5464
Michael Jan Friedman, Gesichter aus Feuer · 06/5465
Peter David/Michael Jan Friedman/Robert Greenberger, Die Enterbten · 06/5466
L. A. Graf, Die Eisfalle · 06/5467
John Vornholt, Zuflucht · 06/5468
L. A. Graf, Der Saboteur · 06/5469
Melissa Crandall, Die Geisterstation · 06/5470
Mel Gilden, Die Raumschiff-Falle · 06/5471
V. E. Mitchell, Tore auf einer toten Welt · 06/5472
Victor Milan, Aus Okeanos Tiefen · 06/5473
Diane Carey, Das große Raumschiff-Rennen · 06/5474
Diane Carey, Kirks Bestimmung · 06/5476
L. A. Graf, Feuersturm · 06/5477
A. C. Crispin, Sarek · 06/5478

STAR TREK™

Simon Hawke, Die Terroristen von Patria · 06/5479
Barbara Hambly, Kreuzwege · 06/5681
L. A. Graf, Ein Sumpf von Intrigen · 06/5682
Howard Weinstein, McCoys Tochter · 06/5683
J. M. Dillard, Sabotage · 06/5685
Diane Carey/Dr. James I. Kirkland, Keine Spur von Menschen · 06/5687
Peter David, Die Tochter des Captain · 06/5691
Dean Wesley Smith/Kristine Kathryn Rusch, Die Ringe von Tautee · 06/5693
Diane Carey, Invasion – 1: Der Erstschlag · 06/5694

STAR TREK: THE NEXT GENERATION
David Gerrold, Mission Farpoint · 06/4589
Gene DeWeese, Die Friedenswächter · 06/4646
Carmen Carter, Die Kinder von Hamlin · 06/4685
Jean Lorrah, Überlebende · 06/4705
Peter David, Planet der Waffen · 06/4733
Diane Carey, Gespensterschiff · 06/4757
Howard Weinstein, Macht Hunger · 06/4771
John Vornholt, Masken · 06/4787
David & Daniel Dvorkin, Die Ehre des Captain · 06/4793
Michael Jan Friedman, Ein Ruf in die Dunkelheit · 06/4814
Peter David, Eine Hölle namens Paradies · 06/4837
Jean Lorrah, Metamorphose · 06/4856
Keith Sharee, Gullivers Flüchtlinge · 06/4889
Carmen Carter u. a., Planet des Untergangs · 06/4899
A. C. Crispin, Die Augen der Betrachter · 06/4914
Howard Weinstein, Im Exil · 06/4937
Michael Jan Friedman, Das verschwundene Juwel · 06/4958
John Vornholt, Kontamination · 06/4986
Mel Gilden, Baldwins Entdeckungen · 06/5024
Peter David, Vendetta · 06/5057
Peter David, Eine Lektion in Liebe · 06/5077
Howard Weinstein, Die Macht der Former · 06/5096
Michael Jan Friedman, Wieder vereint · 06/5142
T. L. Mancour, Spartacus · 06/5158
Bill McCay/Eloise Flood, Ketten der Gewalt · 06/5242
V. E. Mitchell, Die Jarada · 06/5279
John Vornholt, Kriegstrommeln · 06/5312
David Bischoff, Die Epidemie · 06/5356
Peter David, Imzadi · 06/5357
Laurell K. Hamilton, Nacht über Oriana · 06/5342

STAR TREK™

Simon Hawke, Die Beute der Romulaner · 06/5413
Rebecca Neason, Der Kronprinz · 06/5414
John Peel, Drachenjäger · 06/5415
Diane Carey, Abstieg · 06/5416
Diane Duane, Dunkler Spiegel · 06/5417
Jeri Taylor, Die Zusammenkunft · 06/5418
Michael Jan Friedman, Relikte · 06/5419
Susan Wright, Der Mörder des Sli · 06/5438
W. R. Thomson, Planet der Schuldner · 06/5439
Michael Jan Friedman & Kevin Ryan, Requiem · 06/5442
Dafydd ab Hugh, Gleichgewicht der Kräfte · 06/5443
Michael Jan Friedman, Die Verurteilung · 06/5444
Peter David, Q^2 · 06/5445
Simon Hawke, Die Rückkehr der Despoten · 06/5446
Robert Greenberger, Die Strategie der Romulaner · 06/5447
Gene DeWeese, Im Staubnebel verschwunden · 06/5448
Brad Ferguson, Das letzte Aufgebot · 06/5449
Kij Johnson/Greg Cox, Die Ehre des Drachen · 06/5751
J. M. Dillard/Kathleen O'Malley, Wahnsinn · 06/5753
Dean Wesley Smith/Kristine Kathryn Rusch,
Invasion – 2: Soldaten des Schreckens · 06/5754
J. M. Dillard, Star Trek VIII: Der erste Kontakt · 06/5757
J. M. Dillard, Star Trek IX: Der Aufstand · 06/5770

STAR TREK: DIE ANFÄNGE
Vonda N. McIntyre, Die erste Mission · 06/4619
Margaret Wander Bonanno, Fremde vom Himmel · 06/4669
Diane Carey, Die letzte Grenze · 06/4714

STAR TREK: DEEP SPACE NINE
J. M. Dillard, Botschafter · 06/5115
Peter David, Die Belagerung · 06/5129
K. W. Jeter, Die Station der Cardassianer · 06/5130
Sandy Schofield, Das große Spiel · 06/5187
Dafydd ab Hugh, Gefallene Helden · 06/5322
Lois Tilton, Verrat · 06/5323
Esther Friesner, Kriegskind · 06/5430
John Vornholt, Antimaterie · 06/5431
Diane Carey, Die Suche · 06/5432
Melissa Scott, Der Pirat · 06/5434
Nathan Archer, Walhalla · 06/5512

STAR TREK™

Greg Cox/John Gregory Betancourt, Der Teufel im Himmel · 06/5513
Robert Sheckley, Das Spiel der Laertianer · 06/5514
Diane Carey, Der Weg des Kriegers · 06/5515
Diane Carey, Die Katakombe · 06/5516
Dean Wesley Smith/Kristine Kathryn Rusch, Die lange Nacht · 06/5517
L. A. Graf, Invasion – 3: Der Feind der Zeit · 06/5519

STAR TREK: STARFLEET KADETTEN
John Vornholt, Generationen · 06/6501
Peter David, Worfs erstes Abenteuer · 06/6502
Peter David, Mission auf Dantar · 06/6503
Peter David, Überleben · 06/6504
Brad Strickland, Das Sternengespenst · 06/6505
Brad Strickland, In den Wüsten von Bajor · 06/6506
John Peel, Freiheitskämpfer · 06/6507
Mel Gilden & Ted Pedersen, Das Schoßtierchen · 06/6508
John Vornholt, Erobert die Flagge! · 06/6509
V. E. Mitchell, Die Atlantis Station · 06/6510
Michael Jan Friedman, Die verschwundene Besatzung · 06/6511
Michael Jan Friedman, Das Echsenvolk · 06/6512
Diane G. Gallagher, Arcade · 06/6513
John Peel, Ein Trip durch das Wurmloch · 06/6514
Brad & Barbara Strickland, Kadett Jean-Luc Picard · 06/6515
Brad & Barbara Strickland, Picards erstes Kommando · 06/6516
Ted Pedersen, Zigeunerwelt · 06/6517
Patricia Barnes-Svarney, Loyalitäten · 06/6518

STAR TREK: VOYAGER
L. A. Graf, Der Beschützer · 06/5401
Dean Wesley Smith/Kristine Kathryn Rusch, Die Flucht · 06/5402
Nathan Archer, Ragnarök · 06/5403
Susan Wright, Verletzungen · 06/5404
John Betancourt, Der Arbuk-Zwischenfall · 06/5405
Christie Golden, Die ermordete Sonne · 06/5406
Mark A. Garland/Charles G. McGraw, Geisterhafte Visionen · 06/5407
S. N. Lewitt, Cybersong · 06/5408
Dafydd ab Hugh, Invasion – 4: Die Raserei des Endes · 06/5409
Karen Haber, Segnet die Tiere · 06/5410
Jeri Taylor, Mosaik · 06/5811
Melissa Scott, Der Garten · 06/5812
David Niall Wilson, Puppen · 06/5813

STAR TREK™

DAS STAR TREK-UNIVERSUM, 2 Bde.,
von *Ralph Sander* · 06/5150
DAS STAR TREK-UNIVERSUM, 1. Ergänzungsband
von *Ralph Sander* · 06/5151
DAS STAR TREK-UNIVERSUM, 2. Ergänzungsband
von *Ralph Sander* · 06/5270

Ralph Sander, Star Trek Timer 1996 · 06/1996
Ralph Sander, Star Trek Timer 1997 · 06/1997
Ralph Sander, Star Trek Timer 1998 · 06/1998
Ralph Sander, Star Trek Timer 1999 · 06/1999

William Shatner/Chris Kreski, Star Trek Erinnerungen · 06/5188
William Shatner/Chris Kreski, Star Trek Erinnerungen: Die Filme · 06/5450

Phil Farrand, Cap'n Beckmessers Führer durch STAR TREK – DIE CLASSIC SERIE · 06/5451
Phil Farrand, Cap'n Beckmessers Führer durch STAR TREK – DIE NÄCHSTE GENERATION · 06/5199
Phil Farrand, Cap'n Beckmessers Führer durch STAR TREK – DIE NÄCHSTE GENERATION – Teil 2 · 06/6457

David Alexander, Gene Roddenberry – Die autorisierte Biographie · 06/5544
Judith & Garfield Reeves-Stevens, Star Trek Design · 06/5545
Nichelle Nichols, Nicht nur Uhura · 06/5547
Leonard Nimoy, Ich bin Spock · 06/5548
Lawrence M. Krauss, Die Physik von Star Trek · 06/5549
Judith & Garfield Reeves-Stevens, Star Trek – Deep Space Nine: Die Realisierung einer Idee · 06/5550
Herbert F. Solow & Yvonne Fern Solow, Star Trek: Das Skizzenbuch – Die Classic-Serie · 06/6469
Judith & Garfield Reeves-Stevens, Star Trek – Phase II: Die verlorene Generation · 06/6470
Herbert F. Solow/Robert H. Justman, Star Trek – Die wahre Geschichte · 06/6499
J. M. Dillard, Star Trek: Wo bisher noch niemand gewesen ist · 06/6500

Diese Liste ist eine Bibliographie erschienener Titel,
KEIN VERZEICHNIS LIEFERBARER BÜCHER!

HEYNE BÜCHER

Lois McMaster Bujold

Romane aus dem preisgekrönten Barrayer-Zyklus der amerikanischen Autorin

Waffenbrüder
Band 7
06/5538

Spiegeltanz
Band 8
06/5885

06/5885

06/5538

Heyne-Taschenbücher